# CONTES

POUR

# LES FEMMES

PARIS

TYPOGRAPHIE GEORGES CHAMEROT

19, rue des Saints-Pères, 19

LA VÉRITÉ.

# THÉODORE DE BANVILLE

— SCÈNES DE LA VIE —

# CONTES

POUR

# LES FEMMES

AVEC UN DESSIN DE GEORGES ROCHEGROSSE

TROISIÈME ÉDITION

# PARIS

## G. CHARPENTIER, ÉDITEUR

13, RUE DE GRENELLE-SAINT-GERMAIN, 13

1881

# AVANT-PROPOS.

Si les mœurs et les décors de la vie se rénouvel-
lent sans cesse, il n'en est pas de même des formes littéraires, dont le nombre est extrêmement
borné. C'est pourquoi nous devons garder avec
soin celles qui existent, et quand elles sont injus-
tement tombées en désuétude, tâcher de les remettre dans la lumière. Pénétré de cette vérité,
j'ai été assez heureux jadis pour être le premier
à tirer de l'oubli des dessins de poèmes essentiellement et sains et robustes, comme la Ballade de
Villon et le Triolet, qui plus tard, grâce aux poètes
qui me suivirent, sont devenus d'une application
usuelle et ont décidément triomphé. Aujourd'hui,
non plus seul, cette fois, mais en même temps
que d'autres écrivains passionnés pour nos ori-
gines, je tente de restituer, de remettre en honneur chez nous le vieux Conte français. Il m'a

semblé qu'avec son allure vive et précise, il pourrait merveilleusement servir à représenter la vie
moderne, si touffue, compliquée et diverse, qu'il
est impossible de regarder par larges masses, et
que vraiment on ne peut saisir que dans ses épisodes, comme par de courtes rhapsodies, où sont
vues et fixées en courant les innombrables escar-
mouches de cette Iliade.

Quel domaine infini que celui du Conte! Parfois ce n'est qu'une causerie, un gai propos, un
joyeux devis, comme dans les deux morceaux qui
ouvrent ce volume; ou une épigramme, une nouvelle à la main sertie dans un court récit; d'autres fois, c'est, en quelques pages, tout un roman
avec ses péripéties émouvantes, et on n'ignore
pas que *Le Lys dans la Vallée* n'est que le dévelop-
pement d'un des plus beaux Contes de la Reine
de Navarre. Mais pour prouver jusqu'à l'évidence
que cette forme peut servir à reproduire fidèlement
notre vie actuelle, j'ai dû choisir des sujets, non
seulement d'une réalité absolue, mais connus de
tous les Parisiens, qui, dès les premières lignes
reconnaîtront les personnages et les nommeront
de leurs véritables noms. Il est même facile de
voir que le même personnage reparaît souvent
dans plusieurs Contes; mais si alors je lui ai donné
plusieurs noms différents, c'est pour ne pas emprunter même un procédé au second Rabelais, à

l'immortel créateur de *La Comédie Humaine*, trop grand pour que nul de nous ait le droit de marcher dans ses souliers, ou dans ses vieilles savates.

Les Femmes reconnaîtront bien que ces Contes ont été écrits pour elles, car j'en ai banni avec soin toutes les vieilles conventions banales, que d'ordinaire on prétend leur faire accepter comme articles de foi. J'ai cru que la vertu et l'amour sont des choses assez grandes en elles-mêmes pour se passer des hypocrites mensonges et des fictions sentimentales.

T. B.

Paris, le 2 février 1881.

## DIZAIN, POUR COMMENCER

Sans toutefois avoir vidé mon sac,
En voyageant parmi les Amathontes
Qu'on voit fleurir au pays des Balzac,
S'il faut ici mettre en ordre mes comptes
En bon mercier, j'ai fait soixante contes.
O terreur, joie, astres de l'univers,
Êtres cruels, divins, riants, pervers,
Accordez-moi vos bontés protectrices,
Car le sujet de ces contes divers,
C'est toujours vous, Femmes, chères lectrices!

# CONTES

POUR

# LES FEMMES

## I

### LE GÉNIE DES PARISIENNES

Paris est la ville artiste et poète par excellence; mais les plus grands artistes et les plus grands poètes de Paris, ce sont les Parisiennes. Pourquoi? Parce que, tandis que ses peintres, ses rimeurs et ses statuaires, en évoquant l'âme du passé ou en saisissant par une prodigieuse puissance de compréhension l'esprit de la vie moderne, produisent seulement des œuvres idéales et fictives, les Parisiennes imaginent, achèvent, complètent à chaque instant une œuvre réelle et vivante, car elles se créent elles-mêmes.

Et c'est un mot qu'il faut prendre au pied de la lettre! Car de même que la nature avait borné son effort à inventer l'églantine, et que de l'églantine le seul génie de l'homme a fait cette fleur splendide, farouche, enivrante, délicieuse, qui se nomme la Rose, de même les hasards de l'histoire et de la vie

sociale n'avaient abouti qu'à nous donner des femmes nées à Paris ou habitant Paris; mais de ces
êtres quelconques, la Parisienne se recréant, se
modelant, se façonnant elle-même d'après un merveilleux idéal de beauté, de grâce, d'élégance et de
jeunesse, a fait cette créature inimitable, épique,
savante comme un dieu, et en apparence ingénue
comme un enfant : la Parisienne!

Les Parisiennes font d'elles-mêmes ce qu'elles
doivent et veulent être, et d'abord, avant tout, elles
transforment leur corps et leur beauté, non par le
*maquillage* et les artifices, (car ce serait une manière trop simple d'expliquer des chefs-d'œuvre!)
mais par la constante action d'un génie créateur.
Le corps et aussi l'âme qu'elles ont reçus en naissant, sont pour elles de simples matériaux qu'elles
mettent en œuvre. Le corps, elles le rendent beau
par une gymnastique multiple et diverse, et surtout
par le désir obstiné de la beauté. L'âme, elles la
perfectionnent et pour ainsi dire la font éclore par
une intuition absolue de tout, par le don inné et
cultivé sans cesse de la synthèse, et par un amour
de l'ordre et du rythme qui produit toutes les grâces,
et même la vertu! Elles achèvent, coordonnent,
proportionnent l'ouvrage rudimentaire, et dans
l'étonnant miracle de leur éclosion spirituelle et
physique, elles sont à la fois le statuaire et le bloc
de marbre.

Leur principal caractère est l'inspiration. Ainsi
au théâtre, à une première représentation, leurs
toilettes sont ce qu'il faut qu'elles soient pour la
circonstance fortuite qui se produit, et qui ne pouvait être prévue. Par exemple, si un prince, sans
s'être fait annoncer à l'avance, assiste à la représentation, les toilettes des Parisiennes (poèmes
toujours inouïs d'invention et de mélodie, car ainsi

que dans une peinture de Delacroix, il y a été tenu
compte même des reflets de reflets! ) sont précisément ce qu'elles doivent être dans une salle où il y
a un prince! Ceci évidemment affirme l'existence
d'un magnétisme par lequel les idées se communi-
quent en dépit des obstacles de temps et de lieu,
indépendamment de leur forme, et pour ainsi dire,
s'aspirent, se respirent comme l'air.

Les Parisiennes traduisent en modes les idées
générales! Ainsi elles avaient exprimé ce qu'il y eut
de rassérénant et de familial dans le bourgeoisisme
de Louis-Philippe, par des bandeaux plats d'une
netteté et d'une propreté qui charmaient le regard,
en faisant par derrière, avec les cheveux, un simple
*huit,* coiffure dont on retrouve la parfaite image dans
les lithographies de Devéria, dans les statuettes de
Barre, et dans la collection longtemps exposée au
passage Vivienne, pour laquelle le modeleur italien
Flosi avait moulé les bustes de mademoiselle Plessy,
de Déjazet, de madame Doche, des sœurs Ellsler.

Sous l'empire, au contraire, lorsque l'expansion
de l'or et la fièvre des combinaisons financières
eurent produit une vie d'éblouissement et de fantaisies, les Parisiennes encore se mirent à l'unisson
de cette renaissance exaltée, en adoptant pour coiffure des frisons, des fouillis de boucles et de tresses
plus compliqués et touffus que ceux dont se couron-
nait le front des Dianes du seizième siècle, et de fabuleux chignons qui, en somme, avaient une
grande tournure. Mais comme il est dans leur destinée d'être essentiellement égarantes, découra-
geantes pour les femmes étrangères, dès que par
leur exemple elles eurent décidé les femmes des
Amériques et des plus lointaines Australies à s'accrocher dans le dos de lourds faux chignons, si bien
que dans tout l'univers, les femmes chauves se cru-

rent décidément en sûreté, les Parisiennes se mirent
à relever leurs cheveux par derrière, à en montrer
les racines. Et que firent celles qui n'en avaient pas?
Elles en eurent. Puisqu'il le fallait!

Prendre à l'antiquité, à l'Orient, à tous les temps
ce qui a fait leur élégance particulière, et, sans le
détruire, le réduire à la formule parisienne, telle
est la constante occupation de ces grandes artistes.
A quoi croyez-vous que pensait mademoiselle Rachel, lorsque chantant devant le public la plus belle
musique du monde, je veux dire la poésie de Corneille et de Racine, elle ressuscitait Hermione,
Phèdre, Camille, Chimène, Roxane, Monime? A tra-
duire l'impression que donnent chez le poète ces
idéales figures? Oui, sans doute, mais accessoire-
ment, car elle s'occupait bien plutôt de les dévaliser,
de prendre à chacune d'elles ce qui fait sa grâce
spéciale. Et si elle fut Grecque, Romaine, Espagnole,
Orientale en jouant ces grands rôles, elle le fut mille
fois plus en Parisienne se promenant à pied sur le
boulevard, car le type le plus accompli de beauté
suprême qu'il ait jamais été donné à personne de
voir, c'est mademoiselle Rachel portant un châle de
l'Inde, comme elle portait la pourpre des Dieux, et
elle réalisait alors un chef-d'œuvre d'harmonie et de
proportion supérieur à la Polymnie!

Je parle d'elle à dessein, car statuaire modelant
sa propre chair et les lignes de son visage, elle le
fut plus que toutes les autres Parisiennes réunies.
Un visage maigre avec un grand front bombé, des
yeux d'ombre enfoncés, une bouche rentrée, un
grand menton pointu, un corps osseux et des bras
maigres, voilà ce qu'elle avait reçu de la nature; à
force de génie, de volonté, de passion, d'amour et
d'or dépensé à de belles choses, ce qui est la grande
alchimie, de toute cette attirante laideur de petite

guitariste des rues, elle avait fait la Rachel qu'on a
connue, une femme de Corinthe ou de Syracuse,
ayant en plus le geste moelleux des Coysevox, l'intensité d'un Gavarni, une lèvre que cherche la lumière et dans ses sombres yeux la subtile flamme
de l'esprit!

Quel âge a une Parisienne? Question grave à laquelle il faut tout de suite répondre très nettement.
La première magie, le premier prodige, le premier
devoir d'une Parisienne, c'est de supprimer l'âge et
tout ce qui y ressemble. Car la nature, songeant
surtout à la reproduction de la race, n'a donné à la
femme que cinq années de beauté et de vraie jeunesse ; mais la Parisienne a créé pour elle-même une
jeunesse absolument voulue, qui dure trente ans,
et il faut ce temps-là au moins pour arriver à
compléter et à finir l'être étonnant et charmant
qu'elle est. Et j'insiste là-dessus que cette magie
consiste non à peindre, à dissimuler les rides, à
remplacer les cheveux tombés, les chairs flétries,
mais à n'avoir rien de tout cela. La véritable Parisienne, et c'est ce qui fait sa force, ne connaît ni le
marchand de cheveux, ni le dentiste, ni le parfu-
meur, et se lave avec de l'eau pure, comme une
religieuse.

Si vous voulez savoir comment agira une Parisienne dans une circonstance donnée, prenez le
contre-pied du lieu commun généralement admis,
et vous le saurez exactement. Soyez assuré qu'elle
fera toujours le contraire de ce qu'indique le vulgaire poncif d'élégance ou d'esprit, et la fausse sen-
timentalité de romance. Ainsi : excellente écuyère,
cela va sans dire, elle ne sera pas une amazone
tumultueuse, ne s'élancera pas du haut des rochers
et ne franchira pas de torrents, pour ne pas ressembler à une héroïne de keepsake. Elle ne sera

1.

jamais malade! On ne la verra qu'aux heures où elle veut être vue, toujours en scène et toujours naturelle. Elle ne servira chez elle, à ses invités, ni faux turbot, ni faux vin de Madère, ne fera pas de tirades, et non seulement elle évitera toutes les plaisanteries banales (contre la poésie, l'Académie, les maris trompés, etc.), mais elle ne prononcera jamais un *mot* qui puisse servir de trait dans un vaudeville ou à la fin d'une nouvelle à la main. En amour elle sera correcte, et jamais, quoi qu'il arrive, ne fera rien qui, de près ou de loin, puisse ressembler à une situation de roman : aussi l'homme véritablement aimé d'une Parisienne est-il plus qu'un dieu!

Jamais étonnée, et comprenant tout, sans jamais demander aucune explication, même si on prononce devant elle un mot de la langue sanscrite, en revanche elle aimera mille fois mieux mourir dans les tourments que de prononcer jamais un **mot** technique, ou appartenant à un argot spécial de métier ; car garder l'admirable langue vulgaire et la défendre contre les marchands de nouveautés, les savants, les médecins et les cuisiniers, est encore un des plus grands problèmes que résolve et défie, à chaque minute, l'inépuisable génie des Parisiennes.

## II

## ACCOMPAGNER UNE FEMME

Que ce soit à titre de mari, de frère ou d'ami, ce qui ne fait rien à l'affaire, l'homme choisi par une femme pour l'accompagner dans Paris pendant quelques heures, accomplit la plus glorieuse, la plus périlleuse et la plus difficile de toutes les missions, qui demande tout, génie, idéal, fantaisie, et une expérience profonde de la vie et de toutes les vies, en pleine jeunesse! car l'homme qui accompagne une femme doit être jeune, et il est jeune.

Pourquoi? Par la nature même des choses. Parce qu'il doit non seulement pouvoir la défendre, mais représenter plastiquement celui qui peut la défendre, — afin d'anéantir par le seul fait de sa présence toute tentative de manque de respect, lors même qu'elle essaierait seulement de se manifester par une imperceptible nuance. Il faut aussi qu'il soit beau, parce que la femme qui sort, et dont la sortie doit être un triomphe, a le droit d'être enviée à tous les points de vue, et notamment pour la beauté de son cavalier; mais cette beauté sera de telle nature, absolument distinguée, loyale et honnête, que la femme qui sort ne pourra pas être accusée, même par le plus vil des calomniateurs, d'avoir choisi son compagnon *uniquement* à cause de sa beauté.

Venons à la question d'argent, dont en toute occasion il faut se débarrasser tout de suite! Que la sortie doive se prolonger pendant plusieurs heures ou pendant cinq minutes, l'homme qui accompagne une femme aura à sa disposition, et dans sa poche! tous les trésors de Rothschild, car il serait un fat si sa compagne lui demandait la lune, par exemple, et s'il ne la lui donnait pas immédiatement et sans répliquer. Il devra avoir dans sa poche, pour éviter toute attente, fût-elle d'un cent-millième de seconde, des banknotes, des monnaies d'or et d'argent, des piécettes et des sous de tous les pays, et même de tous les temps, car il pourrait arriver que la femme accompagnée eût le caprice d'acheter quelque chose dans un magasin espagnol ou dans un magasin légitimiste, et de payer la marchandise achetée avec des monnaies espagnoles ou avec des louis à l'effigie de Louis XVI. Est-il utile de dire que le cavalier sait régler tout et payer les notes les plus compliquées sans que la femme en voie rien et soit offensée de ces vilenies? Elle verra seulement dans l'œil du cavalier, non à un signe! mais à une certaine expression assurée et tranquille, que les choses d'argent ont reçu leur solution.

S'il arrive un accident quelconque à la toilette de la femme accompagnée, son cavalier devra toujours, à ce moment-là même, se trouver par hasard en face du magasin où l'incident peut être réparé, et sans qu'elle lui ait rien dit à ce sujet, il connaîtra la pointure des gants de la femme qu'il accompagne, et il aura deviné toutes ses habitudes, par une inspiration de poète. Depuis le chef de l'État jusqu'au dernier des ramasseurs de bouts de cigare, le cavalier doit connaître expressément tout le monde, jusqu'à l'amitié la plus étroite, car si la femme accompagnée désire inopinément voir des courses, une revue, une séance de la Chambre, toutes les tribunes réservées, tous les arcanes, tous les saints des saints doivent s'ouvrir devant elle.

Ce cavalier doit commander aux éléments! Et, en effet, quelle figure ferait-il si le temps, fraîcheur, brume ou soleil, n'était pas parfaitement harmonisé à la toilette et à l'air du visage de la femme qu'il accompagne? Si elle a voulu sortir à pied, et si un caprice quelconque la fait changer d'avis, il est trop élémentaire de noter ici que son cavalier doit trouver, à point nommé et à l'instant même, tous les moyens de locomotion, bateaux à vapeur, chemin de fer partant sans retard, et toutes les voitures possibles, fût-ce même par une pluie battante, et sans que sa compagne ait besoin de faire deux pas, sans quoi il mériterait d'être envoyé en exil dans les provinces les plus reculées. — Il y a même une question brûlante, délicate, affreuse, mais l'historien digne de ce nom n'esquive rien. S'il devient possible que la femme accompagnée ait le désir de rester seule pendant quelques instants, son cavalier doit le deviner sur son impénétrable visage de déesse, et il doit la quitter où il faut, et trouver pour la quitter un motif inventé avec génie, et qui ne concerne que lui-même, sans pourtant le rendre ridicule! puisque le moindre ridicule qu'il subirait affaiblirait le triomphe de la femme accompagnée.

Il se peut qu'elle veuille faire à son compagnon l'honneur de manger avec lui dans un cabaret, et c'est alors qu'il doit déployer une imagination pareille à celles de Talleyrand et de Scapin! Car les vieux Parisiens le savent, le Café Anglais, Riche, Brébant, la Maison d'Or, le Rocher de Cancale même et le Café de Paris lorsqu'ils existaient, ont très bien accommodé certains plats, mais ceux-là seulement. Ainsi ce n'est qu'au Café de Paris et non ailleurs, qu'on

trouvait le fameux *Poulet à la paysanne*, ce hoche-pot
grossier et délicieux dont Nestor Roqueplan faisait
tant de cas ; mais en revanche, on y aurait en vain
demandé la timbale de crevettes à la sauce d'écrevisses ! Aussi le cavalier doit-il deviner dans quelle
disposition d'esprit et d'âme sa compagne *sera* dans
une demi-heure, par conséquent, ce qu'elle désirera
alors manger, et lui *inspirer* le désir d'aller chez le
cuisinier qui fait ce plat-là, précisément. Non seulement il doit être connu personnellement de tous
les garçons qui servent dans les restaurants parisiens, mais pour le cas improbable où le hasard le
mettrait en face d'un garçon dont il ne serait pas
connu, il doit avoir dans la prunelle cet *air de Parisien prodigue* qui fait que le garçon, dans le temps
où les pêches coûtent trois francs la pièce, en apporte sur l'assiette de dessert, non pas trois ou
quatre, mais six ou huit, et des plus insolemment
belles, de celles qu'on ne mange pas et qu'on garde
pour servir de modèle à Vollon et à Philippe Rous-
seau !

Faut-il dire, — non, en vérité, ceci est par trop simple et enfantin, — que même à cent mille lieues de
Boissier et de Seugnot, le cavalier doit pouvoir se
procurer à l'instant même tous les genres possibles
de bonbons ? Non, passons à des choses plus sérieuses. Toute femme, y compris la plus pure et la plus
immatérielle de toutes, aime à *s'amuser* comme un
enfant, et est curieuse, surtout particulièrement
curieuse des histoires gaiement et étrangement
amoureuses. Aussi le cavalier doit-il être prêt à raconter toutes les étranges histoires d'amour, et salées
et gauloises, qui sont arrivées depuis le commencement du monde, et même celles qui ne sont pas
arrivées. Il doit les raconter sans phrases, avec un
style assez prodigieusement habile pour avoir l'air

de ressembler à un roman brutal, mal fait, et sans
gazer, sans atténuer rien : mais, ceci est le point capital, en donnant à la femme qui l'écoute cette impression, qu'il la respecte profondément et, — non
pas la croit, mais la sait — absolument vertueuse.

Une femme peut avoir aussi des curiosités innocentes, qui ne riment à rien, et consulter son cavalier comme on consulte le dictionnaire de Bouillet,
ou une Encyclopédie. Dans ce cas-là, le seul parti
qu'il ait à prendre, c'est de savoir, comme Michelet,
toutes les histoires et toutes les géographies! Il ne
doit pas hésiter ni être étonné si sa compagne lui
demande à quelles époques de l'année le collier de
la reine Javanaise Toumanourong, mère de Touma-
salingabéring, changeait de nuances et devenait
pesant et léger tour à tour; il doit savoir où sont
situés le village Temba et le district de Zungomero,
dans quelle partie de l'Afrique habitent les Wanyam-
wezei, et ce que c'est que la quadrature de la Lunule,
et comment se manœuvraient les machines de
guerre appelées le trabuch et l'espringale, et pourquoi chez les Tamouls, Ganeça est appelé Poulear,
et pourquoi M. Saint-Marc Girardin en son temps
portait de si longues redingotes, et pourquoi les
lettres peintes imitant l'écriture anglaise, après
avoir disparu de toutes les autres enseignes, se
sont perpétuées seulement sur les enseignes des
marchandes de modes! Naturellement, sur toutes
ces questions et sur d'autres, il doit répondre exactement, avec assurance, mais en homme du monde,
et sans pédantisme.

Si la femme accompagnée a eu le caprice d'entrer dans un théâtre où, quoiqu'il soit plein jusqu'aux combles, son cavalier a comme sans mot
dire et immédiatement trouvé vides l'avant-scène,
la baignoire ou toute autre place qu'elle désirait

occuper, il doit être prêt à lui raconter les pièces, les biographies de comédiens, toute la légende dramatique ancienne et moderne ; mais tout ce qu'il lui raconte doit être tourné et façonné de façon à se rapporter à elle, à n'avoir qu'elle-même pour objet, à devenir sous les formes les plus délicates et les plus voilées un hymne à sa louange, car la Femme (comme, d'ailleurs, toute la race humaine) ne s'intéresse qu'à ce qui la concerne personnellement, et pour tout dire en un mot, à elle-même ! Au théâtre, le cavalier est responsable de tout, des infirmités de la pièce qui se joue, du manque de talent des acteurs, de la maigreur des comédiennes, et c'est à lui d'expliquer, d'excuser et de pallier tout cela avec un esprit infernal, mais habilement dissimulé, car un homme bien élevé ne doit pas avoir l'air spirituel !

Bien entendu, je tente de donner seulement ici les règles initiales, car à combien de difficultés imprévues ne doivent pas faire face l'initiative et la faculté d'intuition de l'homme qui accompagne une femme ! Il lui faut la hardiesse d'un conquérant, l'invention d'un poète, la rouerie d'un valet, l'agilité d'un comédien, le sang-froid d'un général d'armée, la souplesse d'esprit d'un diplomate, une effronterie de courtisane, la distinction innée, une science encyclopédique, une mémoire de créancier, une santé de fer, l'instinct de toutes les choses idéales, et il doit veiller sans cesse à ce que sa compagne n'oublie ni sur les chaises des restaurants, ni sur les coussins des voitures, des mouchoirs sur lesquels sont brodés des chiffres ou des armoiries.

Accompagnée par un très parfait gentleman, une marquise authentique eut subitement l'idée folle, (mais légitime, elles le sont toutes !) de voir un de ces bals de barrière où de terribles filles aux bras d'athlètes, avec leurs amants en blouse, boivent des saladiers de vin bleu. Eh bien! son cavalier dut à l'instant même trouver dans le quartier où ils étaient alors, le local et les vêtements nécessaires au déguisement de la grande dame et au sien propre. Puis ayant conduit sa compagne au bal qu'elle désirait voir, il dut, pour la faire respecter, subir dans une allée un duel au couteau, et revenir près d'elle sans qu'une goutte de sang eût taché ses habits, et sans que la dame eût presque remarqué son absence.

Je me résume par un axiome qu'il faut méditer. L'homme qui accompagne une dame, s'il a été jadis son ami de cœur, doit oublier qu'il l'a été. Si, au contraire, il devient plus tard son ami de cœur, il doit oublier toutes les circonstances et même la date du jour où il l'a accompagnée.

## III

## LE RENDEZ-VOUS

Comme rien n'est impossible, il se peut qu'un galant homme ait à recevoir chez lui la visite d'une dame; dans ce cas-là je lui conseille d'être peintre! Il est vrai que s'il ne l'était pas, il faudra bien qu'il se passe de l'être; mais combien est-il plus profitable, plus honnête, meilleur pour les intéressés et même pour la morale, que l'homme qui a à recevoir une dame chez lui soit un peintre, ayant pour profession de représenter, à l'aide de couleurs étendues sur de la toile, et mariées ou contrastées en d'harmonieux accords, les aspects de la nature idéalisée, les scènes évoquées de l'histoire et les belles imaginations de la poésie!

En effet, si haut placée et si relativement libre que je la suppose, la dame dont il s'agit n'a pas jailli dans la vie comme un lys; il est évident qu'elle appartient à une catégorie sociale, à une famille, à un mari, à des devoirs, et fût-elle seule au monde, à un domicile qui porte l'empreinte et le caractère de sa vie habituelle. En commettant l'héroïque imprudence d'aller voir seule ou un ami, ou un inconnu dont l'âme ou l'esprit ont excité en elle une curiosité invincible, n'est-il pas indispensable qu'elle oublie ce qu'elle trahit, c'est-à-dire tout ce qui d'or-

dinaire l'entoure, et que rien en aucune façon ne
lui rappelle un détail, si insignifiant qu'il soit, de
son existence rationnelle et normale, au moment
où elle s'en va à la conquête des mystérieux Avalons
et des Florides inexplorées d'une admiration ou
d'une amitié nouvelle?

Et voilà pourquoi le peintre est heureux parmi
tous les mortels, car, en pleine civilisation, il habite un désert fermé à tous, mais pompeux, charmant, varié, étrange, splendide et toujours imprévu
qui se nomme : l'atelier! Là, ô bonheur! dans la
solitude vaste et silencieuse, où rien ne signifie le
ménage, la politique, les visites, les bourgeois, les
diseurs de riens et les préoccupations viles, tout,
les meubles antiques et somptueux, les tapisseries
de Dieux et de héros, les étoffes orientales couleur
de soufre, de pâle azur, de rose douloureux et tendre, que l'or et l'argent traversent comme des rayons
frémissants, les cottes de mailles fines et souples,
les épées qui ont vu Marignan, les arcs et les flèches
de tueurs de monstres, les instruments de musique
raffinés ou barbares, les joujoux du xviii° siècle, éventails, musettes, colliers de rubans, les
faïences illustres où sont représentées des nymphes
orangées, les colliers de verre, les pierreries, les
cailloux du Rhin, les émaux, les estampes japo-
naises où, au-dessus des flots dormants, des lustres
de fleurs embrasées tombent des cieux rougissants,
tout a la séduction calme et triomphale que donne
aux choses leur complète inutilité. C'est là qu'on
peut et qu'on doit oublier l'abominable mécanisme
de la civilisation utilitaire, et s'enivrer de l'ambroisie du rêve, aussi insoucieux que des bergers de la
Laconie, écoutant les chansons des fontaines à
l'ombre d'une haie de lauriers-roses!

Si l'homme qui attend une dame chez lui n'est

pas peintre, — ce qui est un tort, je le répète, mais
il faut prévoir toutes les éventualités ! — son devoir
n'en devient que plus impérieux et plus difficile,
car étant admis cet axiome que la dame qui vous
visite a le droit de tout voir, de fureter partout,
d'ouvrir les tiroirs les plus secrets, et qu'on ne peut
et ne doit lui cacher rien, l'hôte de cette visiteuse
adorable a dû savoir se composer un domicile noble
et poétique où on ne trouve ni lit fait pour dormir,
ni cartons verts à paperasses, ni bureau à écrire, ni
cuisine, ni casseroles, ni vaisselle, ni balais, ni
plumeau, ni rien qui caractérise les vils soins quotidiens ou une profession quelconque, et le ménage
de ce logis princier et bizarre doit avoir l'air d'avoir
été mis en ordre — et en désordre — par les fées.

Des murs revêtus d'étoffes lourdes à grands ramages, aux couleurs charmantes et tragiques, des rideaux brodés au mont Athos, des tapis de Smyrne
faits de carrés à images chimériques et irrégulièrement contrastés, des divans profonds et cependant
discrets, presque invisibles grâce à l'illusion produite par des lignes fuyantes et par l'ingénieuse
disposition des couleurs des étoffes, des meubles
purement décoratifs, quelques rares peintures d'une
mélancolie étrange et suave, et dans les jardinières
d'or repoussé, des fleurs pompeuses démesurées,
d'une rareté fabuleuse, voilà en substance ce qu'on
doit voir dans ce logis, dont les fenêtres s'ouvriront,
autant que possible, sur un jardin antique inhabité
et en friche. — Est-il utile d'ajouter qu'il doit contenir, en cas d'accident qu'il faut supposer toujours,
une cachette de mélodrame, aérée et capitonnée,
pourvue de vivres, et si bien dissimulée dans la muraille, que Vautrin lui-même n'y puisse ni trouver
ni même flairer une proie ?

Peintre ou non, l'homme à qui la dame fait l'hon-

neur de lui rendre visite sera exempt de valets et
de domestiques : il ouvrira lui-même sa porte au
moment où la dame va sonner, mais une demi-
seconde avant qu'elle n'ait sonné. Et des dispositions puissantes et universelles, comme celles d'un
bon général d'armée, ont dû être prises par lui,
pour qu'une fois la dame entrée, personne ne puisse
plus sonner, ni frapper, ni crier à la porte, ni y manifester son existence d'une manière quelconque,
lors même qu'il s'agirait de la vie de tout le genre
humain.

La dame qui vient a ses devoirs aussi, car, s'il
faut qu'elle oublie sa vie de tous les jours, il faut
aussi qu'elle la fasse oublier à celui qu'elle vient
voir. Aussi sera-t-elle vêtue des pieds à la tête d'habits qu'elle n'ait jamais portés auparavant, en aucune autre circonstance ; elle ne doit même pas avoir
sur elle un diamant qui ait déjà servi. Elle devra
même avoir un visage autre qu'à l'ordinaire, ou du
moins éclairé, idéalisé d'une manière différente ;
et sa coiffure aura été faite de ses propres mains et
non par celles d'une femme de chambre. Enfin, son
visage aura été lavé à l'eau claire! car le moindre
artifice cosmétique, même invisible, peut être regardé comme une mortelle insulte par l'homme à
qui la dame rend visite.

J'ai dit que le logis ne doit contenir rien qui rappelle le ménage ; il faut cependant que la visiteuse
y rencontre tout ce dont elle peut avoir l'envie ou
le caprice, mais comme dans le rêve, et sous une
forme étrange et royale. Si elle a faim, on trouvera,
comme par hasard, sous la main, une caille froide,
une pêche monstrueuse à la chair duvetée, un flacon de vin de Constance ou de Johannisberg, mais
elle sera servie dans des assiettes de faïences de
Palissy, toujours dépareillées; elle boira dans un

2.

verre gravé de Venise, elle mangera avec un couteau
de la Renaissance italienne et avec une fourchette
qui vient de l'argenterie de Henri II. Si, par un
malheur que les Amours pleureront, elle s'est heur-
tée, meurtri le pied et qu'il lui faille ôter sa bottine,
on devra pouvoir lui fournir à point nommé la pan-
toufle de perles fines d'une sultane des *Mille et Une
Nuits,* mais ce cas est rare, car il suppose qu'on ait
eu affaire à un ouvrier mal soigneux qui, en posant
les tapis, aurait laissé quelque part un clou mal
enfoncé, ce qui serait inexcusable.

La politesse est une chose difficile, car elle n'est
pas une et tout d'une pièce, et elle varie et se trans-
forme du tout au tout selon les occasions et les circonstances. Autant il est vulgaire et répréhensible, lorsqu'on voit une dame chez elle ou dans quelque fête,
de ne pas lui parler, fût-on épris d'elle à en mourir,
et se crût-on aimé d'elle, avec la conviction sérieuse
qu'on n'a pas le droit d'appeler son attention sur
une anecdote, sur un personnage historique, sur
une œuvre d'art qui éveillent l'idée d'amour; autant
à certain moment donné, l'affirmation appuyée et
inopportune d'un respect, qui cependant doit exister toujours, veut être adroitement et délicatement
évitée, lorsqu'il suffit de la sous-entendre. Si même
un déraillement d'esprit, qui volontiers se produit
dans la conversation entre gens d'imagination et de
pensée, arrive à dérouter la situation de telle sorte
qu'il faille y revenir presque brutalement et en mettant les pieds dans le plat, l'honnête homme dans
ce cas-là n'hésitera pas à se sacrifier intrépidement,
avec une bonhomie effrontée dont on le remercie
intérieurement, car elle sauve tout! Mais ceci demande à être démontré par un exemple.

Ce fut par admiration pour son libre génie de dessinateur, dont la fougue michel-angesque n'exclut

pas une grâce souverainement parisienne, que, sans
avoir jamais vu le célèbre caricaturiste Pierre Zéli,
la belle marquise Rose d'Ériac conçut pour lui une
amitié passionnée et lui annonça sa visite par une
lettre qui ne pouvait laisser aucun doute sur ses sentiments. En entrant chez l'artiste et avant même d'a-
voir dit ou entendu un mot, madame d'Ériac fut attirée par une grande pierre lithographique sur laquelle,
avec sa science prodigieuse des effets et des valeurs,
Zéli avait dessiné un tableau saisissant. C'était, assise dans cette boue qui est le rivage de la Tamise,
une grande et svelte pauvresse de Londres, encore
enfant, superbe, aux yeux célestes et terribles, à la
bouche en fleur, ingénue et pensive, vêtue de haillons, de torchons déchirés, pieds nus, le front couvert d'une noire, épaisse et profonde chevelure
emmêlée en tignasse, tenant en main de vieux clous
qu'elle venait de ramasser, et regardant avec curiosité devant elle quelque chose qu'on ne voyait pas,
l'avenir peut-être. Et c'était une peinture charmeresse et émouvante que celle de cette fille quasi
divine, mal couverte de guenilles, car, quoi de plus
effrayant que de voir palpiter sous la griffe de la
Misère une créature qui a droit à un trône, et qui
l'aura, si elle ne meurt pas dans quelque coin, ivre
de gin? Combien faudra-t il que la force des choses
broie d'hommes, de choses, d'obstacles, et verse de
sang, pour que cette princesse déclassée se retrouve,
comme cela est nécessaire, accotée sur les coussins
brochés d'or et les pieds sur les blancheurs fleuries
des tapis?

Ce fut précisément cet avenir, cette histoire *encore
non arrivée* que madame d'Ériac devina, vit par un
éclair de pensée, et raconta avec une vertigineuse
éloquence. Elle n'avait aucun besoin d'esprit pour
la visite qu'elle venait faire à Pierre Zéli; mais,

comme il était un grand homme, il se trouva qu'elle
était aussi une femme supérieure, et leurs pensées
enflammées l'une par l'autre, en une demi-heure
de conversation (dans un moment où les minutes
coûtaient si cher!) ils parcoururent en imagination
des mondes. Ils parlèrent de l'étonnant Londres,
de ses misères surhumaines, fumiers où naissent
des fleurs comme celle que l'artiste avait représentée, de l'héroïsme et de l'idéal modernes dans l'art,
ce qui, de fil en aiguille, les ramena à Jules II et à
Raphaël, et finalement de toutes les questions!
L'enivrement de cette causerie était capiteux, mais
le temps irréparable s'écoulait d'une manière horrible, si bien que rompant les chiens, Pierre Zéli,
comme aurait pu le faire un bon mercier, demanda
à sa belle visiteuse, tout à coup, platement, passionnément, avec une brusquerie dont la bonhomie
eût désarmé les Anges : — « Est-ce que nous n'allons
pas causer un peu de nos petites affaires?

— Mais, dit spirituellement madame d'Ériac, en
défaisant son chapeau et son burnous et en les jetant près d'elle sur un fauteuil par un geste charmant, je suis venue pour ça! »

## IV

### L'AMOUR HEUREUX

Le rêve idéal de tout Parisien, c'est d'aimer, au milieu du luxe, une belle femme douée d'une âme supérieure et d'en être aimé, — et, comme tout se réalise ici-bas, même le paradis, même l'impossible, — il se peut qu'une fois en sa vie on obtienne ce prodigieux bonheur, effroyable à contempler comme l'abîme, comme le gouffre du ciel. On peut le trouver soit dans le mariage même, soit en dehors du mariage et des choses permises. Mais dans l'un et l'autre cas, il faut garder ce bonheur comme un juif de quatre-vingts ans garde son trésor gagné et volé à force de temps, d'abnégation et de génie ; il faut le défendre comme une lionne, blessée au flanc, sanglante et furieuse, défend ses petits.

D'abord, toi qui es aimé d'une Parisienne, mari ou amant, figure-toi ceci : qu'ayant reçu une faveur qui t'égale aux Dieux, tu es jalousé par tout l'univers, et que tu dois marcher dans la vie comme un Indien entouré d'ennemis, perçant de ton regard de feu les horizons, entendant l'herbe pousser, et tenant toujours la main sur ton couteau à scalper les chevelures. Ton ami est ton ennemi, les gens connus et les gens inconnus, le cocher de fiacre, le domestique, le marchand à qui tu achètes quelque chose

sont tes ennemis; sois toujours prêt à fuir les
hommes, à les acheter, à les corrompre, à les ter-
rasser, et surtout et avant toute chose, évite-les!
Ton but, ta loi, ta règle, c'est de garder la femme
aimée et son amour; quant à ce qui est tout le reste,
tes biens, ton or, ton sang, ta renommée, les tradi-
tions de ta race, estime tout cela moins que la boue
du ruisseau; car, quels trésors et quels biens sacrifiés pour la bien-aimée pourraient valoir un seul
instant de son sourire de lumière?

Tu ne lis plus *Roméo et Juliette*, — quand on aime,
il ne faut rien lire, — mais tu as lu mille fois ce
poème divin, et tu sais que tous les malheurs sur la
terre sont arrivés parce qu'on avait écrit des lettres.
Non seulement les amants heureux ne doivent pas
s'écrire de lettres l'un à l'autre, mais les mesures de
prudence sont absolues, ils ne doivent pas non plus
écrire de lettres à des personnes étrangères, ils ne
doivent en écrire ni à une couturière, ni à un cor-
donnier, ni à personne. Ils ne doivent pas même
avoir chez eux les lettres de madame de Sévigné, ni
les *Lettres Persanes*, ni même un roman par lettres,
comme *Clarisse Harlowe*, tant tout ce qui tient à
l'idée de lettre écrite doit leur rester étranger. Ils
ne doivent pas avoir de cartes de visite, ni se servir
de cartes-poste, ni envoyer ou faire envoyer des
télégrammes. Ils renonceront à l'usage de tous les
porte-monnaie, calepins, carnets à armoiries ou à
chiffres, et se serviront de mouchoirs de poche sans
aucune marque visible, car il faut aussi se rappeler
*Othello!*

Ah! ne trouve pas difficile de te plier à ces indispensables tyrannies, car l'amour heureux est nécessairement de peu de durée. Si les deux êtres qui
boivent cette céleste ambroisie sont mariés, il leur
viendra bientôt, sans doute, un enfant, et l'amour

proprement dit sera alors remplacé entre eux par une affection d'un genre différent, faite de devoir et par conséquent n'admettant plus l'idolâtrie, la joie extasiée et la contemplation effrénée du beau. S'ils ne sont pas mariés, leur bonheur sera anéanti un jour par un des mille dénoûments qui terminent les phases des choses humaines, ne fût-ce que par la mort. Donc ceci est un axiome, l'amour heureux est l'affaire d'un instant, qui ne peut durer, et s'envole plus vite qu'un fulgurant éclair.

Et qu'importe! N'oublie pas que *le temps n'existe pas en réalité,* et n'est qu'une illusion de notre esprit terrestre, nécessairement borné et fini. Qu'importe? si l'intensité de la joie que t'a donnée ton amour est telle que les vibrations de la sensation première ne s'éteignent qu'avec toi-même? Qu'importe! si pareil à la goutte de teinture qui colore une immense quantité d'eau, cet amour qui n'a à lui qu'une minute, arrive à colorer toute ta vie de sa pourpre indélébile?

Te voilà près de la femme aimée, dans ce réduit aux épais tapis de Smyrne, aux torchères d'argent, où tes yeux, avivés et subtilisés par la contemplation des étoffes d'or et de rose, de soufre et d'azur pâle, et des monstrueuses fleurs écarlates, voient en elle les immortelles fiancées du genre humain, les Hélène, les Cléopâtre, les Diane; tu tiens sa main longue et superbe, c'est vers toi que se tourne en s'épanouissant la fleur de sang de sa lèvre illustre, son regard t'enveloppe d'une nuée d'or et tu sens le frémissement de sa grande chevelure. Svelte et divine, elle est là près de toi, c'est ta pensée qui traverse son cerveau, une même sensation vous arrache à la terre, vous avez en même temps et au même degré l'idée de joie, de sérénité, de beauté absolue : eh bien! cette volupté surnaturelle et

ineffable doit durer une seule minute! Oui, sans
doute, mais aussi toute la vie, car ce seul instant,
toujours présent et persistant dans toutes les molé-
cules de ton être, y vibrera sans cesse, et jusqu'à la
fin, éternellement, te fera sourire de ravissement et
d'orgueil. Aussi goûte-le bien, savoure-le bien, car
à jamais il parfumera ta bouche et tes lèvres.

L'homme marié qui, dans la lune de miel, a l'inestimable bonheur d'être aimé de sa femme, et de
l'aimer, ne doit pas hésiter à rompre en visière à
tout le genre humain. Qu'il ne se fie pas à l'hypo-
crisie; elle serait insuffisante et inutile. Tous les
hommes sont des ennemis, et il doit vivre avec eux
sur le pied de la guerre déclarée. Il doit non pas
rompre avec son meilleur ami, mais ne l'avoir jamais
connu, fuir les salons, les gens d'affaires et tout le
monde, comme la peste; s'il a eu une profession, y
renoncer; s'il a excellé dans un art, l'abandonner,
hélas! ce n'est pas pour longtemps; supprimer de
sa vie les relations, les domestiques, les fournis-
seurs, le tailleur et, s'il le faut, acheter ses habits à
la *Belle Jardinière*. Quant à la femme aimée, elle
devra éviter tout ce qui est femme, comme l'agneau
évite un loup affamé. Ces deux êtres ne voyageront
pas *aux rives prochaines*, comme le leur conseille
La Fontaine, ils ne voyageront pas du tout; il arrive
toujours des évènements quand on change de place,
et le paysage a le tort absurde et grotesque de mêler
aux souvenirs de l'amour heureux, des formes de
glaciers, de pics, de monticules et de végétaux dé-
sordonnés. Tout au plus pourrait-il s'harmoniser
avec des Parthénons, et avec l'ordre calme et mystérieux des belles architectures. Mais à quoi ces
époux emploieront-ils les heures? A s'aimer. L'a-
mour n'a pas d'autre but que lui-même et il est
impuissant à comprendre et à créer quoi que ce soit

— qui ne soit pas lui. Ils ne liront pas ensemble les poètes, les Ronsard, les Heine, les Shakespeare, qui donneraient à leurs sentiments une expression définie qui ne serait pas la vraie, et l'époux ne fera pas le portrait de sa bien-aimée, ni des vers à sa louange, car ce serait créer par la poésie ou par la peinture une femme idéale, en opposition avec la femme réelle, qui doit seule être adorée ! Non, sans autre occupation sur la terre, qu'ils épuisent la coupe de la joie sans vaine avarice, et, je le répète, moins elle aura duré dans la réalité matérielle et par conséquent chimérique, plus elle durera dans la vérité absolue, par le ressentiment et par le souvenir.

Il faut songer aussi aux êtres qui s'aiment en dehors des lois, car tout est possible à un dieu né avant tous les autres, et qui n'admet aucune convention sociale. L'homme aimé d'une femme mariée ou non libre pour quelque cause que ce soit, doit, échappant à une tradition ignoble et absurde, ne jamais mettre les pieds chez elle, ni dans son monde. Il doit rompre avec sa carrière, avec tous ses devoirs, avec toutes ses habitudes, réaliser sa fortune de façon qu'elle puisse tenir dans un portefeuille, et après avoir ostensiblement quitté son installation et vendu son mobilier, aller habiter avec des meubles nouveaux une retraite dont tout le monde ignore effectivement et littéralement l'existence. Là, ne sortant pas, si ce n'est la nuit et dans un quartier perdu, il aura pour occupation unique d'attendre son amie, et de vivre avec elle présente et absente, voyant ses yeux et entendant sa voix, aussi bien quand elle est partie que lorsqu'elle était là. Comme la chère visiteuse n'est pas mère, il faut qu'elle ne le soit pas, elle ne peut avoir un souci tellement poignant et grave qu'elle ne doive l'oublier en franchissant la porte du réduit où les deux amants ne doivent parler de rien

**3**

qui ne soit pas leur amour. Comme ils ne pensent
pas même à la possibilité d'écrire une lettre ou d'envoyer un message quelconque, et comme ils ont
supprimé tout ce qui pourrait être entre eux une
cause de jalousie, il se peut que le destin les épargne
longtemps. Cependant, ils doivent attendre à chaque
instant le coup qui brisera leur bonheur, et lorsque
ce coup viendra, ne pas résister, pour garder intac-
tes la richesse et la gloire du souvenir. A chaque
entrevue, ils conviendront de vive voix, non seulement du jour et de l'heure où ils devront se revoir,
mais de ce qu'ils devront faire dans le cas où cette
entrevue projetée serait empêchée par quelque accident, cela étant admis une fois pour toutes, qu'ils
n'enverront ni lettre ni message, lors même qu'il
s'agirait de sauver leurs deux existences. Enfin, ils
renonceront l'un et l'autre à avoir de l'esprit, car
l'esprit fait toujours du mal à quelqu'un ; ils parle-
ront et penseront avec la naïveté des enfants, et
s'abstiendront de tous les parfums, quels qu'ils soient,
comme l'amant aura le soin de ne jamais fumer
chez lui-même une bouffée de cigarette, lors même
que son amie ne devrait venir que dans plusieurs
semaines !

Enfin, la femme aimée ne viendra jamais chez son
ami parée de coraux ou de perles, qui se foncent,
pâlissent, emportent l'impression de l'endroit d'où
ils viennent et, à des yeux clairvoyants, racontent
toute la vérité. Voilà bien des précautions, sans
doute, pour assurer une félicité si éphémère ; mais
le jeu en vaut la chandelle ; quiconque a été aimé
et a aimé pendant une seule minute, marche parmi
les hommes avec la conscience de sa force invincible,
et porte sur le front quelque chose qui ressemble à
un resplendissement de vérité et de lumière.

# V

## MEMENTO VIVERE

Introduit dans la chambre à coucher du vieux duc Lancelot de Cimay, le jeune de Varas, qui, pour la première fois, se trouvait devant l'ami de son père, le vit plus pâle qu'un linge, ayant sur la lèvre un clair sourire frissonnant et déjà dans le regard quelque chose de la sérénité suprême, car un doux et vague reflet de l'éternel azur brillait dans ses profondes prunelles.

— « Mon enfant, dit le vieillard au jeune vicomte après l'avoir embrassé, j'ai reçu la lettre de ton père. Il voulait que je fusse ton conseil et ton guide dans la vie, et cette mission qu'il me donnait à ses derniers moments, je l'eusse de grand cœur acceptée. Le malheur est que moi-même je vais te dire adieu, car il me reste tout au plus une heure à vivre. »

Et comme le jeune homme, palpitant d'émotion, voulait se récrier, le duc reprit :

— « Crois-tu qu'un Cimay, qui a vu partir avant lui ses enfants et ses petits-enfants, puisse regretter ici-bas quelque chose? Je n'ai plus de parents et tu es complètement pauvre; je t'ai donc laissé par un testament en bonne forme, déposé chez mon notaire, maître Ploix, tout ce qui me reste : une terre dans

le Bourbonnais, affermée dix mille francs. Ne me remercie pas, nous n'avons pas une minute à perdre,
et souviens-toi que tu ne dois jamais vendre cette
terre, car avoir sa fortune en obligations, en coupons, en chiffons de papier, c'est déjà, par un côté,
vivre à la façon des Américains nomades, qui habitent les hôtels garnis et se marient dans la chambre
bleue de l'hyménée, sur des bateaux à vapeur !

« Il nous reste environ trois quarts d'heure. C'est
plus de temps qu'il ne m'en faut pour te donner un
résumé complet et net de la sagesse humaine, car,
dégagée des niaiseries et des lieux communs dont on
l'enguirlande, elle se réduit à fort peu de chose. Naturellement, presque tu as dix-huit ans sonnés, tu
sais déjà l'équitation et l'escrime ; ne les oublie
jamais, car, privé du cheval et de l'épée, l'homme
est comme un animal sans poil, ou comme un oiseau sans plume. La première chose à faire, c'est de
servir ton pays ; engage-toi dans le premier régiment venu, et tâche d'aller quelque part où l'on se
bat. Un homme n'existe que du jour où il a montré
au soleil la couleur de son sang. Sois docile et respectueux envers tes chefs, bon et affable pour tous,
mais ne tolère absolument rien, et bats-toi avec le
premier venu, fût-ce un mouchard ou un échappé
du bagne ; c'est ce qu'exige le respect de soi-même
à une époque où aucune convention sociale ne nous
protège, et, quoi qu'en ait dit M. Glais-Bizoin, le
vrai courage consiste à avoir du courage.

« Élevé par une mère comme celle que tu as eue,
tu es religieux ; d'ailleurs, je ne te crois pas assez
bête pour adorer le raisonnement humain, cet outil
imparfait et sans précision, avec lequel, sans la rou-
tine et l'instinct surnaturel, on n'arriverait même
pas à raboter convenablement une planche, ou à
faire une paire de bottes ! Donc, lorsque tu iras à la

messe, porte ton livre de messe à la main crâne-
ment, et si quelqu'un semble sourire, invite-le à une
promenade matinale, et donne ou reçois un bon
coup de sabre, ou de ce qu'on voudra, car ton sang
doit être toujours prêt à sortir! Ce qui, d'ailleurs,
ne doit pas t'empêcher de savoir l'astronomie et les
mathématiques, d'étudier dans les mythologues et
dans les poèmes primitifs la science des religions,
et de regarder *Candide* et *Zadig* comme des chefs-
d'œuvre.

« Tu rentreras dans la vie civile; alors, que feras-
tu? C'est bien simple : Si tu sens en toi le génie
d'un art ou d'une science, donne à cet art ou à cette
science toute ta vie et toutes tes forces. Si tu veux
faire de l'agriculture, une clause du bail fait avec
ton fermier stipule que tu peux le résilier, moyennant le paiement d'une indemnité fixée d'avance, et
pour laquelle tu trouveras des fonds chez le notaire.
Mais, alors, fais de l'agriculture à la vieille mode,
car, faite scientifiquement et mise au courant des
progrès modernes, elle demande des dépenses considérables et devient un commerce. Or, tu dois éviter tout commerce! Si tu vis à la campagne, marie-
toi; aime et respecte ta femme, que tu auras bien
choisie, qui sera une ménagère, et qui ne jouera pas
du piano; et élève bien tes enfants. Cette vie-là est
si simple, que les règles en sont connues de tous;
mais je suppose que tu ne la choisiras pas, et que
tu vivras dans le tourbillon parisien.

« En ce cas, la chose devient plus difficile. Pour
économiser le temps, j'accumule les *mementos* et les
préceptes. Habite à un second étage, dans un quartier honorable et vivant, mais non bruyant. A cause
de l'humidité de Paris, les chauds tapis et les épais
rideaux de damas de soie sont indispensables; mais
défie-toi des meubles, comme de la peste : ils tien-

3.

nent une place inutile et redoutable. Un vrai divan
à la turque, avec une chaude couverture et de riches
coussins, et des fauteuils confortables, voilà le principal. Il n'y a que les meubles anciens, bahuts, cabinets ou horloges, qui soient vraiment beaux ; mais
ils doivent avoir été achetés au fond d'une province
et dans un état parfait de conservation ; si un col-
lectionneur, un marchand de curiosités ou un répa-
rateur de meubles les a touchés ou seulement vus,
ils ne sont plus anciens. Tâche d'avoir quelques mi-
roirs, et quelques chandeliers du dix-septième siècle
dorés à l'or moulu. Un meuble, un livre, un tableau qui veulent entrer chez toi, sont des ennemis.
Le meuble a été rafistolé, le livre est inutile, car, au
lieu de le lire, tu liras Homère ou Dante, ou Rabelais, ou Shakespeare, et tu feras bien ; le tableau est
mauvais, s'il n'est pas une chimère. Il n'y a pas de
tableaux anciens ; ils ont tous été repeints par des
vitriers. Quant aux tableaux modernes, il faut les
acheter directement à l'exposition, et au peintre lui-
même, et à cette condition que le peintre ait du génie, et que le tableau ne soit pas ennuyeux ou terrible à voir, car, pourquoi s'enfermer avec une chose
formidable ou absurde? Les collections de gravures
et de faïences mangent la vie et arrivent à faire un
monomane du plus galant homme ; d'ailleurs, rien
n'est plus réjouissant à voir qu'une estampe japonaise, qui coûte dix sous, ou que n'importe quelle
turquerie écarlate !

« Étudie avec soin, avec rage, tous les grands
épistolaires, Balzac l'ancien, madame de Sévigné,
Voiture, pour apprendre... à ne pas écrire de lettres ! Il est très difficile d'écrire à son bottier une
lettre de deux lignes qui ne vous expose pas à la
mort, ou à la déportation, ou à un procès en adultère. Je t'ai dit que tu dois éviter toute profession

mercantile. Ton nom même ne doit pas figurer parmi les membres d'un comité d'administration, car on ne sait jamais bien quelles affaires d'industrie et de banque sont ou ne sont pas des coupe-gorge.

« Le commerce a eu sa grandeur à certaines époques et chez certaines nations; mais quoique chez nous-mêmes, et tel que nous l'avons falsifié et rapetissé, il soit encore infiniment respectable, tu ne dois pas être, même théoriquement, le collègue de l'épicier, qui vend de la colle de poisson pour de la confiture, et du marchand de vin qui fabrique son vin avec de l'iris et du bois de Campêche. Fuis les bavards, et aussi les professeurs, car ils professent toujours, et surtout les fats qui, se souvenant de l'aphorisme : « Comprendre, c'est égaler, » affectent impudemment pour Raphaël, pour Véronèse, pour Beethoven, pour Molière, pour La Fontaine, une admiration hors de toute mesure avec l'étroitesse de leurs propres âmes!

« Sois servi par un domestique, ancien soldat, qui ait été blessé à la guerre, et qui ait montré ainsi qu'il n'a pas le cœur vil, et fais qu'il te craigne et te respecte, et surtout qu'il t'aime. Ne mange jamais chez toi autre chose qu'une côtelette! Nulle part on ne mange mieux que dans les restaurants, quand on a appris à s'y gouverner, ce qui doit être la première étude d'un Parisien, car il n'y a presque pas de maison particulière où l'on sache faire un coulis et une sauce blanche. Si tu dînes chez des amis, que ce soit des amis pour qui tu serais disposé à donner ta vie et ta bourse: et tout ce que tu recevras, rends-le au centuple.

« Mais il faut te parler des femmes! Sur ce point tout le malheur est venu de ce qu'on a confondu la galanterie avec l'amour. Ce sont deux choses. Pour toute liaison sérieuse, ne te laisse aller à aimer,

libre ou mariée, qu'une femme dont tu consentirais
à faire ta femme, et dès le premier moment fais-lui
le sacrifice de tout ce que tu es, de tout ce que tu
as, et même de ta vie. Dans les liaisons frivoles,
calcule d'avance ce que tu veux y dépenser de ton
temps, de ton argent et de tes bibelots, et ce devis
une fois établi, fais comme pour les devis des architectes, double-le, et ajoute quelque chose en sus!
Dans ces passe-temps, sois toujours jeune, séduisant, amusant, infatigable, spirituel; charme comme
Roméo, paie comme Turcaret; sois fidèle, attends-
toi à être trompé sur toutes les coutures, et ne fais
pas semblant de savoir que le jeu n'en vaut pas la
chandelle. Quant aux demoiselles à chignon rose ou
jaune, car je ne t'interdis rien! c'est encore plus
simple. Dans les intervalles de leurs ritournelles de
folie apprise, elles sont sérieuses comme des no-
taires, étant toujours tourmentées par la pensée de
quelque dette à payer ou de quelque affaire d'argent; si donc tu dois perdre cinq minutes avec une
d'entre elles, tâche de trouver un euphémisme pour
lui faire comprendre tout de suite dans quelle mesure tu veux concourir à la délivrer du souci qui
l'occupe. Pas de cabotinage! le préjugé contre les
acteurs n'est pas un préjugé. L'actrice la plus amoureuse de toi te hacherait menu comme chair à pâté
pour avoir un rôle, et près de toi pense au public,
aux applaudissements et aux robes. Quant aux acteurs, il y en a de très honorables, et qui sont dignes
de tous les respects; mais, en principe, le comédien est le mâle de la comédienne, c'est-à-dire d'une
femme qui, pour enrichir son honnête directeur en
jouant des pièces qui sont la satire du Vice, est forcée de fournir des robes de mille écus la pièce,
payées par le Vice!

« En somme, tout ce qui est galanterie mérite

peu qu'un honnête homme s'y arrête. Il n'y a
presque plus de beauté ni dans l'aristocratie, recro-
quevillée par des idées étroites et peu modernes, ni
dans la bourgeoisie stupéfiée par une ignoble convoitise de l'argent. Les plus belles femmes de ce
temps sont des modèles d'atelier qui dansent dans
la rue de la Verrerie, et des marchandes de pommes
du quai de la Râpée, avec qui la conversation est
difficile. Il y a aussi quelques princesses, mais dont
la beauté n'existe qu'à la condition d'être idéalisée
par la peinture et par la poésie, et il n'est pas rare
qu'elles appartiennent à des familles de bourgeois
et de parvenus !

« Donc, pour conclure, aimer une noble femme
qui soit une âme, lire, étudier, faire la charité, se
dévouer à tous, vivre sans aucune souillure ! élever
son cœur, et, si l'on est père, être bon père, voilà
tout ce qu'il y a ici-bas de raisonnable, et c'est tout
ce que m'a appris la vie ! Redoute la médiocrité, la
sottise, le piano, les amateurs d'art ; le plus que tu
pourras, sois chaste ; sois brave, sois généreux follement, et surtout sois bon, et que Dieu te bénisse ! »

Ayant ainsi parlé, le duc de Cimay souleva sa
tête, regarda un instant le ciel, puis expira ; et s'a-
genouillant avec respect, Pierre de Varas baisa la
main glacée de celui qui venait de lui léguer la sagesse.

# VI

## CONVERSATION PARISIENNE

La superbe horloge où Carrier-Belleuse a groupé toutes les figures des Heures enchantées, frivoles ou terribles, marquait une heure du matin, et dans le salon de madame de Symiana il n'y avait plus que le comte son mari, sa sœur madame de Perles, le grand homme politique Sévérac, alors ministre, le docteur Vandevousse, et le jeune et célèbre peintre Jean de Trézelles, dont le récent mariage faisait l'objet de toutes les conversations, car la fille du marquis de Saveuses l'avait épousé par amour ! Il y avait bien aussi dans un coin (mais personne ne faisait attention à lui,) le mathématicien Laboris, ce grand vieillard à la tête plus puissante que celle d'Arago, couronnée d'une crinière blanche épaisse et touffue, qui, presque octogénaire, étonne encore le regard par une force d'athlète que soixante ans de travail n'ont pas courbée ; mais ce n'est pas le travail qui use les hommes, et Laboris est resté aussi étranger aux passions qu'un moine pieux dans son couvent. Membre de l'Institut avant d'avoir atteint sa vingt-cinquième année, il s'était jeté dès lors dans des études mathématiques d'un ordre si transcendant, que personne ne pouvait l'y suivre, élargissant et brisant le cadre de la science pour s'élancer dans le plein ciel de l'abstraction, où le Chiffre, aimé pour lui-même, donnait à ce voyant la clef de tout et un pouvoir de divination arrivé à l'absolue certitude. Laboris songeait comme s'il eût été seul, et sur ses yeux pleins de flamme intense et profonde tombait l'ombre de ses longs et larges sourcils faisant la nuit pour sa profonde pensée, tandis qu'autour de lui la causerie, sans le toucher ni l'atteindre, jetait impunément sa vive flamme et ses étincelles.

— « Ainsi, dit madame de Perles à Jean de Trézelles, vous avez accompli ce miracle surhumain de réaliser ici-bas votre rêve, car c'est par dix ans de luttes, de patience, de créations et d'une vie dont tout fut caché, excepté les œuvres, que vous avez conquis votre admirable femme, à force de génie !

— Ou plutôt, dit le comte, à force d'amour, car vous aimiez votre Élisabeth comme j'ai aimé madame de Symiana ; mais, né pauvre et d'une naissance si inférieure à la sienne, vous avez dû pour l'obtenir, et avec la même fidélité chaste, faire plus de prouesses qu'un chevalier du moyen âge, puisque vous étiez à mille lieues de votre idole !

— Celui pour qui aucun effort n'est perdu, s'il est sincère, dit Trézelles, m'a aidé manifestement en m'envoyant l'inspiration qui seule pouvait me sauver. Épris de mademoiselle de Saveuses à en mourir, et n'ayant pas même le droit de dire un mot qui lui fît soupçonner ma passion, je m'attachai à répandre la gloire de la Sainte dont elle porte le nom, me donnant l'immense joie de célébrer ses vertus et sa beauté céleste en glorifiant celles de cette adorable Reine ! Mes tableaux du *Miracle des Roses* et de *Sainte Élisabeth soignant le lépreux*, commencèrent au Salon ma petite renommée...

— Que vous deviez, dit Sévérac, changer en une bonne et solide gloire, en achevant l'immense en-

treprise de décorer complètement, à la façon des
grands Italiens, une des églises de votre ville natale,
où vous avez représenté, dans des compositions
d'une sublimité rare, car le génie y est toujours
avivé par la Foi! toute la vie de la sainte qui donnait
aux pauvres son or, son pain et son cœur; et certes
le magistral succès d'une pareille tâche n'est pas
une des choses les moins étonnantes de notre temps.

— Ce qu'il y a d'étonnant, dit le peintre, ce n'est
pas que j'aie pu avec des jours et de la patience, et,
ajouta-t-il en se tournant gracieusement vers Sévérac,
protégé par un homme tel que vous! mener mon
œuvre à fin en docile ouvrier; mais ce qui fut vraiment surnaturel et me fit voir clairement la protection de Dieu étendue sur moi, ce fut que mademoiselle de Saveuses eût deviné mon amour que pas un
regard n'avait trahi jamais, en voyant mes peintures
données à tous, mais faites pour elle seule; et que
pouvant choisir un mari parmi les plus grands
noms de France, elle eût voulu se garder à moi et
m'attendre! N'y a-t-il pas là une récompense supérieure à tous les mérites quels qu'ils soient, et ne
dois-je pas être presque épouvanté de mon bonheur?

— Non sans doute, dit madame de Symiana, mais
votre histoire, si pareille à la nôtre, fit-elle en échangeant avec son mari un regard brillant d'une félicité
ineffable, me réconcilie avec notre époque menacée
de n'avoir plus d'autre dieu que le dieu Dollar, et
qui prend pour de la musique des chansons bonnes
à faire danser les singes; car elle montre qu'en ce
temps si affolé de riens, l'amour peut être encore ce
sublime élan de l'âme tout pureté et tout sacrifice,
qui se rit des obstacles et développe en nous des
forces inconnues.

— Et, dit le comte, l'amour doit être cela ou il
n'est plus que le justicier, que le tourmenteur aux

armes embrasées et à la torche sanglante à qui les
Grecs donnaient son véritable et impitoyable nom :
Désir! ou plutôt, docteur, ajouta-t-il en s'adressant
à Vandevousse, il n'est plus qu'une de ces maladies
qui relèvent de votre science...

— Et que nous traitons, dit Vandevousse, avec
d'autant moins de certitude que leurs causes restent inexpliquées. Ainsi, combien n'ai-je pas réfléchi et inutilement, au cas de ce pauvre Aimery de
Fraces...

— Ce jeune homme, demanda madame de Perles,
dont le visage a été coupé en deux par une si belle
balafre?

— Précisément, répondit le docteur, et dont,
chose plus grave, le mariage a été célébré hier à
Saint-Thomas d'Aquin.

— Ah! fit madame de Symiana, qui a-t-il épousé?

— Je sais l'histoire, dit le comte. Une certaine
Léocadie aux lèvres minces, pâle, marquée de la petite
vérole, dont le visage est comme troué par les taches
noires de deux yeux d'enfer, avec de longs cils noirs,
des cheveux châtains mêlés de grandes mèches fauves, et qui était femme de chambre chez madame
de Fraces lorsqu'Aimery, sortant de Saint-Cyr, obtint la permission de passer un mois près de ses parents avant de rejoindre son corps. Quand son père
s'aperçut qu'il appartenait à cette mince et brûlante
sorcière, qui, lorsque la pluie tombait sur elle, fumait comme un fer rouge, si bien qu'il ne pensait
plus à rien et qu'il ne quittait plus la maison, ce
prudent vieillard trouva le moyen d'envoyer son fils
dans un régiment d'Afrique, et mit la fille à la porte
en lui donnant une petite somme. Pendant dix ans
Aimery, qui se battait comme un lion et faisait des
prodiges de bravoure qui aujourd'hui sont des ana-
chronismes, ne pensa pas plus à cette Léocadie que

4

s'il n'en eût jamais existé. Mais la première fois qu'ayant obtenu un congé il revint en France, capitaine et chevalier de la Légion d'honneur, il la retrouva marchande de tabac rue Drouot, vendant des cigares choisis qu'elle semblait allumer à ses yeux de braise, et elle le reprit si complètement, que pour ne plus la quitter, il donna sa démission, car sans lutte ni transition aucune, il était redevenu ce qu'il avait été dix années auparavant, l'esclave de Léocadie.

— Et sans doute, dit madame de Perles, monsieur de Fraces le père s'irrita, se désola?

— Lui! reprit le comte, pas du tout! Il vit le ministre, força son fils à retirer sa démission, et le renvoya en Afrique plus vite qu'il n'en était venu, il y a de cela quatre ans. Mais l'année dernière, monsieur et madame de Fraces étant morts tous deux en moins d'un mois, Aimery est revenu. Il avait oublié Léocadie comme on oublie les vieilles lunes; mais il se trouva nez à nez avec elle dans une école de gymnastique où elle donnait des leçons aux dames, à la suite de quoi il a donné sa démission, sérieuse cette fois, et a épousé l'ancienne femme de chambre, ce qui prouve que la vie de certains hommes a pour loi unique une absurdité sans limites!

— Ah! fit le docteur Vandevousse, combien je regrette de ne pas croire au diable, car du moment que nous n'admettons pas la passion diabolique, telle que la connut le moyen âge, que de faits nous observons tous les jours qui ne peuvent être rattachés à aucune cause normale! Ainsi, comment expliquer l'extraordinaire fascination exercée sur les femmes par mon confrère Vitellis, dont le scandaleux procès a occupé tout Paris, et qui avant de mourir si malheureusement pendant la guerre, s'est vu dépossédé de tout, pour s'être permis de ressus-

citer don Juan et Sardanapale dans un monde qui
ne permettrait même pas de telles fantaisies à un
grand d'Espagne ou à un roi d'Orient! Car gros,
asthmatique, goutteux, âgé de quarante-six ans, il
avait trouvé le moyen de réduire en esclavage dans
sa maison de santé de vraies grandes dames, Espagnoles, Anglaises, Russes, Égyptiennes, Grecques,
dont il s'était fait un harem! Assises en rang d'oi-
gnons autour de sa table de travail, elles regardaient
*Bébé* écrire ses articles, et quand le tailleur venait
pour lui prendre mesure d'une robe de chambre,
elles tenaient sérieusement conseil, discutant la
coupe et la couleur, et disant par exemple : « Non,
monsieur, pas de bleu ; le bleu ne va pas à Bébé ! »

— Docteur, dit madame de Symiana, il faut croire
au diable, car n'est-il pas le metteur en scène et le
véritable inspirateur de la Comédie Humaine ? Voyez
cette charmante duchesse de Tende, dont l'affreuse
aventure n'est un secret pour personne ! Veuve
d'un mari beau, spirituel, brave et qui l'adorait, elle
obéit maintenant à un expéditionnaire appelé Dupont, chauve, âgé de cinquante ans, absolument
vulgaire, et qui la bat comme on bat un nègre aux co-
lonies ! Or, ce triomphant monsieur Dupont avait
quitté pour cette duchesse-là une autre duchesse, qui
le regrette, et je voudrais que quelqu'un pût nous
dire la raison vraisemblable d'aberrations pareilles.

— C'est, dit en relevant sa grande tête superbe et
chevelue le mathématicien Laboris, qui, sans cesser
de poursuivre ses problèmes, avait tout entendu, —
c'est que, dépourvu de l'Idéal qui fait sa grandeur
et qui le noue à la chaîne de diamant des choses divines, — l'amour est une science exacte ! »

## VII

### SGANARELLE

A cette noce de bons bourgeois, fabricants de fleurs pour l'exportation et fabricants de papiers peints, Bixiou, dont *Le Charivari* commençait à refuser les dessins, comme trop lâchés, et qui, depuis huit jours, n'avait dévoré aucune proie, se sentait en train de faire des farces; aussi accueillit-il avec la grâce la plus parfaite la question de monsieur Lestiboudois, le marchand de soie écrue.

— « Alors, fit-il, c'est une véritable consultation que vous me demandez !

— Oui, dit Lestiboudois, pour un de mes amis.

— J'entends bien, reprit Bixiou. Vous voulez savoir si un honnête homme peut être sans ridicule ce que Molière, qui ne mâche pas ses mots, appelle...

— Précisément, dit Lestiboudois.

— Mon Dieu, fit négligemment l'artiste, en général, il vaut mieux ne pas l'être, et le moyen en est facile. Il suffit de choisir une bonne femme bien simple, robuste, chez qui le système nerveux ne prédomine pas, élevée au ménage, qui soit apte à faire un enfant tous les ans, et de se conduire en bon mari.

— Mais, objecta piteusement le marchand, si on l'a choisie autrement et qu'il faille la garder telle qu'elle est?...

— Je le vois, dit Bixiou, vous voulez que nous allions au fait, et vous n'êtes pas un homme qu'on peut contenter avec des calembredaines. Donc, pour entrer dans le cœur de la question, j'ai connu un mari qui a trouvé le moyen de supporter sans faire rire personne la chose dont il s'agit. Le marquis d'Esternay...

— Ah! fit Lestiboudois, il était marquis!

— Il l'est encore, répondit Bixiou, mais depuis la Révolution, nous sommes tous égaux. Le marquis d'Esternay, beau comme tous ceux de sa race, avait été, avant son mariage, lieutenant aux chasseurs d'Afrique. Au régiment, il était célèbre pour ses témérités héroïques à la Roland; un jour, il s'était élancé tout seul contre un gros d'Arabes, et il était resté sur le champ de bataille où on l'avait cru mort, frappé de deux balles et la tête fendue d'un coup de sabre. Il en était revenu cependant, et c'était un garçon superbe, fin, bien découplé, de haute taille, magnifique à voir avec son visage brûlé, aux traits hardis, aux profonds yeux bleus, auquel ses cheveux courts, épais et drus, et sa légère barbe noire donnaient le caractère le plus viril. C'est ainsi fait que d'Esternay, riche de deux millions, sans compter les espérances, épousa sans dot et par amour mademoiselle Marcelle Jacquelin, fille d'un employé des postes, dont le trousseau ne valait pas cent écus. D'ailleurs très jolie, mais ne sachant ni porter ni faire valoir sa beauté à la Watteau, dont elle n'avait pas la clef. Ajoutez à cela que d'Esternay n'a aucun talent d'agrément! Habile comme un maître en équitation et en escrime, et savant comme un bénédictin dans toutes les sciences et dans tous les arts, mais simple comme un coutelier de Manchester, il est avec cela spirituel comme s'il en faisait son état; il peut et très facilement écorcher son interlocuteur

4.

à la façon d'Apollon pelant le satyre Marsyas ; mais
ce génie comique, il ne l'emploie jamais que pour la
défense de ce martyr qui se trouve dans toute société et aux dépens duquel les faux braves (il y en
a partout, même dans la conversation !) font de l'esprit à bon marché. D'ailleurs, il est idéalement bon
sans faiblesse, se connaît en meubles et en tableaux,
s'habille avec le plus suprême bon goût, et peut, sans
ôter ses gants, rouler une cigarette irréprochable.

— Et avec tout cela, murmura Lestiboudois, sa
femme l'a fait...

— Avec un pianiste, dit Bixiou, et au bout de six
mois. Ce pianiste, qui passe dans ses cheveux une
main imitée de celle de Liszt et porte des gilets à
brandebourgs, composait des romances sans paroles
et avec paroles, auxquelles peu de femmes ont résisté.
Tout Paris sut bientôt sa liaison avec la marquise
d'Esternay, et personne ne l'ignora. D'Esternay seul
s'obstina à ne connaître ni la liaison ni le pianiste,
dont il ne s'inquiéta pas plus que d'une mouche se
promenant sur un rideau de dentelles. Peut-être a-
t-il caché dans son cœur et dans son cerveau des
drames terribles, car il adorait sa femme, mais personne n'en a rien su, le marquis estimant que gein-
dre ne sert à rien, et étant de ceux qui mettent en
action la noble devise : « Aide-toi ; » seulement, il
eut à la même époque trois duels consécutifs, dans
lesquels il blessa effroyablement ses trois adversaires ; mais c'est ici qu'il faut admirer son élégance,
il n'avait cherché aucun de ses duels et il les avait
acceptés dans des conditions où tout galant homme
eût fait comme lui. Une fois, son oncle maternel, le
vieux général d'Ars, avait été insulté dans un journal ; une autre fois, un fat avait devant lui parlé plus
que légèrement de la femme de son meilleur ami,
le capitaine de Cardonne, naviguant alors dans les

mers de l'Inde; enfin d'Esternay s'était battu, pour
la troisième fois, en voyage, avec un Russe qui, ne
sachant pas qu'il avait été militaire, avait en sa présence, à table d'hôte, tenu les propos les plus ou-
trageants pour l'armée. Ce hasard persistant vous
peint tout entier notre homme, qui ne cherche pas
le drame, mais qui est assez vigilant pour que
les occasions de faire les choses qu'il est bon qu'il
fasse ne lui manquent jamais. Il ne se fût pas donné
le ridicule de se mettre en campagne avec prémédi-
tation pour arrêter les chevaux qui prennent le mors
aux dents, à l'heure fashionable, dans l'avenue des
Champs-Élysées, ou pour faire concurrence aux sau-
veteurs en retirant de l'eau les caissiers infidèles qui
se noient le soir au pont Notre-Dame; mais ce ne
fut pas sa faute assurément si, lors de son dernier
séjour en Touraine, l'incendie dévora la ferme qui
dépend de son château, car ce n'est pas lui qui avait
mis le feu ! et si réussissant, là où des pompiers, intrépides pourtant, avaient trois fois battu en retraite,
il put, marchant dans la fumée, sur les poutres de-
venues braises, sauver, les uns après les autres, la
fermière et ses quatre petits et le fermier lui-
même, que, les uns après les autres, il descendit
sur ses épaules le long d'une corde à nœuds, superbe, effrayant, joyeux, le visage et les cheveux
brûlés, et admiré des paysans éperdus qui, à sa
force indomptable, reconnaissaient en lui le seigneur. On a beau être modeste; par ce temps de
petits journaux, d'Esternay ne put empêcher cette
anecdote d'arriver à Paris, où, lorsqu'il y revint, elle
était connue de tout le monde. Le pianiste sentit
bien qu'il était perdu s'il ne parvenait pas à avoir un
duel avec un homme qui légitimement s'était fait
une telle réputation de bravoure; aussi d'Esternay
le rencontra-t-il sans cesse sur ses pas, mais sans

jamais consentir à le voir. et même il ne permit pas
au coin de ses lèvres de sourire quand le pianiste,
qui était tombé au dernier degré d'humiliation, fut
chassé honteusement.

— Certainement, fit Lestiboudois, la bravoure...

—... N'est qu'un côté de la question, interrompit
Bixiou, mais d'Esternay avait trop de tact pour né-
gliger l'autre ! Jusque-là homme d'intérieur, préfé-
rant à tout sa maison et ses livres, il avait vécu fort
retiré ; mais chassé de chez lui par les turlutaines de
sa femme, il commença à se montrer dans le monde
et à l'Opéra ; le charme de sa beauté et de son incomparable élégance ne tarda pas à causer du bruit
dans Landerneau. Il y avait alors une de ces meur-
trières mille fois décrites par les romanciers, qui
inspirent l'amour sans l'éprouver, se plaisent au désespoir de leurs victimes, et n'ont d'autre joie que
de faire verser beaucoup de sang et beaucoup de
larmes. Si au lieu d'être une princesse possédant des
mines d'argent et de platine, belle comme un rêve,
et avec sa grâce sauvage et enfantine ayant la ma-
jesté d'une reine, cette Hongroise, qui se nommait
Sarolta-Batsanyi, eût été une Parisienne à cent mille
francs le tas, elle aurait pu prendre pour sa devise
la légende que Gavarni prête à une de ses diablesses :
*C'est égal, celui qui me rendra rêveuse pourra se van-
ter d'être un fameux lapin!* car personne, à ce qu'on
ait pu savoir, n'avait jamais été assez favorisé pour
toucher le bout de son gant. Mais elle éprouva pour
d'Esternay une passion furieuse, le lui dit, et voulut
se donner à lui violemment, brutalement, tout de
suite. Un lieutenant aux chasseurs d'Afrique n'a pas
le droit de faire le Joseph ; mais, après une courte
liaison, pendant laquelle la princesse, à ce qu'elle
raconte effrontément, connut le paradis ! il a repris
possession de lui-même ; et de ce jour, vaincue, idiote,

abrutie d'amour, la belle Sarolta suit de loin d'Esternay comme un caniche, s'habille aux couleurs de
sa livrée, et le regarde comme un pauvre regarde
les louis d'or derrière les grilles des changeurs. Vous
savez ce que sont les épidémies à Paris. Toutes les
filles se sont mises à devenir folles de d'Esternay, et
il reçoit plus de lettres d'amour qu'un ténor ou qu'un
gymnaste de cirque ; mais ce qui va vous intéresser,
c'est que la contagion a gagné la marquise d'Esternay. Elle s'est éprise de son mari : on l'a vue, pâle,
brisée, les yeux caves, près de mourir, et elle fût
morte, si le marquis ne l'eût emportée, comme une
chère proie, dans le joli palais que secrètement il
avait fait bâtir pour elle dans la rue d'Assas. La première fois qu'elle se trouva seule avec lui dans la
chambre à coucher, tendue d'une tapisserie de jais
blanc, elle craignait peut-être le premier mot que
lui dirait son mari ; mais il lui dit seulement : « Je
t'ai toujours aimée ! » en posant sur ses yeux fermés
un long baiser brûlant plein de joie. Vous voyez,
cher monsieur, par l'exemple de d'Esternay, qu'on
peut être, sans trop de ridicule...

— Oui, ce que dit Molière, interrompit Lestiboudois. Mais il faut pour cela certaines conditions spé-
ciales !

— Si on ne peut les réunir, dit sentencieusement
Bixiou, le plus sage est peut-être de se tenir tranquille, et de cultiver assez bien ses biceps pour montrer à ses voisins qu'on peut aider un charretier à
retenir sa voiture chargée de pierres de taille.

— Oui, il y a encore cela, soupira le marchand de
soie écrue, en jetant sur son bras, pareil à un fil
d'archal, un regard furtif et mélancolique. »

# VIII

## LA JALOUSIE

La Jalousie a cela de particulier qu'on ne peut bâtir à propos d'elle aucune théorie et aucun système ; elle est, par sa nature, si fatale, si douloureusement légitime, qu'elle frappe ses victimes comme un coup de couteau ou comme la foudre, et conseiller à quelqu'un de ne pas être jaloux, c'est aussi puéril que de lui dire : « Vous auriez bien fait de ne pas passer dans la rue au moment où le vent décrochait une cheminée ! » L'être qui pourrait dompter sa jalousie se serait d'abord anéanti lui-même dans une stoïque indifférence ; quant à celui qui sent le renard lui manger le ventre, tout ce qu'il peut faire, c'est, comme le Spartiate, de retenir ses cris s'il en a le courage, ou, s'il ne l'a pas, de hurler comme une bête blessée. La Jalousie est une Furie aux cheveux de serpents, qui agite une torche ou un couteau dans sa main sanglante ; mais cette Furie est l'inséparable compagne du cruel Amour qui ne va pas sans elle, et il la tient si étroitement embrassée, qu'on ne saurait tuer l'un des deux sans tuer l'autre. Ainsi tout homme qui pense lui doit-il la vénération qu'on accorde aux Dieux terribles ; et je n'en parle ici que par accident, pour montrer avec quelle habileté une vieille Parisienne peut arriver à

savoir parler pour ne rien dire, et donner aux bille-
vesées les plus folâtres une apparence de vérité ma-
thématique.

Qui ne connaît la célèbre Rose Turpin? Vieille,
elle l'est, mais sans faux cheveux et sans rides; le
Temps l'a proprement jaunie comme un ivoire, et
elle est coiffée en bandeaux nets et lisses, à la mode
oubliée de 1830. Élevée sur les genoux des grands
diplomates qui vivaient encore sous Louis-Philippe,
elle a appris tout de suite à savoir, à négocier, à
échanger les secrets politiques, dont elle s'est fait
des fortunes; elle a parcouru toutes les gammes de
la passion, cueilli toutes les fleurs du mal; elle est
l'amie de tous les hommes illustres, car elle a été
mêlée à tout ce qui s'est passé à Paris, à toutes les
affaires d'argent, d'intrigues et d'amour. Maintenant
elle est chaste; elle sait tout, comme les Dieux;
elle trouve des voluptés indicibles dans les seules
combinaisons de sa pensée, et elle reste immobile
dans son fauteuil, sachant que nulle part elle ne
pourrait rien voir qui fût étonnant pour elle. Il y a
vingt ans, elle était d'une mauvaise santé, se soutenait d'un peu de lait et semblait près de mourir; il
est probable qu'aujourd'hui elle ne boit ni ne mange,
et qu'elle persiste, par la silencieuse joie du pouvoir
qu'elle a acquis en pénétrant les causes des évènements et en s'habituant à lire dans les âmes. C'est
cette femme devant laquelle un homme vénéré de
tous, le vieux duc d'Essé, balbutiait comme un enfant pris en faute, tandis que Rose Turpin le gron-
dait doucement et maternellement, avec une horrible tendresse.

— « Non, mon ami, lui disait-elle, vous n'êtes pas
venu parce que vous étiez inquiet de ma santé, ni
pour m'offrir cet émail cloisonné, dont je ne me
soucie pas plus que d'un bouquet de roses. Vous

êtes venu parce que vous ne savez plus où donner
de la tête, parce que vous croyez que j'y verrai clair
où vous n'y voyez goutte, et parce que votre amour
vous affole! Il est vrai que Mariette est grande et robuste comme une reine des Amazones, et sa taille
athlétique atténue un peu ce qu'il y a de ridicule-
ment absurde pour vous à aimer une enfant; mais
elle n'a pas moins seize ans, tandis que vous en
avez soixante-dix! Vous venez à moi, qui ai la
science infuse et qui l'ai payée ce qu'elle vaut,
pour savoir si vous êtes trompé ou si vous ne l'êtes
pas.

— Hélas! fit le duc, je ne suis pourtant pas un imbécile....

— Sur les autres points, non, dit Rose avec une
commisération qui n'était pas jouée. Je pourrais
vous répondre, mon vieil ami, que, vu votre âge,
vous devez vous regarder comme trompé, nécessairement, ou agir comme si vous l'étiez. Je pourrais
vous conseiller de fermer les yeux, de ne pas appro-
fondir les mystères, et d'aller vous consoler, puisque nous sommes en hiver et qu'il gèle à pierre fendre, sous vos citronniers de Menton; mais ça serait
vous payer en monnaie de singe, ou, qui pis est, en
lieux communs, et par conséquent vous faire banque-
route! Quand j'étais votre maîtresse, il y a de cela
une bonne trentaine d'années, si je vous demandais
la lune, bien plus, un bijou connu, appartenant à
une des princesses de l'Europe, ou une invitation
pour un bal où on ne recevait que des femmes honnêtes, — vous ne me répondiez pas : « C'est impossible, » ou : « c'est difficile, » mais vous m'apportiez
l'objet de mon désir sans plus faire d'embarras que
s'il se fût agi d'une pomme d'api! Je dois aujour-
d'hui vous rendre la pareille. Vous voulez donc que
je vous explique scientifiquement et avec une netteté

arithmétique comment on doit s'y prendre pour savoir si l'on est trompé.....

— Oui, fit le duc, et avec qui!

— Naturellement, dit Rose Turpin. Eh bien! cela n'est pas plus compliqué en somme qu'un problème d'Edgard Poe, et réduite à sa simple expression, toute cette science abstraite peut tenir en quelques mots. Premier principe : la femme est essentiellement comédienne, mime, imitatrice et simiesque, et ne fait rien que d'après un modèle choisi ou subi. Second principe : la femme ne pense jamais qu'à elle-même, ne parle jamais que d'elle-même, et elle est son seul objectif. Avec ces deux clefs vous ouvrirez tout; pour savoir le secret d'une femme, et plus elle se croit menteuse, mieux cela vaut, il n'y a qu'à l'écouter parler, et vous allez voir comment cela va être simple!

« L'homme avec qui votre maîtresse vous trompe est un homme de votre monde, et votre ami; cet axiome, je crois, n'a plus besoin d'être démontré. Or, tout homme, sût-il par cœur le dictionnaire, a un mot auquel il obéit, par lequel il est hanté et dont il abuse; c'est ainsi que, par exemple, Victor Hugo, dans ses poèmes, écrit le mot *farouche* bien plus souvent que les autres mots. Écoutez donc parler votre maîtresse sans vous inquiéter nullement du sens de ce qu'elle dit, et en notant seulement dans votre pensée le mot qui revient le plus fréquemment dans son discours. Ce mot une fois obtenu, cherchez dans votre souvenir quel est celui de vos amis qui prononce le plus souvent ce mot type, et il est plus que probable que vous saurez déjà à qui vous avez affaire. Mais complétez votre preuve en notant les autres mots qui sont le plus familiers au sujet que vous étudiez. Vous ne tarderez pas à découvrir que la femme et l'homme pour qui elle vous trompe

5

emploient les mêmes mots, les mêmes adjectifs faisant description, les mêmes tropes, les mêmes tournures de phrases ; et, poussant plus loin cette observation, qu'ils font les mêmes grimaces et que leurs visages prennent les mêmes expressions, car l'inconstante amie s'est nécessairement modelée sur l'être qui pour le moment est son idole. Cet ensemble de preuves par la linguistique suffirait à établir une conviction ; mais nous en avons d'autres qui sont meilleures. Passons au second point.

« La femme ne peut parler que d'elle, vous ai-je dit ; ajoutez que par un certain instinct de folle bravoure, elle éprouve le besoin impérieux, invincible, irrésistible, de raconter toutes ses pensées et toutes ses actions à la personne à qui elle a le plus d'intérêt à les cacher. Donc, à ce point de vue encore, vous n'avez qu'à l'écouter, car elle vous racontera elle-même, sous une forme plus ou moins déguisée et compliquée, tout ce que vous voulez savoir d'elle. Si elle vous récite, comme l'ayant lue dans un livre d'histoire, une anecdote qu'elle vous dira être arrivée à la femme de Xercès ou à une reine d'Assyrie, tenez pour certain que l'anecdote est arrivée non à la femme de Xercès ou à une reine d'Assyrie, mais à la personne même qui vous parle. Si elle s'exprime en ces termes : « Il y avait l'été dernier à Trouville une dame anglaise qui... », ou si elle débute par ces mots : « Figurez-vous qu'une de mes amies...», sachez qu'il n'y a eu ni dame anglaise, ni amie, et faites le petit travail littéraire qui consiste à répéter mentalement le morceau que vous venez d'entendre, en subsistant le mot JE aux divers substantifs propres ou communs que la femme a employés comme sujets de ses phrases. Changez également la date de ses récits, en admettant à priori et invariablement que les faits qu'elle place avant le dé-

luge ou au xii⁰ siècle, ou qu'elle fait remonter à
dix années, se sont passés le matin même, et souvent cinq minutes avant le moment où elle vous
parle.

« Si elle vous dit : « Comprenez-vous qu'on puisse
avoir une pensée aussi étrange, ou aussi horrible,
ou aussi dénaturée que celle-ci?... », c'est, n'en doutez pas, sa propre pensée qu'elle va raconter, sans
rien omettre ni atténuer, et très fidèlement. Après
cela, il n'y a plus qu'à classer et à coordonner les
matériaux, une affaire de patience, et vous possédez
les mémoires de votre amie, aussi intégralement
que si elles les eût écrits sous la dictée de sa conscience !

— Ah! dit le duc en baisant le vieux front de Rose
Turpin, vous me sauvez la vie! Mais comment ne
s'est-on jamais avisé de vérités aussi évidentes?

— Mon cher duc, répondit la vieille diablesse, je
vous dis tout cela parce que nos rôles sont joués et
que nous rentrons dans la coulisse. Le monde serait fini demain, si le secret des femmes était connu
des hommes, et c'est pourquoi ils ont tous dans
leurs yeux des pailles ou des poutres, selon leur
âge, leur fortune et leur position sociale. Puisque
je vous ai rendu service, j'exige pour récompense
que vous ne vous présentiez pas chez Mariette avant
une demi-heure d'ici, car vous ne devez pas revoir
cette fillette sans avoir retrouvé le calme qui, en
pareille occasion, convient à un gentilhomme. »

Le duc d'Essé, qui est esclave de sa parole, promit et partit. Dix minutes après, Rose Turpin était
chez Mariette.

— « Ma petite, lui dit-elle sévèrement, le duc a des
soupçons, et il ne s'en faut pas de l'épaisseur d'un
cheveu qu'il ne sache tout. Pour le moment, je l'ai
amusé avec des calembredaines et j'ai dépisté les

chiens. D'ailleurs, monsieur d'Essé est trop grand seigneur pour te voir telle que tu es. Il a de la peine à
deviner qu'une fille comme toi, belle à miracle et honorée de son amitié, est amoureuse d'un cabotin de
Montmartre parfumé au patchouli, et qui se nomme
Aldéric Chausson! Mais il finira par s'en apercevoir,
car tu l'aides trop. Rien n'est plus malhonnête que
la bêtise. Tu vaux juste le prix d'une pomme verte,
et en dépit de ton jeune premier, tu es en train de
te faire une fortune des plus sérieuses; cela grâce
au duc. En revanche, tu lui dois des illusions : tâche
de les lui donner!

— Je vais m'occuper de cela, madame Rose, » répondit docilement la belle Mariette, en levant ses
yeux d'un bleu sombre, auxquels l'absence complète
de pensée donne un charme attirant et mystérieux.

## IX

## DISCOURS DE TULLIA

Nous marchions derrière elle dans cet étonnant jardin de roses du célèbre horticulteur Donady, qui rougeoie et flamboie, jette au soleil ses ruissellements de rose, éparpille ses laques délicieuses, fait songer à toutes les splendeurs de la pourpre et du sang versé, éclate en notes jaunes comme l'or, en floraisons de neige odorante, et fait penser à la palette d'un Delacroix soudainement animée et livrée aux fureurs de la Vie par quelque génie curieux de réaliser l'idéal humain et de faire chanter désespérément la symphonie des couleurs, triomphalement débordées en ondes vivantes et rougissantes.

— « Ces fleurs, dit la belle Tullia, sont pareilles à nous, car Dieu n'a créé aucune fleur qui fût pareille à la rose ou qui portât le nom de rose, et elles sont uniquement un produit de la volonté, un prodige de l'art humain et un effort d'amour ! Tels les grands Parisiens, dont la race ne se produit pas de père en fils comme celles que peut étudier l'histoire naturelle, mais se perpétue par la greffe entée sur des sauvageons pris en pleine terre dans les campagnes robustes. Chacun de nous est un être artificiel, et c'est ce qui fait notre gloire et notre force, car tout Parisien un peu illustre a, comme un Prométhée,

5.

volé le feu du ciel ; et quant au vautour qui ronge le foie de ces Titans révoltés, c'est un détail auquel ils sont si bien accoutumés, qu'ils n'en parlent même plus, ne songeant qu'à créer la joie autour d'eux et à étonner les astres par la sereine limpidité de leur sourire.

« Tenez, monsieur de Giteri, continua-t-elle en se tournant à demi vers ce jeune marquis aux yeux de lion et à la blonde chevelure de femme, vous avez voulu mourir pour moi la semaine dernière, et si je ne me trompe, vous avez dix-huit ans ; sachez donc que je pourrais être votre grand' mère et que j'ai cinquante ans sonnés ! Certes, rien ne me force à vous dire cela, mais rien ne me force non plus à ne pas vous le dire, puisque ma beauté, que tous déclarent parfaite et inattaquable, est le grand thème de la poésie moderne et l'inspiration sans cesse renaissante des quelques artistes qui ont gardé en eux une étincelle de génie. Vous voyez en moi Diane de Poitiers, Marguerite, Cléopâtre ; pourquoi n'y seraient-elles pas, puisque je les y ai mises, et que j'ai pour jamais rafraîchi ma lèvre au flot miraculeux de la Jouvence idéale ? Vous êtes étonné que la flamme du Désir qui vous a mordu jusqu'à l'angoisse ait été allumée par des yeux qui datent d'un demi-siècle ; eh bien ! douée comme je l'étais par toutes les fées, toutes les grâces et toutes les énergies, il m'a juste fallu ce temps-là, sans perdre une minute ! pour apprendre à être belle et surtout à être jeune, car la nature et la société font des mères, des filles, des épouses, des actrices et des caissières, mais la Femme est une conception abstraite qui ne peut être réalisée que par l'art pur ! Il y a, grâce au ciel, beaucoup de femmes honnêtes, mais la femme chaste est la formule absolue et la suprême expression de la science unie à la grâce.

Quant à la beauté, elle est une harmonie que la nature ne produit pas plus qu'elle ne produit un tableau
de Raphaël ou une symphonie de Beethoven, et elle
n'existe qu'à la condition d'être perpétuellement perfectionnée et renouvelée ; aussi une femme belle
s'est-elle créée elle-même sans cesse et mille fois ;
et demander à une telle œuvre surhumaine de s'intéresser à des amourettes, n'est-ce pas vouloir tenir
un lion en laisse, et le mener à travers les fleurettes
des prairies attaché à un ruban rose ?

» J'ai cinquante ans, monsieur de Giteri, et vous en
restez stupéfait ; il vous reste à apprendre que tous
les Parisiens ont au moins cinquante ans ; mais vous
le comprendrez facilement, quand vous saurez à quoi
ils servent et quelle est leur fonction sur la terre.
Ils sont le luxe, la floraison poétique, la vivante
école d'amour qui donnent à l'univers son existence
intellectuelle, et sans lesquels il n'y aurait partout
que des travailleurs courbés vers le lucre et des fe-
melles partageant leurs soucis, mais plus de femmes
adorées ; car il faut d'impérieux modèles à imiter
pour que les habitants des provinces reculées, occupés uniquement d'arrondir leur terre ou de faire
faire des petits à leurs coupons de rente, se désinté-
ressent de leurs intérêts, et voient encore dans la
femme une créature divine. C'est seulement grâce à
l'exemple des Parisiens qu'ils ne contraignent pas
leurs épouses, comme font les sauvages, à porter
les fardeaux et à labourer la terre, sort qu'elles mé-
riteraient d'ailleurs si nous ne leur fournissions des
formules de beauté toutes faites et qu'elles n'ont
qu'à imiter, car il est évident qu'elles ne les tire-
raient pas de leurs âmes ! Si la Parisienne n'avait pas
fondu et vaporisé des millions pour inventer sa robe,
la robe que Tulle ou Rodez confectionne d'après
celle-là ne serait qu'un sarrau et qu'un fourreau de

parapluie, et nous nous ruinons pour les Suédois,
les Brésiliens et les Cafres qui n'y songent pas, dé-
pensant chaque jour la fortune d'un Crésus ou d'un
Rothschild pour fournir à des gens que nous ne ver-
rons jamais un patron de robe ou un patron de sourire, et un indispensable bagage d'idées poétiques
sans lequel ils seraient des bêtes, et qu'ils n'ont eu
qu'à humer naturellement comme l'air qu'on respire !

» Paris, ville, quoi qu'on en pense, désintéressée de
la politique et nullement industrielle, produit des
poèmes, des tableaux, des opéras, et aussi, chose
plus rare et plus difficile à trouver, des Parisiens, et
voilà tout. Mais pourquoi le Parisien, ce héros d'a-
mour, beau comme un dieu, fort, brave, costumé
avec une simplicité magistrale, spirituel, savant,
dompteur de chevaux, couronné de sa noire chevelure, qui à lui seul dépense plus d'argent que vingt
riches et qui bouleverse la création pour la gloire
d'une femme jamais sevrée en aucun mois de l'année
de fraises des bois et de lilas blancs; pourquoi, dis-
je, cet être merveilleux a-t-il cinquante ans, et non
pas tout bonnement l'âge de Roméo? C'est parce
qu'il ne lui suffirait pas d'être Roméo ! Il faut qu'il
soit en un seul tous les amants illustres, tous les
faiseurs d'exploits, tous les vainqueurs de monstres,
tous les Raleighs qui ont jeté leur manteau dans la
boue sous les pieds de leur souveraine, et qu'il les ait
tous absorbés en lui, comme il convient à un être qui
prétend servir de type, dans une époque où la critique
a tout analysé et tout résumé ! Regardez-le, tandis
que la femme aimée de lui triomphe comme une
reine d'Orient vêtue des plus belles couleurs et parée
des perles de la mer; il est là près d'elle, gracieux
et viril, jeune comme un rêve, spirituel et joyeux,
agile à créer, à saisir et à formuler toute idée, por-

tant son habit noir de façon à rappeler les plus belles
lignes de la statuaire, et montrant sa fine main robuste, également apte à tenir l'épée ou la plume ou
les rênes d'un cheval indompté !

» Vous jugeriez, et vous auriez raison, que rien ne
lassera jamais cette force calme et sûre d'elle-même.
Et pourtant, si ce héros qui persiste parce qu'il se
doit comme exemple au monde, suspendait un instant l'effort de volonté par lequel il enchaîne et
fixe en lui la jeunesse et le charme, aussitôt vous
verriez ses cheveux blanchir, ses tempes se rider,
son dos se courber, ses jambes trembler fléchissan-
tes ; au lieu de faire cortège à la bien-aimée dans
une salle d'opéra, ou de chasser le renard en habit
rouge, poussant sur la neige son cheval arabe, il serait dans son fauteuil de malade à oreillons, en proie
à la goutte et au catarrhe, marchandant son héritage à des collatéraux absurdes, et prenant de la
main d'une gouvernante des jujubes et des tisanes !
Mais il n'en est pas ainsi, parce qu'il ne le veut pas
et parce qu'il est nécessaire qu'il enseigne la jeunesse aux jeunes gens, qui sans lui ne seraient que
de vieux collégiens.

» Comme la Sagesse invincible, Pallas vêtue de
son armure d'or, la Parisienne est née sans père et
sans mère, du front même de Paris, fendu par la
hache de l'Héphaistos, du grand ouvrier qui, parce
qu'il est l'impeccable artiste, a été uni à la Grâce
éternellement jeune. Il n'est pas dit qu'elle ne puisse
pas se donner et qu'on ne puisse pas l'obtenir ; mais
il faut auparavant que celui qui la désire ait accompli des travaux dont la seule idée vous donnerait le
vertige. Il doit tuer les monstres, dessécher les marais impurs, ravir sa proie à la mort, et faire des
choses encore bien plus difficiles ; car attirer sur soi
l'attention et obtenir que le nom qu'on porte ait une

signification quelconque, au milieu d'une vie dont
le murmure assourdit les ouragans et les tonnerres,
n'est-ce pas avoir mille fois soulevé sur ses épaules
et porté un monde? Si le cœur lui en dit, le premier
passant venu, avec un peu d'or, de bravoure et d'ingéniosité, peut plaire à des bourgeoises, à des princesses et même à des courtisanes; mais qu'il veuille
presser sur son cœur la vraie femme, c'est-à-dire
l'idéal, c'est comme s'il affichait la prétention de
devenir tout de suite empereur d'Occident! Et sait-
il seulement si le tumulte de sa passion frivole
s'accorderait avec le vaste dessein de cette inspiratrice, et ne dérangerait pas l'harmonie de sa tranquille pensée?

« Mais, continua la belle Tullia, tout ce que je vous
dis là, monsieur de Giteri, n'est pas pour décourager
votre amour, au contraire; car, si vous avez à dépenser comme entrée de jeu quelques millions et
beaucoup de génie, pourquoi ne deviendrez-vous
pas quelque jour un Parisien? Vous m'objecterez à
cela que si cela vous arrive jamais, comme je suis
vieille aujourd'hui, je ne serai plus jeune en ce
temps-là : mais qu'en savez-vous? Il n'est pas plus
difficile de se ressusciter soi-même qu'il n'est difficile à un Homère de ressusciter les Achilles; toute
la question est de bien savoir les mots et les nom-
bres qui domptent les puissances aveugles et font
obéir la vile Matière. »

# X

## LE FRUIT DÉFENDU

L'amour n'est lui-même qu'à la condition de vivre
de sa substance, de savoir se créer et se renouveler
sans avoir d'obstacles à vaincre ; mais être libres de
s'aimer et le faire sans défaillances, sans ennui,
sans répétitions et sans vulgarité, c'est une œuvre
qui demande à l'homme et à la femme qui l'ont
entreprise plus d'imagination et de science qu'il
n'en faut pour sculpter la Vénus de Milo ou pour
trouver une Iliade ! Dans la simple et primitive
conception des poètes comiques, Isabelle et Valère
ont coutume de maudire les pères, les mères, les
oncles, les tuteurs et surtout les maris, qui sont
censés être pour eux les trouble-fête et ce que l'é-
nergique argot moderne a appelé *les empêcheurs de
danser en rond ;* ils doivent au contraire les bénir
dans la vie, où ces précieux importuns leur per-
mettent, par leur seule présence, de se tirer d'affaire avec des mots, avec de courtes répliques, et
de ne pas avoir à affronter la tirade, qui est dans la
conversation aussi redoutable que l'est dans la contredanse le cavalier seul. En amour, avoir à inventer des développements toujours nouveaux et variés,
sans que le crochet où les attacher vous soit fourni
par une opposition ou une polémique hostile, c'est

être dans la situation du statuaire devant le bloc de marbre, ou de l'écrivain devant l'effrayant papier blanc. Tel homme qui, avec un bon sujet d'article, ayant quelqu'un à combattre et à contredire, a fait un article très suffisamment sublime, s'il faut ensuite qu'il tire quelque chose de lui-même, se trouve, en face d'une main de papier, dépaysé comme un Indien voyageant à Paris, et muet comme un poisson; mais s'il est malaisé d'inventer quelque chose lorsqu'il s'agit de littérature, combien la difficulté est plus troublante et plus invincible en amour!

On se rappelle l'éclat que jetèrent sur l'Odéon les comédies satiriques de Philippe Tellas, qui s'y succédèrent si rapidement, malgré les chiffres énormes de leurs représentations, à l'époque où, reprenant la veine satirique d'Émile Augier, ce railleur de génie tenta de faire de l'Aristophane en prose, et écorcha tout vifs devant le public parisien plusieurs Marsyas facilement reconnaissables, et dont les noms couraient sur toutes les lèvres. La protagoniste de ces pièces irritées était la célèbre soubrette Léa Salmon, tout à coup passée grande dame dans des œuvres où tout devait être interprété avec la furie d'une verve incisive et inexorable. Ce qui fait, entre autres choses, la grande originalité de Léa, une Parisienne qui, avec ses frêles mains transparentes, aurait rôti le balai d'Hercule, c'est que, séduisante à la ville par une beauté sentimentale et romantique, et toujours pareille à une Ophélie qui va se jeter dans le torrent, elle devient au théâtre la plus forte en gueule de toutes les Dorines, ayant dans ses yeux et sur sa bouche enflammée toute la cruauté de Molière, et disant les plaintes de Cléanthis avec une effronterie qui déconcerte les messieurs de l'orchestre. Par une combinaison naturellement indiquée, mais qui pourtant se réalise moins

souvent qu'on ne le croit, Tellas et la comédienne
s'éprirent violemment l'un de l'autre et devinrent
amants, toutefois dans les conditions les plus âpres
et rudes, car, marié à une charmante femme, à
cette douce et délicate Edmée que Paris se rappelle
encore, Tellas, sous peine d'être un monstre, ne
pouvait résolument l'affliger ; et, quant à Léa, elle
avait alors pour ami officiel ce beau marquis Paul
de Négremont, géant à la noire chevelure avec qui
personne ne pensa jamais à plaisanter, qui ne la
quittait pas plus que son ombre, et qui tout jeune
encore, était déjà malin et spirituel comme un
vieux singe.

Et notez ces circonstances aggravantes : madame
Edmée Tellas, cousine germaine, amie intime de la
femme du directeur de l'Odéon, et Négremont, militaire, artiste, millionnaire, grand seigneur parisien,
pour qui aucune porte n'est fermée, avaient accès
à toute heure dans tous les couloirs et dans tous
les recoins du théâtre ; ce fut donc à grand'peine
que, tendant avec génie, Léa son agilité de soubrette de race, et Philippe Tellas ses combinaisons
d'auteur dramatique, ces deux papillons, également
tenus par un fil de soie et d'or, improvisaient en
un millième de minute leurs impossibles amours au
coin d'un portant, à la sortie d'une loge d'avant-
scène, au foyer même, faisant passer la muscade
comme des escamoteurs, échangeant devant dix
personnes un baiser que personne ne voyait ni n'entendait, et faisant tenir un monde de pensées con-
densées dans une phrase de télégramme, murmurée
pendant le temps qu'il fallait à Edmée Tellas pour
replier son éventail, ou à Négremont pour attacher
le bouton de son gant. Ils s'étaient habitués à vivre
ainsi avec une pointe de couteau sur le cœur, bra-
vant, celle-là une mort certaine, celui-ci l'odieuse

responsabilité d'un crime, de jour en jour plus af-
fairés, et si occupés de leur mise en scène, qu'ils
n'avaient jamais eu l'occasion de se montrer l'un à
l'autre rien de l'inévitable bêtise qui existe nécessairement dans l'esprit de toute créature humaine.
Philippe et Léa avaient d'ailleurs, l'un comme l'autre, autant d'esprit que la vie moderne en exige; et
comme c'est à peine si, en six mois, ils avaient pu
deux ou trois fois, en y travaillant quinze jours à
l'avance, se ménager dans un jardin public des
rendez-vous de cinq minutes, occupés pendant la
courte durée de ces rendez-vous à interroger le jardin du coin de l'œil, haletants et le cœur palpitant,
ils semblaient alors se dire des choses extrêmement
spirituelles, car, pour bien parler, rien n'est tel que
d'être interrompu ou d'avoir peur de l'être.

Mais comme jamais Psyché ne pense à autre chose
qu'à la lampe qui doit faire son malheur, Philippe
et Léa, est-il utile de le dire? n'avaient qu'un seul
rêve, celui de se trouver seuls ensemble et libres de
s'aimer vingt-quatre heures de suite chaque jour,
par un miracle irréalisable, que pourtant le hasard
se chargea de réaliser, pour montrer une fois de
plus que le scenario de la vie réelle est une grande
composition ironique. Négremont fut obligé d'aller
en Bretagne pour d'importantes affaires de famille,
et en même temps, madame Edmée Tellas étant
extrêmement souffrante et affaiblie, le médecin l'envoya aux Eaux-Bonnes, où Philippe, qui avait une
grande pièce en répétition, se trouva naturellement
dispensé de l'accompagner. Enfin, le jour se leva où
les deux amants eurent à leur service, ajoutées
l'une à l'autre, autant d'heures et de minutes qu'ils
en avaient pu souhaiter; mais alors, quelle désillusion, quelle chute éperdue à travers l'espace, termi-
née par un choc brutal! Ce bienheureux jour-là, par-

tis à l'heure où s'éveillent les premiers wagons, à onze
heures du matin Philippe et Léa avaient fait le tour
du bois de Chaville; ils avaient cueilli des pâquerettes dans l'herbe, ils avaient marché sous les feuillages, enlacés comme deux bergers de l'*Astrée*; ils
étaient rentrés à Paris dans le nid que Duval leur
avait meublé, pour la circonstance, d'une étoffe de
Chine cendre de rose; ils avaient épuisé et recommencé les divers thèmes de scènes d'amour qu'une
actrice et un auteur dramatique peuvent se réciter
sans rire, et ils pensaient avec épouvante que la répétition annoncée à onze heures pour le quart n'é-
tait pas encore commencée, et qu'en ce moment-là,
où ils étaient déjà au bout de leur rouleau, ils avaient
encore à consumer, jusqu'à minuit, treize heures
d'amour libre et sans entraves!

Le lendemain, ce fut bien pis, car, dans les ser-
ments qu'ils échangeaient avec une conscience tou-
chante, ils reconnaissaient clairement des passages
entiers empruntés aux œuvres romantiques les plus
connues. Le surlendemain, ils entrèrent dans les
narrations d'historiettes et de nouvelles à la main
que, pour la plupart, ils connaissaient déjà; puis ils
se mirent à se raconter cyniquement les journaux
du matin, que pourtant ils avaient lus ensemble. Ils
éprouvèrent alors une envie bien légitime de s'entre-
dévorer, et c'est ce qu'ils auraient fait certainement,
si Négremont, ayant terminé plus tôt qu'il ne l'espérait ses affaires en Bretagne, ne fût revenu à
l'improviste. Il les gêna beaucoup, mais cependant
pas assez, car Léa Salmon, excédée, à bout de patience, ne put s'empêcher de crier à Philippe, de la
voix d'un condamné qui demande sa grâce : « Fais
revenir ta femme! » Madame Edmée Tellas fut en
effet rappelée, sans égard pour sa santé chance-
lante, et Philippe et Léa furent replacés dans leur

situation primitive; mais ce qu'ils ne retrouvèrent
pas, ce furent leurs frissonnements d'amoureux
que tout menace, ni leur ardeur à s'embrasser
derrière les portes. Ils avaient été pendant quelques jours si effroyablement libres, que le souvenir de cette liberté leur gâtait leur bon esclavage;
si bien que, renonçant au théâtre et aux promesses
de l'Académie, Tellas partit pour l'Orient comme
un paysagiste, tandis que, sans l'avoir prévenu, Léa
acceptait un engagement en Russie, comme pour
étouffer sous un vaste manteau de neige la vulgarité
de ses désolants souvenirs.

Il faudrait arrêter ici l'histoire de ces amants, car
l'épilogue en fut navrant; mais n'épargnons pas au
lecteur la sombre lie amassée au fond du verre, car
c'est elle précisément qui est la vérité! Ils se retrouvèrent dix ans après; Edmée était morte et Négremont marié, et ils se retrouvèrent dans les conditions premières, car Philippe avait recommencé à
écrire des comédies et Léa à les jouer; seulement,
c'est au Théâtre-Français qu'on les applaudissait
l'un et l'autre, dans leur seconde manière. Un soir
qu'ils sortaient de l'avant-scène du rez-de-chaussée
en compagnie de quelques personnes, ils se trouvèrent un instant seuls derrière la porte, leurs mains
se rencontrèrent, la lèvre de Philippe effleura les
cheveux de Léa, et le souvenir évoqué tout à coup
de leurs premières amours leur fit monter un flot
de sang au cœur. De là une seconde ou troisième
liaison qui, pour ces deux êtres bien élevés, devint
un calme enfer, car ayant moins de choses à se dire
que deux sourds-muets, ils en furent réduits au
style épistolaire, et ils s'écrivirent des choses parfaitement littéraires, qu'on aurait pu insérer dans la
*Revue des Deux-Mondes*. Léa, devenue un peu bas-
bleu, s'inspirait des bons poètes, et quand elle avait,

par exemple, trouvé dans un livre un joli motif de lettre moyen âge, elle allait écrire la lettre à Rouen ou à Bourges, comme elle trouvait un prétexte pour avoir affaire à Blois ou à Chenonceaux, si la lettre devait être en style renaissance. On n'a jamais su comment la correspondance de Philippe et de Léa, parfaitement classée et mise en ordre, a fini par trouver place dans les vitrines de monsieur Feuillet de Conches, qui est, comme on sait, le plus féroce des collectionneurs.

Les petits journaux, qui ne respectent rien, ont annoncé que ce recueil serait publié à titre de roman par lettres. Sans avoir jamais dit ni oui ni non, et sans s'être expliqués à ce sujet vis-à-vis l'un de l'autre, Tellas et Léa Salmon en sont venus à discuter, avec une intention qui ne laisse pas de doute, des questions de format et de justification; Philippe préfère les illustrations à l'eau-forte, et Léa approuve la maison Techener de vouloir ressusciter dans les livres la gravure en taille-douce; mais ils finiront par s'entendre. La morale de ceci, c'est que, de tous les arts libéraux, l'amour est celui qui demande le plus d'imagination et d'invention, et que tel fait très bien parler Roméo et Juliette, qui n'a pas grand'-chose à dire pour son propre compte.

6.

## XI

### DUEL DE MONSTRES

Pendant le voyage en Grèce et en Asie Mineure qu'il fit en 1836 avec Laurent-Jan et le baron Taylor, le grand romancier Balzac s'arrêta pendant quelques jours dans l'île de Scarpanto, l'une des Sporades, qui est l'ancienne Carpathos, située entre Rhodes et la Crète. Il demeurait là avec ses amis, au bord de la mer, chez un vieux pêcheur nommé Xabras. Un matin, tandis que ses deux compagnons s'occupaient au dehors de recherches archéologiques, Balzac, qui était seul resté chez son hôte, était couché dans sa couverture et semblait dormir. En réalité, il s'absorbait dans ses réflexions, songeant à l'incroyable quantité de Dieux qu'il avait rencontrés pendant son voyage. Ainsi, en gravissant les chemins pierreux du Parnasse, n'avait-il pas vu distinctement Diane et ses nymphes passer en courant sous les pins maritimes qui ombragent le mont Iéméno ? Mais ce qui l'étonnait le plus, c'est que Laurent-Jan et le baron Taylor, qui, aussi bien que lui, avaient dû les apercevoir, n'avaient pas sourcillé et ne lui avaient pas soufflé mot d'un tel évènement.

Comme le futur auteur de *La Comédie Humaine* remuait ces pensées, Xabras rentra dans la maison, tout mouillé de l'eau de la mer, et croyant Balzac

bien endormi, se mit à parler avec une grande animation à sa fille Chryséis. Le vieux pêcheur était
comme fou, car ainsi qu'il le raconta avec une
grande volubilité, il venait de voir une suite de prodiges, qui eussent suffi pour ébranler une raison
plus forte que la sienne. Comme il montait dans son
bateau pour pousser au large et jeter ses filets, il
avait vu d'abord, à quelques brasses de lui, une lamproie sortant de l'eau à demi, et tout éclairée par le
soleil; puis, sans que la lamproie eût bougé, sans
que le flot eût remué, Xabras avait aperçu, à la place
de la lamproie, d'abord une raie géante au ventre
blanc, puis un renard marin au reflet bleuâtre, puis
une dorade au corps d'argent et d'azur entouré de
bandelettes, puis un scombre au dos bleu et au ventre cuirassé d'argent, qui, à son tour, s'était changé
en un grand esturgeon, agitant de sa queue puissante l'azur des vagues frangées d'écume. Le vieux
pêcheur, visiblement troublé, ne cessait d'admirer
que le poisson fût devenu si versatile; mais Chryséis se mit à rire et se borna à dire à son père qu'il
avait bu un peu trop de son vieux vin résiné. Puis,
sans se préoccuper davantage de cet incident, elle
se remit à surveiller le quartier de chevreau qui rô-
tissait devant l'âtre, car pour elle, en effet, les poissons merveilleux étaient une vision d'homme ivre
et rien de plus.

Mais Balzac, qui n'avait pas perdu une seule des
paroles de Xabras, ne pensa pas de même; il se rappelait assez son quatrième livre des *Géorgiques* pour
savoir ce qui se passe dans la mer de Carpathos, et il
ne douta pas un instant que le poisson aux mille
aspects divers ne fût le dieu Protée en personne.
Aussi, se remémorant les préceptes de la déesse
Cyrène, comme s'ils lui eussent été donnés à lui-
même, dès qu'on eut fini de déjeuner (le soleil était

alors au plus haut de sa course et faisait grésiller
les rares touffes d'herbe,) il se couvrit d'une bonne
vareuse de matelot, et s'étant muni d'un paquet de
fortes cordes, après avoir eu soin d'éloigner ses amis,
il se rendit à l'endroit indiqué par Xabras. Dans la
mer, il ne vit rien, mais ayant aperçu une caverne
qui était proche, et où l'eau s'engouffrait en gémis-
sant, il marcha jusque-là, et certes alors son attente
ne fut pas trompée.

Le dieu était debout, dans sa forme de dieu, comptant les horribles phoques de son troupeau. Balzac,
avec un grand cri, se jeta sur lui, le terrassa et le
ficela plus étroitement que les charcutiers de Tours
ne ficèlent leurs succulentes saucisses. Le vieillard
de la mer eut recours à son train ordinaire, et,
comme un divin histrion, fit tour à tour le sanglier,
le tigre, le dragon couvert d'écailles, la lionne à la
pâle chevelure, la flamme rouge, vermeille et rose
et couleur d'escarboucle, et le petit ruisseau qui se
sauve d'un pas folâtre ; mais ce fut justement comme
s'il avait imité les vocalises de Giulia Grisi ; plus le
dieu jouait consciencieusement son rôle à tiroirs,
plus le bon gars Tourangeau, fils de Rabelais, serrait
la corde, si bien que les muscles de ses bras nus
étaient roides comme des câbles, et que ses joues
étaient enflées et rouges comme celles d'une déesse
Renommée sonnant de la trompe ; mais la sueur
avait beau ruisseler dans ses cheveux drus et courts
et sur son large front, il ne faisait que serrer de plus
belle, de sorte que Protée vit bien que le plus court
était de céder, s'il ne voulait se résigner à garder sur
son ventre des balafres pareilles à des ornières de
chariot. Il reprit donc sa forme naturelle, comme un
acteur qui se rhabille après la tragédie.

— « Que me veux-tu ? demanda-t-il tristement à
Honoré de Balzac.

— Allons, dit vivement celui-ci, tu le sais bien, puisque tu lis dans les âmes. Ne perdons pas de temps à baguenauder et ne faisons pas de copie, n'ayant affaire à aucun directeur de Revue!

— Soit, fit l'effrayant berger en grimaçant des dents, et en attachant son œil glauque sur celui qui bientôt devait peindre madame d'Espard et madame de Maufrigneuse. Tu veux, comme vous dites dans votre langage, savoir le fin mot, et connaître les femmes? Apprends d'abord qu'il n'y a qu'une femme! Votre prétendue énigme n'existe pas, et l'être que tu crois mystérieux n'est pas plus difficile à comprendre que la tourterelle dans la ramure ou la biche dans les bois. Il n'y a qu'une femme, et qu'elle soit la Reine sur son trône d'ivoire ou la pêcheuse de coquillages dont la mer brunit les bras robustes et dont le vent sèche la noire chevelure dénouée, elle veut la même chose, c'est-à-dire : tout! Elle veut que son mari l'aime effectivement et avec la farouche bravoure du faune qui saisit une nymphe dans les bois, et en même temps qu'il lui adresse la plus pure et la plus délicate flatterie, car aucun encens n'est trop raffiné pour elle! La fille des rois, qui semble boire la brise et se rassasier du parfum des roses, en amour comme pour le reste, exige une aussi solide nourriture que la paysanne qui va vendre ses herbes au marché, et c'est une grande erreur de croire que tu plairas à la mendiante qui marche pieds nus dans les pierres, si tu ne sais pas lui dire dans un langage clair pour elle qu'elle est plus brillante que les fleurs et plus belle que les astres. Elle veut être assouvie comme le gouffre qui boit les eaux du ciel, chantée sur la Lyre comme les Énergies divines, et surtout parée de choses brillantes, que ce soient, selon l'occasion, des colliers de fleurs d'or et des chrysolithes, ou des plumes d'oiseau et de vils coquillages ramassés sur le chemin, pourvu que ces objets excitent l'envie de ses compagnes et soient reconnus par elles comme servant à la parure.

— Je comprends, interrompit Balzac. Quant à l'argent...

— Rien n'est plus simple, dit le dieu. Quand tu as donné à la femme autant de joyaux et de robes qu'elle en pourrait porter pendant mille ans, et des coffres peints de couleurs variées, pour les enfermer, et un palais pour y ranger les coffres, et assez d'argent et d'or monnayés pour acheter quatre fois plus de joyaux et de robes que tu ne lui en as donné, la femme à la chair polie comme le marbre, belle de la tête aux pieds et qui n'a rien à cacher, a encore besoin de quelque objet de parure qui doit être acheté à ton insu; aussi dois-tu t'arranger de façon que, sans ruse et tromperie, elle ait, en outre de l'argent que tu lui as donné, un autre argent que tu ne connaisses pas toi-même...

— Diable! murmura Balzac, trouvant le problème ardu.

— Et, reprit le dieu, n'espère pas tromper un seul des appétits ou des instincts de la femme, car elle est aussi obstinée que la mer tumultueuse qui ronge et dévore un quartier de roche, et elle ne raisonne pas plus que la flèche qui, lancée par l'arc, va droit à son but et s'y enfonce en frémissant.

— Mais, dit le poète, y a-t-il des femmes fidèles? »

A ce mot, Protée se mit franchement à rire d'un grand rire sonore, qui fit fuir les aigles et ébranla toute la caverne.

— « Insensé! cria-t-il à Balzac, il n'y a pas de femmes infidèles. Toutes les femmes sont fidèles.

— Ah! fit le Tourangeau, qui ne s'étonnait pas facilement, toutes! — Mais, reprit-il après un instant de réflexion, elles sont fidèles... à qui?

— Eh! répondit le dieu, la femme est fidèle à

son appétit et à son désir, comme la louve, comme l'ourse, comme la tourterelle, comme le papillon, comme toutes les créatures. Sois beau, sois fort à déraciner une roche, sois sage dans les conseils, sois un guerrier brave et cruel et un habile dompteur de chevaux ; sache un peu jouer aussi de la flûte et de la lyre, sois désiré par toutes les femmes et ne regarde que la tienne ; donne-lui ce qu'elle désire avec justice, c'est-à-dire : tout ! et, si elle t'aime, elle te sera fidèle, à moins que son instinct ne reconnaisse en toi les signes de la race qui est faite pour n'être pas aimée des femmes...

— A la bonne heure, dit Balzac. Mais quant aux ruses des femmes...

— Tais-toi, interrompit Protée, ne parle pas comme un petit enfant. Les ruses des femmes n'existent pas, et il n'y a pas de femme rusée. Les paroles des femmes ne tromperaient pas un caillou ou une souche de bois. Si elles trompent toujours l'homme, c'est qu'il est sensible à la pureté des lignes et à l'éclat des couleurs ; ce sont les bras arrondis et les lèvres roses de la femme qui le persuadent, et ce n'est pas du tout ce qu'elle dit. Au contraire, la femme n'est sensible qu'à la bravoure, et l'homme ne l'éblouit qu'au seul moment où, sur le champ de bataille, il coupe en deux un héros, avec son armure et son cheval.

— Allons, dit Balzac, monsieur Scribe avait raison, les hussards ! Je sais maintenant tout ce que je voulais savoir. Et ayant délié le berger de Poseidôn, il s'éloigna d'un pas rapide, voyant s'aligner déjà les piles d'écus d'Eugène Renduel, et sentant les chapitres de romans pousser dans son front comme les feuilles dans les bois. Un rire narquois le força à retourner la tête.

— Pauvre fou ! lui cria Protée qui s'éloignait dans

la mer, assis sur un vieux phoque, tu te crois bien
avancé, maintenant! Mais sache, pour ta gouverne,
que le roman est un genre absolument chimérique,
car tu n'as pas le droit d'écrire un poème aussi long
que l'*Iliade*, ayant pour objet quelque vague Durand
dont les pieds n'ont jamais foulé la terre noire, et
à l'existence duquel les mortels ne croiront jamais,
puisqu'ils révoquent même en doute celle de Zeus
tempétueux et de la vénérable Hèra, l'Argienne,
qui marche avec des sandales dorées! »

## XII

### SUITE DANS LES IDÉES

Paris qui découvre tout, a depuis longtemps découvert qu'on ne fait rien de solide sans avoir le
temps à soi ; mais comme il ne dépendait pas de lui
de ressusciter les corporations ni les races féodales,
il a imaginé ce singulier phénomène de produire des
individus qui, ayant à accomplir une longue tâche,
soit de construction, soit de destruction, arrivent à
se donner la durée, comme jadis les familles, et
voient passer devant eux plusieurs générations, sans
avoir perdu la jeunesse, qu'ils gardent par un ensemble de moyens surnaturels, dont la formule res-
tera inconnue tant que la science n'aura pas pénétré
les secrets de la Magie moderne. Cette vérité, que
mille faits attesteraient, sera surtout démontrée par
une histoire récente, que le monde parisien n'a pas
oubliée encore. Vers la fin de juillet 1874, le général comte de Morénas, habitant avec sa femme et
sa fille son château historique situé près de Méziè-
res, reçut de son vieux camarade, le général Roll, la
lettre suivante :

« Mon cher Jean,

Ne t'alarme pas trop en voyant l'écriture d'un homme
qui n'écrit jamais ; cependant il y a péril en la demeure ;

7

ton fils Paul est amoureux. Chose bien naturelle, me di-
ras-tu, de la part d'un lieutenant de vingt-cinq ans ; aussi
ne t'aurais-je pas occupé de cette vétille, si Paul aimait une
danseuse ou une grande dame ; mais au simple juger, et
tout myope que je suis, l'héroïne de son petit roman me
paraît dangereuse, car c'est une jeune fille, et elle ressemble aux jeunes filles qu'on épouse malgré ses parents. Figure-toi la créature la plus mince, la plus svelte, la plus
aérienne, une branche de saule, des cheveux comme un
souffle, des yeux célestes, une petite bouche pensive, un
voile que le vent tourmente et caresse comme s'il y prenait
goût, et de longues mains si petites ! Impossible de voir
dans cette fragile enfant une femme mariée, encore moins
une demoiselle à la mode, car elle porte des robes de six
sous n'ayant d'autre mérite que leur grâce ; mais sa famille doit la garder bien mal et en voir de toutes les couleurs, puisque je la rencontre sans cesse avec Paul. Le
soir, dans les rues de Paris ; au théâtre, où il se cachent dans
une petite loge ; dans les bois des environs, où je promène
ma vieille goutte par ordonnance du médecin ; partout enfin, je les aperçois de loin, apparition charmante, qui me
fait songer à Daphnis et Chloé, et le diable m'emporte si
je sais comment Paul remplit ses devoirs de soldat, auxquels cependant un Morénas ne saurait manquer. Tu sais,
mon vieux camarade, que je suis un Africain aux mains
rudes, incapable de débrouiller un pareil écheveau ; je
n'avais aucune qualité pour morigéner Paul, et, d'ailleurs,
je n'aurais pas commis la sottise d'apprendre au ministre
ou aux chefs dont ton fils relève, des peccadilles qu'ils
doivent ignorer. Aussi n'ai-je pas hésité devant la dénonciation que je t'adresse, car je te sais trop gentilhomme et
trop bonhomme pour tourmenter en quoi que ce soit une
fillette qui a peut-être dix-sept ans, et sur les lèvres de laquelle je vois encore le lait de sa nourrice. Agis donc selon
ta bonté et selon ta sagesse, et aime toujours ton fidèle

« ANACHARSIS ROLL. »

Après la lecture de cette lettre, le général de Morénas fit ses adieux à la comtesse et ordonna à son

valet de chambre de préparer sa malle, sérieusement inquiet et non sans raison, car il avait des
motifs sérieux de se défier de l'amour parisien, aussi
fatal à sa famille que le front d'Hélène à celle des
Atrides. En 1835, âgé alors de vingt-un ans et à
peine sorti de l'École militaire, il avait vu sa mère
verser des larmes bien amères à propos des galan-
teries de son père, Pierre de Morénas, qui, à qua-
rante-sept ans sonnés, continuait innocemment les
ruineuses folies de la jeunesse. Le général de divi-
sion Pierre de Morénas siégeait alors à la Chambre
des Pairs, mais l'attentat de Fieschi et les lois de
septembre le laissèrent assez froid, car l'Amour était
en train de couper les ongles de ce lion, avec la
cruauté qu'il met à humilier les vieillards. Tout
Paris parlait alors d'une ingénue du Vaudeville, la
petite Annette Mimey, qui, âgée de seize ans à peine,
avait repris avec un succès foudroyant le rôle créé par
mademoiselle Geoffroy dans *Kettly, ou le Retour en
Suisse*, et tous les cœurs s'étaient attachés aux tresses
blondes qui pendaient sur son corsage à lacets noirs.

Éloquent, illustre, beau encore, le général Pierre
de Morénas triompha d'autant plus facilement qu'il
fit avaler à sa bien-aimée autant de perles de Cléopâtre qu'elle en souhaita, faisant fondre dans son
verre les fermes, les prés et les vignobles, avec la
prodigalité d'un roi d'Asie. Il ne s'arrêta que quand
son intendant à cheveux blancs, qui l'avait vu naître
et bercé sur ses genoux, vint à Paris lui dire que
dans peu la comtesse de Morénas et son fils Jean
n'auraient plus de pain. Pierre de Morénas rompit
avec la petite Mimey et alla faire un séjour de six
mois dans les Ardennes, où il trouva sa femme à
moitié morte de chagrin. Elle se rétablit pourtant,
mais lui, il ne se consola jamais d'avoir perdu Annette, et pendant les dernières années de sa vie, on

l'entendait toujours fredonner dans les allées de son
parc :

> Heureux habitants
> Des beaux vallons de l'Helvétie,
> Pays enchanté
> Séjour de la simplicité, etc.

Dix-huit ans après ces évènements, le fils du
comte Pierre, Jean de Morénas, qui, à trente-neuf
ans, venait d'être nommé général de brigade, était
venu passer un mois à Paris, avant de partir pour la
guerre de Crimée, laissant à son château sa femme
et son fils Paul, âgé de quatre ans.

Un mois ! il n'y resta pas plus, mais ce peu de
temps lui suffit pour recommencer et amplifier tout
ce qu'avait fait son père. Le soir de son arrivée, il
allait voir au Gymnase une pièce de Dumas fils, que
jouait avec son âpre fougue et sa sensibilité ner-
veuse la célèbre madame Iselin, et il était frappé
au cœur par l'amour foudroyant. Le malheur voulut
qu'il fût, comme tous les Morénas, brave, prodigue
et spirituel ; aussi les choses ne traînèrent-elles pas
en longueur. Il appartenait déjà depuis huit jours à
l'enchanteresse, lorsqu'il apprit que, mariée très
jeune au peintre en décors Rodolphe Iselin, dont la
jalousie avec abrégé les jours, madame Iselin n'était
autre qu'Annette Mimey, et à ce moment-là il était
si bien féru, que le souvenir même de sa mère en
pleurs ne put vaincre sa passion. Annette Iselin avait
trente-quatre ans, et on lui en aurait à peine donné
vingt-deux ; elle était toujours mince comme une
Béatrix, elle avait toujours les petites dents avec
lesquelles on mange les héritages, et une seconde
fois elle croqua de celui des Morénas autant qu'on
en pouvait croquer en un mois. Forcé de partir, le
comte eut devant Sébastopol et devant Bomarsund
d'autres chats à peigner, mais on comprend que

vingt-un ans plus tard, en 1874, ces souvenirs se
réveillèrent en lui poignants et saignants, lorsque la
lettre de son ami Anacharsis Roll lui fit voir son
jeune fils, Paul de Morénas, pris dans les lacs d'une
femme qui pouvait être aujourd'hui quelque chose
comme ce qu'avait été jadis Annette Iselin.

Arrivé à Paris à quatre heures du soir, un mardi,
le général changea de vêtements, envoya chercher
un coupé et courut au Bois, où il ne tarda pas à trouver ce qu'il cherchait, car il aperçut au bout de dix
minutes, dans une voiture élégante et sombre, Paul
en costume bourgeois, assis à côté d'une jeune femme
mince, dont les longues anglaises blondes brillaient
au soleil couchant comme des boucles d'or. Le général ne pouvait voir son visage, mais de très loin
il avait reconnu celui de son fils, qui, par bonheur,
au bout de quelques minutes, mit pied à terre et prit
congé, de sorte que Jean de Morénas n'eut pas d'autre peine que de suivre jusqu'au n° 9 de la rue Tron-
chet la voiture de la dame. Il questionna le concierge
en lui mettant deux louis dans la main ; mais comme
tout arrive en ce monde, il se trouva que le concierge
ne voulut pas accepter les deux louis.

— « En vérité, monsieur, dit cet honnête homme,
cela ne vaut pas votre argent. Vous me demandez
quelle est la dame qui vient d'entrer ; personne n'i-
gnore que c'est madame Iselin de la Comédie-Française ! »

Jean de Morénas ne s'étonnait pas pour rien, il
fut étonné cependant, et davantage encore, lorsqu'introduit près de la comédienne, qui cependant ne
pouvait avoir moins de cinquante-cinq ans, il la vit
plus jeune que jamais, fardée sans doute, le cou
caché par un col droit et savamment enveloppée de
gaze, mais toujours aérienne comme une héroïne de
Shakespeare.

7.

— « Je suppose, dit-elle, mon cher comte, que vous ne venez pas me faire la scène du père d'Armand Duval, car votre fils Paul est pauvre, tandis que moi, j'ai une fortune de quatre millions, et vous ne devez pas craindre que je le ruine. Où apprendrait-il mieux le monde et la vie que dans mon salon, où viennent les princes de toutes les dynasties? et en fait de femmes, vous pensez bien que je suis une trop savante Parisienne pour en recevoir d'autres que des femmes honnêtes! D'ailleurs, je ne permets à personne de calomnier une affection aussi pure que le fut jadis mon amitié pour vous... »

Jean de Morénas ne se rappelait pas cette amitié comme ayant été si pure que cela; mais il regarda madame Iselin; elle parlait sérieusement et semblait de bonne foi; que pouvait-il dire? Après l'avoir quittée, il alla chercher son fils Paul, l'emmena dîner au Café Anglais, et en lui disant adieu, lui laissa avec la plus tendre sollicitude un portefeuille bourré de billets de banque.

— « Mon cher enfant, lui dit-il, je n'ai pas de morale à te faire; mais je pense qu'en dépit de tes amourettes, tu aimes toujours notre voisine de campagne, mademoiselle de Tressignies, et que ton mariage pourra se conclure l'année prochaine; tu auras un fils, je l'espère, et les enfants grandissent en peu de temps...

— Eh bien! mon père? demanda Paul de Morénas.

— Eh bien! quand ton premier fils viendra faire ses études à Paris..., nous nous arrangerons autrement! » dit alors le général, pensant en lui-même qu'il n'y avait rien d'impossible à ce qu'Annette Iselin fût éternelle.

A la gare du chemin de fer, le comte Jean, qui n'avait pas voulu être accompagné par son fils, fut frappé de la physionomie énergique d'un militaire

vêtu en bourgeois, grisonnant déjà, fauve comme
un Égyptien, balafré d'un large coup de sabre, et il
démanda son nom à un employé du chemin de fer,
ancien soldat qui avait servi sous ses ordres :

— « Général, dit cet homme, c'est un des plus braves officiers de l'armée, fils d'une actrice du Théâtre-
Français, le commandant Philippe Iselin ! »

# XIII

## LE VÊTEMENT

Thérizol, le seul Parisien qu'il y ait jamais eu, s'asseyait pour déjeuner devant le guéridon où son domestique à cheveux blancs venait de poser une bouteille d'un grand vin de Bordeaux, et un plat d'argent contenant deux côtelettes cuites à point, sous lesquelles coulaient quelques gouttes de jus rouge, lorsqu'entra son neveu Léon, vêtu d'habits flambants neufs.

— « Mon oncle, dit ce beau jeune homme de vingt ans, j'ai suivi fidèlement vos ordres et dépensé votre argent jusqu'au dernier sou; mais vous voyez que j'ai l'air d'un prince.

— C'est vrai, dit Thérizol, il y a de si drôles de princes! Mais, mon enfant, jette d'abord par la fenêtre ton cigare, qui sent mauvais! Un homme distingué fume sa pipe chez lui, et, s'il le faut, se prive de fumer dehors, mais en aucun cas ne montre un cigare qui ne soit pas un objet de luxe. Maintenant, tu me parlais de tes vêtements et de mon argent; voici de nouvel argent (il alla à son secrétaire et lui tendit une poignée de billets); quant aux vêtements, c'est à recommencer, donne ceux-là à ton domestique.

— Pourquoi? demanda ingénument Léon.

— Parce qu'ils sont noirs, dit Thérizol. Il n'y a pas de plus grand manque d'imagination que celui à l'aide duquel on confond ce qui est pauvre avec ce qui est simple, et ce qui est noir avec ce qui est distingué. A part l'habit noir de soirée, rien de véritablement noir ne doit entrer dans la toilette d'un homme, si ce n'est son chapeau et ses chaussures, ce qui n'exclut pas du tout la redingote d'une couleur très foncée qui, sans être noire, semble noire.

— Alors, mon oncle, dit Léon, vous continuez à me faire tomber les écailles des yeux. Est-ce que j'en ai encore beaucoup ?

— Je continue, fit Thérizol ; mais pour la dernière fois et uniquement parce que tu es le fils de ma sœur, car dire plus de trois mots d'un seul coup est une chose horrible, et prononcer une tirade, faire une conférence nous assimile aux cabotins. Assieds-toi là et écoute, on va te faire cuire deux côtelettes.

— Trois, mon oncle.

— Je vais, dit Thérizol, tâcher d'être simple comme un livre d'arithmétique. Tu es bien mal habillé, mais tout peut s'arranger, puisque ta barbe n'a jamais été coupée, ce qui est la seule chose irréparable. L'homme qui a été une fois rasé doit renoncer à être beau ; car il ne peut plus se montrer que le visage nu, comme un prêtre, ou orné d'une barbe dure, formant des lignes absurdes et quelconques.

— Mais, demanda Léon, est-il nécessaire d'être beau ?

— Cela est indispensable, puisqu'à moins que tu ne deviennes un saint ou un savant d'un ordre transcendant, ton but sur la terre, comme celui de tous les autres mortels, sera d'être aimé. Or, il est élémentaire, mais vrai, de dire avec toutes les mythologies et avec toutes les devises des bonbons au chocolat, que c'est la beauté qui, chez l'homme comme chez la femme, inspire l'amour. Ici la question se bifurque! La femme, véritable hermaphrodite moral, peut plaire comme créature passive et comme guerrière; aussi peut-elle se vêtir en odalisque et en amazone, et adopter toutes les modes quelles qu'elles soient, pourvu que l'arrangement voulu, que le parti pris de la parure, que le désir prémédité de charmer s'accuse sans équivoque dans tout ce qui sert à son ajustement. Chez elle, le choix des moyens destinés à produire l'enchantement ne doit jamais paraître inconscient, puisque son art consiste à charmer, tandis que l'homme doit se donner la beauté par des moyens précisément contraires.

— Diable! fit Léon.

— Surtout, dit Thérizol, ne sois pas étonné, cela est simple comme une règle de trois. L'homme ne peut plaire que comme être voué au combat, à l'action et à la pensée; or, comme l'idée de parure exclut celles-là nécessairement, il doit toujours être beau, sans que rien en lui atteste qu'il a travaillé pour l'être. Voilà pourquoi des cheveux coupés ras et une barbe soyeuse et libre, que le ciseau ni le rasoir n'ont jamais touchée, sont ce qui lui convient le mieux, car avec cet arrangement d'une élégance à la fois raffinée et primitive, même réveillé en sursaut d'un profond sommeil, il n'a qu'à plonger sa tête dans l'eau pour être tout de suite prêt à entrer dans un salon ou à aller sur un terrain de combat. Par le même principe, car tout s'enchaîne, ses habits toujours relativement négligés, quand il n'est pas en habit noir, doivent être admirablement coupés par un tailleur de génie qu'on ne saurait payer trop cher, mais lâches et larges de façon à laisser tous les mouvements libres. Il faut aussi que les chaussures soient beaucoup trop larges, car un

homme doit pouvoir, si cela lui convient, faire plusieurs lieues à pied.....

— Heureusement, dit Léon, que voilà mes trois
côtelettes!

— Les gants, dit Thérizol, sont l'ignoble ressource
des parvenus et des gens mal nés; il faut en mettre
pourtant pour monter à cheval, pour danser, et
dans tous les endroits où l'on est exposé à toucher
des mains douteuses.

— Mais, fit Léon, rompant les chiens, que faut-il
penser de la *couleur locale* dans le costume?

— Il faut, dit Thérizol, la fuir comme la peste,
car elle n'est bonne qu'à troubler l'idée de guerrier
et d'ouvrier qui doit invinciblement s'attacher au
nom d'homme. S'habiller en marinier de théâtre
pour se promener sur l'eau, en chasseur de romance
pour gravir les pics, ou en voyageur de profession,
comme les Anglais, avec étuis, sacs et courroies pour
monter en chemin de fer, c'est encore du cabotinage! Mais surtout, rappelle-toi cela, il n'y a qu'une
chose vile et infâme qui, dans la pensée d'un honnête
homme, doit être assimilée à la dénonciation de police et au vol de couverts d'argent, c'est de porter
une cravate blanche avant sept heures du soir.

— Vous n'exagérez pas, mon oncle?

— Au contraire, je gaze. Les décorations font
partie de la toilette. En principe et d'une façon absolue, il ne faut avoir que la croix de la Légion
d'honneur. Il faut avoir obtenu dans cet ordre placé
au-dessus de tous les autres, un grade qui ne soit
ni supérieur ni inférieur à l'âge qu'on a et à l'idée
générale et incontestée qu'on a su donner de son
mérite. Quant aux décorations étrangères, il faut en
être plus que sobre. On doit cependant les retrouver
dans un vague tiroir, le jour où l'on va assister en
province à l'ouverture d'un comice agricole. Mais je

reviens à la cravate blanche. Elle est essentiellement haïssable, parce que c'est un moyen par trop
simple et initial de se donner l'aspect propre. La
cravate doit n'être jamais blanche et être noire le
moins possible, et surtout, il faut que sans miroir,
dans un jardin, en pleine nuit noire, tu puisses l'attacher par un nœud absolument correct, et sans t'y
reprendre à deux fois ; le miroir est un objet essentiellement féminin, que l'homme ne doit jamais avoir
chez lui que pour les gravures qui le décorent ou
pour sa bordure. »

Bien que le domestique de Thérizol sût que son
maître regardait comme peu classique de manger
dans un ménage de garçon autre chose que des côtelettes, il eut pitié de la jeunesse de Léon et posa
devant lui un pâté de foie gras en croûte, à peine
entamé, ce qui permit au jeune homme d'écouter
fructueusement le reste de la leçon. En effet, son
oncle continuait en ces termes :

— « Ce fut, disait-il, une admirable femme que la
danseuse Eugénie Ruyr, qui, svelte, grande et agile
comme la Diane antique, était une écuyère et une
chasseresse de premier ordre, et avait de l'esprit
comme une femme bien née qui en a. Cependant
elle laissa mourir d'amour pour elle ce pauvre poète
Louis Cordez dont la mort nous désola tous ; Louis
était jeune, beau, enthousiaste, travailleur et prodigue ; mais elle n'y put rien, ce fut plus fort qu'elle,
et elle ne put jamais surmonter son dégoût, parce
qu'elle l'avait rencontré en cravate blanche dans la
journée.

— Hum ! fit Léon, c'était sévère.

— Sévère, mais juste ! dit Thérizol, et jamais la
devise de M. Petdeloup n'a été plus rigoureusement
applicable. Tout Paris connaît ce haut fonctionnaire
que les relations de sa famille, car il était bien né,

et son propre génie ont tiré de la boue ; mais il avait commencé par être acteur à l'Ambigu, où il jouait des bravi moyen âge, et alors, le cou orné d'une cravate rouge, il dialoguait d'abominables oaristys avec les Philista et les Melexô fangeuses qui erraient parmi les vagues ténèbres de la rue Basse. Eh bien ! cette cravate rouge.....

— Il la porte encore ? demanda Léon.

— Non, dit Thérizol, mais croyant toujours la sentir brûler son cou, hiver comme été, à toute heure, en tout temps, du matin au soir il porte des cravates blanches, et plus ses cravates sont blanches, plus on voit distinctement sa cravate rouge.

— Mon oncle, dit Léon, je vais employer scrupuleusement votre argent à ne pas acheter de cravates blanches et à ne pas me coiffer en lyre, et pour le reste je crois que j'ai bien compris. Le joli est hideux, il faut avant tout paraître un homme, et comme pour le paraître il faut l'être.....

— Justement, reprit Thérizol, il faut de l'héroïsme et de la vertu, même pour obtenir un veston bien coupé ; mais c'est ce qu'ignoreront toujours les écrivains vertueux. »

## XIV

### PREMIER AMOUR

Madame, dit le poète, vous me demandez à quel âge commence l'amour; il ne commence jamais, car être amoureux est une manière d'être de l'homme, comme être nègre ou avoir le nez aquilin; ceux qui sont destinés à devenir amoureux l'ont toujours été, et sur ce point comme sur tous les autres, Shakespeare a manifesté son impeccable génie, en montrant Roméo près de mourir pour les dédains de Rosaline, au moment même où il va rencontrer Juliette! Mais ceci appelle nécessairement à l'appui une historiette contemporaine; la voici :

J'ai été élevé dans la pension Coriolis, située rue Richer, et dont le maigre et triste jardin, flanqué de deux perrons et planté d'arbres rachitiques, était entouré par les magnifiques jardins de quelques grands hôtels, qui ont été coupés ou détruits, quand on a construit la rue de Trévise et la rue Geoffroy-Marie. Il y avait là surtout des enfants riches; si bien que la vie y était extrêmement fashionable, quoiqu'on nous fît manger une nourriture sauvage, à peine bonne pour les prisonniers des bagnes. Entre autres choses, les pensionnaires avaient tant d'argent mignon, que nous avions pu nous acheter un matériel complet de théâtre, draperies en calicot rouge, cas-

ques de carton couvert de papier d'argent et d'or,
épées de petites proportions, mais en véritable acier,
avec lequel nous nous amusions les dimanches soir
à jouer des mélodrames ou des tragédies, moitié de
mémoire, moitié en improvisant; le théâtre n'était
autre que la grande classe, dont nous serrions les
tables pour faire un espace vide.

Les maîtres d'étude trouvaient tout bien, car pour
ces soirées des dimanches d'hiver, les élèves cotisés
faisaient venir de chez Rollet des mannes de gâteaux
payées jusqu'à vingt francs ! C'était, je vous l'ai dit,
une pension élégante où l'on avait le droit de s'habiller à la mode; les enfants de familles amies s'y
associaient volontiers par couples, à la façon des
amis antiques, et se donnaient le luxe de porter des
vêtements semblables. Un des plus charmants couples de la pension, uni par une affection fraternelle,
était celui que formaient Chéd'homme et Pessonnaille, fils tous les deux de riches armateurs du Havre;
je les vois encore aux récréations, en bloues vertes
à petites raies blanches, et en petites vestes brunes
pour aller aux classes du collège. C'était en 1836 :
mes deux camarades étaient, comme moi, âgés de
treize ans. Chéd'homme avait un visage de fille,
blanc et diaphane, et de blonds cheveux fins naturellement frisés en boucles; Pessonnaille avait les
siens courts et en broussailles, sur une petite tête
déjà virile et farouche.

Un jour, comme nous suivions pour aller au collège la longue rue de Provence, Chéd'homme, avec
qui j'étais en rang, me dit, après bien des hésita-
tions, qu'il avait des confidences à me faire, et, parlant de sa douce voix musicale, finit par m'ouvrir
son cœur. Il aimait la Rosalie et il en était aimé. La
Rosalie était une petite lingère brune comme l'enfer,
maigre, aux yeux de feu et aux lèvres de piment,

qui passait pour avoir été et pour être encore la maîtresse de monsieur Coriolis, et qui pliait ou raccom-
modait les draps et les serviettes, avec des regards à
incendier le Kremlin. Chéd'homme, qui était allé
dans la lingerie pour recevoir des cravates neuves,
avait laissé tomber une épingle et s'était agenouillé
pour la ramasser; quand il avait relevé son front, il
y avait sur ce front les deux mains de la Rosalie et
elle lui avait baisé éperdument les cheveux. Des
aveux rapides, un rendez-vous promis, le tête-à-tête
soudainement interrompu par l'entrée de la tante
Bégat, la jaune et sèche économe de la pension, il
me racontait tout cela par mots entrecoupés, avec
la charmante fièvre de l'adolescence; c'était aux premiers jours d'avril; l'air était plein des chauds ef-
fluves du printemps; on sentait des bouffées de parfums venus des jardins voisins, et sur les affiches de
théâtres nous lisions des titres de pièces romantiques! Moi, je buvais avidemment les paroles de
Chéd'homme, et elles tombaient sur mon cœur
comme le feu sur une traînée de poudre, car j'étais
amoureux aussi, mais de Chloé, de Pyrrha, de Phyl-
lis, de Phidylé, de toutes les femmes des odes
d'Horace.

Le drame se précipita avec une rapidité vertigineuse. Complètement séparé de Chéd'homme pendant quelques jours, car mes récréations se passaient
à écrire les pensums que m'avait valus une ode en
vers de trois syllabes trouvée dans mon pupitre, et
on ne nous avait pas mis ensemble pour les sorties,
je me retrouvai enfin en rang avec lui, dix jours après
notre première conversation. Je le vis agité, convulsé,
pâli, serrant ses lèvres blêmes, et sa rage était telle,
qu'il pouvait à peine me parler d'une voix étranglée.
— « Oui, me dit-il, il me trahit, lui mon ami, mon
frère, Pessonnaille ! » En vain je voulus l'interrom-

pre. « Je le tuerai, » me dit-il. Et alors, il me confia
tout : un duel était arrangé entre lui et Pessonnaille,
pour le lendemain. Pendant l'étude de midi à une
heure, ils sortiraient tous les deux, et, sous les yeux
de tous, ils se battraient dans le jardin, ayant pour
témoins les cinquante élèves de la classe, qui à travers les vitres sans rideaux pourraient les voir !
Quant à Duriez, le maître d'étude, toujours occupé
à regarder voler les mouches, ils comptaient sur son
imbécillité invincible, et ils étaient certains que lui
seul ne verrait rien. Comme vous pouvez le croire,
j'épuisai tous les arguments possibles pour le dé-
tourner de son projet. « Et mon honneur ! » s'écria-
t-il comme un jeune Cid, en secouant sa belle chevelure. — Puis, laissant échapper des sanglots et
versant un flot de larmes : « Ce n'est pas ça, ajouta-
t-il, mais puisque Rosalie m'a trompé, il faut que je
meure. Vois-tu, je l'aime ! » Et de nouveau il pleura
abondamment. Je n'eus pas un instant l'idée de dé-
noncer mon camarade ; car alors, comme à présent,
il me semblait que rien n'est absous par la souveraineté du but.

Ce qu'il y eut de plus étrange, c'est que le plan de
ces pauvres enfants se réalisa de point en point et
sans difficulté. Le lendemain, pendant l'étude, tous
deux ayant trouvé des prétextes pour sortir, nous les
vîmes bientôt dans le jardin, en pantalon et en chemise, montés sur le cheval de bois de la gymnastique et tenant en main leurs épées nues, de petites
épées prises dans notre matériel de théâtre. Ils avaient
voulu se battre à cette hauteur, pour être bien vus
de tous ; nos cinquante poitrines haletaient. Duriez
ne s'expliquait pas notre formidable inattention à
nos devoirs ; mais, grâce à sa bêtise surnaturelle, il
n'aperçut rien des regards ardents que, les uns après
les autres, nous jetions à la dérobée vers le jardin.

8.

Braves, furieux, baignés de soleil, nos deux amis
étaient beaux comme des anges ; le combat s'engagea,
violent, exalté, atroce, car ils ne savaient rien ou
presque rien de l'escrime, et dans leur colère ils ne
s'apercevaient pas des égratignures et ne voyaient
pas leurs chemises tachées de sang. Enfin, par un
coup horrible, Chéd'homme, frappé au front par
l'épée de Pessonnaille qui fit un large trou et se
brisa dans la blessure, tomba à la renverse du haut
du cheval de bois. Pessonnaille était déjà près de
lui, pleurant, étanchant le sang ; un immense cri sortit à la fois de nos poitrines ; on enjamba les tables,
on se précipita en foule dans le jardin où arrivaient
en même temps monsieur et madame Coriolis, les
demoiselles Coriolis, les professeurs, la tante Bégat,
les domestiques, toute la maison enfin. On devine
quelle fut la terreur et l'épouvante de ce drame, car
une fois couché, non à l'infirmerie mais dans la chambre qu'avait cédée une des demoiselles Coriolis, Chéd'-
homme était tombé dans un évanouissement profond et les médecins ne répondaient pas de sa vie.
Deux mois se passèrent, pendant lesquels toute la
pension vécut comme dans un rêve plein d'agitations
et d'angoisses, avant qu'il fût assez guéri pour le
renvoyer à ses parents.

Quant à Pessonnaille, le jour même du combat,
on l'avait mis en diligence avec un professeur chargé
de le conduire au Havre et de le rendre à sa famille,
qui le tiendrait, s'il y avait lieu, à la disposition de
la justice.

Eh bien ! madame, c'est seulement en 1874, après
trente-huit ans écoulés, que j'ai rencontré pour la
première fois Chéd'homme, depuis ces évènements
de notre enfance. Il était devenu le voyageur célèbre dont les travaux ne vous sont pas inconnus ;
il avait travaillé, lutté, souffert, connu la gloire,

subi d'incroyables désastres. En Afrique, mis à la broche, ou peu s'en faut, par des indigènes, cuit par le soleil, ayant supporté en plein désert la faim et la fièvre, il avait échappé à mille morts; sa femme, belle et charmante, avait péri dans un naufrage, et son fils, franc-tireur dans la dernière guerre, avait été épouvantablement égorgé. Cependant, dès qu'il m'aperçut à Nice sur la promenade des Anglais, il courut à moi, et me prenant les mains avec une expression de joie enfantine : — « Tu sais bien, me dit-il, la mèche de cheveux de la Rosalie, ce n'est pas elle qui l'avait donnée à Pessonnaille ; il l'avait volée dans un tiroir. Je l'ai rencontré l'année dernière à Rio-Janeiro, il me l'a avoué! » Je regardai alors Chéd'homme, je vis tressaillir de joie son vieux cou où les rides formaient comme un dessin de moire, et s'éclairer son crâne lisse et nu, brun comme une tête de mort sculptée dans un morceau de racine de buis.

## XV

### LA FIN DE LA FIN

Je vous ai dit, madame, que l'âge d'être amoureux ne commence jamais ; il ne finit jamais non plus,
toujours par la même raison, et parce que le véritable amoureux le serait encore dans une île dé-
serte ! Elle était bien réellement la maîtresse du
vieux duc Jocerant de Blandras, cette si jeune et
svelte Marguerite Dalleray, que tout le monde prit
naturellement pour une jeune parente, le jour où
elle fut installée à l'hôtel du duc. Mais qui se fût
avisé de penser que ce grand vieillard au crâne nu
couronné de clairs cheveux blancs, plus que septuagénaire, et déjà pareil à un ancêtre de galerie, avait
encore le mot pour rire? Et quant à Marguerite,
dont on écrivit tout de suite le nom de famille :
d'Alleray, c'était une jeune fille de dix-sept ans non
pas maigre, mais mince comme les plus idéales
figures, et ses cheveux bruns coiffés en bandeaux,
la limpidité de ses yeux d'or, sa bouche ingénue,
ses mains transparentes, sa démarche rythmée et
gracieuse avaient un tel caractère de chaste innocence, qu'à certains moments son visage prenait
même cette expression de dureté résolue, causée
sans doute par l'horreur de la vie, qu'on voit sur les
visages de certaines saintes. Quand le duc recevait

les rares amis qu'il consentait encore à voir, des
archéologues comme lui, ces vieux gentilshommes
admiraient sans réserve les grandes façons de mademoiselle d'Alleray, qui, souple, légère comme une
nymphe, leur offrait le thé avec des gestes de reine,
et dont la belle voix, quand elle daignait parler, leur
faisait l'effet d'une caresse. Elle était pieuse, aumônière, austère même, et ne se montrait qu'en robe
de cachemire uni, rarement ornée de quelque bijou
ancien ou de quelque dentelle de famille ; mais les
amis du vieux Jocerant ne se gênaient pas pour raconter leurs souvenirs de guerre, car on pouvait tout
dire devant elle comme devant un petit enfant ;
même au récit de quelque scène de carnage, on
voyait briller et s'animer ses yeux profonds, et les
vieillards ne s'en étonnaient pas, puisque les vierges,
comme ils le savaient bien, n'ont pas pour le sang
versé l'horreur qu'éprouvent les mères, toujours
tremblantes, qui ont souffert dans leurs entrailles.
Tous, d'ailleurs, ils étaient d'assez bonne maison
pour apprécier le prix d'une fille supérieurement
belle, qui ne sait ni jouer du piano ni peindre d'a-
quarelles. Aussi arriva-t-il plus d'une fois qu'un des
amis de Jocerant lui demanda carrément la main de
sa pupille ; mais à ses ouvertures menaçantes le duc
faisait invariablement la même réponse : « Cher
ami, disait-il, mademoiselle d'Alleray est trop riche ;
elle aura au moins dix millions. Vous auriez l'air
d'avoir fait un mariage d'argent ! »

Ainsi le paradis terrestre que Jocerant s'était arrangé en pleine rue de Lille, avec l'égoïsme d'un
vieillard crédule qui prétend réaliser le bonheur sur
la terre, aurait pu durer longtemps et même toujours, car il avait l'avantage d'être un paradis invraisemblable, par conséquent ignoré ; mais on ne
saurait se passer de serviteurs, et le malheur fut

qu'il y eut une femme de chambre dans l'affaire. Or cette Virginie, une belle laide, un peu grêlée, dès les premiers jours de ce mariage par-devant les portraits de famille, avait surpris le secret de ses maîtres, et elle espérait bien s'en faire cent mille livres de rente. C'était une Parisienne, profondément corrompue, ayant dans le cœur les sept péchés capitaux et d'autres encore, habile modiste, brodeuse, coiffeuse de génie, savante comme un livre, ayant la parfaite notion du bien et du mal, afin de toujours faire le mal, et sachant au besoin, dans les grandes occasions, cuisiner de façon à faire manger les gens qui ne mangent jamais. A force de se regarder au miroir, elle avait jugé en grand critique sa grêle chevelure pommadée, ses lèvres pâles comme si elles avaient été brûlées au fer rouge, et sa poitrine plate, qui lui eût permis de jouer les travestis de façon à faire illusion. Elle était tombée d'accord avec elle-même de ceci : qu'elle ne devait pas compter sur sa beauté pour se faire un sort, et qu'il lui fallait dénouer un nœud gordien infiniment plus embrouillé que celui-là.

Cependant elle avait eu nécessairement tout d'abord l'idée simple de supplanter Marguerite, et elle avait rôdé autour de Jocerant, en lui lançant des œillades capables de fendre le porphyre, espérant qu'avec l'inéluctable instinct des voluptueux, à la lueur de son sourire cynique et à l'éclair de ses yeux sombres comme un Phlégéton, ce vieillard devinerait en elle une ouvrière de plaisir à réveiller les morts. Mais lui, occupé à examiner son amour heureux, il ne fit pas plus attention aux agaceries de cette servante qu'un avare, en train de compter son or, ne prête l'oreille à la chanson d'un merle. Tombée du haut de son rêve, la bonne Virginie se mit à creuser sans relâche des sapes et des mines, et elle

épia avec l'habileté d'un thug qui sait, pour se cacher, prendre la couleur d'un pli de terrain ou d'une
écorce d'arbre. Aussi devait-elle réussir à se venger,
dévorée par l'appétit du mal, et ayant à son service
les sens aiguisés d'un sauvage. Par un matin de
janvier où il gelait à pierre fendre et où mademoiselle d'Alleray venait de sortir à pied pour visiter ses
pauvres, Virginie, sans frapper et sans crier gare,
entrait dans le cabinet de travail où le duc était occupé à écrire un mémoire sur le temple de Jérusa-
lem, et lui disait à brûle-pourpoint : « Monsieur le
duc sait-il où est mademoiselle à l'heure qu'il est? »

On devine où va une conversation engagée de la
sorte. Trois quarts d'heure plus tard, monsieur de
Blandras, caché sous un épais manteau, et Virginie,
emmitouflée comme une dame, entraient chez un
marchand de vin de Belleville, dans la grande salle
où des débardeurs, des masques, de terribles femmes
aux bras nus, soupaient après le bal masqué, tandis
que d'autres faisaient fondre du sucre dans des saladiers pleins de vin. Ils s'assirent tous les deux dans
un coin obscur, et là le duc ne put se plaindre qu'il
n'en avait pas pour son argent, car plus stupéfait
que si des écailles lui fussent tombées des yeux, il
vit à une table une espèce de brute, un beau garçon
à tignasse noire, non déguisé, couvert de bagues,
d'épingles et de chaînes de montres, et près de lui
Marguerite d'Alleray débraillée, les bras nus et les
cheveux pendants, buvant de l'eau-de-vie dans de
grands verres. Il voulut s'élancer, mais Virginie le
retint prudemment, car elle tenait à ce que la scène
ne fût pas interrompue. Marguerite venait d'enrouler
ses deux bras charmants au cou de taureau de son
partenaire, qui fumait dédaigneusement, dans un
bout d'ambre faisant pipe, un cigare gros comme
un tronc d'arbre, et d'ailleurs le duc ne perdit pas

un mot de leur dialogue. De sa voix si tendre et si musicale, Marguerite disait : « — Embrasse-moi encore, Fourgeron ! » Et Fourgeron lui répondait : « Mais non, à bas les pattes ! Tu sais bien que je n'aime pas les bêtises.

— Ah ! fit-elle, tu ne dirais pas ça, si c'était ta Mélie !

— De quoi, Mélie ?

— Écoute, dit Marguerite les dents serrées, tu étais marchand de contremarques, te voilà grand marchand de billets avec des commis.

— Et après ? dit Fourgeron en tirant de sa poche et en comptant avec complaisance de l'or et des billets de banque.

— Après ! Tu veux être directeur de théâtre, tu le seras, et cependant je sais que c'est pour avoir des femmes ! Toutes les femmes que tu voudras, mais pas Mélie ! Cette voleuse-là a des secrets de torpille, elle te garderait.

— Mélie, si je veux, dit Fourgeron ; je suis le maître.

— Ah ! c'est comme ça ! » cria Marguerite, et tirant de sa poche un couteau, elle se précipita sur Fourgeron qui, sans mot dire, avait ouvert le sien. Après quelques instants d'une lutte que les masques regardèrent avec une parfaite impassibilité, le couteau du beau marchand de billets entra dans le bras nu de Marguerite. A ce moment-là même, en levant les yeux, elle aperçut le duc, et, frappée d'épouvante, se sauva par une chambre voisine, dont la porte vitrée, qu'elle tira derrière elle violemment, tomba en éclats.

— « Hé ! quoi, mon ami, disait le lendemain Marguerite à M. de Blandras, en levant son beau regard innocent, j'écoute l'histoire de cette malheureuse, et je la comprends à peine ! Vous avez pu croire que

c'était moi ! » ajouta-t-elle avec un doux sourire de
reproche. Le vieux duc était atterré et plein de repentir. — « Des manières ! » cria Virginie, qui tout
à coup entra et d'un bond fut près de Marguerite.
Et, violemment, déchirant avec ses doigts et avec
ses dents la robe de la jeune fille : — « Vous voyez
bien, cria-t-elle au duc, qu'elle se fiche de vous ! »

Jocerant voulut parler, mademoiselle d'Alleray
l'interrompit :

— « Mon cher, lui dit-elle, je rentre à la hâte, je
me donne des bronchites et des battements de cœur,
et je vais plus vite qu'une actrice à me faire ma tête
de jeune fille honnête ! Enfin, je vous trompe consciencieusement ; mais il faut m'aider aussi un peu,
et, dans ce cas-là, ajouta-t-elle en toisant Virginie,
votre premier devoir était de renvoyer la bonne ; car,
au bout du compte, je ne peux pas tout faire ! »

# XVI

## LA MINIATURE

Ceci, madame, est de l'histoire éternelle, sans quoi ce serait tout à fait de l'histoire ancienne, car mon ami, le vieil Akhar, est mort depuis longtemps déjà, et il avait quatre-vingts ans passés lorsqu'il me raconta cette anecdote singulière, qui se passe avant l'invention de la photographie. Akhar, miniaturiste de génie, partageait alors la vogue avec Isabey père, et, comme lui, il excellait à composer des portraits de femmes très solidement peints, mais qui semblaient vaporeux, tant cet habile artiste avait le talent de noyer ses modèles dans des gazes envolées, qui les entouraient d'une sorte de brume idéale. C'était sous la Restauration; quelques années auparavant, la guerre avait fait tant de ravages, que les hommes étaient devenus une marchandise rare; les femmes en tremblaient encore par un souvenir rétrospectif; aussi l'amour marchait bon train, et avec l'amour la miniature, car il n'était pas une dame bien éprise qui ne voulût commettre l'absurde et charmante imprudence d'offrir au bien-aimé son portrait entouré de diamants. Akhar était littéralement accablé de travail, et il n'aurait su que faire de tout l'or qu'il gagnait, s'il n'eût été lui-même un de ces gens de race amoureuse qui vaporisent les fortunes et trouvent belles toutes les femmes qui le sont.

Un jour qu'il se désolait devant trente miniatu-res commencées, désespérant de satisfaire sa riche clientèle, son valet de chambre introduisit dans l'atelier, sans l'annoncer par son nom, une femme belle à miracle. Jeune, svelte, gracieuse, blonde d'un blond fait exprès pour les peintres, avec des traits d'une pureté délicieuse, des yeux pleins d'ardentes flammes, des lèvres d'un rose vif et un cou pareil à celui de madame Récamier, cette visiteuse, vêtue de velours bleu, avait l'air de quelque chose de mieux qu'un ange et qu'une reine, car son visage et ses regards étaient animés par une formidable intensité de vie.

— « Vous ne me connaissez pas? demanda-t-elle à Akhar, en s'asseyant.

— Non, madame, répondit machiavéliquement l'artiste, qui, au contraire, avait parfaitement re-connu la marquise de Torsy. Par un hasard étrange, il en savait même très long sur elle, car peignant un jour des études de paysage, dans la forêt de Compiègne, il l'avait vue tendrement appuyée au bras du jeune comte de Lignères, à un moment où elle ne se croyait aperçue que par les oiseaux du ciel.

— Eh bien! dit la marquise, je dois rester pour vous une inconnue, et il faut que vous fassiez mon portrait.

— Madame, dit Akhar en montrant les travaux commencés, vous voyez que cela ne pourra pas être avant six mois d'ici.

— Il faut que vous le fassiez aujourd'hui même, reprit la marquise. La raison pour laquelle vous mé-contenteriez en ma faveur toutes les personnes qui comptent sur vos promesses? Il n'y en a qu'une, c'est que ce portrait, je le désire ardemment.

— C'est la meilleure de toutes, dit Akhar. Com-
mençons donc. »

Madame de Torsy avait trouvé, naturellement,
une admirable pose ; la miniature était toute faite
et il n'y avait qu'à la copier ; mais ce à quoi l'artiste
ne s'attendait pas, c'est que peu à peu son modèle
se transfigura de façon à lui donner le vertige ; la
tête inclinée en avant, les yeux, la bouche, la chevelure frissonnante avaient pris une telle expression
de joie amoureuse, que le pauvre Akhar, pâle d'admiration, s'escrimait du pinceau, comprenant qu'il
avait entrepris une terrible lutte.

— « Ne vous étonnez pas, dit la marquise ; ce qui
me fait telle que vous me voyez, c'est le souvenir, et
c'est lui qu'il faut que vous exprimiez. Oui, continua-t-elle en quittant la pose et en allant s'asseoir
près du peintre, mon mari, nommé à un poste
important, m'emmène demain loin de la France,
pour de longues années ; et ce portrait est destiné à
l'homme que j'aime, et qui mourra de mon absence.
Eh bien ! il faut qu'il ait l'image, non de celle que je
semble être à tous, mais de la femme que lui seul a
connue ! Il faut qu'il me revoie telle que j'étais dans
ces heures si cruellement envolées, où, dans notre
réduit caché à tous, j'écoutais sa chère voix et je
buvais ses paroles, croyant voir le ciel ! »

Akhar était entouré de cet effluve de passion ; il
lui semblait qu'il sentait près de ses joues des charbons ardents. Il prit les mains de la marquise, et
follement les couvrit de baisers, mais elle ne sembla
pas s'en apercevoir.

— « Faites-moi, dit-elle, un chef-d'œuvre ; je veux
que, malgré le destin même, il ait sur son cœur sa
Geneviève. »

Mais Akhar, la tête empourprée de sang, croyait
que son front allait éclater. Il alla à une fenêtre,

l'ouvrit et prit comme un bain dans l'air vif; cependant, la marquise le rappela vite au devoir.

— « Travaillons! » disait-elle d'une voix si mélodieuse que le peintre en fut enivré! Il retourna à sa table et se remit à travailler furieusement, si toutefois on peut travailler furieusement à une miniature; car pour comprendre quelle fut la violence de son supplice, il faut songer qu'il se compliquait des soins minutieux exigés par ce lent travail, et que le malheureux artiste ne pouvait pas, comme eût fait un Géricault, se venger sur ses brosses et faire palpiter une toile sous ses violences.

Akhar travaillait, et la marquise extasiée qui, ainsi que l'eût pu faire une grande comédienne, avait retrouvé sa pose et son visage de femme amoureuse, parlait, parlait toujours de Raoul de Lignères, exaltant sa jeunesse, sa beauté, sa bravoure, et ne se lassant pas de chanter cette sorte d'hymne farouche. Akhar ne l'entendait pas, ou plutôt, enfiévré par l'application et par toute cette situation bizarre, il l'entendait vaguement, comme un cavalier, emporté par le galop fulgurant de son cheval, voit vaguement les hommes, les maisons et les paysages qu'il dépasse d'un vol effréné. Cependant, la lassitude vint, et alors le peintre entendit distinctement les paroles de madame de Torsy :

— « Ah! disait-elle, il est si beau; c'est pour lui, pour un héros avec le visage d'un enfant, pour iui, mon Raoul, si fier, si tendre; il faut qu'il y ait sur le portrait tout ce que j'ai dans le cœur et toute la flamme qui m'embrase! »

Akhar avait cela de commun avec Tartuffe, qu'il n'était pas un ange; il s'était jeté aux pieds de la marquise, et il ne se fût pas dérangé quand il aurait senti tomber sur lui la foudre du ciel. Tandis que cette grande dame éprise parlait toujours, il la prit

9.

dans ses bras, baisant son cou, ses yeux, sa chevelure
et s'attendant bien à ce qu'elle allait le chasser
comme un chien ; mais il n'avait plus souci de rien,
et il aurait donné sa vie pour un sou. Aussi, vivant
en plein songe, en pleine folie, lorsque contre toute
attente on lui rendit ses baisers, il ne fut pas plus
étonné qu'il n'eût été étonné de tomber, après s'être
jeté du haut des tours Notre-Dame.

Combien de fois fut laissé et repris cet étonnant
portrait ? L'important, c'est qu'en cette séance de
délire qui n'avait pas duré moins de neuf heures,
Akhar, sans avoir mangé ni bu, avait fait, non seulement un chef-d'œuvre, mais le chef-d'œuvre de sa
vie. En l'emportant, la marquise remercia le peintre
avec une effusion de reconnaissance et de joie, mais
avec autant de noblesse et de dignité que si elle ne
l'eût jamais vu, et certes, à ce moment-là, Akhar
n'eût pas songé à toucher le bout de son gant ! Il ne
revint de sa stupéfaction qu'en trouvant un portefeuille de maroquin blanc laissé par la marquise et
qui contenait dix mille francs, ce dont il fut un peu
humilié ; mais il comprit bien vite qu'il eût été par
trop insolent à lui de prétendre faire pour rien
le portrait de cette grande dame ! — « Et, continua
le peintre Mosquin en terminant cette histoire
qu'il racontait à la belle duchesse de Chambrillac,
c'est ainsi que se font les chefs-d'œuvre, et que le
comte Raoul de Lignères, qui devait mourir si
jeune à la guerre, a possédé un inestimable souvenir.

— Ah ! dit la duchesse, s'il avait su à quel prix !

— Madame, dit Mosquin, il ne faut jamais rien
savoir et on ne mangerait jamais rien, si on savait
comment se fait la meilleure de toutes les cuisines !

— Bon, fit la duchesse en retirant le bout de son

doigt que Mosquin avait essayé de prendre, la mode
des miniatures est passée. En tous cas, je me félicite
d'avoir eu une sage mère qui m'a élevée au ménage,
et qui m'a appris à savoir au besoin faire la cuisine
moi-même. »

# XVII

## FAUTE DE S'ENTENDRE

Oui, madame, lorsque Roland d'Arcy eut achevé de meubler, Dieu sait au prix de quels prodiges, de quels combats, de quels sacrifices, de quels voyages et de quelles folies de travail, la chambre qu'il avait imaginée et composée comme un poème, pour y recevoir une seule fois la belle comédienne Jenny Lyvron, cette chambre avec sa tenture et ses meubles de soie d'un rose idéal sur laquelle couraient de prestigieuses fleurs des champs, avec son lit blanc orné de colombes, chef-d'œuvre de la sculpture du dix-huitième siècle, avec sa bibliothèque incrustée d'étain et d'ivoire, de la première manière de Boule, avec son lustre fleuri en verre de Venise, avec son miroir qui représentait l'enlèvement de Ganymède, avec sa pendule, en marqueterie d'écaille, son doux et riche tapis d'Asie, ses encoignures en laque de Coromandel, ses éventails, ses étuis en camaïeux de Martin, ses tasses de vieux Saxe, et ses verres de Venise, semés d'or, pouvait passer pour un véritable paradis terrestre de l'amour; le malheur fut que cette chambre, née pour ainsi dire de sa propre pensée, Jenny Lyvron ne la vit jamais. Cependant, Roland d'Arcy obtint, comme je vous le disais, tout ce qu'il avait souhaité; mais ceci est précisément l'histoire du bonheur humain qui, lorsque nous le saisissons par hasard, n'affecte jamais la forme sous laquelle nous l'avions rêvé, sans quoi ce ne serait pas la peine de mourir.

Comme tous ceux qui ont connu ce doux poète, savant comme un mage et innocent comme un enfant, qui toute sa vie oscilla entre le rêve et la folie, Jenny Lyvron avait pour Roland une vive et sincère amitié ; mais elle était à cent lieues de se figurer que cet être inoffensif et spirituel, à l'âme enfantine, fût éperdument amoureux d'elle. La comédienne était alors dans tout l'éclat de sa renommée et de sa jeunesse adorable; Roland venait la voir à l'Opéra-Comique, dans sa loge encombrée d'auteurs célèbres, de hussards et de ducs, et elle ne s'apercevait pas qu'il la dévorait des yeux, brûlant ses épaules de regards enflammés, et qu'il s'en allait brisé par un âpre désir dont l'intensité dépassait toute force humaine. Un soir pourtant, le hasard fit que le poète put rester le dernier dans la loge de son amie; inconsciemment elle se gênait si peu devant lui, qu'en changeant de corsage elle venait de lui montrer plus de trésors qu'il n'en fallait pour le rendre définitivement fou; aussi fut-elle épouvantée lorsqu'en se retournant tout à coup, elle vit le visage convulsé de Roland, et ses yeux démesurément grandis d'où tombaient de grosses larmes.

— « Mon Dieu ! lui dit-elle, qu'avez-vous ? »

Le pauvre poète fit un effort pareil à celui qu'il lui aurait fallu pour s'avouer coupable d'un assassinat ; mais son âme éclatait.

— « J'ai, dit-il que je vous aime ! »

Jenny Lyvron n'eut pas du tout envie de rire, car cette femme enivrée de tous les triomphes de la vie et de l'art était profondément bonne, et s'il lui était impossible d'éprouver aucun amour pour Ro-

land, en revanche, elle se fût jetée au feu pour
lui.

— « Ah! mon ami, lui dit-elle, il ne sera pas dit
que vous aurez souffert pour moi et par moi, et je
suis à vous! »

La morale, en cette affaire, eût trouvé peut-être
quelque chose à reprendre, et cependant il y avait
une certaine noblesse dans le mouvement spontané
de cette personne divine qui voyait à ses pieds tous
les princes et tous les diamants de la terre, et qui
si naïvement s'offrait par bonté pure à un rimeur
plus pauvre que Job.

— « Quoi! murmura le poète devenu pâle comme
un linge, vous viendriez me voir!

—Où vous voudrez et quand vous voudrez, répon-
ditJenny; le jour où vous m'appellerez, je viendrai. »

Roland s'enfuit éperdu; il avait toujours été noc-
tambule; mais cette nuit-là, il se promena plus que
jamais, arpentant Paris en tous sens, et retournant
dans sa tête les combinaisons les plus compliquées.
En effet, si affolé qu'il fût par la joie, il n'avait pas
tardé à se souvenir que jusqu'ici il avait toujours,
en vrai bohême, logé tantôt dans les arbres du bois
de Boulogne, et tantôt dans les chambres d'hôtel
garni, qui n'offraient guère un abri plus confortable.
Mais le matin, il était animé d'une résolution invincible; il courut chez les éditeurs, chez les directeurs de théâtres et de revues, aliéna celles de ses
œuvres dont il pouvait disposer, vendit tout ce qu'il
avait de papier écrit, et pour le reste, inventa et raconta des plans de romans et de drames avec un tel
génie, qu'il finit par attendrir ces pierres. Puis, il
alla tout confier à son ami, à son frère en poésie,
Victor Lesclat; et le soir, lorsqu'il partit pour la Hollande, il avait dans sa poche quelque chose qui ressemblait à une somme d'argent.

Quelques semaines après, à six heures du matin,
comme Victor Lesclat dormait d'un profond sommeil, il fut éveillé en sursaut par un tintamarre de
sonnette et de coups affreux frappés à sa porte. Il
alla ouvrir, et se trouva en face de Roland escorté
de trois vigoureux commissionnaires. Roland avait
trouvé à Amsterdam le lit qu'il lui fallait, il l'apportait emballé en trois caisses, et il repartait à l'instant
même pour Venise, où il espérait trouver un lustre
et de curieuses étoffes d'or; il laissait seulement à
Victor le manuscrit d'un livre sur la Hollande, qu'il
le priait de porter à la Revue. Au bout de quelques
semaines encore, autre réveil; Roland arrivait avec
d'autres caisses, contenant son lustre, et partait
pour Vienne, où il aurait *pour rien,* à ce qu'on lui
avait assuré, tout un meuble du dix-septième siècle,
garni d'une tapisserie au petit point admirablement
conservée.

Dès lors, Roland se mit à parcourir l'Europe,
comme naguère il avait parcouru le Paris nocturne,
d'un pas de Juif Errant. Il arrivait dans une ville,
faisait un achat fabuleux, ne pouvait pas payer,
et alors, sur les tables d'auberge, il entassait des
montagnes de copie, excellente par parenthèse, des
récits de voyages amusants et originaux qu'il envoyait à son ami, et dont il devait attendre le prix
pour dégager son achat et lui-même. Parfois, entre
Constantinople où il était allé chercher un tapis, et
Bruges, où il venait poursuivre un panneau de porte
fouillé comme une dentelle, Roland s'arrêtait à Paris
un jour ou deux, se reposait sur le divan étique de
Victor Lesclat, et après avoir fait sur sa redingote
(toujours la même) des prodiges de peinture à l'encre, le soir il allait un instant voir Jenny Lyvron à
l'Opéra-Comique. Habituée à le considérer comme
un meuble de sa loge, la comédienne ne remarquait

pas plus sa présence qu'elle n'avait remarqué son
absence, et on l'eût beaucoup étonnée si on lui eût
dit que Roland avait fait des voyages. Quant à la
petite scène d'amour qui avait eu lieu entre eux, elle
l'avait oubliée aussi complètement que sa première
montre d'or : chose bien naturelle chez une femme
qui tenait en laisse plusieurs princes et qui, de plus,
avait à apprendre des rôles de *six cents* et des vocalises à déconcerter des rossignols.

Enfin, l'ameublement du fameux réduit fut terminé. Roland resta à Paris et alla régulièrement
voir Jenny. Tous les soirs, il avait envie de parler,
de crier : « La chambre est prête ! » Mais toujours
il lui semblait que le premier mot prononcé ferait
envoler son rêve. Il retomba dans son marasme,
dans son âcre douleur, et cela d'autant plus facilement qu'il ne mangeait guère, car son feu de travail était passé, et il ne faisait plus que des *sonnets
mystiques,* dont la seule vue donnait à monsieur Buloz
des attaques de nerfs. Son visage était celui d'un agonisant, si bien qu'un soir Jenny en fut frappée et
ne put s'empêcher d'interroger son ami.

— « Mais, balbutia Roland, j'ai... que je vous aime
toujours !

— Ah ! mon pauvre ami, s'écria Jenny avec un
sourire angélique, et retrouvant tout à coup la mémoire : Mais aussi que ne parliez-vous ! » Puis elle
renvoya d'un geste sa femme de chambre, en lui
disant : « Je n'y suis pour personne ! » Et, ayant
fermé la porte de sa loge à la clef et au verrou, elle
s'assit, attira Roland à elle et prit dans ses petites
mains la bonne tête effarée et pleurante du poète.
C'est ainsi que Roland d'Arcy obtint ce qu'il avait
tant désiré ; mais il n'osa pas parler de la chambre,
et, comme je vous l'ai dit, Jenny Lyvron ne la vit
jamais. On sait que cette charmante femme mourut

toute jeune, et pendant un des séjours que Roland
fit chez le docteur Blanche, ses créanciers firent
vendre les beaux meubles, au milieu desquels, pour
lui, la bien-aimée avait toujours été présente. Ces
deux choses, qu'on eût vendu la chambre de Jenny
et que Jenny fût morte, il ne les avait pas encore
bien comprises, lorsqu'il chercha lui-même cette
mort tragique dont le souvenir fait encore pleurer
nos âmes.

## XVIII

### DE AMICITIA

Il y eut à Paris, sous le second Empire, une asso-
ciation bien autrement redoutable que celle des
Treize, célébrée jadis par Balzac, car le secret n'en
fut jamais découvert, et elle se composait seulement de deux individus, une femme et un homme.
Imaginez deux êtres pleins de génie, spirituels jusqu'au bout des ongles, sachant tout, décrivant tout,
revenus de tout, ne croyant à rien, n'ayant ni Dieu,
ni âme, ni conscience, lettrés, artistes, parlant toutes les langues, restés jeunes et beaux, après avoir
acquis l'expérience de Mathusalem; supposez que,
rapprochés et unis par une admiration sans bornes,
ils se sont complètement donnés l'un à l'autre, dans
le but de dominer la vie et le hasard, et vous comprendrez quelle dut être l'invincible force de ces
deux complices.

Tout groupe qui s'organise pour tenir la société
en échec vient tôt ou tard buter contre le même
caillou : l'amour. Invariablement, la jalousie amène
des dénonciations, sans quoi les bandes de voleurs,
infiniment mieux organisées que la police, ne seraient jamais découvertes. Il arrive un moment où
deux voleurs aiment la même femme, et où l'amant
sacrifié révèle tout, pour perdre son rival heureux.

Les plus habiles successeurs de Vautrin n'ont trouvé aucun moyen de parer ce coup inévitable. Mais nos deux associés n'avaient rien à craindre de pareil, et, triplement trempés dans les eaux de tous les Styx, l'amour ne pouvait pas plus mordre sur eux que la dent d'un enfant sur une peau de crocodile. Ajoutez que, l'un et l'autre, ils se souciaient de leur existence comme d'une vieille savate; qu'ils auraient supporté sans un soupir les opérations chirurgicales comme l'extraction d'un ongle, pour lesquelles Napoléon permettait de crier dans la vieille garde; qu'ils pouvaient subir la faim et la soif comme des Arabes, et résister aux excès comme Gargantua; que tous les deux étaient orateurs, causeurs, parfaits comédiens, capables de prendre tous les visages, et se moquaient de commettre un crime, comme un rapin d'embrasser le modèle.

Mince sans maigreur et d'une belle taille, madame Silz, avec des traits à la fois étranges et charmants, avait une de ces peaux d'un brun cuivré dont le tissu, parfaitement égal, est d'une finesse souple et régulière, et qui, si on veut les colorer en blanc et en rose, sont alors une vraie toile à peindre. Elle savait porter les diamants, les haillons, le costume masculin, le madras ou le foulard sur la tête, de même que Pierre Estivalet, brun et svelte comme elle, rien qu'en modifiant ses cheveux et sa barbe, pouvait représenter tous les personnages, depuis un prince indien jusqu'à Gavroche. Ainsi, ils étaient deux et ils étaient mille. D'ailleurs, parfaitement corrects vis-à-vis du monde, et inattaquables. Il est évident que madame Silz avait dû faire tous les métiers, rôtir des balais dans toutes les fournaises, être courtisane dans des palais et dans des bouges. Mais on ne savait d'elle aucune aventure; elle était veuve d'un mari authentique, très bien posé, qu'on avait

vu mourir ; et, si Paris lui avait connu un passé ir-
régulier, elle devait avoir, depuis ce temps-là, si
bien changé de forme et fait peau neuve, que ses
anciennes femmes de chambre ne l'eussent pas re-
connue. Elle était liée avec quelques femmes du
meilleur monde, qui l'accueillaient avec distinction,
et, chez elle, recevait surtout sept ou huit hommes,
écrivains et artistes les plus spirituels de Paris, à
qui elle donnait à dîner le dimanche. Ils trouvaient
chez elle une conversation sans égale, et des plats
accommodés avec des jus savants par une vieille cuisinière de Moulins, que madame Silz cachait comme
un proscrit, car le chef du café Anglais et celui du baron de Rothschild avaient organisé en vain des four-
beries et des tours de Scapin, pour arriver à lui
parler et à savoir ses recettes. Quant à Pierre Estivalet, fils d'un capitaine de vaisseau mort aux Indes,
il avait passé par l'armée et par la diplomatie, et s'y
était distingué. Il avait fait d'assez riches héritages
pour qu'il fût impossible d'établir une balance entre ses recettes et ses dépenses ; et, depuis lors, mêlé
à toutes les entreprises où l'on trouve les grands
Parisiens, spéculateur, financier, directeur de théâtres, fondateur de journaux et de revues, acheteur
de terrains et de tableaux, actionnaire de mines et
d'usines, décoré de tous les ordres, membre de
tous les conseils d'administration, il avait acquis une
de ces fortunes flottantes qui ont le droit d'être
énormes, sans que personne s'inquiète. D'autant
plus qu'Estivalet, toujours exact comme un négociant, n'avait jamais dû à personne un sou ; qu'il
tirait l'épée avec un jeu classique d'une absolue
certitude, et qu'il trouvait à commandement les mots
spirituels qui clouent leur homme au mur, comme
une chauve-souris. D'ailleurs, les deux associés
savaient écouter pendant des heures, en souriant,

les plus ennuyeuses conversations, et ils eussent été
capables de passer trois nuits, comme Bombonnel,
cachés dans le feuillage d'un lentisque, sans bouger, même imperceptiblement, sous l'ardente piqûre
des moustiques. Leur dissimulation devait être et
fut si parfaite, qu'ils passèrent pour se connaître
comme on connaît tout le monde, et que personne
ne soupçonna leur intimité.

Dans de telles conditions, quelles choses et quelles
gens eussent pu résister à ces magiciens féroces?
Tout être qui a bien vu la vie a pu constater que, s'il
lui était possible de changer de sexe à volonté,
comme Tirésias, d'être homme ou femme, selon que
la circonstance l'exigerait, il n'est pas d'obstacle
dont il ne triompherait aisément. Or, ils jouirent
impunément de ce privilège inouï, car Estivalet et
madame Silz ne faisaient réellement qu'un; chacun
de leurs adversaires trouvait devant lui une femme
quand il attendait un homme, et réciproquement,
— substitution dont la portée est incalculable. Car,
imaginez, par exemple, la princesse de Cadignan
croyant n'avoir à abuser qu'un pauvre grand homme
comme d'Arthez, et se trouvant tout à coup enveloppée dans les mille ruses d'une mangeuse de
pommes aux ongles roses, plus femme qu'elle!
Songez-y! Quelle femme en ses haines, en ses colères, en ses rages viriles, ou simplement accablée
par l'incompréhensible fatras des affaires, ne s'est
écriée, avec toutes les fureurs du désir : « Si j'étais
homme! » Eh bien! madame Silz était homme quand
il lui plaisait de l'être, car elle entrait alors dans la
peau d'Estivalet, c'est-à-dire d'un cavalier habile à
toutes les armes, impossible à griser de champagne
ou de tout autre liquide, pouvant faire vingt lieues
à cheval d'une traite, et sachant la procédure comme
un huissier. Sans tumulte, sans scandale, sans

ameuter les petits journaux, les deux associés
avaient déjà gagné ou conquis une vingtaine de
millions, conduisaient, sans qu'il s'en doutât, le
troupeau humain, et forçaient Paris, que le monde
écoute, à chanter sa chanson sur l'air que jouaient
leurs deux flûtes bien accordées. Pourquoi ne de-
vinrent-ils pas les rois de l'univers? Cela tint à ce
que les calculateurs ont toujours tout prévu, excepté
l'au-delà, le surnaturel, ce qui ne peut pas tenir
dans notre étroit compas, et ce qui fait que telle
place, quoi qu'en pense Beaumarchais, peut être
aussi bien occupée par un danseur que par le cal-
culateur.

Voici donc quelle fut la catastrophe qui, en un
moment, fit écrouler tout leur édifice. Une expédi-
tion mystérieuse, d'une incroyable audace, et qui
produisit dans la politique un de ces évènements
décisifs dont les causes restent à jamais inconnues,
força madame Silz et Estivalet à rester dix jours cachés dans une maisonnette située à quelques lieues
de Blois, tout près du château où se reposait alors
un ministre fameux, dont la chute inexpliquée devait, à quelques jours de là, stupéfier l'Europe. Je
ne dirai rien de ce drame qui nécessita des embus-
cades, des déguisements, des combats, des courses
nocturnes où l'espace et le temps furent supprimés,
et dans lequel les deux associés s'étonnèrent l'un
l'autre par des prodiges d'intrigue et de bravoure.
Ils durent, pendant cette campagne, passer de longues heures ensemble, ce qui ne leur était jamais
arrivé, et Estivalet crut alors voir se produire chez
madame Silz de singuliers phénomènes; car, à certains moments, il lui sembla que ses lèvres s'ani-
maient, que des lueurs étranges passaient sur son
front, que ses yeux soudainement avivés étaient
mouillés par quelque chose qui ressemblait à une

larme, et que sur son visage s'illuminaient et s'éteignaient tout à coup les subites rougeurs de la jeunesse. Pierre Estivalet, qui, à tout autre moment, eût été très frappé de cette inexplicable métamorphose, n'y prêta qu'une médiocre attention, car les allées, les venues, les soudaines alertes, la nécessité de concentrer toutes ses facultés sur le succès de la grosse partie qu'il jouait, l'empêchèrent de s'intéresser avec suite à des faits si curieux cependant. Leur besogne finie, les deux associés, pour ne pas éveiller les soupçons, revinrent l'un après l'autre à Paris. En y arrivant, Pierre, excédé, mort de fatigue, se coucha et dormit vingt-quatre heures de suite.

Mais, pendant ce long sommeil, il eut un rêve surprenant, qui continua et se renouvela avec la plus singulière obstination. Il se voyait dévoré par la plus ardente passion, fou d'amour pour madame Silz, se roulant à ses pieds avec frénésie, baisant ses mains, les mouillant de larmes; et, rajeunie, transformée, avec un air de vierge et d'enfant, telle enfin qu'il l'avait entrevue pendant ces derniers jours, elle le regardait et lui parlait avec une folle tendresse. En s'éveillant, Pierre Estivalet voulut rire de cette hallucination bizarre; mais le rire s'arrêta bientôt sur ses lèvres, car alors sa pensée se dressa devant lui, et il reconnut avec une indicible épouvante que le songe était devenu réalité, qu'il aimait éperdument madame Silz, qu'il souffrait de son absence comme d'une torture à chaque instant renaissante, et qu'enfin il sentait pour elle toutes les amertumes et toutes les sauvages angoisses d'une âme possédée. Ce Parisien, qui comptait parmi ses aïeux tous les impies et particulièrement don Juan, ne se laissa pas abattre par un tel coup de foudre, plus surnaturel que l'entrée soudaine du Convive de pierre; il courut chez madame Silz et lui raconta, tel qu'il s'était produit, le prodige de son ensorcellement, avec l'éloquence exaspérée qu'aurait un martyr en train de cuire sur le gril, s'il pouvait parler.

— « Et ainsi, lui dit-il en terminant, tout nous échappe à la fois, la force, la domination, l'enclume sur laquelle nous battions monnaie, et les fils avec lesquels nous menions les hommes comme des marionnettes. Nous voilà perdus, et bien définitivement perdus, Annette, car je t'aime.

— Moi aussi, je t'aime, dit madame Silz, qui eut à ce moment-là le regard d'une jeune fille, et Estivalet comprit alors l'inexplicable rajeunissement qu'il avait entrevu en elle, pendant leur séjour dans la maisonnette. Mais, continua-t-elle, nous ne dépendons de rien sur la terre, et qui nous empêche d'agir tout bêtement comme des gens qui s'aiment?

— Allons! dit Pierre, oublies-tu que nos cœurs sont gangrenés de vice et chérissent leur gangrène, que nous serions jaloux, et que nous croyons tout justement à la fidélité comme l'huissier croit aux promesses d'un débiteur! Nous vois-tu écoutant aux portes, volant des lettres, faisant des métiers d'argousin, nous déchirant l'un l'autre dans des scènes féroces, comme deux chiens enragés? Et pourtant, je t'adore!

— Ah! cher homme! dit-elle. Eh bien, quoi! fermons cette porte; oublions tout ce qui n'est pas nous; avec l'intensité de nos appétits, que nous avons toujours satisfaits comme des rois absolus, ne saurons-nous pas faire tenir des années, toute une existence de joie en vingt-quatre heures? Et après...

— Après, fit Estivalet, nous recommencerons demain, car ni toi, ni moi, nous ne sommes capables de fuir la proie qui nous attire. Et alors nous voilà juste revenus au même point, de corrompre des facteurs de la poste et de poursuivre des fiacres !

— On peut mourir ! murmura à voix basse madame Silz.

— Mourir ! reprit Estivalet, qui d'un geste furieux saisit dans ses bras madame Silz, puis, tout à coup, sans avoir même effleuré son front, l'éloigna de lui avec un profond découragement. Et, dit-il, quand je t'aurais cassé la tête d'un coup de revolver, quand ton sang aurait ruisselé sur ce tapis, quand j'aurais livré ton corps aux constatations d'un commissaire, ou, si tu veux, quand nous aurions allumé l'ignoble fourneau de la modiste sentimentale, nous deviendrions, quoi? une Nouvelle Diverse, un Fait Paris ! Tu serais ainsi montrée à tous dans la honte banale, toi dont nul n'a connu le génie et la profonde pensée, toi que je voudrais mettre sur un trône! toi que le mystérieux amour vient de créer une seconde fois !

— Nous pouvons, dit madame Silz, aller si loin...

— Tais-toi, interrompit durement Estivalet. Tu sais bien qu'on revient de chez les Cherokees et du pôle Nord, comme on revient d'Asnières. Nous nous retrouverions toujours là, avec cet amour dont nous ne guérirons pas, car, dans ce que nous savons l'un de l'autre, avec horreur, il y a de quoi tenir éveillées, pendant mille ans, avec leurs abominables aiguillons, toutes les rages du Désir. »

Et il la contempla, l'étreignit du regard, avec une froide colère.

— « Mais, fit madame Silz tout affolée, pareille à une souris à qui on a coupé la retraite, que pouvons-nous donc? Rien?

— Rien, dit Estivalet. »

Et, en prenant son chapeau pour sortir, il eut la pâleur glacée et la hideuse résignation des damnés,

qui voient devant eux une nappe d'eau attirante et
délicieuse, mais qui, plus désespérés que l'imbécile
Tantale, sont trop bien avertis qu'ils ne peuvent y
boire ! S'arracher du cœur les passions, comme un
chiendent inutile, c'est une belle opération, mais il
faut avoir soin de n'en pas oublier, et on doit se
rappeler que l'Amitié, même uniquement fondée
sur l'admiration réciproque et sur l'intérêt personnel, est encore une des meilleures farces de Mé-
phisto.

# XIX

## LA DÉESSE

Dans la vieille et bizarre rue du Renard, qui va
de la rue Neuve-Sainte-Marie à la place de l'Hôtel-
de-Ville, le poète Edgard Taly crut reconnaître, à
la vague lueur d'un bec de gaz enveloppé de brume,
le grand caricaturiste Bourgis. Mais, en même temps,
parmi les ombres opaques et flottantes d'une âpre
nuit de décembre, il pensa être la dupe de quelque
étrange effet de lumière ; car, sur le puissant visage
du dessinateur, qu'on a pu justement comparer à
Michel-Ange, visage aux larges plans, d'ordinaire
complètement rasé, il lui sembla voir, courant des
oreilles à la bouche, une paire de ces favoris à la
colonel Chabert, que portaient les vainqueurs de
Friedland, de Smolensk et de la Moskowa, et qui
leur coupaient la joue en deux, comme si d'un noir
coup de sabre la Mort eût voulu d'avance les marquer à son chiffre dans les batailles. Taly fit vers
son ami, qui se dissimulait dans l'ombre, un mouvement promptement réprimé par la réflexion. Avec
la rapidité d'esprit des Parisiens, il avait tout de suite
compris qu'il allait mettre le doigt entre l'arbre et
quelque mystérieuse écorce inconnue, et il prit un
air indifférent, voulant s'enfuir. Mais Bourgis, à qui
ce mouvement n'avait pas échappé, eut l'air d'un

homme qui prend son parti, et, résolument, aborda
le poète.

— « Mon maître, dit Taly, pardonnez-moi l'invo-
lontaire indiscrétion de mon regard. J'aurais dû ne
pas vous voir ; mais nous avons beau nous appliquer
à apprendre la vie, nous ne la savons jamais ! Il est
évident que pour avoir disparu complètement des
promenades et des rues, où posent vos modèles, et
pour avoir inquiété vos amis et vos ennemis, vous
devez avoir une trop bonne raison. Mais soyez parfaitement tranquille ; notre rencontre n'a pas eu
lieu, et, qu'il s'agisse pour vous d'amour ou de politique, je ne veux pas surprendre vos secrets, même
au moyen de l'induction. Conspirez, mettez votre
tête sous le couperet, ou allez chez Hermione, et
portez-lui votre cœur à dévorer ; faites enfin ce qui
vous plaira, et je m'engage à ne l'apprendre que par
les journaux !

— Eh bien, non ! dit Bourgis, vous l'apprendrez
tout de suite, car mon immense joie m'étouffe, et le
hasard, en vous envoyant à moi, me donne justement le confident qu'il me faut, puisque vous êtes
un poète, c'est-à-dire un personnage dont les paroles
passent en tout état de cause pour n'être que de
vaines syllabes sonores, et puisque personne ne vous
croira, si jamais vous êtes tenté de raconter la vérité. Sachez donc que je jouis d'un bonheur stupé-
fiant et surhumain, supérieur à celui des Roméo,
des César, des Dante et des Michel-Ange, qui n'ont
connu que les extases de l'amour, ou de la domination ou de la création idéale ; puisque j'ai, que je
possède en toute propriété, sans que rien puisse me
la ravir, car elle-même ne sait pas qu'elle m'appartient...

— Qui donc ?

— Une Déesse.

— Hein ? fit Edgard Taly. Ah ! j'entends. Une Déesse, c'est-à-dire une femme très belle selon vous, parce que vous l'aimez. Cette figure, dit Du Marsais, s'appelle *hyperbole,* mot grec qui signifie *excès.*

— Allons donc ! interrompit Bourgis indigné, est-ce que vous me prenez pour un académicien ? Pensez-vous que je parle en métaphores ? Je vous dis : une Déesse, et la plus puissante de toutes, Vénus, celle qui est l'attraction universelle, qui entraîne les astres dans des rythmes dont les vôtres ne sont que de pâles copies, celle qui fait sourdre et germer les plantes, qui force les lions à pleurer d'amour, et qui vous engage à arborer les plus triomphants gilets pour plaire à mademoiselle Ada Fillis, du Cirque ! »

Edgard Taly, très inquiet, s'éloignait du caricaturiste et regardait obliquement les sergents de ville.

— « Mais non, lui dit Bourgis, je ne suis pas fou, et vous n'aurez pas à me conduire chez le docteur Blanche. Suis-je le premier homme à qui il soit arrivé une aventure tellement merveilleuse, que le réel doive se confondre pour lui avec le surnaturel ? Mais mon étonnante histoire doit vous être exposée sans charlatanisme, car elle ne peut que trop se passer de tout ornement. Vous voyez d'ici cette façade éclairée par trois becs de gaz. C'est le café de la Garde nationale, tenu par un bourgeois quelconque, nommé Lusinarre.

— Les Dieux ! La garde nationale ! murmura Taly, qui avait mal à la tête. Vous êtes sûr que vous n'êtes pas fou ?

— Un soir, dit Bourgis, par un hasard béni, j'entrai là, moi qui fuis comme la peste le bruit des cafés et leurs abominables décors. Mais mon destin voulut que je fusse tourmenté par une soif ardente. J'entrai et je vis au comptoir, non pas une femme, certainement, non pas une créature semblable à la

statue divine qui se nomme la Vénus de Milo, mais
en chair et en os, et lumineux de sa splendeur essentielle, l'être même que représente cette figure
de marbre. Oui, c'était bien elle, Vénus, avec sa
tête jeune et terrible, avec sa chevelure ondulée et
chaste, avec son sourire plein de menaces; c'était
son cou de guerrière; c'était son corps, sa poitrine,
son sein de vierge, son ventre aux plans simples et
magnifiques; car, — pourquoi serais-je modeste? —
avec l'invincible volonté de cet œil artiste que vous
me reconnaissez, je l'avais, en un instant d'une rapidité fulgurante, déshabillée, dépouillée de ses
voiles, comme si la mer eût encore, d'un âpre baiser,
caressé son dos et jeté des flocons d'écume sur ses
pieds roses !

— Diable ! dit Edgard. Et madame Lusinarre s'a-
percevait-elle qu'elle posait ainsi devant vous, nue
comme un plat d'argent?

— Je ne le crois pas, reprit Bourgis, car avec la
nette et instinctive prévision de l'avare qui veut garder son trésor, je m'appliquai dès ce moment-là à
avoir l'air d'un imbécile. Je pensai qu'elle ne m'avait
pas remarqué, et, comme il faut tout prévoir, comme,
si laid que je sois et pareil aux bourgeois que je dessine, il se pouvait qu'un jour, touchée par l'aile embrasée de mon propre Désir, cette femme, si c'en
était une, devînt amoureuse de moi, ce qui eût soumis mon ineffable souveraineté aux circonstances
éventuelles d'une passion nécessairement bornée,
j'eus le courage de composer, de rassembler et de
perfectionner le déguisement que vous admirez sur
moi, avant de retourner au café de la Garde nationale. Une fois muni de redingotes en castorine couleur de singe, de pantalons verts et cannelle, de
chapeaux archaïques, je m'habituai à porter des
lunettes bleues, et je me laissai pousser ces favoris

de colonel de l'Empire, pareils à ceux dont le ténor
Rubini complétait l'harmonie à l'aide de ses tuni-
ques abricot! Dès lors, avec une volupté impérieuse,
tranquille, sûre d'elle-même, je pris possession de
ma Vénus. Et qui me l'eût disputée? Qui même eût
pu la deviner, soupçonner son existence? Ce ne sont
pas les bourgeois, pour qui Aphrodite habillée n'est
qu'une grosse femme; ni les poètes, qui, en fait de
beauté, ne tiennent qu'à la beauté des rimes; et
encore moins les artistes qui, en ce temps misérable,
sont épris d'un idéal mince et fuyant, pareil à une
sangsue. Quant à me figurer que monsieur Lusinarre ait jamais pu tenir entre ses bras profanes
cette dompteuse des tigres et des flots de la mer,
cette mère des sourires meurtriers et des sombres
Désirs, c'est ce qui n'eût pas été possible, après que
j'avais vu la modeste tête de veau de ce commerçant.

— Pourtant, dit Edgard Taly, monsieur Lusinarre...

— Je voyais, je vois ma Vénus, dit Bourgis, mon
Aphrodite d'or aux paupières arrondies, telle qu'elle
parut sur les flots frémissants, quand les Heures de
l'hymne homérique ornèrent son cou de colliers de
fleurs d'or! Je l'embrasse, je la possède avec les
mille aspirations intelligentes d'une âme qui l'enveloppe tout entière. Là est ma vie terrestre et éternelle, continua-t-il en montrant le café où Edgard
Taly, à travers les rideaux, aperçut vaguement avec
épouvante la tête sacrée; mes journées passées dans
l'atelier à noircir des pierres lithographiques pour le
*Charivari*, c'est le rêve plat et vulgaire; et, cependant, le brûlant souvenir de celle dont émane toute
force et toute vertu suffit encore à jeter dans ces
griffonnages les sauvages éclairs que vous voulez
bien nommer parfois du génie!

— Mon cher maître, dit Edgard, je ne suis pas de
ceux que les Dieux trouvent incrédules, car sans

eux, à qui nous devons le plus clair de nos sous et
de nos lauriers, nous ne serions rien de plus que des
joueurs de vielle, ou des clowns plus adroits que les
autres. Aussi ai-je bien envie de vous demander
votre intercession. Au bout du compte, pourquoi ne
prieriez-vous pas votre Vénus de rendre Ada Fillis...
moins infidèle ? »

Par une pudeur toute parisienne, Taly n'avait pas
osé prononcer sans euphémisme le mot : *fidèle;*
mais, d'ailleurs, son étrange souhait ne fut pas
entendu par Bourgis qui, laissant là tout à coup son
interlocuteur, était entré dans le café, irrésistible-
ment attiré à son insu par les sombres yeux de
pierres précieuses de la Déesse.

— « Et comment tout cela a-t-il fini? demanda
madame de Friès, à qui Edgard Taly racontait cette
histoire.

— Tragiquement, fit le poète. Bourgis, qui ne peut
avaler, en honnête homme qu'il est! ni la bière ni
l'alcool des limonadiers, ne prenait pas autre chose
que du thé au café de la Garde nationale. Comme
si on eût organisé contre lui une sourde persécution,
ce thé devint de jour en jour tellement exécrable,
qu'un soir, mon ami, oubliant toute feinte, inter-
pella avec colère le garçon, de sa belle voix faite
pour commander et pour charmer. Il comprit qu'il
s'était trahi; une minute auparavant, il avait cru
voir Vénus regarder son dessin du *Charivari* avec
une admiration passionnée. Il se repentit, mais trop
tard. Madame Lusinarre était devant lui, tenant à
la main (comme elle eût tenu un vase d'émeraude!)
une théière d'où s'exhalait dans la vapeur fumante
un parfum de thé authentique, à ravir le shiogoun
Yose Mouni dans son palais de Kioto. « Celui-là
sera bon », je pense, dit-elle d'une voix d'ouragan
et de lyre, mélodieuse comme la mer de Myrtos. Et

comme Bourgis, interdit et muet, la regardait d'une prunelle stupéfaite, elle ajouta : « Et puis, vous savez, monsieur Bourgis, vous pouvez couper vos favoris ! » Et, en parlant ainsi, elle parut à l'artiste grande comme Cythérée, lorsque Anchise, à son réveil, la vit ayant repris ses vêtements splendides et ses chaînes étincelantes comme la lune sur son beau sein. Bourgis s'enfuit, car il ne voulait pas réduire aux proportions d'une aventure le plus beau rêve de gloire qui ait jamais embrasé une cervelle humaine. Depuis lors, il vit extrêmement retiré, dans un atelier de l'île Saint-Louis, où personne ne pénètre, et d'où il ne sort qu'une fois par mois, pour aller au *Charivari* porter ses pierres et toucher son argent. Il n'a jamais reparu au café de la Garde nationale. Mais de loin en loin on y voit, la tête cachée dans un bonnet de soie noire, un vieillard caduc, ridé et sordide comme le père Canquoëlle de Balzac ; et Henry Monnier prétendait que ce débris humain n'est autre que Bourgis très bien grimé, et qui reviendrait sous ce costume, pour admirer encore sa Déesse. Sur ce point je n'affirme rien, car c'est ici que commence la légende.

— Mais enfin, demanda à Taly madame de Friès, qui, en vraie femme, veut savoir le fin mot de tout, cette madame Lusinarre, du café de la Garde nationale, ressemblait-elle en effet à la Vénus de Milo ?

— Madame, lui répondit le poète, il s'agit là non pas d'une ressemblance, mais d'une identité ; et, si elle fut réelle, je n'ai malheureusement pas qualité pour le savoir, n'étant qu'un agréable enfileur de perles. Les Dieux, lorsqu'ils en ont le caprice, peuvent en toute sûreté venir sur la terre ; car ils ne risquent en aucune façon d'y être reconnus, si ce n'est par les hommes de génie ! »

# XX

## FEMME MINCE

Certes, madame, je suis de votre avis, dit le journaliste Faffe. Une femme mince, tranchons le mot, extrêmement mince, peut être aimée pour son attirante laideur, même à Paris. Mais pour cela, car c'est la même chose que le grain de sel sur la queue du moineau, il faut qu'elle ait su se faire adorer, avant qu'on n'ait eu le temps de songer à ne pas l'aimer! Nous avons des exemples remarquables de femmes minces comme des fils de fer, idolâtrées jusqu'à la déraison; mais quelle puissance électrique ne possédaient-elles pas en elles, pour avoir su soumettre à une abstraction pure des Parisiens que l'indécision des religions modernes a fatalement amenés au paganisme et au culte impérieux de la Beauté! Vous me citez l'exemple de la princesse Cipriani, que son corps transparent et sa pâleur cadavérique n'ont pas empêchée d'exciter des passions incurables; mais, sans compter que ses yeux profonds étaient des fournaises dont on n'avait jamais vu les pareilles, il faut se souvenir qu'elle était un esprit et une âme! On pouvait en dire autant de la tragédienne juive Noa Carmi, dont la renommée, si brillante jadis, a été complètement effacée par celle de Rachel. Dans ses prunelles resplendissait la flamme

visible de la Poésie, et un rayon de lumière tout à
fait surnaturel traçait comme un fil rose sur sa lèvre
de pourpre, ce qui ne l'empêcha pas, à l'époque où
je la connus, d'obtenir un insuccès dont il fut longtemps parlé, et qu'eût évité certainement une Bour-
guignonne ou une grosse Flamande, bête comme
une Nymphe d'apothéose. Mais l'âge cruel où nous
vivons est un Shylock; il a prêté, en guise d'argent,
sa jeunesse, son ardeur, son labeur effréné, ses forces vives, et il veut en échange sa livre de chair!

Cette livre de chair, Noa Carmi ne l'avait pas. Vous
qui ne l'avez pas connue, et qui la voyez dans les
portraits des grands artistes, superbe, dans tout l'éclat
d'une opulente jeunesse, avec des joues pleines et
des bras vigoureux de chasseresse, agile comme une
Muse, vous ne sauriez vous figurer ce que fut la
larve informe d'où devait sortir un jour cette Psyché.
Ténue jusqu'à l'extravagance, elle semblait cassée;
elle avait les gestes imprévus et tout à coup défail-
lants d'une marionnette en bois, et elle avait gardé
l'allure effarée et sauvage qu'elle avait contractée à
la porte des cafés, dans ses longues stations de petite guitariste. Un jour vint où le luxe, les élégantes
amours et l'habitude de la domination la transfigu-
rèrent, comme si les Grâces l'eussent plongée dans
un bain d'ambroisie. Mais ce jour-là n'était pas encore venu, lorsque Noa fut l'héroïne de la très carac-
téristique historiette que je veux vous raconter.

Vous avez entrevu, je crois, le comédien Sidler,
avant que par dégoût des drames de monsieur d'Ennery, il s'en allât en Angleterre, jouer *Hamlet* et
*Roméo* en anglais. Né, d'ailleurs, dans le comté de
Warwick, il était exactement le compatriote de
Shakespeare, ce dont il ne se fût jamais souvenu, si
nos directeurs de spectacle avaient consenti à servir
au public un peu de poésie. Rose comme une fleur

ou comme un fabricant de couteaux de Manchester,
Sidler étonnait par sa magnifique chevelure d'un
brun fauve et doré; mais surtout il eut et il garda
jusqu'à l'âge de quarante ans, et plus tard encore,
cet air de jeunesse absolu, idéal, presque divin, qui
n'a rien à voir avec l'âge lui-même, et qui semblait
avoir été laissé sur son front par une mystérieuse
caresse des génies. Aussi pouvait-il jouer Seïde et
Achille, en donnant à l'un et à l'autre de ces héros
l'aspect d'un véritable enfant, lorsqu'il débuta à la
Comédie-Française, où Noa Carmi régnait déjà tyran-
niquement, bien qu'elle n'eût pas encore brisé sa
grossière et sauvage enveloppe. Malgré sa laideur,
elle fit à Sidler l'effet d'une impératrice foulant sous
ses pieds les pavés de pierreries, et ce jeune homme
avide de joie, qui désirait tout, ne songea pas même
à la désirer, tant elle lui semblait rayonner loin de
lui dans quelque gloire supérieure et inaccessible.
En revanche, Sidler, taillé pour inspirer aux femmes
les plus violentes démences, fut tout de suite cueilli,
comme une rose de mai, par la soubrette Ursule Biron,
qui traitait la vie et l'amour avec l'effronterie d'une
Cléanthis.

Elle avait pour principe que, les passions étant au
monde ce qu'il y a de plus dangereux pour notre
esprit et pour notre bourse, il faut courir tout de
suite au-devant de celles qui nous menacent, et qu'en
ces sortes d'affaires, le plus économique est d'aller
droit au monstre. Elle y était allée, droit comme une
flèche. Pendant les quinze jours que devait durer le
succès d'une comédie de monsieur Empis, elle emmena Sidler dans sa petite maison de Châtenay, cachée sous les feuillages, et là lui versa en une fois, à
bouche que veux-tu? toutes les ivresses dont dispose
une Dorine de comédie qui, pareille à Rodilardus,
a plus d'un tour dans son sac. Au bout de ces deux

semaines, tous les deux, radicalement guéris comme
si le notaire y eût passé, revenaient à Paris reprendre
leur collier d'orgueil et de misère, et redevenus l'un
pour l'autre d'excellents camarades, ne se connaissaient pas plus que s'ils n'eussent jamais fait autre
chose que de jouer ensemble *Tartuffe* et *L'École des
Femmes*. Néanmoins, comme vous allez le voir, Ursule
ne pardonnait pas à son camarade de l'avoir perdue
avec une trop facile résignation, et lui gardait un
louveteau de sa louve.

Un mois plus tard, Sidler qui avait oublié cette
anecdote aussi complètement que la couleur des
yeux de sa nourrice, était au bal masqué de l'Opéra,
beau comme Antinoüs, vêtu avec cette correction
originale dont il fut toujours le plus parfait modèle ;
et, assis sur un divan, dans le corridor des secondes
loges, il regardait nonchalamment ondoyer dans la
chaude poussière de lumière les femmes bleues,
roses, noires, parfumées, costumées, aux chevelures
blondes, aux longues perruques poudrées qui, en
passant près de lui, le guignaient comme un forçat
en rupture de ban regarde l'étalage d'un changeur.
Les femmes ! sans doute, il les voulait bien, il les
voulait toutes ; mais il voulait aussi tout le reste, et,
comme un enfant qui ne sait de quel côté il doit
manger sa tartine de confiture, il embrassait idéalement, regardait en pensée la Vie, en se demandant
par où il devait l'entamer, pour n'en pas perdre une
miette ! Il se savait beau, jeune comme personne ne
le serait jamais, indispensable au succès de Noa
Carmi, puisqu'il était à côté d'elle le premier tragé-
dien et le seul ; et pressentant très clairement la
révolution que cette inimitable actrice devait opérer
en faveur du grand art, il se voyait déjà emporté avec
elle dans la gloire, adoré, connu comme Polichinelle,
et battant monnaie avec un de ces balanciers que

Paris confie à ses élus, devenus alors les égaux des rois. Comme Sidler se récitait ainsi à lui-même une des mille variations brillantes que l'homme compose éternellement sur la fable du *Pot au lait*, il sentit sur ses cheveux un bon baiser bien appliqué, flaira une jolie main patricienne, vit flotter autour de lui une robe de satin jaune soufre, et reconnut Ursule Biron.

— « Oui, dit-elle, c'est moi, Ursule. » Avec la grâce machinale des amoureux de théâtre qui, de même que les Gardes de Paris, savent qu'ils sont toujours de service, le jeune homme tendait déjà les mains vers son ancienne amie ; mais elle l'arrêta, d'un geste bref et spirituel : « Non, lui dit-elle, ce n'est pas de moi qu'il s'agit. J'ai là une amie, une grande dame (tu sais, on a des amies partout !) qui me fait une vie de possédée parce qu'elle a un caprice pour toi. — Ah ! fit Sidler, amène-là. » Et il attendit, non sans une certaine défiance, car il savait Ursule méchante comme la peste et maligne comme un singe ; mais il était encore trop enfant pour se défier avec suite, et, d'ailleurs, il n'eut pas longtemps à attendre et à réfléchir, car, au bout de deux minutes, Ursule Biron lui apportait, poussait dans ses bras une grande femme, extrêmement mince sans doute, mais ayant une démarche de princesse ; on eût dit une Sémiramis ayant perdu son corps dans la guerre contre les Bactriens. Sidler l'assit sur ses genoux, et, tout en pensant à autre chose, se mit à lui réciter les plus belles scènes d'amour de son répertoire.

Il ne risquait guère de rester court, puisqu'il avait déjà la tête farcie de Shakespeare, et sa voix était si ferme, si harmonieuse, si parfaitement belle, qu'il se plaisait lui-même à l'écouter, comme une symphonie. Mais combien ce plaisir ne fut-il pas doublé, élevé à une intensité prodigieuse, lorsque l'inconnue lui répondit d'une voix plus riche encore, plus pure que la sienne, et qu'elle maniait comme Vieuxtemps son violon !

Pour les phrases qu'elle disait, c'étaient aussi, assurément, des lieux communs de poésie et de littérature, mais modulés avec une virtuosité telle, que Sidler, qui se piquait d'honneur, se sentait follement inspiré et égrenait dans le col nu de sa compagne ses plus belles notes d'or. Alors, ce fut comme un duo de rossignols découpant sur le sombre voile bleu d'une nuit de juin leurs arabesques de flamme. Le jeune premier, dont l'oreille divinement caressée goûtait les joies du paradis, noyait dans ce ravissement son âme d'artiste. Mais en même temps, car le malheur le voulut ainsi, il caressait d'une main distraite le bras et la taille de sa compagne, dont la maigreur lui causait un ennui douloureux, et le contraste entre ces deux impressions directement opposées finit par produire en lui un agacement si violent, que, par un geste enfantin et brutal, il se débarrassa violemment de son précieux fardeau, et jeta la dame à côté de lui sur le divan, comme un paquet de linge sale : « Ah ! *flûte,* lui dit-il, tu es trop maigre ! » Elle se releva comme une Furie sublime, s'enfuit, et parut alors si grande à l'acteur, qu'elle lui fit l'effet de toucher les frises avec sa tête. Mais il ne s'en inquiéta pas davantage, car il appartenait à cette race de braves gens qui boiraient sans trembler avec le Commandeur de pierre.

Le lendemain, on répétait aux Français *Iphigénie en Aulide,* « à onze heures, pour le quart ». Lorsque Sidler entra dans le foyer, il aperçut, toute droite devant la cheminée, Noa Carmi, et il n'eut pas besoin de voir plus d'une demi-seconde ses noirs yeux

chargés d'une royale haine, pour comprendre que
la femme si gravement insultée au bal, c'était elle.
Il avait esquissé un salut; il ne l'acheva pas, par
économie, et vouant Ursule Biron à tous les diables,
se rendit chez le directeur, qu'il pria de rompre
son engagement. « En effet, lui dit le directeur, je
vous attendais; mais rien ne dure. Est-ce que nous
ne pourrions pas nous contenter de vous accorder
un congé? Et d'abord, où allez-vous de ce pas? —
En Hollande. — Eh bien, allez-y, et revenez quand
vous aurez vu des femmes de Rubens. — Non, dit
Sidler, parce que j'ai besoin d'en voir beaucoup! »
Et en lui-même, rasséréné comme un homme sauvé
du naufrage, il songeait à la blonde chevelure de la
Madeleine d'Anvers.

C'est à cette circonstance qu'il dut d'échapper à
la tradition, d'étudier la vie réelle et d'imaginer des
types modernes. Dix ans plus tard, devenu célèbre
et riche, il épousait la belle Laure Brécion, et Noa
Carmi, comme camarade et amie de la mariée, assistait aux noces, qui se firent à Auteuil, dans la petite
maison peinte que notre comédien y possédait alors.
Changée comme si on l'avait remise à la fonte, Noa
en était à sa seconde manière, qui fut la bonne. Son
front bombé était devenu droit, son menton pointu
s'était arrondi; et décolletée, les bras nus, charnue
à souhait pour le plaisir des yeux, elle avait l'air
maintenant d'une belle Grecque de Milet, car il n'est
rien que ne fasse la volonté d'une juive parisienne.
Après le dîner, comme Sidler lui donnait le bras
pour passer au jardin, où le café était servi dans le
salon de peupliers, elle l'enveloppa, comme pour le
prendre, d'un regard suprême; mais lui, réellement
amoureux après avoir si longtemps joué les amoureux, il n'avait d'yeux que pour sa jeune femme.

— « Eh bien, dit Noa, en lui touchant le visage de

son bras de satin et de lys, que pensez-vous de ces
bras-là? — Mais, dit Sidler avec un petit soupir de
politesse, légèrement ironique, je pense qu'ils ont
fait comme Grouchy à Waterloo, ils sont arrivés
trop tard! »

## XXI

### COMME ON TROMPE LES FEMMES

« Oui, j'ai été aimée ! » dit Érice de Lore à son amie la princesse de Claris; « aimée comme toute femme rêve de l'être, avec un respect idéal que nulle reine n'obtint jamais, et avec une idolâtrie à laquelle peut seule prétendre une divinité. Oui, j'ai été aimée avec une telle adoration effrénée et pure, que la seule pensée de ce culte, dont j'ai respiré l'enivrant encens, suffit à éteindre, à supprimer ce qu'il y eut de mauvais dans ma vie, à effacer les déceptions et à teindre mes jours d'une pourpre semblable à celle de ce soleil couchant qui nous éclaire. »

Au fond d'un vieux château du Bourbonnais, dans un boudoir aux très hautes murailles, peint de la main même de Boucher, où dans les panneaux les Dianes et les Nymphes aux blancheurs crayeuses laissaient voir sur leurs chairs nues des rougeurs de braise, comme si l'Amour les eût brûlées de sa torche, les confidences de la duchesse Érice empruntaient, en effet, une sorte de voluptueuse solennité aux larges reflets roses que le ciel jetait sur ces peintures délicieusement fanées.

— « Ah! ma chère, murmura en soupirant la princesse, vous avez gagné, s'il en est ainsi, le gros lot, qui est là seulement pour affriander les joueurs naïfs, et qu'on ne gagne jamais, du moins à ce que j'avais cru. Mais, si vous avez eu cette chance inespérée, *n'en ragoûtez pas les autres!*

— Ma princesse, dit la belle Érice, nous savons notre âge, puisque nous sommes nées à une heure de distance l'une de l'autre. Si nous avons été assez grandes dames et assez Parisiennes pour défendre à l'embonpoint de déformer nos tailles et pour empêcher, par la seule volonté et sans l'ignoble emploi des cosmétiques, un seul cheveu blanc de se glisser dans nos chevelures, nous n'en avons pas moins atteint l'une et l'autre notre trente-sixième année. Nous pouvons le dire entre ces murailles féodales qui, en dépit du proverbe, n'ont pas d'oreilles, et qui sont assez épaisses pour éviter toute indiscrétion. N'est-ce pas le moment de faire le bilan exact de notre passé et de savoir si ce que nous avons gaspillé de trésors inouïs valait la peine de vivre? Un prince royal, héritier d'un des plus grands trônes du monde et effrontément beau, vous a donné sa jeunesse et, pour n'avoir pas voulu vous causer l'ombre d'un chagrin, est mort non marié, trompant ainsi l'espérance de sa famille et de tout un peuple. Eh bien! je crois que mon bonheur a été supérieur au vôtre; car moi, sans rien donner de ma beauté et de ma personne visible, j'ai possédé, comme des choses à moi, un cœur de héros et d'enfant et le plus haut esprit qui ait rayonné sur notre siècle.

— Ceci, dit la princesse, ressemblerait à une énigme, s'il y avait des énigmes.

— Il n'y en a pas, ma chère, reprit la duchesse Lore; car vous ne vous trompez jamais, et vous ne vous êtes pas trompée en surprenant l'éclair de mon regard lorsqu'en entrant ensemble, l'autre soir, sous le vestibule du Théâtre-Français, nous y avons vu, installé pour la première fois, le buste de Guy de

Charnaille, sculpté par David avec l'impérieuse sincérité du génie. Oui, c'est Guy de Charnaille qui m'a
aimée ! A l'époque où les cent romans palpitants de
vie et de modernité, qui furent réunis plus tard sous
le titre d'*Études sociales*, paraissaient tour à tour et
passionnaient l'Europe ; où, dépassant d'un puissant
vol les poètes épiques, Guy tirait de sa pensée tout
un monde : princes, ducs, bourgeois, paysans, artistes, vierges, courtisanes, femmes du monde, si pareilles à nous, qu'en les lisant il semblait qu'on nous
avait traînées toutes nues au grand soleil ; lorsqu'il
entassait, par le plus prodigieux effort de création
qui fût jamais, tant de drames, d'histoires dignes
des vieux conteurs, de comédies égales à celles de
Molière, de suaves églogues, de douloureuses élégies ; sachant et divulgant tous les secrets, et, comme
un être double, ayant en lui l'*éternel féminin*, il me
parut que ce serait une belle conquête de dompter
ce géant. de posséder, d'avoir à moi ce monstre au
cerveau surhumain, savant comme un dieu. Mais cet
ensorcellement, je voulais le produire par un charme
vraiment mystérieux, par la seule force du fluide
invisible qui émane de nous ; aussi fis-je tout de
suite savoir à Guy de Charnaille qu'il ne devait
jamais espérer me voir ni me connaître, quand je
lui écrivis pour lui offrir mon amitié.

— Votre amitié ? dit la princesse. Et ce mot-là
n'a pas fait éclater son large rire à la Rabelais, de
façon à casser toutes les vitres ?

— Oh ! fit Érice, amitié, amour, je ne chicanais
pas sur les mots. La vérité, c'est que rien qu'avec
des lettres, je rendis cet Encelade soumis et dompté
comme ces fauves que l'Amour des mythologies
traîne aux pieds de sa mère avec un lien de fleurs.
A ce moment-là, trahi, traqué, méconnu comme un
génie qu'on ne comprend pas encore et que ses

ennemis devinent trop déjà; pris dans les griffes de
la cruelle nécessité, luttant avec l'Argent comme
Jacob avec l'Ange; pourchassé par les éditeurs et
par les échéances; parfois dépouillant sa famille
avec de brûlantes larmes, Guy travaillait quinze à
dix-huit heures par jour dans sa retraite de Chaillot,
faisant des chefs-d'œuvre comme les cantonniers
cassent des cailloux, l'œil fixé sur le but lointain,
séparé des hommes, se refusant, par raison, la joie
d'écrire à sa mère et à sa sœur, et ayant toujours
sur ses lèvres l'affreux baiser de la Solitude. C'est
dans ces conditions, où il n'avait le temps ni de vivre
ni de parler ni de respirer, où le Travail était assis
sur sa poitrine comme les démons des cauchemars,
que Guy trouva le temps de m'aimer exclusivement,
de rapporter à moi toutes ses actions et toutes ses
volontés, existant et créant pour moi seule. Il n'eut
pas alors une idée qui ne me fût offerte comme
l'encens brûlé sur un autel; il m'adorait! Un seul
détail vous dira avec quelle ineffable délicatesse,
car Guy de Charnaille eut en sa possession, et me le
prouva, le moyen de savoir qui j'étais et de me
connaître. Même, il vint un moment où, à chaque
heure et à chaque minute, il lui eût été facile de
déchirer le voile dont je m'enveloppais, de venir à
moi, et il ne le voulut pas, parce que je le lui avais
défendu. Mais, vous le croirez sans peine, avec cette
prodigieuse puissance d'intuition qui faisait de lui
un être si supérieur à tous les autres, il avait su
m'imaginer telle que je suis, et le sublime portrait
peint par Dehodencq ne me ressemble pas plus que
le portrait écrit où Guy m'a représentée au vif, par
un instinct invincible, et qu'il a placé à la première
page de son plus beau roman. C'est sur son sommeil
que ce lutteur, brisé, accablé de fatigue, prenait les
heures employées à m'écrire; mais, dès qu'il m'avait

12.

évoquée dans sa pensée, la lassitude de l'horrible labeur disparaissait par enchantement, et il se sentait plus frais et dispos que s'il se fût plongé dans la Jouvence immortelle. Avant de tracer le seul nom sous lequel il lui fût jamais donné de me connaître, il ouvrait sa fenêtre, regardait le noir Paris avec ses milliers de feux, et je suis sûre qu'il savait deviner les lumières de mon hôtel, car il n'y avait pas d'obstacle matériel pour ce lucide génie. Et lorsqu'il se plongeait ainsi dans les délices d'un martyre sans cesse renouvelé, il se condamnait pour le lendemain à une lutte impossible, puisqu'il devait recommencer les prodiges quotidiens, sans que son cerveau brûlant eût été calmé par l'indispensable repos. Il me plaisait de me représenter ce géant me voyant, malgré l'éloignement, avec ses yeux clairs, écartant, pour mieux me voir, sa chevelure de lion, pensant à ses sujets de livres, aux feuilles promises, aux épreuves, aux payements menaçants, aux engagements qui le tenaient captif dans leurs mille liens, et oubliant tout cela rien qu'en prononçant un nom qu'il m'avait plu de prendre et qu'il savait ne pas être le mien, car il avait deviné cela aussi, bien entendu !

Il subissait avec une force d'Hercule les tortures que lui imposaient l'envie, l'injustice du succès et la médiocrité sociale, toujours si jalouse des hommes supérieurs ; mais celles qu'il souffrait à cause de moi et pour moi seule, il les acceptait volontairement et avec une adorable joie.

— Mais, ma belle, dit la princesse, il y a dans l'Afrique centrale des anthropophages qui n'ont que le tort d'avoir bon appétit et dont la cruauté est bien peu de chose auprès de la vôtre, car ils ne mangent pas toujours les cervelles !

— C'est vrai, dit orgueilleusement Érice de Lore ;

mais la souveraineté est à ce prix, et c'est pourquoi
les Dieux ont exigé des sacrifices humains. Une fois
que j'eus daigné lui indiquer un moyen de me faire
parvenir autre chose que des lettres, Guy de Charnaille, plus pauvre que jamais, tout en gagnant
de grosses sommes, m'envoyait un bouquet de fleurs
des tropiques, obtenu par je ne sais quelles intrigues, et qu'un roi eût trouvé trop cher. Il m'offrait
en tremblant ce qu'il avait refusé à des princes, à
des Rothschild, des manuscrits d'une de ses œuvres,
où se voyait lisiblement l'inspiration vivante et palpitante. Il trouvait le moyen de les faire relier en
huit jours par Thouvenin ou Capé, qui ne font rien
à moins d'avoir deux ans devant eux, avec des fers
dessinés exprès par Feuchères ou par les Johannot,
et il les mettait à mes pieds, vêtus comme pour
une princesse Farnèse, ou comme pour une duchesse d'Este! Ainsi pendant quatre années dura
cet amour ardent, exclusif, dévoué, grâce auquel je
savourai des lettres supérieures aux plus beaux poèmes, écrites pour moi seule, et que personne ne lira
jamais; car j'ai fait aux futurs éditeurs de Correspondances la malice de les brûler, en n'en gardant
que quelques-unes, relativement insignifiantes. Enfin, connaissez-moi tout entière! J'étais libre, assez
belle pour n'avoir pas à craindre la comparaison
avec n'importe quel idéal, assez haut placée pour
obéir à mes volontés sans me soucier des jugements
du monde, et il eût dépendu de moi de donner à
ma créature les ravissements paradisiaques du bonheur absolu; mais il me sembla plus doux de la laisser souffrir et se consumer pour ma gloire tout
immatérielle. Peut-être étais-je, d'ailleurs, guidée
par l'obscur sentiment de ne pas contrarier la destinée, et peut-être avais-je compris inconsciemment
qu'une trop complète félicité serait mortelle au gé-

nie. Tout doit finir ; mais ce commerce d'âmes ne
cessa que par ma seule volonté, le jour où je craignis
que la violence d'un tel désir, toujours tendu vers
moi, ne troublât enfin par sa secousse électrique
les subtils plaisirs dont je m'étais lentement enivrée.
D'ailleurs, que pouvais-je exiger de plus, ayant eu
à moi pendant quatre ans ce Charnaille, qui fut un
Jupiter comme Gœthe, obéissant, tremblant, extasié, pâlissant à la seule pensée de ma colère, et fidèle !

— Fidèle ! répéta Anne de Claris, stupéfaite comme
si elle eût entendu un chien parler.

— Oui, dit Érice, entre son œuvre et moi, il n'y
avait rien dans cette âme divine. Comme un enfant,
il me disait tout, me confiant minute par minute
ses inventions, ses projets, ses aspirations, ses idées,
s'excusant de fautes si légères qu'elles eussent fait
sourire un saint, demandant pardon pour des offen-
ses plus impalpables qu'une feuille de rose dans un
rêve, et mettant dédaigneusement toutes les récom-
penses humaines si loin au-dessous d'une simple
approbation de la bien-aimée !

— Mais, demanda la princesse, cette fidélité de
paladin, plus invraisemblable que tous les contes de
l'Arioste, votre grand romancier n'y a pas manqué
une fois?

— Si, dit madame de Lore, une seule fois. Mais
avec quels regrets, avec quels remords, avec quelle
amère désolation il se confessa à moi de ce crime!
Et, toutefois, il avait l'esprit si noble, qu'il ne songea
même pas un instant à rabaisser, en m'écrivant,
celle qui avait été l'occasion de sa chute. Étant allé
au bal de l'Opéra pour y trouver le thème d'une
description indispensable à ses *Études*, Guy avouait,
au contraire, que là, abordé par une inconnue, il
avait été enveloppé dans le plus délicat parfum.

étourdi par une voix musicale, subjugué par une
grâce rythmique et souveraine, affolé par des cheveux légers comme une cendre fine, et qu'alors...

— Ah! dit la princesse. Et vous qui, en fait de
jalousie, en remontreriez à Othello, vous lui avez
pardonné cela?

— Non, fit la duchesse, je ne le lui ai jamais pardonné. Pourtant, dans l'espèce, je me sentais presque disposée à l'indulgence, parce que...

— Quoi donc? demanda la princesse.

— Hé! dit madame de Lore, avec l'air malicieux
d'une chatte qui croque une souris, parce que l'inconnue du bal masqué... c'était moi.

— Ah! ma chère, dit la princesse en éclatant de
rire, quel anachorète que celui qui saurait se donner les voluptés du jeûne, tout en se nourrissant
d'ortolans et en buvant du johannisberg! Mais, en
fait de casuistique, une duchesse parisienne est
plus savante que le diable. »

## XXII

### LE FIACRE

Ceci est une anecdote parisienne dont nos aïeux auraient fait un bon conte pour rire, s'il y avait eu des fiacres du temps du roi Louis XI. Elle a une morale, et c'est celle-ci : que, s'il existe mille moyens variés et infiniment divers, tels que soupirs, gaieté, petits soins, collations exquises et perles rares données libéralement, pour se faire aimer des femmes, le meilleur moyen de les perdre est de se montrer lâche, fût-ce une minute.

Qui ne connaît le compositeur Janoty? Quoiqu'il soit pauvre comme Job et qu'il n'ait encore été joué qu'aux Folies-Marigny, ce brave homme d'un blond fade, affligé d'un de ces visages que Henri Heine a nommés *superflus*, était, il y a un mois encore, aimé pour lui-même, et il possédait ce bien plus rare que les rimes à *triomphe :* une femme fidèle! Maintenant, il est tout à fait comme Sganarelle, excepté que l'imagination n'a rien à voir là dedans. Minotaurisé sur toutes les coutures, quand il va dans la rue, c'est une forêt qui marche; son front est orné d'un bois si touffu, qu'on y pourrait entendre chanter les rossignols, et il ne saurait, sans baisser la tête, passer sous les arcs triomphaux. S'il a des enfants, ils seront, non pas seulement les fils de quelqu'un,

ainsi que Figaro l'exige, mais les fils de tout le
monde ; car madame Janoty, la jolie et charmante
petite Colette, rôtit des balais dans un feu qui jamais
ne s'éteint, et jette ses bonnets par-dessus des moulins qui tournent toujours !

En pieux souvenir de sa grand'mère Ève, elle enfonce ses belles petites dents de neige dans des tas
de pommes vertes, et elle est en conversation réglée
avec le serpent. Au Bois, si vous voyez le store d'une
voiture qui se baisse, et une tête éveillée et fauve
qui tout à coup disparaît, ce profil perdu est le sien.
Si vous rencontrez dans un corridor une femme à la
forme svelte, bien voilée et emmitouflée, sonnant à
la porte d'un garçon, c'est Colette encore. C'est elle
qui monte l'escalier du café Anglais et qui descend
celui de la Maison d'Or ; bref, elle est dans mille endroits, mais non chez elle ; vous l'apercevrez derrière les écrans des avant-scènes, aux bals de village,
à la guinguette, et partout où l'habile chasseur
Amour prépare ses glus et ses appeaux. Quant à Janoty, il se mord les doigts du matin au soir, avec
tant d'acharnement, qu'il n'en aura bientôt plus. Tel
est son tragique destin, et vous allez voir qu'il ne l'a
pas volé.

Colette était une adorable petite femme, s'efforçant de croire au génie de son mari, tenant la maison propre et nette sans le secours d'aucune servante, économisant sur rien du tout, fabriquant des
cuisines exquises avec des ingrédients chimériques,
toujours aimable, gentille, souriante, exécutant sur
le piano les œuvres de Janoty tant qu'il le voulait,
jusqu'à cent fois de suite ; raccommodant le bœuf
bouilli avec des sauces d'archevêque, idéales et divines, qu'elle tirait de sa seule imagination ; et,
sous le grand soleil, elle montait jusqu'au marché
de Batignolles, où l'on trouve parfois des écrevisses

à un sou! Janoty était parfaitement heureux, aimé,
choyé, caressé, nourri comme un chanoine. Colette,
qui a de grands yeux caressants, des lèvres de grenade, et par sa mère du sang arabe dans les veines,
poussait bien parfois des soupirs à fendre des pierres,
en songeant à un poète noir comme une taupe, qui
la suivait dans les rues et lui lançait des regards de
naufragé ; mais elle se raccrochait au sentiment du
devoir. Aujourd'hui, elle a mis ce sentiment-là sous
ses petits souliers à talons, et elle danse dessus ! Si
Janoty avait besoin d'un pseudonyme, il pourrait,
sans s'exposer à aucune réclamation, se faire appeler maître Cornélius, et il y a plusieurs douzaines de
Parisiens auxquels il a le droit d'écrire, sans fatuité : .
« Monsieur et cher confrère. » Comment a-t-il pu atteindre avec précision un résultat si complet, et cela
en moins de cinq minutes? C'est ce que je vais vous
dire.

La grande Tata, cette étoile des Folies-Marigny à
qui ne manquent ni les pudeurs de madame Judic, ni
les formidables sous-entendus de Jeanne Granier, ni
les cheveux vaporeux de madame Théo, et qui devien-
dra célèbre comme une autre, s'il plaît à la fée Ca-
rabosse qui préside aux choses absurdes ; l'élégante,
la blonde, la mince, la frivole Tata s'était engouée
de la chanson : *Mon frère pompe, pompe, pompe, car
il est pompier,* et elle venait demander à Janoty de
lui écrire, pour la pièce nouvelle, un air qui fût :
*Mon frère pompe, pompe, pompe,* et qui cependant ne
le fût pas. Notre maestro a justement le talent qu'exi-
gent ces sortes de transpositions; aussi pouvait-il
servir à point nommé la Patti en mauvaise herbe.
Ce fut Colette qui lui ouvrit la porte ; elle épluchait
ses légumes avec un soin fidèle et tenait un torchon
à la main. — « Annoncez-moi, » lui dit Tata, faisant
voler sa traîne ; et Colette, qui n'est pas entêtée, l'an-

nonça. Comme elle était en train d'éblouir Janoty,
de tourbillonner autour de ses yeux bêtes et de lui
faire voir cent mille chandelles en plein midi, tomba une de ces pluies qui, le mois dernier, ont gâté
tant de chapeaux et fait éclore tant de roses.
— « Ah ! mon Dieu, comme ça tombe ! fit la grande
Tata, envoyez-moi donc chercher un fiacre par votre
bonne ! »

Janoty avait là une belle occasion de se montrer
brave, ou seulement honnête homme, et de dire :
« Je n'ai pas de bonne ; c'est ma femme. » Il fut
lâche et répondit : « Avec plaisir ! » Le voilà entré,
en tournant ses pouces, dans la salle à manger servant d'antichambre, où plus que jamais Colette épluchait ses légumes, râtissant et râclant comme une
digne ménagère. — « Tu sais, murmura-t-il, mademoiselle Tata est en robe de satin, en souliers de
satin, il pleut à fondre les trottoirs, tu serais bien
aimable d'aller...

— Chercher le fiacre? dit Colette en jetant à
son mari un clair regard flambant, qui aurait dû le
faire rentrer sous terre. Chercher le fiacre? Comment donc ! Tout de suite ! »

Elle y alla, mouillant en plein ruisseau son unique
paire de bottines, et elle prit même la pièce de
vingt sous que la grande Tata lui glissa dans la main,
pour sa peine. Et c'est à partir de ce moment-là que
Janoty a dû se trouver satisfait, s'il était curieux,
car il a pu voir tous les jours, sans sortir de chez
lui, une pantomime en cent cinquante tableaux, avec
changements à vue, plus bizarre que celle des Funambules. Il connut la soupe glacée, le vin réchauffé, la
lampe suppléée par une bougie qui coule, et, au
moment de se mettre à table, le repas remplacé par
un morceau de charcuterie apporté dans du papier.
Colette, qui naguère se levait à l'aube, se fait tirer

par le bras, à onze heures, en soupirant : — « Tiens, est-ce qu'il fait jour? » Ce ménage, si reluisant jadis, où on aurait en vain poursuivi un grain de poussière, ressemble à une ville d'Italie prise par les Vandales. Il y a des toiles d'araignée dans les assiettes et des casseroles sur la pendule; il n'y a plus de boutons aux habits ni aux chemises; en revanche, que de trous aux chaussettes! Mais cela n'est encore rien. Janoty appartient à l'école de la mélodie; c'est-à-dire qu'il exprime la passion humaine en recopiant : *J'ai du bon tabac, le Menuet d'Exaudet* et *Marie trempe ton pain dans la sauce!* Avant son crime, Colette flattait cette manie; mais à présent elle a mis les pieds dans le plat et jeté le masque. Elle ne joue plus que du Wagner!

Ses mains crispées éveillent les ouragans sonores; le piano est plein de Tannhausers, de Valkiries, de Rheingolds, de Crépuscules des Dieux; il en sort des femmes-cygnes, des Vénus cantonnées dans leurs forteresses et des chevaliers tueurs de monstres, couverts d'armures d'or émaillées de lézards bleus. Au milieu de ces tumultes, Janoty croit voir l'ironique Berlioz, avec son nez de perroquet, perché sur un rayon de sa bibliothèque, et lui lançant une malédiction ponctuée par les cymbales. Il voit aussi le maigre Wagner, en culotte de damas jaune soufre et en robe de chambre couleur de rose, ouvrant des ailes de chauve-souris, pour l'emporter sur quelque Brocken charivarique. Quand il tient son front avec désespoir et dit : « Cette musique me fait bien mal à la tête, » Colette répond avec douceur : « Je suis allée chercher le fiacre! » Et ce mot est devenu le refrain de tous les dialogues. « Colette, la soupe est froide. — Je suis allée chercher le fiacre. — Il n'y a plus de boutons à ma chemise. — Je suis allée chercher le fiacre. — Tu ne m'aimes plus, tu ne m'embrasses plus. — Non, mon ami, mais je suis allée chercher le fiacre. »

Inutile de dire que Colette avait commencé par combler les vœux du jeune poète noir comme une taupe; mais elle lui avait bien vite donné autant de successeurs qu'il y a de prunelles en lapis-lazuli sur la queue d'un paon! Enfin, pour dernière volupté, elle a opéré Janoty et lui a arraché les écailles des yeux. Elle est allée au bain à l'heure où il n'y a pas de bains, elle a soigné des tantes mortes depuis trente ans, et elle s'est invitée à la comédie dans tous les théâtres où on ne jouait pas. Les robes à cinquante francs le mètre lui ont poussé sur le dos naturellement, comme les ailes sur le dos des anges; les diamants et les pierreries se sont allumés spontanément à ses oreilles et sur sa poitrine, et, sans provocation, les tiroirs se sont remplis de chemises de batiste garnies de dentelles et de boîtes de gants à trente boutons. Cependant Colette a trouvé qu'elle n'avait pas encore mis assez de points sur les I, et elle en a ajouté d'autres.

Elle s'est montrée, le jour, le soir, le matin, à midi, sous le soleil et sous le gaz, en plein boulevard, avec des amoureux jeunes, vieux, grands, petits, laids, charmants, quelconques; elle s'est assise aux tables des cafés, elle s'est promenée en voiture découverte; elle a dîné aux tables des restaurants et, en rentrant à la maison, elle a laissé ses lettres d'amour toutes grandes ouvertes, si bien qu'au bout du compte son mari a fini par s'apercevoir de quelque chose. Une fois piqué par le taon de la jalousie, il a lu les lettres, suivi les voitures, pris des informations dans le quartier et ailleurs, et un jour est venu où il a su par cœur sa propre histoire. Il a accumulé les preuves, écrit des notes, rassemblé des dossiers; possédant tout cela, il a fait asseoir Colette, comme

Auguste fait asseoir Cinna, et alors il a déclamé un réquisitoire en règle, commençant par ces mots : « Madame, vous m'avez trompé ! » Une fois lancé, il a tout dit, les numéros des cabinets, les noms des amants et ceux des loueurs de voitures, et le reste ! Pendant ce discours, Colette était rose comme une pêche, gaie comme un pinson, souriante comme une matinée d'avril, et comme Janoty énumérait encore ses fredaines, mêlant les poses nobles et les sanglots, et lui reprochant d'avoir, à force de coups de canif, fait de son contrat de mariage une écumoire, elle a répondu avec une inaltérable joie :

— « C'est vrai, mon cher ami, tout cela est exact, mais... je suis allée chercher le fiacre ! »

## XXIII

### CHEVEUX POUR DAMES

En voyant sur les vitres des marchands cette annonce peinte en grosses lettres provocantes : CHE-VEUX POUR DAMES, les béotiens, les gobe-mouches, les êtres non initiés, les spectateurs qui regardent la vie parisienne du côté de la salle et jamais du côté de la scène, se figurent que c'est là du cynisme mercantile, de l'effronterie commerciale. Ils y voient une simple inconvenance de négociants qui, par avidité, disent ce qu'il ne faudrait pas dire. Ils sont bien loin de se douter que cette inscription : CHE-VEUX POUR DAMES, parfaitement méditée et voulue, est une déclaration de principes, une levée de boucliers, un chant de guerre, un cri de victoire. La Femme avait mis jadis son pied sur la tête du serpent ; aujourd'hui elle l'a mis sur la tête de l'Homme. Non seulement elle l'a réduit en esclavage, ce qui ne serait rien, — car un esclave bien vêtu et nourri peut être tout à fait heureux, s'il n'a pas le sentiment de la liberté, — mais elle l'a obligé à marcher vêtu d'étoffes uniformément noires, pour exprimer qu'il porte le deuil de sa souveraineté perdue tandis qu'elle, la Femme, se pare des pourpres rouges et violettes, des satins, des damas et des brocarts bleus, roses, sou re, maïs, jonqui les, tissés, brodés,

13.

glacés d'or et d'argent, des plumes, des clinquants, des pierreries, et de tout ce qui résume les enivrements, les éblouissements et les tumultes de la joie.

Mais, l'ennemi une fois vaincu, le sauvage ne manque jamais de le scalper. Aussi la Femme a-t-elle scalpé son ennemi, bien entendu dans la mesure de ses moyens et en tenant un compte nécessaire des conditions de la vie moderne. Dominatrice et exterminatrice de l'Homme, elle ne pouvait cependant lui prendre ses cheveux, puisqu'il n'en a pas ; mais les toisons postiches étant la seule marchandise de ce genre dont on puisse disposer, elle a acquis, usurpé, réquisitionné, détourné à son usage toutes les boucles, toutes les tresses, toutes les nattes, tous les frisons, toutes les perruques, toutes les chevelures achetées aux jeunes Bretonnes, ou même ravies à la nuit des tombeaux, et elle s'est fastueusement ornée de ces opulentes dépouilles, en condamnant l'Homme, l'ouvrier, le laboureur, le serf, à montrer son crâne, nu — j'emprunte la comparaison de Musset — comme le discours d'un académicien. Et, ornée ainsi de flottantes crinières, noires comme la nuit, ou resplendissantes comme le soleil, ou roses comme l'aurore, du haut des loges de théâtre elle regarde avec un mépris insultant les fauteuils d'orchestre, où les crânes des hommes, lisses comme des planètes ou comme une bille de billard, ressemblent à une mer dont chaque flot serait un genou, et font supposer que la France, cette patrie de d'Ennery et de monsieur Scribe, ne nourrit que des Eschyles !

En thèse générale, on n'a pas de cheveux. Du moins on en a à l'âge où Roméo dit à Juliette Capulet : « Je voudrais être ton oiseau ! » Mais Juliette ne meurt pas toujours avant d'avoir atteint son quatorzième printemps en fleur, et Roméo vit quelquefois jusqu'à

quatre-vingt-cinq ans, ce qui les réduit l'un et l'autre
à se passer de vrais cheveux pendant l'espace d'un
demi-siècle. Restent les faux; mais l'observation,
l'expérience, la méthode scientifique, l'incorruptible
histoire ont péremptoirement démontré que Roméo
et Juliette ne consentent jamais à les partager en
bons époux et à en prendre chacun la moitié, de
façon à avoir tous les deux la tête à moitié couverte.
Non, les choses ne vont pas ainsi. Il y a des siècles,
rares ceux-là, où l'Homme est le maître; d'autres,
plus nombreux, où la Femme s'arroge le pouvoir.
Eh bien! dans chaque siècle, — et cette règle ne
souffre pas d'exception, — celui des deux qui règne
et gouverne prend pour lui tous les faux cheveux,
et laisse à l'autre le choix entre le bonnet de coton
(plus ou moins embelli) et — rien du tout.

Après la conquête définitive de la Gaule, les femmes commencent à prendre une véritable importance dans la société romaine; aussi se hâtent-elles
de se faire confectionner des perruques avec les
blondes chevelures coupées des femmes gauloises.
C'était pour aboutir à ce résultat que huit cent villes
avaient été prises d'assaut, trois cents nations défaites, et que deux millions d'hommes avaient été
tués ou faits prisonniers. Mais les femmes romaines
réalisèrent alors un idéal bien désirable, car elles
purent offrir aux patriciens et aux mimes dont elles
étaient aimées la femme brune, c'est-à-dire la vérité
utile et profitable, ornée de la chevelure blonde, qui
est la fantaisie et la charmante fanfreluche. Au dix-
septième siècle, l'Homme est le maître, puisque
Louis XIV a embrassé la profession de Soleil; à ce
moment-là les aventuriers épousent des princesses,
les mâles portent des habits brodés et des tonnelets
de satin écrasés de rubans; ils triomphent. Apollon
fait traîner son char par des femmes, et, en signe

de tyrannie et de victoire, il garde pour lui toutes
les perruques, dont les boucles blondes viennent
magnifiquement balayer son habit blanc ou écarlate
et le splendide acier de sa cuirasse.

Auparavant, du temps de cette belle Renaissance
où les femmes régnèrent par le droit de la beauté.
et aussi par celui de la science, — car on se rappelle Marie Stuart, à l'âge de quatorze ans, dans la
salle du Louvre, déclamant publiquement devant le
roi Henry, la reine et toute la cour « une oraison en
latin qu'elle avoit faicte », et surtout par la grâce des
poètes, des immortels Ronsards, Marguerite de Navarre, si belle que Lasqui, l'ambassadeur polonais,
parlait de se faire crever les yeux pour ne plus rien
voir après l'avoir vue, consomma d'innombrables
perruques, afin de témoigner que tout lui appartenait. Nous savons par Tallemant des Réaux qu'elle
entretenait une troupe de pages blonds, dont on
coupait les cheveux pour parer cette tête divine.
Nous aurions été moins bien renseignés si nous n'a-
vions eu que Brantôme, car il avait voué à sa reine
une idolàtrie auprès de laquelle celle de monsieur
Cousin pour madame de Chevreuse et pour madame
de Longueville est bien peu de chose ! En effet, ce
bon Bourdeille admet les perruques, puisqu'il n'y a
pas moyen de faire autrement ; mais, par excès d'adoration, il invente à Marguerite une chevelure qu'elle
ne posséda jamais. « Je l'ay vue aussi s'habiller quelquefois avec ses cheveux naturels sans y adjouster
aucun artifice de perruque, » dit-il effrontément, et
ce pieux mensonge en faveur de la Marguerite adorée
vous fait venir les larmes aux yeux.

En 1830, dans les temps romantiques, la gloire
des hommes effaça celle des femmes ; par conséquent
les faux cheveux furent interdits aux tremblantes
Eloas, minces et ployées comme des saules, si bien

que, forcée par son génie de rester éternellement
jeune, la plus grande comédienne moderne, pour
cacher ses cheveux blancs, dut employer une teinture à base de plomb qui, entrant dans les pores de
la peau, agit comme un poison et la fit mourir. Mais,
sous le second empire, les femmes prirent bien leur
revanche. On se le rappelle : elles dirigeaient la politique, nommaient aux emplois et élevaient leurs
petits sophas à la dignité de trônes. Le premier acte
de leur règne fut d'inaugurer les perruques rousses,
blondes, jaunes, beurre frais, roses, maïs, quelquefois même violettes, et de décréter ainsi pour elles
une beauté inaltérable. Il est vrai que ce furent les
comédiennes qui ouvrirent la marche, mais les grandes dames ne tardèrent pas à les suivre. Une des
premières actrices qui franchement, audacieusement
arborèrent la perruque entière, avec une fleur piquée dedans toute droite, comme un arbre dans un
tapis de gazon, fut cette belle Blanche qui mourut
si jeune, et que nous avions vue dans une folle opé-
rette d'Hervé, armée comme une Athènè du casque
et de la cuirasse d'or. Elle eut tant d'imitatrices, que
les cheveux aujourd'hui font partie du vêtement, et
qu'on en change comme de chemise.

On plaint avec raison, et qui plus que moi? le sort
des femmes. Il en est qui travaillent le jour et la
nuit, piquant, meurtrissant leurs petits doigts pour
gagner trente sous, et qui sur leur mamelle tarie
réchauffent mal un pâle enfant, sur le front duquel
un mystérieux doigt de marbre s'est déjà posé. Il en
est d'assez misérables pour manquer des deux sous
indispensables à l'achat du charbon qui leur servi-
rait à s'asphyxier; cependant aucune d'elles n'est
assez pauvre pour n'avoir pas de quoi s'acheter de
faux cheveux. Le matin, dans les rues populeuses,
vous pouvez voir les femmes d'artisans, de petits

bourgeois, d'ouvriers, les bonnes, en camisole et en
savates souvent percées ; toutes ont sur la tête des
montagnes, des pics, des Jung-Fraus, des Alham-
bras, des édifices en cheveux, luisants, pomponnés,
construits par la main de l'architecte spécial, et,
pour cette dépense de luxe, l'argent ne saurait leur
manquer, car cela est une question de principe !

Cependant l'Homme, ouvrier portant sa miche sous
le bras, homme d'État tenant sa serviette, artiste en
quête de la gloire, directeur de théâtre cherchant
huit mille francs tous les matins, va devant lui en
victoria, ou en fiacre, ou à pied, avec sa tête aussi
nue que la divine Anadyomène ! Et maintenant, comprenez-vous ce que veut dire cette inscription belli-
queuse, féroce et comminatoire : CHEVEUX POUR DA-
MES ? C'est la femme qui nous parle en style lapidaire,
et qui nous dit : « Crétins ! idiots ! tas d'imbéciles !
vous pourriez, comme nous, couvrir vos fronts nus
avec des cheveux d'emprunt ; mais vous ne le ferez
pas, parce que vous êtes trop bêtes, trop timides, trop
lâches, et, d'ailleurs, parce que je les garde tous pour
moi et que je ne vous en laisserai pas la queue d'un :
CHEVEUX POUR DAMES ! » Théophile Gautier, qui était
un homme de génie, trouva bien un moyen de protester : ce fut de garder ses vrais cheveux, pareils à
ceux d'un dieu, jusqu'à l'âge de soixante ans. Mais,
par cette audacieuse révolte, il mit contre lui toutes
les femmes, de sorte qu'il n'entra jamais à l'Académie.

# XXIV

## PREMIERES PLUIES

Quand tombent les premières pluies, et quand les premières brumes, à la fois épaisses et transparentes, enveloppent l'atmosphère, Paris est horrible et charmant.

Sur le sol, une boue noire, stagnante, immobile comme l'eau d'un lac infernal, étend son flot hideux, où s'élancent les lourds tramways et les fiacres tachetés comme des tigres, et où les passants, rouges, mouillés, empaquetés comme des colis dans leurs ulsters, pataugent avec les attitudes les plus grotesques. Toute la population n'est qu'une immense caricature, et a l'air d'avoir été dessinée par Daumier! En revanche, la ville elle-même, entourée d'un voile humide comme Amsterdam ou Venise, prend l'aspect d'une eau-forte de maître, dans laquelle des ombres farouches, des jets de pâle lumière, des hachures emmêlées et tortillées par une pointe spirituelle, produisent des effets qui semblent avoir été calculés à souhait par quelque mystérieux artiste. Les monuments, dénaturés, transfigurés, complètement changés par le brouillard qui les déforme, offrent des silhouettes fantastiques de coupoles, d'aiguilles, de tourelles, de châteaux de féerie, de villes gothiques ou indiennes. Paris, mêlé

au caprice des nuées, devient un vaste décor fabuleux qui charme le regard ; mais ce qu'il étale sous
nos pieds est abominable.

Ce Paris-là est le désespoir des passants, trempés,
fourbus, affolés, qui retroussent le bas de leurs pantalons, ou, abandonnant toute espérance, plongent
résolument dans la boue, ou, glacés, restent arrêtés
devant une boutique, où ils ne regardent rien. En
revanche, il est le triomphe de la Femme, qui va
dans sa grâce triomphale, et sait, comme le cygne,
éviter toutes les souillures ! Par ces jours sombres
et pluvieux, la femme à moitié riche, qui n'a que
deux cent mille francs de rente, sort dans sa voiture ; la vaillante ouvrière, qui doit préserver son
pauvre châle et sa chaussure, monte, par économie,
dans l'omnibus ; la petite bourgeoise, pour qui le
*cant* est un idéal, se croirait déshonorée si elle sortait autrement qu'en fiacre : mais la grande Parisienne va à pied !

La grande Parisienne ! c'est-à-dire, à quelque
monde qu'elle appartienne, la femme vraiment belle
et élégante, ornée des dons surnaturels ; celle dont
la robe, la coiffure, l'attitude, le chapeau hardi et
simple, les gants collants et non étroits, sont har-
monisés ainsi que l'œuvre d'un grand artiste, et qui
s'est façonnée elle-même, comme le peintre ou le
statuaire façonnent la création idéale de leur cerveau. Celle-là, qui est toute agilité et toute lumière,
porte un audacieux défi à l'obscurité et à la boue.
Elle va d'un pas sûr, rythmé, glorieux, adorable, sortant pure du pavé ou du macadam que son pied ef-
fleure, comme Camille courait en effleurant à peine
la pointe des épis. Son irréprochable chaussure ra-
vit nos yeux, et elle montre, non pas trop, ni impu-
diquement, mais assez pour affirmer sa race divine,
une jambe svelte, fière, superbe, emprisonnée dans

un bas tiré avec génie, sur lequel joue orgueilleusement la tremblante lumière.

Oui, ce Paris boueux est le triomphe de la femme,
envolée et gracieuse comme un rythme d'ode ; mais
aussi, et pour la même raison, il est le paradis du
rêveur qui suit les femmes.

Je connais un de ces suiveurs de femmes par la
pluie, qui a vécu et qui vient de mourir de son innocente passion. Ce bohême, nommé Stora, n'avait
aucun moyen d'existence, car il ne savait rien autre
chose que jouer au bilboquet et composer des vers
lyriques. Vivant de quelques paroles de romances,
qu'il vendait çà et là cinq francs à des éditeurs sinistres, ce pauvre diable griffonnait dans un cabinet
sous les toits, éclairé — ou obscurci — par une
minuscule fenêtre à tabatière, et y mangeait de
temps en temps un sou de pain et deux sous de
quelque chose, voué à la solitude, à la tristesse, à
la nuit noire, privé de tout luxe, de toute fête, de
toute joie, et ne connaissant que de réputation l'a-
mour et les louis d'or. Il demeurait loqueteux, silencieux, affaissé sur lui-même, tant qu'il gelait ou
qu'il faisait beau ; mais sitôt qu'il commençait à pleu-
voir, il descendait, prenait possession de Paris devenu
son domaine et sa ville, et alors il avait à lui un harem plus divers et varié que celui du roi Salomon.

Il suivait les femmes ! L'œil fixé sur leurs chaussures et sur leurs jambes divines, il les suivait, le jour,
le soir, la nuit, marchant comme le Juif-Errant,
voyant disparaître sous ses pas les boulevards, les
places, les rues, s'enfonçant dans les quartiers ob-
scurs, quittant un bas de soie bleu pour un bas gris,
et un brodequin de chevreau noir pour un brodequin de peau dorée ; car il se donnait le plaisir de
l'inconstance, quittait, changeait ses idoles, reprenait celle-ci ou celle-là, comme l'avide abeille vole

14

d'une fleur à l'autre, dédaignant de s'attarder sur
une même rose! Parfois, il dépassait la femme suivie, et d'un rapide coup d'œil regardait ses yeux,
son visage et sa chevelure, tout juste assez pour
compléter sa rêverie et pour s'assurer que la jambe
dont il faisait pour le moment ses délices était bien
accompagnée. Mais, en somme, il connaissait peu
les visages et s'en inquiétait peu ; en revanche, il en
était arrivé à connaître, à cataloguer, à posséder, à
savoir par cœur toutes les jambes des grandes Parisiennes. D'une pluie à l'autre, il les reconnaissait,
les retrouvait et se remettait à les suivre, comme
un homme qui reprend son bien ! Et il amassait
ainsi de l'ivresse et des souvenirs pour les affreux
jours de beau temps, où il devait rester enfermé
dans son cabinet noir, à composer des poésies pour
piano.

A ce métier, Stora gagna toutes les bronchites et
les laryngites imaginables, car il suivait les jolis
souliers étant lui-même sans souliers, ou plutôt
chaussé de souliers béants, déchirés, dont il laissait
des morceaux à chaque pavé. Sa poitrine devint malade, il fut atteint d'une aphonie, et pouvait à peine
prononcer quelques paroles; mais qu'importe? On
n'a pas besoin de parler pour suivre les bas à jours,
les bas multicolores rayés en spirale et les bas gris
brodés d'une fleur violette!

Cependant on ne peut compter sur rien, pas même
sur la pauvreté. C'était alors la fièvre des actions ;
un ami apitoyé fit gagner quelques mille francs à
Stora, que les médecins envoyèrent dans le Midi, et il
se mit à errer entre Cannes, Menton, la Bordighera,
Monaco et Gênes. Il vit les orangers, les citronniers,
les caroubiers, les aloès, la mer bleue ; mais c'est là
qu'il fut pris d'une dévorante nostalgie, car il ne
pleut pas dans ces pays de soleil, et quand il pleut

par hasard, les femmes dédaignent de se retrousser, ou, si elles se retroussent, montrent une jambe carrée, grosse à la cheville, et vêtue de bas irréguliers. — « Ah! se disait-il avec amertume, Fiorentino avait raison : de tout l'univers, il n'est que Paris où les femmes aient des bas bien tirés! » Il soupirait non, comme madame de Staël, après le ruisseau, — mais après le torrent de la rue du Bac, car il le revoyait, les jours où la pluie en fait un fleuve irrité.

Il lisait et relisait *Kenilworth,* de Walter Scott, et enviait le sort du jeune Raleigh, qui, dans le Londres d'autrefois, ignoblement boueux, jetait son manteau de velours sous les pieds de sa reine! Mais il ne devait pas être donné à Stora d'en faire autant pour ses promeneuses adorées; car, lorsqu'il revint à Paris, il était sans le sou, comme autrefois, il n'avait plus de paletot à jeter sous les pieds d'une Parisienne! Il reprit son cabinet noir, ses romances, ses courses sous la pluie. Il n'était pas guéri; au contraire, il toussait, haletait, râlait; mais n'en suivait qu'avec plus de persévérance ses jolies jambes, envolées dans les rues comme des oiseaux.

Un de ces derniers jours, après avoir fait ce métier-là du matin au soir, à jeun, sous une pluie battante, il est tombé au pied d'une borne, et on l'a relevé là pour le porter à l'hôpital, où il est mort. Eh bien! ce bohême doit inspirer plutôt l'envie que la pitié; car, quel prince, quel grand artiste, quel financier vingt fois millionnaire a assouvi ses caprices aussi magnifiquement que Stora assouvissait les siens, dans cette ville que sa pensée embrassait toute, et que son désir avait conquise?

Lorsque la loi du divorce aura passé et que personne n'aimera plus la femme d'un autre, elle ne se jouera plus jamais, cette délicieuse scène si souvent et si bien racontée par Balzac, où, dans un nid d'a-

mour clos de sombres rideaux, ouaté d'épais tapis,
dans l'ombre où chatoient les émaux, les vases précieux, les fauves lumières des ors, un jeune homme
attend la bien-aimée, qui vient en se cachant, rose,
agile, frissonnante, le visage caché sous un voile
épais. Eh bien! cette églogue parisienne était surtout délicieuse par les jours de pluie, car bien qu'elle
fût venue en voiture et très emmitouflée, la bien-aimée n'avait pu se défendre tout à fait contre l'humidité, qui avait jeté comme une vague rosée sur sa
robe, sur ses gants, sur son voile, sur son front
même. Et quelle joie c'était alors de la faire asseoir
près du feu, sur quelque chaise basse de satin pourpre, et de sécher son front sous les baisers!

# XXV

## EN PROVINCE

Ce qu'il y a d'admirable chez les héros des romans raffinés, c'est qu'ils ne manquent ni du superflu, ni même du nécessaire. Mais comme ils se montreraient moins difficiles sur le choix de leur nourriture, s'ils se trouvaient seulement perdus en pleine mer sur le radeau de la *Méduse!* Il n'y a même pas besoin d'aller si loin, et, à l'appui de ma thèse, je citerai une anecdote qui est palpitante d'actualité, car tout le monde s'entretient encore du feuilleton dans lequel Emmanuel Sastre a traité si durement, ces jours derniers, la comédienne Lyzie Périol.

X...., que je ne veux pas désigner plus clairement pour n'en dégoûter personne, est certainement le petit port le plus laid qu'il y ait dans toute la Normandie. Une plage nue et vulgaire, une mer grise et terne qui paraît bête, quelques petits arbres nains et dérisoires, des bateaux disgracieux, des cabanes écrasées, des filets troués qui sèchent au soleil, des rochers sans caractère, et qui pour peu sembleraient factices, en forment le misérable décor, fait pour exaspérer un Parisien.

Mais ce qu'on n'a jamais pu deviner, c'est où se cachent les jeunes femmes et les jeunes filles dans ce pays barbare où on n'aperçoit jamais que de très

14.

vieilles femmes, cuites, recuites par le vent de la
mer, profondément ridées, montrant leurs cous
pareils à des nœuds de cordes, et, de plus, coiffées
du bonnet de coton et fumant leurs pipes.

Les médecins ont cependant inventé X... comme
éminemment salutaire pour les anémiques, c'est-à-
dire pour tout le monde, et, l'été dernier, ils sont
parvenus à y exiler Sastre, qu'on eût cru vissé au
bitume du boulevard avec des clous de diamant. Ce
qui est plus extraordinaire, c'est que, par une combinaison de circonstances qui tient de la magie,
dans cette campagne plate et vide comme la scène
d'un théâtre où l'on joue la tragédie classique, ce
critique a pu se promener du matin au soir pendant
trois semaines, sans y rencontrer une Parisienne
errante que les médecins y avaient aussi envoyée et
qui usait, comme lui, la plante de ses pieds sur les
petits galets pointus. C'était Lyzie Périol, une autre
anémique intéressante, qui toutefois peut assommer
un bœuf d'un coup de poing et couper avec ses dents
une pièce de cent sous.

Emmanuel Sastre, qui ressemble à François I<sup>er</sup>,
est le plus élégant des feuilletonistes du lundi. Il est
si magnifiquement taillé en force, que ses appétits
robustes l'ont naturellement rendu indulgent pour
les comédiennes, et de là il n'a pas tardé à le devenir pour tout le monde, car il a une âme gaie et en-
cline à la bienveillance. Riche, bien portant, habile
à tous les exercices du corps, très désiré dans les
salons, où il cause spirituellement, se souciant du
grand art et du petit art tout juste assez pour ne pas
se rendre malheureux, il trouve tout bien, ou enveloppe la vérité dans de si aimables friandises, qu'on
l'avale sans faire la grimace.

Une seule personne a pu jamais le faire sortir de
son optimisme un peu sceptique, et c'est la belle

Lyzie, dont la puissante carrure, la voix de bronze, les yeux bleus comme l'acier et la peau brunie sous une chevelure blonde, ont toujours eu le don de l'horripiler. Épris des petites femmes minces et frêles, qu'il peut tenir dans la paume de sa main, il ne peut voir, ni en peinture ni autrement, cette rude amazone qui, si elle n'était une comédienne de talent, pourrait gagner sa vie en se faisant casser des pavés de grès sur le ventre.

Dans les lointaines Amériques où elle est née, elle se baignait dans un petit cours d'eau infesté de serpents. Elle les prenait à pleines mains et leur brisait la tête contre les troncs des arbres. Cette historiette, racontée ici, lorsqu'elle y vint, amenée par son amant, le célèbre dramaturge Archbald, faisait bondir Emmanuel Sastre, éternellement captivé par les frêles Cidalises qui ont peur d'une bête à bon Dieu. Ne pouvant, comme il l'eût souhaité, renvoyer Lyzie aux baraques de la foire, du moins il ne perdit pas une occasion de la malmener dans son feuilleton du lundi et de la sacrifier sans pitié sur l'autel des demoiselles minces.

Son inimitié, d'ailleurs, ne s'adressait pas à une ingrate, et Lyzie l'exécrait avec une obstination fidèle. Un jour, vers deux heures du matin, elle fit lever Archbald, qui, à ce moment-là comme toujours, menait de front deux drames et trois romans d'aventures. Sans lui permettre aucune objection, elle voulut qu'il s'habillât à la hâte, descendit avec lui, et ayant arrêté une voiture qui passait, l'y fit monter près d'elle et jeta au cocher une adresse, prononcée d'une voix stridente. « — Ah! çà, dit Archbald, où diable me mènes-tu?

— Nous allons tuer Sastre, répondit-elle avec une froide résolution. — A la bonne heure! dit le dramaturge, qui ne s'étonne jamais; seulement, je

meurs de faim, et il me serait impossible de le tuer
sans avoir mangé auparavant un morceau de quelque
chose. » Il fit arrêter la voiture, monta avec son amie
dans un petit salon du café Anglais et demanda des
écrevisses à la bordelaise. Il savait qu'une fois occupée à déguster des écrevisses suffisamment pimen-
tées, Lyzie ne s'arrêtait jamais. Elle en dévora en
effet jusqu'au grand jour, et alors s'affaissa sur le
petit divan, profondément endormie, ce qui permit
à Archbald de la remporter à la maison, sans avoir
versé le sang du feuilletoniste.

Les choses en étaient là, quand l'ironique docteur
Bistolfi envoya Emmanuel Sastre en Normandie, au
petit village de X..., pour le guérir de l'anémie.

Sastre, qui professe sur le mariage des idées aussi
larges que celles du roi Salomon, goûta pendant les
deux premiers jours de sa villégiature le charme
qu'apporte toujours avec soi une situation inaccou-
tumée. Il lui sembla doux de boire du lait où il
émiettait du pain bis, de dormir seul dans de bons
gros draps de toile, de suivre le cours de ses idées
sans être interrompu par le babil de ses jeunes amies
et de ne sentir autour de lui aucun parfum de poudre de riz ou d'opoponax. Mais le troisième jour,
pareil à Oreste lorsque son innocence enfin commence à lui peser, il trouva la nature bien nue, la
solitude bien seule, et il fuma un nombre illimité
de cigares. Les visions commençaient à hanter son
cerveau.

Il y voyait des princesses, de belles dames de la
rue du Bac, puis des filles de joie et de douleur,
minces comme un fil, couvertes de blancs diamants,
ayant leurs tignasses dans les yeux et balayant le
sable de la plage avec les longues traînes de leurs
robes, agitées par le vent comme le flot de la mer.
Un peu plus tard, une toute petite bourgeoise de la

rue Saint-Denis, même une demoiselle de boutique
bien proprette, avec son col plat, lui eussent suffi.
Puis, plus brutalement, il pensait à des femmes
n'importe lesquelles, même aux fillettes à l'air gamin,
aux bonnets de fausse loutre, qui, du café du *Rat
Mort* au bal de la *Reine Blanche*, flânent sur le boulevard extérieur en fumant des bouts de cigarettes.
Plus tard, enfin, mêlant tout dans son cauchemar
éveillé, les âges, les saisons, les visages, les frimous-
ses, le velours et la toile, il eût poursuivi n'importe
quel être, monstre ou chimère, sur lequel on eût pu
mettre un nom de femme !

Dans l'esprit de Lyzie, exilée comme Sastre au
port de X..., s'était déroulée exactement la même
succession de phénomènes. Elle avait commencé par
rêver de princes, norwégiens ou autres, en paletots
clairs, attachant leur cravate d'un bleu très pâle avec
des diamants gros comme le *Régent* ou le *Sancy*.
Mais, à présent, elle pensait, non sans une certaine
complaisance, aux gamins en blouse bleue qui, sur
la chaussée Clignancourt, ouvrent les portières des
fiacres et ramassent des trognons de c   ares. Comme
la *Fille* des fables de La Fontaine, elle se fût trouvée tout aise et tout heureuse de rencontrer un ma-
lotru, et si Bottom se fût approché d'elle, coiffé d'une
tête d'âne ou de toute autre tête absurde, elle aurait
certainement murmuré à son oreille, comme la reine
Titania : — « La force de ton brillant mérite m'o-
blige malgré moi à dire, à la première vue, à jurer
que je t'aime. »

Tel était l'état de leurs pensées, lorsque brusquement, au coin d'un petit sentier pierreux, Emmanuel
Sastre et Lyzie Périol se rencontrèrent, et à la fois
poussèrent un même cri, le cri du marin perdu sur
l'Océan, qui enfin aperçoit la terre. Ils ne se dirent
rien, mais, d'un geste spontané, ils se prirent par le

bras, s'accrochèrent bien l'un à l'autre, et après
avoir marché d'un pas rapide jusqu'à la maison de
paysan où habitait le critique, ils y restèrent enfer-
més trois jours.

Mais ce qui est bien humain, c'est que, de retour
à Paris, les deux voyageurs oublièrent cet incident
de la façon la plus complète et redevinrent l'un pour
l'autre ce qu'ils étaient auparavant. Sastre recom-
mença à tourmenter dans son feuilleton la belle
Lyzie, qui plus que jamais voulait le tuer. Cela au
grand ennui d'Archbald, qui, désireux d'écrire tranquillement tous les jours ses trois ou quatre feuilletons de roman et son acte de drame, avait machiné
tout ce complot avec son ami le docteur Bistolfi.
Car, il est temps de l'avouer, ni Sastre ni Lyzie Périol
ne furent jamais anémiques, non plus que le tueur
de lions Hercule, ou que la chasseresse Atalante,
allaitée par des ourses. «Ah! dit le dramaturge, quel
dommage! Cela était pourtant bien imaginé, et il me
semblait que j'avais trouvé à point ce que Sarcey
appelle : la scène à faire.

— Sans doute, fit le docteur; mais, vous qui pei-
gnez le cœur humain, n'oubliez jamais, ô mon grand
ami, que rien ne compte de ce qui se passe en dehors
des fortifications. Vous rappelez-vous quel tumulte
menait encore à l'Opéra, il y a deux ans, la cantatrice Ernestine Frasse, si fantasque, devenue aujourd'hui comtesse Malvasia? Elle ne se fût pas re-
tournée pour regarder un roi d'Asie, et ses caprices
étaient ceux d'une déesse folle de joie. Sur la scène,
elle n'a jamais consenti à entrer par un chemin ou
par une porte, et elle choisissait, pour y passer, les
endroits où, bien que matériellement interrompu, le
décor est censé représenter un mur plein. D'ailleurs,
elle n'a jamais chanté un rôle sans substituer au
texte du compositeur sa libre fantaisie : mais on lui

passait tout cela, parce qu'elle avait le charme ingénu et féroce de la fille d'Hérodiade, qui joue avec le couteau et le bassin d'or.

Eh bien ! se trouvant à Londres, où elle devait donner quatre représentations et demeurer seulement deux semaines, dès le premier jour, elle se sentit si esseulée, si attristée dans cette ville où elle ne connaissait personne et où l'on respire un air solide et noir, que non seulement elle reçut la visite de son camarade le ténor Cinqualbre, mais que, séance tenante, elle l'invita à prendre le thé... et le reste ! A Paris, elle n'avait pas fait attention à lui plus qu'au pompier de service ; mais là-bas, de l'autre côté de l'eau, elle en vint, par désœuvrement, à admirer sa large poitrine et ses cheveux de nègre, et même, pendant les longues heures inoccupées, elle lui fit les plus intimes et les plus bizarres confidences.

Lorsqu'ils furent revenus à Paris, à l'Opéra, Cinqualbre tournait autour de la cantatrice, faisait des yeux de Roméo, tâchait de placer une parole, mais Ernestine Frasse, qui avait parfaitement oublié son existence, ne voyait rien de tout cela et dédaignait même de l'entendre, si bien que le ténor crépu s'impatienta. — « Mais enfin, dit-il, je suis votre amant ! — Mon amant ? fit Ernestine, comme une personne qui cherche et ne comprend pas, mon amant ? Puis se souvenant tout à coup : — Ah ! oui, reprit-elle, mon amant... pour la province ! »

« Mon cher Archbald, dit en finissant le docteur Bistolfi, n'y a-t-il pas dans ces quelques mots tout l'orgueil effréné de ce grand Paris, qui à si juste titre s'admire et s'adore lui-même, et en dehors de lui n'admet rien ? »

# XXVI

## LA ROBE DE SOIE

Admis l'autre jour chez le vieux poète Crouzilles, de qui je voulais solliciter un conseil (on apprend à tout âge!,) je le trouvai tranquille et souriant comme toujours, dans son petit cabinet tendu de tapisseries, assis, près d'un feu flambant, dans son fauteuil d'aïeul à larges oreilles, caressant de la main sa blanche, douce et longue barbe de Fleuve, et lisant Rabelais dans une grande édition antique.

— « Ah! me dit-il, ce sont les Dieux qui vous envoient : vous allez me rendre un service. Ma sœur, vous le savez, n'a jamais quitté Marseille ; elle est de noce la semaine prochaine, et elle me prie de lui envoyer tout de suite une très belle robe. Vous qui êtes encore un peu du temps présent, vous me ferez grand plaisir si vous voulez bien vous charger pour moi de cet achat. »

En parlant ainsi, mon illustre ami me tendait une petite liasse de billets de banque suffisamment épaisse, car, en homme qui sait tout, il n'ignore pas qu'une robe coûte aujourd'hui ce que coûtaient jadis une bonne maison spacieuse et un joli morceau de terre.

— « Cher maître, lui dis-je, je suis tout à votre service ; mais vous qui êtes un grand coloriste et

qui avez inventé l'Inde et l'Orient, ne choisiriez-
vous pas mieux que moi? — Ah! fit-il, soyez généreux, dévouez-vous, ne me forcez pas à entrer dans
une de ces Babels de carton où les rideaux s'appel-
lent Véronèse, où on vous force à faire trois lieues
pour obtenir une douzaine de mouchoirs de poche,
où on vend des horloges, des parapluies et des boucliers en cuivre repoussé, où les commis ont des
airs diplomatiques, et où on vous offre des tapis du
Turkestan quand vous demandez des draps de lit!
Et puis, continua-t-il avec sa franche bonne humeur,
j'aime mieux vous dire la vérité; j'ai juré, il y a
quarante-six ans, — oui, c'était en 1834, — de ne
plus jamais acheter de robes!

— Mais, dis-je à Crouzilles, pardonnez-moi, mon
cher maître; en 1834, vous aviez dix-huit ans à peine,
vous ne possédiez aucune fortune; vous étiez venu
à Paris sans autres moyens d'existence que la poésie
lyrique, vous me l'avez dit mille fois; comment donc
se faisait-il que vous pussiez déjà acheter des robes? — J'avais, dit le vieux poète, suivi mon compatriote Méry dans la satire politique. De même
qu'il avait écrit des *Corbiérides* et des *Villéliades,* je
composais des *Persillades* et des *Thiersides* que je
donnais aux libraires pour des sous, ou que je faisais imprimer à crédit, et dont la vente remboursait
à peine les frais. A ce moment dont je vous parle,
je venais d'écrire avec rage contre le ministère un
de ces poèmes enflammés; comme jusque-là j'avais
toujours payé exactement, j'avais trouvé crédit chez
l'imprimeur et chez le marchand de papier pour
un ouvrage assez long, et faisant moi-même le commis placier, j'avais déposé mes exemplaires chez
les libraires du Palais-Royal. Mais le public n'avait
guère l'air d'y mordre.

J'habitais, sous les toits, le fameux grenier qui

sans doute m'aurait plu deux ans plus tard, puisqu'on y est bien à vingt ans, mais où, pour le moment, j'étouffais. Là, comme Balzac, dont je venais de faire la connaissance, je me nourrissais chaque jour d'une tasse de lait et d'un pain d'un sou, en songeant, avec une résignation virile, mais plus que je ne l'aurais voulu, aux bouillabaisses maternelles. Mais ce n'est pas dans cette cage que j'écrivais mes vers, car j'avais, comme c'était la mode, une Lisette aux doigts noirs de piqûres, chez laquelle j'étais plus souvent que chez moi, et, comme vous le pensez bien, les rares pièces de cent sous que m'accordait la Muse avare se fondaient en bouquets et en colifichets pour cette bien-aimée.

Elle se nommait Agathe, et sous ses bandeaux lisses, avec ses énormes yeux bruns, son petit nez mutin, sa bouche rouge comme une fleur, son cou long et flexible, elle avait une des plus ravissantes têtes *mille huit cent trente* qui se puissent imaginer. Souple et mince, elle était charmante en robe juste, en col plat, en souliers à cothurnes, et Devéria eût signé ses petites mains de chatte amoureuse. Avec cela, bête comme une oie. C'était la grisette, la vraie grisette, tant regrettée! Comme vous dites aujourd'hui, elle était *romance*, et elle chantait les chansons de Béranger, qu'elle avait l'art de ramener toutes à un air unique. Elle parlait comme les personnages de Paul de Kock, désignant les liaisons amoureuses par ces mots : *Être avec quelqu'un!*

Elle mettait son orgueil d'honnête fille à n'avoir qu'un amant à la fois, mais, sans aucun scrupule, me parlait de ceux qui m'avaient précédé, égrenant dans ses phrases des chapelets de Pauls, d'Eugènes, d'Alphonses, d'Edmonds, d'Ernests, qu'elle déclarait avoir été des monstres, mais cependant gentils.

Du matin au soir, elle tirait son aiguille avec une régularité qui m'exaspérait et, quand mes baisers venaient l'interrompre, se plaignait avec amertume du temps que je lui avais fait perdre sur sa journée de trente sous. Jugez de ce que je pouvais penser de ces regrets à propos d'un ou deux sous sacrifiés dans un élan d'amour, moi qui avais la prétention de gagner bientôt assez d'or pour mettre Agathe dans un palais!

D'ailleurs, si sa causerie m'ennuyait, ma plume courant sur le papier avait le don de l'horripiler bien davantage encore. Une fois, elle me demanda avec humeur ce que j'écrivais là, et je lui répondis naturellement : «Des vers. — Ah! me dit-elle. Alors, chante-les. — Mais, fis-je, ce sont des vers qui ne se chantent pas. » Parole imprudente! Elle me regarda avec une froide indignation, comme si j'eusse prétendu que les tigres nageaient sous l'eau, ou que les crocodiles volaient dans les arbres. Cette idée de vers qui ne se chantent pas ne lui représentait absolument rien, et en nous mettant au point de vue d'Orphée (qui est le vrai,) il faut avouer qu'elle avait raison. — « Enfin, ce que tu fais, me demanda-t-elle d'un ton goguenard, à quoi cela servira-t-il? — Mais, dis-je, ma belle, à vous acheter une robe de soie! »

A ces mots inouïs, Agathe ouvrit des yeux démesurés; et elle eût une expression de surprise, de doute, de convoitise, de désir effréné. Mais ce ne fut qu'un éclair. Elle ne pouvait croire à une chose si énorme, car la robe de soie était, avec l'armoire à glace et les fleurs artificielles sous des globes, un de ses trois grands rêves. — « Une robe de soie? me demanda-t-elle ironiquement. Et quand cela? — Mais, dis-je avec gaieté, dans quinze jours. » Je ne savais pas avec quel esprit de suite cette grisette ordonnée et sérieuse devait compter les minutes et les heures.

Quinze jours après, c'était le 10 août. Ce matin-là, faute d'argent, je n'avais pas bu ma tasse de lait ni mangé mon petit pain, et c'est parfaitement à jeun que je me rendis rue du Mail, chez mon infante. En traversant le Palais-Royal, j'avais bien jeté un timide coup d'œil sur les librairies; mais j'avais été, hélas! suffisamment renseigné sur la non-vente de mon poème, en me voyant regardé avec mépris par les libraires. Atterré à la fois par l'humiliation et par les tiraillements d'estomac, je songeais aux beaux yeux d'Agathe, à ses cheveux lisses, à ses rouges lèvres de grenade, et je pensais qu'en la voyant sourire, je serais tout de suite consolé. Mais je la trouvai froide, cruelle, devenue tout à fait étrangère. Elle me demanda sa robe de soie, du ton dont un huissier demande le payement d'un billet; et quand je répondis tristement que je ne l'avais pas, elle devint affreusement pâle, et je pus lire dans ses prunelles une haine féroce. — « Ah! tu ne l'as pas, dit-elle en ouvrant la porte, eh bien! tu peux t'en aller, et ne revenir que quand tu l'auras. »

J'avais grand faim! Cependant je sentis deux larmes brûlantes couler sur mes joues, car j'adorais cette fillette à la cervelle d'oiseau, qui chantait les chansons de Béranger d'une voix fausse à faire frémir les pierres. Mais je fus bien vite distrait en voyant, en sentant dans les rues un mouvement extraordinaire. Les passants se réunissaient en groupes, causaient avec animation, se précipitaient je ne sais où. Des lambeaux de phrases saisies au hasard me renseignaient: la nouvelle des évènements de Lyon venait d'arriver à Paris. La Guillotière et la Croix-Rousse enlevées d'assaut; du côté de la troupe, cent quinze morts et trois cent soixante blessés; du côté des ouvriers, quatre cents blessés et deux cents morts. Des jeunes gens qui passaient près de moi avec le chapeau pointu, la grosse cravate et la barbiche des bousingots, m'apprenaient, en causant à voix haute, que l'insurrection s'éveillait aussi à Paris. On arrêtait la majeure partie des membres du Comité des Droits de l'Homme. Seuls, Cavaignac et Kersausie avaient pu échapper aux poursuites.

Tout cela, les cadavres de Lyon, la fermentation de Paris, les républicains en fuite, se mêlait dans ma tête brisée avec mon poème, Agathe et la robe de soie. En entrant dans le Palais-Royal, je compris dans un éclair que les libraires m'attendaient, me guettaient; évidemment, mes exemplaires s'étaient enlevés, mais j'en eus la notion comme dans un rêve. L'un des libraires se saisit de moi avec une vraie frénésie, et comprenant qu'il n'avait pas de temps à perdre, me poussa le coup droit. — « Monsieur Crouzilles, me dit-il, voulez-vous me céder la propriété de *La Guizotide* pour trente mille francs? » En trois minutes, j'avais été entraîné dans la boutique, j'avais signé le traité qui était tout prêt, et je me retrouvais dans le jardin avec mes trente billets de banque.

Trente mille francs! Et j'avais dix-huit ans, et j'avais faim! En attendant le lendemain mystérieux, la lutte enivrante, le nuage de poudre et la barricade, je pouvais fumer des cigares de la Havane blonds et secs, acheter des meubles, des tableaux, tenir dans mes bras ces femmes élégantes que j'avais vues hors de ma portée, comme dans l'éther bleu. Je pouvais surtout dîner, aller au Rocher de Cancale, chez ce Borel dont la cuisine étonnait l'Europe, ou, plus simplement, rester où j'étais et à deux pas entrer chez Véfour. Eh bien! que croyez-

vous que je fis? Pensez-vous que je songeai à dîner?
— Non, dis-je à Crouzilles, je pense que vous avez
acheté la robe. Dans ce cas-là, on achète toujours
la robe! — Oui, dit le poète, j'achetai une robe, j'a-
chetai même dix robes, une rose, une verte, une
bleue, une grise, une orangée, une écarlate, une
noire, une blanche, une pourpre, une jaune soufre,
je dévalisai le magasin du *Pauvre Diable* et j'arrivai
à la porte d'Agathe, suivi de deux superbes commis
qui ployaient sous le faix.

La portière était sur le seuil; elle m'arrêta avec un
sourire démoniaque. « Mademoiselle Agathe ne reste
plus ici, me dit-elle. Le monsieur avec qui elle est
maintenant l'a emmenée dans son tilbury. » J'ai placé
mes dix robes, mais depuis ce temps-là, mon cher
ami, je n'en achète plus, et voilà pourquoi je vous
prie de faire ma commission. — Mon cher maître,
dis-je à Crouzilles, il est facile de croire qu'une grisette ménagère et sentimentale a changé d'amant
en cinq minutes, et il me semble naturel aussi qu'à
travers les orages politiques dont les colères rendent tout possible, et à l'âge de dix-huit ans où on
accomplit tous les miracles, un poète français ait
pu gagner trente mille francs avec ses vers. Mais ce
qui me passe, absolument, c'est qu'une femme,
n'importe laquelle, à qui on apportait ainsi dix robes à la fois, n'en ait pas été avertie par un pressen-
timent impérieux et ne les ai pas senties venir : surtout l'écarlate et la rose! »

# XXVII

## UNE VOYAGEUSE

Les jeunes premiers de théâtre sont assurément, après les chanteurs de romances, ceux de tous les hommes qui sont le plus aimés des femmes. Cependant, ils ne doivent pas trop en tirer vanité, s'ils se souviennent qu'ils doivent leurs fabuleux succès, non pas du tout à leurs qualités personnelles, mais uniquement à l'emploi qu'ils tiennent dans leur profession, et qui fait d'eux, pour les humbles et pour les simples, une sorte d'idéal visible. L'excellent comédien Febvre m'expliquait un jour cette idée avec un bon sens très subtil, et à l'appui de sa thèse il me racontait l'anecdote que voici : « La-fontaine, me disait-il, venait de créer de la manière la plus éclatante *Le Roman d'un jeune homme pauvre,* et chaque soir il recevait un certain nombre, toujours le même, de déclarations d'amour. Cependant, il quitte le Vaudeville bien longtemps avant que le succès de ce drame soit épuisé. Du jour au lendemain je le remplace dans son rôle, et alors je reçois les mêmes lettres qu'il recevait, en nombre égal et avec une régularité parfaite. Mais ce n'est pas tout. Au cours des représentations je tombai malade et restai trois jours dans l'impossibilité de jouer. Il fallait maintenir sur l'affiche la pièce en vogue ; le

directeur, qui n'avait pas le choix, prit un acteur de
province, le premier venu, hésitant, triste, et pau-
vrement affublé. Celui-là aussi reçut, dès le premier
soir, le même nombre de lettres, comme si c'eût été
un service quotidien, organisé par une administration. Vous voyez, ajoutait Febvre, qu'il n'y a pas de
quoi être bien fier, puisque ce qu'on adore en nous,
c'est les plumes du paon! »

Il peut même arriver qu'en amour le jeune premier joue un sot personnage, comme nous en avons
vu, ces jours derniers, un remarquable exemple. Le
plus beau, le plus charmant de nos comédiens (n'est-
ce pas nommer Boismore?) faisait une tournée, en
compagnie du journaliste Jean d'Esclavy, ce Parisien né en Belgique, mais si finement francisé, qui
devait profiter de cette occasion pour voir sa famille
à Turnhout. Pour l'intelligence de cette historiette,
il est utile de rappeler que ces deux intimes amis se
ressemblent, autant, si l'on veut, que les frères
Lionnet, c'est-à-dire pas du tout; mais enfin, suffisamment pour être pris l'un pour l'autre vingt fois
en une journée, par les gens qui ne voient que su-
perficiellement, en d'autres termes, par tout le
monde. Jeudi dernier, ils étaient à Bruxelles. Vers
midi, en descendant pour le déjeuner, ils se croisè-
rent, dans l'escalier de l'hôtel de Bellevue, avec une
dame qui montait, tenant à sa main une très petite
valise. Grande, élégante, mince, portant sa robe
princesse comme un princesse, cette femme, évidemment Parisienne, avait une grande allure, aussi
supérieure à la distinction que le génie est supérieur
au talent, et un visage beau, mais aussi étrange et
amusant, ce qui est le comble de l'art. Elle arrêta
sur les deux voyageurs un regard de domination,
net et décisif, comme pour prendre possession d'eux
et les marquer à son chiffre. Puis elle passa.

Le soir, Boismore jouait *Ruy Blas* au théâtre des
Galeries Saint-Hubert. Comme il récitait la belle tirade du premier acte : *Hélas! c'était l'aurore!* — il se
vit clairement reluqué, courtisé, sollicité avec des yeux
d'un bleu sombre, par une très belle personne brune,
qui n'était autre que la dame rencontrée le matin.
Distinguée, elle l'était évidemment, mais vertueuse,
non; car en rentrant dans la coulisse, le comédien
reçut un de ces petits billets sans ambages dont il
avait l'habitude, et auquel, pour plus de précision, il
répondit séance tenante. Mais las des bonnes fortunes autant que son ami pouvait l'être des journaux
et de la copie, dès ce moment là il s'entendait avec
Esclavy, et froidement méditait une bonne farce. La
correspondance marcha pendant toute la tragédie.
Madame Pauline Cristol (car elle avait bravement
signé) savait que Boismore se rendait à Anvers, montait en chemin de fer avec Esclavy immédiatement
après le spectacle, et elle s'offrait à eux comme
compagne de route.

Les trois complices se trouvèrent seulement réunis au moment de prendre le train. A peine étaient-
ils montés en wagon, que madame Cristol se mit à
féliciter Boismore sur son merveilleux talent et sur
sa jeunesse presque surnaturelle; mais ce fut Esclavy
qui, entrant audacieusement dans la peau de son
ami, s'inclina avec un charmant sourire et répondit
à ces éloges avec la modestie la plus parfaite. Pauline eut alors un regard étrange, et un bizarre éclair
traversa ses prunelles; cependant elle sembla prendre au sérieux ce mensonge effronté, et elle n'avait
pas même un sourire au coin de ses lèvres quand
Boismore, appuyant plus que de raison, appelait toutes les cinq minutes Esclavy : « Mon cher Boismore! »

C'était d'ailleurs une femme prodigieusement spirituelle. Elle savait parler, elle savait écouter, sa voix

était en parfaite harmonie avec la nuit, avec les étoiles, avec le paysage, avec les splendeurs du sombre
ciel. Elle disait des choses gaies, profondes, sérieuses,
inattendues, elle avait de ces mots qui résument tout,
elle était comme une lyre complète, dont toutes les
cordes frémissent et vibrent. Par la quantité d'idées
et d'images qu'elle avait éveillées en eux, les deux
amis, quand on arriva à Anvers, pouvaient croire que
ce petit voyage d'une heure et demie avait duré toute
une nuit, et pourtant elle les avait si bien tenus sous
le charme, qu'il leur avait paru se terminer en cinq
minutes. On laissa les bagages à la gare et on monta en
voiture ; Pauline Cristol, qui, elle, tenait toujours sa
petite valise, donna l'adresse de l'hôtel Saint-Antoine,
place Verte. En arrivant, Boismore demanda à l'hô-
telier, qui n'était pas couché, s'il pouvait leur fournir un souper quelconque ; ce à quoi ce brave monsieur Hessels répondit que rien n'était plus facile.
Et en effet, dès que les voyageurs descendirent après
avoir pris possession de leurs chambres, il les guida
lui-même jusqu'à un petit salon, orné de riantes peintures mythologiques, où le couvert, dressé sur une
blanche nappe de Frise, étincelait de cristaux et de
vieilles orfèvreries sous les vingt bougies d'un antique lustre flamand.

Des poissons de l'Escaut, un pâté de foie gras de
Strasbourg, une salade russe, des asperges en branches, des écrevisses géantes, des pâtisseries, des
fruits, des confitures de goyaves et de roses se succédèrent, comme dans le plus irréprochable souper parisien, arrosés de cliquot glacé, servi dans des cruches. Les deux amis ne songèrent pas à être surpris
de ce qu'un tel repas eût pu être préparé en quelques minutes, car à force de vivre dans un monde
idéal, à travers les légendes, et les féeries, et le
passé, et l'univers entier, les artistes en arrivent à

ne pas s'étonner des choses les plus étonnantes.

La seule anomalie qui leur parût singulière, c'est que madame Cristol leur offrait les mets, choisissait pour eux les meilleurs morceaux, tout à fait en maîtresse de maison, et comme si elle eût été chez elle. Mais ils prenaient cela pour une familiarité aimable et trouvaient très joli que cette inconnue leur fît les honneurs de leur propre souper. D'ailleurs, elle les subjuguait par le son de sa voix musicale et par son incroyable esprit. Bien fin qui eût pu dire à quel monde cette femme appartenait; car elle parlait en connaissance de cause de ce qui se passe dans les plus hautes sphères sociales, et en même temps elle connaissait tous les recoins et tous les dessous de Paris, comme un Livingstone de cette curieuse Afrique, plus sauvage que l'autre.

Elle écoutait très bien, avec une intelligence et une sympathie qui rendaient son interlocuteur éloquent. Mais, quand elle le voulait, elle devinait sa pensée avant qu'il n'eût parlé, et il lui suffisait d'un mot pour la résumer et pour y répondre, avec une rapidité fulgurante. Boismore, voyant ce qu'il avait volontairement perdu, commençait à trouver sa farce moins bonne, et c'est tout au plus s'il se consolait, en se répétant à lui-même le stupide lieu commun en vertu duquel toutes les femmes se valent! Quant à Esclavy, il brûlait des mille feux qui dévorent les héros de Racine, et, la gorge serrée, il risquait de temps à autre une tirade amoureuse, en imitant de son mieux les intonations qui, au théâtre, avaient fait la fortune de son ami. Pauline Cristol y répondait dans le même sentiment, par une courte indication très juste, pour montrer qu'aucun style ne lui était étranger, pas même celui des Imogène et des Juliette; mais elle s'arrêtait aussitôt, et ses fauves prunelles, striées de fibrilles d'or, semblaient dire : « A quoi

bon, puisque c'est convenu? » A un moment donné,
Boismore, qui avait mis ses mains sur ses yeux, prenait, en l'écoutant, une véritable leçon de comédie.
Quand il releva la tête, il se trouva seul, les amoureux étaient envolés, et après avoir allumé un cigare,
il alla se coucher, non sans mélancolie, en pensant
que, du moins, il s'était donné le plaisir délicat et
raffiné de mystifier une fille d'Ève.

Mais ce n'est pas tout de faire une bonne farce;
il faut encore s'égayer un peu aux dépens de la victime! Aussi lorsque, le lendemain matin, Pauline
Cristol s'avança vers les deux amis, qui flânaient dans
la cour de l'hôtellerie, Esclavy, semblant ne pas l'a-
voir vue, affecta de parler de la représentation qui
devait avoir lieu le soir au Théâtre Royal, et, à plusieurs reprises, d'appeler très haut Boismore par son
nom. Puis, feignant d'apercevoir seulement la voya-
geuse, il mima l'embarras et la surprise, et ébaucha
le geste d'un coupable qui va balbutier des excuses.

— « Non! fit allègrement Pauline Cristol, ne croyez
pas que je vous aie pris un instant l'un pour l'autre!
Mais j'ai compris tout de suite la justesse de votre
apologue, et j'ai deviné que vous disiez la vérité, sans
le vouloir. Ce que vous semblez être au théâtre, continua-t-elle en parlant à Boismore, c'est votre ami
qui l'est dans la réalité, et vous montrez de lui une
image poétiquement réussie; mais pourquoi se contenter de l'image? Sachez que je suis très contente
de ma part et que je vous remercie de m'avoir donné
la proie au lieu de l'ombre! » Ayant ainsi parlé, par
un geste charmant elle donna à Boismore une amicale poignée de main, puis rentra dans l'hôtel, avec
une démarche si correcte et si digne, que personne
assurément n'eût songé à lui manquer de respect.

Les deux amis se taisaient, un peu penauds, comme
deux renards qu'une seule poule aurait pris. Toute-

fois, ne voulant pas accepter ce dénouement piteux,
ils rentrèrent aussi et demandèrent leur compagne.

— « Mais, dit avec bonhomie le doux monsieur
Hessels, qui ressemblait à une tulipe, cette dame
vient de partir pour Paris. — En ce cas, dit Boismore,
qui ne voulait pas demeurer une minute de plus dans
ce malencontreux hôtel, faites-moi vite préparer ma
note. — Votre note! fit monsieur Hessels, mais, monsieur, cette dame a tout payé! »

Le comédien et le journaliste restaient assommés
de ce coup de bâton reçu en plein sur la tête. —
« Ah! dit Boismore, l'abominable histoire! J'ai envie
de me cacher dans un trou, car enfin, il n'y a pas à
se le dissimuler, cette charmante personne nous a
traités comme des filles. — Mon cher, dit Esclavy,
n'est pas fille qui veut, et un acteur, pour être complet, doit avoir joué tous les rôles. Quant à moi, je
suis tout consolé; car jusqu'ici, je n'avais été aimé
que pour des raisons frivoles et chimériques, tandis
que, cette fois, je puis me vanter sérieusement d'a-
voir été aimé... pour toi-même! »

## XXVIII

### REVENUE DE LOIN

C'était, — ne vous trompez pas! — au dernier des grands bals donnés à Paris la semaine dernière. Lady Sands est assurément la plus belle personne qui existe aujourd'hui en Europe. Sa taille riche et svelte évoque l'idée d'une reine guerrière. Ses traits d'une régularité originale, son teint fauve presque vert, son nez droit aux narines fièrement coupées, ses yeux dont le blanc est comme bleuté, ses lèvres d'une pourpre pâlissante, sa chevelure d'un noir inouï qui fait valoir les rondeurs dorées d'un cou superbe, tout en elle éveillerait les frémissements du désir, si cette vivante splendeur, presque surnaturelle, ne commandait impérieusement l'admiration et le respect. Lorsque lady Sands entra, au bras de son mari, blond comme une femme et fort comme un jeune Hercule, les salons furent traversés d'une commotion électrique. Mais les spectateurs les plus vivement touchés, ce furent trois amis, trois peintres, qui causaient ensemble pour échapper aux conversations banales, et que la prodigieuse apparition laissa comme stupéfaits et frappés d'une religieuse épouvante.

— « Ah! mon cher Nys, dit Testas, le fougueux

coloriste, voilà qui me fait prendre en exécration
nos modèles. Que ne ferait-on pas en copiant un
pareil chef-d'œuvre? — Et voyez, dit Gimère le rêveur, l'immatériel préraphaélite, s'adressant à son
tour au jeune impressionniste déjà célèbre, voyez,
mon cher Nys, comme ceci réduit à néant tous vos
plaidoyers sur l'égalité des femmes! Avouez enfin
qu'une femme qui vit dans l'aristocratie, comme
elle y est née, et dont le pied même n'a jamais été
effleuré par la fange des passions viles, n'a rien de
commun avec vos filles nées dans le ruisseau, même
quand le hasard s'est plu à leur donner une forme
divine! N'êtes-vous pas pleinement convaincu de
cela en voyant lady Sands?

— Je vais, dit Edgard Nys, vous raconter son histoire. Mademoiselle Ursule Tordier, c'est son nom
de jeune fille, doit le jour à un peaussier du carré
Saint-Martin, qui avait fait de mauvaises affaires...

— Oh! firent à la fois Testas et le sentimental Gimère.

— Ne vous étonnez pas! reprit Edgard Nys. Vous
voyez que l'accompagnateur se dirige vers le piano;
mademoiselle Krauss va chanter; ainsi nous n'avons
à nous que quelques minutes. La faillite était immi-
nente, lorsque le droguiste Chefsailles vit Ursule
chez son père. Ce Chefsailles, millionnaire et viveur,
avait si bien abusé de tout, qu'il n'était plus bon à
rien. Magnifique et taillé en force, il n'aurait plus
été capable de boire un verre de corton. Quant aux
femmes, bien qu'il fût âgé seulement de quarante-
deux ans, il avait dû y renoncer depuis longtemps
déjà, et de sa fougue ancienne il ne lui était resté
qu'un caractère infernal et une humeur massacrante.

En se sentant brûlé jusqu'aux os par le regard
d'Ursule Tordier, qui, de fait, aurait incendié une
poudrière, le droguiste se figura naïvement qu'elle le

ressusciterait. Il fit sa demande, fut agréé, et c'est ainsi que le brasier que vous voyez fut uni à ce glaçon. Ursule aurait réveillé les morts, mais Chefsailles était plus que mort; aussi jugez des désillusions de sa femme, qui avait du sang arabe dans les veines. Le droguiste, marchand de couleurs aussi, occupait seul une maison située dans une petite rue que vient de supprimer un des nouveaux boulevards. On y voyait encore une boutique pavée, où les marchandises étaient empilées dans des tonneaux, et il y avait aussi des tonneaux, des caisses et des ballots dans un jardin pelé, entouré de murs moisis, mais planté de vieux arbres, où une sorte de cabane, dans laquelle on avait relégué un vieux lit de repos et des meubles démodés, servait aussi à renfermer les instruments de jardinage.

— Je vois cela, dit Testas; un vilain décor d'opéra comique.

— C'est il y a deux ans, au mois de juin, qu'Ursule Tordier entra dans cette maison lugubre, où les odeurs des drogues l'affolaient. Après avoir tenté de vains efforts pour revivre et pour se retrouver homme, Chefsailles, convaincu de leur inutilité, criait, hurlait du matin au soir, faisait des scènes, et ne se soulageait un peu qu'en brisant des objets fragiles et en jetant des vases ou des chandeliers par la fenêtre, après quoi il s'en allait à son estaminet, beau et terrible dans sa soyeuse barbe noire. Mais Ursule, en qui éclatait le feu de l'impérieuse jeunesse, ne faisait guère attention à ces violences, car elle subissait des souffrances inouïes, brûlée et dévorée par les folles ardeurs subitement éveillées en elle.

En proie à de poignantes songeries, elle avait à peine remarqué vaguement qu'un garçon droguiste de la boutique, nommé Eugène, la mangeait des yeux, et lui lançait des regards provocants, de jour

en jour enhardis; mais elle vivait dans un rêve. Tout
cet été de 1878, si vous vous le rappelez, fut brûlant et
torride; sans cesse des éclairs sillonnaient le ciel,
bientôt suivis de coups de tonnerre et de chaudes
pluies furieuses. Un soir, au moment où l'orage commençait, Ursule était dans le petit jardin. Les mains
douloureusement glacées, les yeux brûlants, les lèvres
sèches, il lui semblait qu'elle allait mourir brisée, et
tout à coup elle se sentit défaillir. Mais elle fut solidement retenue dans les bras d'Eugène, qui vigou-
reusement appuya ses lèvres sur les siennes, et
l'ayant saisie et enlevée comme un enfant, l'emporta
dans la cabane.

— Non, dit Gimère, tout ça n'est pas vrai?

— Quand elle en sortit, dit Edgard Nys, il faisait clair
de lune, et Eugène, très joli garçon, ma foi, tenait à
la main un chiffon rouge, qu'il avait trouvé dans le
capharnaüm. — « Voyez-vous, lui disait-il, lorsque
le patron sera sorti, tout le monde occupé ou en
course et qu'il n'y aura pas de crainte d'être surpris,
j'accrocherai ce chiffon là, à ce clou, près de la petite
fenêtre, et vous viendrez. » Expliquez les bizarreries
de la nature humaine, et comment les circonstances
nous entraînent à des chutes si profondes, que l'esprit se refuse à y croire! Le fait est qu'Ursule
courba la tête comme une esclave, obéit au signal,
et comme enfiévrée dans un long accès de langueur
et de démence, stupéfiée par les orages, ivre des cris
et des colères de Chefsailles, elle alla aux rendez-vous
du bel Eugène.

Cependant elle sentit un soulagement immense,
lorsque huit jours plus tard, ayant entendu un affreux tumulte de vociférations et de meubles brisés,
elle apprit que son mari avait renvoyé Eugène et
l'avait remplacé par un autre garçon nommé Édouard.
Ainsi elle était sauvée, elle ne verrait plus le com-

plice de son absurde folie. Mais quel ne fut pas son
effarement, quand le nouveau venu la regarda avec
des yeux qui très clairement signifiaient : « Je sais
tout, et, si vous m'y forcez, je dirai tout ! » Elle voulut résister, se contraindre elle-même à ne pas comprendre ; mais les regards d'Édouard étaient clairs
comme de l'arithmétique, et d'ailleurs Ursule n'eut
pas la possibilité de douter longtemps, car une fois
Chefsailles parti et les employés et serviteurs occupés
à diverses besognes, Édouard, sans perdre de vue la
jeune femme pâlissante, alla accrocher au clou le
chiffon rouge.

— Et, dit Gimère, dont les cheveux raphaëliques
se dressaient d'horreur, elle retourna avec celui-là
dans la cabane?

— Mon cher, répondit Edgard Nys, je vous l'ai
dit, mademoiselle Krauss va chanter, et puis, de
toute façon, vous comprenez bien qu'il faut raconter la fin de l'histoire en quelques mots, à moins d'en
faire un livre ! Chassé, le garçon Eugène avait imaginé cette vengeance de Parthe ou de nègre. Il avait
raconté son histoire au garçon qui lui succédait et
avait calculé tout pour jeter Ursule dans ses bras.
Vous concevez qu'à partir de ce moment, la contagion était créée ; les choses devaient se passer comme
dans cette guérite où habitait l'épidémie du sui-
cide, où tous les factionnaires qu'on y mettait se
tuaient les uns après les autres, et que l'empereur
fut forcé de faire brûler.

Chefsailles, devenu tout à fait monomane, ne dé-
colérait pas ; sa maison était pleine de cris ; il passait sa vie à renvoyer ses garçons. Les Paul, les Léon,
les Antoine, les Pierre, les Jacques, les Adolphe, se
succédaient avec une rapidité vertigineuse, toujours
celui qui s'en allait faisant à celui qui venait son abominable confidence ; et comme dans un cauchemar

de l'enfer, Ursule, folle, sinistre, épouvantée, les voyait passer comme des ombres, accrochant le chiffon rouge, posant leurs lèvres sur son cou frémissant et l'emportant dans leurs bras robustes. Ils passaient, ils fuyaient dans l'orage, comme une théorie de démons, montrant, rouges de désirs, leurs têtes ineptes aux cheveux coupés en brosse, et lui disant : *Tu* avec leurs bouches stupides !

— Mais, fit Testas, tout cela aurait dû finir par quelque hideuse catastrophe, et je vois ici lady Sands, belle, heureuse, admirée, universellement respectée.

— Ah ! dit Edgard Nys, la Vie fait des dénouements avec beaucoup plus de simplicité que les auteurs dramatiques. Chefsailles, frappé d'une attaque d'apoplexie, mourut heureusement après un de ses accès de colère. Dans ses premiers jours de passion, il avait épousé Ursule Tordier sous le régime de la communauté, et n'ayant pas d'héritiers directs, il avait fait un testament en sa faveur. Toujours occupé à hurler et ne croyant pas mourir si vite, il n'avait pas eu le temps de prendre d'autres dispositions, si bien qu'Ursule héritait de son immense fortune. De plus, le bonheur avait voulu qu'avant de mourir, le droguiste renvoyât son dernier garçon !

Madame Chefsailles fut pleine de bon sens. Comprenant sans peine que tout cela pourrait finir mal, elle quitta la France avec le dessein bien arrêté de n'y pas revenir sans avoir subi une complète métamorphose, en chargeant son père, le vieux peaussier, de mettre en ordre ses affaires, d'ailleurs très simples. Elle alla habiter une belle villa au bord du lac de Côme, et c'est là qu'elle rencontra lord Sands.

Essentiellement bon et spirituel jusqu'au bout des ongles, ce seigneur, officier supérieur dans l'armée anglaise, est un dompteur de chevaux qui peut, comme le maréchal de Saxe, broyer dans ses doigts un fer à cheval, et qui a battu les plus célèbres boxeurs; aussi lady Sands, qui était née avec des instincts honnêtes et une âme tendre, est-elle parfaitement vertueuse,

— Oh! dit Gimère. Mais comment diable avez-vous appris cette histoire?

— Un jour, dit l'impressionniste, je passais devant la boutique du droguiste, lorsque j'en vis sortir, les habits déchirés et la figure en sang, un garçon que j'avais eu pour domestique. Pressé de questions, et décidé peut-être par quelques pièces d'or que je lui donnai pour faire guérir ses égratignures, le drôle, qui avait été un des comparses de cette tragédie bourgeoise, me la raconta dans ses moindres détails. si bien que... »

A ce moment-là, mademoiselle Krauss, au bras du maître de la maison, s'avançait vers le piano; un flot d'invités, qui se pressaient pour l'entendre de plus près, sépara Nys de ses deux amis.

— « Eh bien! dit Gimère à Testas, savez-vous ce que je pense? Nys est un mystificateur, doué d'un véritable talent de comédien, comme il nous l'a encore prouvé l'autre soir, en jouant au Cercle, avec mademoiselle Baretta, la charmante comédie d'Armand Silvestre. Peut-être nous a-t-il régalés d'un conte à dormir debout; mais j'imagine que si c'est une histoire vraie et si son ancien domestique la lui a en effet racontée, Nys, qui se complaît dans la perversité la plus raffinée, n'aura pas résisté au désir de jouer un de ses rôles à travestissements. Alors, sans vouloir songer plus que de raison à tout ce qui avait souillé le flot où il tremperait ses lèvres, il aura eu l'idée de se déguiser en garçon droguiste et de se faire accepter comme tel par Chefsailles.

— En ce cas, répondit Testas, en regardant lady Sands, belle, tranquille sous sa noble parure et sem-

blable à une chaste reine, il est plus d'un galant
homme qui pourrait aujourd'hui lui porter envie!
Mais s'il a eu l'infernale idée que vous supposez.....

— Qu'il l'ait eue on non, dit Gimère, nous ne le
confesserons jamais, parce qu'il est malin comme
un singe. »

# XXIX

## L'IRRÉPARABLE

« Mon cher ami, dit sceptiquement Quatresols au docteur Sriber, je ferai avec plaisir un article sur le roman que vous me recommandez, car tous les clous sont bons pour y accrocher les étoffes brodées et chatoyantes du style, et clou pour clou, je choisirai certainement celui qui vous intéresse ; mais n'exigez pas que je lise le livre ! J'en parlerai beaucoup mieux ne l'ayant pas lu, et du moins je n'aurai pas l'ennui d'y voir la jeune fille poétique et l'ingénieur doué de tous les talents ! Enfin, que pourrait-il y avoir dans ce roman-là, ou dans tout autre, puisque tous les drames, sans exception, peuvent se nommer : *Les Malheurs de la vertu*, et toutes les comédies : *Faute de s'entendre*, et puisque, d'ailleurs, il ne se passe dans la vie rien d'extraordinaire ?

— Au contraire, dit le docteur, il ne s'y passe que des choses inouïes ! Seulement, vous, les écrivains, vous n'avez pas encore trouvé le moyen de renouveler le roman et d'y faire entrer l'extraordinaire, parce que vous oubliez toujours que les évènements obéissent à une logique invincible mais qui n'a rien à voir avec le jeu de notre volonté, ni avec la logique sociale. Tenez, à ce même bal de l'ambassade où nous étions tout à l'heure, ne m'a-

vez-vous pas vu causer avec un jeune diplomate
couvert de décorations, dont les sombres yeux et le
visage pâle et blanc comme un linge donnaient aux
femmes un petit frisson d'épouvante?

— Monsieur de Fallen? demanda Quatresols.

— Lui-même, fit le docteur. Eh bien! je puis vous
dire où il a pris cette pâleur étrange, car les acteurs
du drame sont morts, excepté lui, qni n'en vaut
guère mieux; et certes, vous verrez qu'il ne s'agit
pas ici de la demoiselle en bretelles roses qui court
après les papillons, ni d'Edgard qui épouse Adèle, et
que la poétique de monsieur Scribe n'a rien à voir en
cette affaire! Il y a trois ans, à Amélie-les-Bains, je
donnai mes soins à une jeune fille de dix-sept ans,
mademoiselle Thérèse Demaria, qui tout de suite
m'intéressa par son courage et son énergie toute
virile. Atteinte d'une phtisie qui ne me laissait pas
d'espoir, cette enfant, aux grands yeux superbes et
aux lèvres semblables à de pâles roses, luttait avec
une incroyable ardeur de vie.

Malgré toute mon éloquence, dépensée en pure
perte, il me fut impossible de l'abuser sur la gravité de son état, mais elle me supplia de l'aider à
tromper sa mère, dont elle était passionnément ché-
rie, et j'obéis religieusement à ce vœu d'une mourante. Sa mère, madame Estelle Demaria, était veuve,
âgée de trente-cinq ans à peine, merveilleusement
belle, et attirait tous les yeux par sa lourde chevelure, fauve et couleur d'or. Elle eût pu régner, plaire,
attirer à elle tous les hommages, être aimée en choisissant à son gré, car elle était extrêmement riche;
mais elle avait renoncé à tout et ne vivait que pour
son adorable Thérèse.

— Mais, dit Quatresols, où est l'amant? Dans
tout cela, je ne vois pas encore l'amant.

— Quelques mois après, reprit le docteur Sriber,

mademoiselle Demaria mourut ici, à Paris, dans le
petit hôtel que sa mère habitait, rue de Madame. J'as-
sistai presque à ses derniers moments, où elle fut
divine par la foi, par l'espérance et par la bonté; et
sa mère put croire qu'elle avait été la seule pensée et
la seule affection de cette fille charmante. Dès lors
elle s'enferma, vécut avec ses souvenirs, avec le portrait de Thérèse, recueillant, couvrant de baisers les
objets qui lui avaient appartenu, et sans cesse fure-
tant, fouillant, vidant les meubles et les tiroirs, pour
y trouver quelque nouveau motif d'attendrissement
et de pleurs. Un jour, à son grand étonnement, un
an déjà après la cruelle séparation, elle découvrit
chez Thérèse, dans une petite encoignure oubliée,
un coffret persan qu'elle ne connaissait même pas,
sur lequel était peinte des plus brillantes couleurs
une chasse au tigre; et, en l'ouvrant, elle y vit toute
une volumineuse correspondance. C'étaient les lettres de Pierre de Fallen. Madame Demaria les lut
avec une curiosité dévorante, et elle apprit alors tout
ce qu'elle avait si longtemps ignoré.

Elle comprit que sa fille, sachant avoir si peu de
temps à vivre, n'avait pas voulu lui dérober une
seule des minutes de sa courte existence et que, possédée cependant par un immense amour, noblement
partagé, elle l'avait sacrifié, sans rien dire, à son
affection filiale. Mais ce qui la frappa d'une admiration sans bornes, ce fut la grandeur d'âme, le culte
fervent, l'adoration ardente qui éclataient à chaque
mot dans les lettres de Pierre. Tel elle l'eût voulu, tel
elle l'eût choisi pour sa Thérèse bien-aimée, et maintenant elle n'eut plus qu'un désir : le voir, et entendre de sa bouche tout ce poème de passion et de re-
noncement, qu'elle avait deviné, reconstitué en lisant
ses lettres. Monsieur de Fallen était alors secrétaire
d'ambassade à Constantinople. Madame Demaria

lui écrivit une bonne lettre, sympathique, mouillée de larmes, où elle lui avouait son secret surpris et lui disait combien elle avait besoin de le voir, de causer avec lui de Thérèse. Pierre sollicita, obtint un congé de quelques mois et accourut.

La lettre de madame Demaria avait été pour lui ce qu'est pour le naufragé l'île verte aperçue au milieu des flots! Il avait appris la mort de Thérèse par les journaux et non par une lettre de faire-part; car il ne connaissait pas madame Demaria. Naguère, la rencontre des deux jeunes gens avait été toute fortuite. Ils s'étaient vus à Sèvres, où Thérèse était allée passer quelques jours de villégiature chez une de ses tantes, pendant que sa mère faisait un indispensable voyage d'affaires; et là, comme il arrive aux nobles cœurs, aux êtres absolument purs, l'amour les avait frappés ensemble, comme un coup de foudre. Incapable de dissimulation, Thérèse donna toute son âme et laissa voir qu'elle la donnait, mais en même temps elle apprit à Pierre de Fallen désespéré qu'elle ne lui appartiendrait jamais et qu'elle donnerait à sa mère, sans lui en rien voler, les heures parcimonieusement comptées de sa vie, jusquelà si triste, mais désormais éclairée par un délicieux espoir, car déjà elle entrevoyait la lumière qui s'éveille au delà du tombeau.

Elle voulut même que Pierre ne connût jamais madame Demaria, craignant que la tendresse de sa mère ne devinât tout et ne la forçât à être heureuse. Mais en même temps, ayant confiance en l'absolue loyauté de son ami, elle voulut entretenir avec lui un commerce continuel de lettres.

Il lui plut de savoir jour par jour et heure par neure les pensées de l'homme qu'elle avait choisi entre tous, pour lui révéler les trésors de son âme virginale. Cette correspondance, qui ne dura pas

17

moins de deux années, s'échangea de la manière
la plus simple du monde, par l'intermédiaire d'une
femme de chambre, dévouée à Thérèse comme tout
ce qui l'approchait. C'est ainsi que ce roman si pur
et tout idéal put se dérouler et continuer si longtemps sans que madame Demaria en eût connaissance, si ce n'est lorsqu'elle découvrit le coffret où
étaient enfermées les lettres de Pierre, et qu'elle lui
écrivit pour l'appeler, pour retrouver en lui, dans son
regard, dans ses paroles, la trace des idées échangées
avec Thérèse, et dont il avait dû garder le parfum,
comme celui d'une rose délicate reste encore aux
doigts qui l'ont touchée.

Imaginez quelle consolation, quelle joie amère,
quelle délivrance inespérée dut être pour Fallen la
lettre de madame Demaria! Déchiré par une indicible douleur, torturé jusque dans les moindres
fibres de son être, il avait pu croire qu'il devait à jamais subir son incommensurable désespoir en secret,
car il eût cru tacher la chaste blancheur de la bien-
aimée en se confiant à qui que ce fût au monde. Et
maintenant il y avait un être devant qui il pourrait
verser les pleurs qui l'étouffaient, et à qui il pourrait crier avec des sanglots le nom divinement chéri
de Thérèse! Quant à madame Demaria, du jour où
Pierre de Fallen lui eût écrit qu'il allait arriver, elle
n'eut plus qu'une occupation : l'attendre, en lisant
et relisant mille fois ses lettres, où, de plus en plus,
elle voyait la bonté, la loyauté et les plus chastes
caresses d'une affection tendre et virile. Elle voulait
se le figurer, et d'après ses lettres se l'imaginait en
effet tel qu'il était, svelte, mince, hardi, brûlé du soleil, avec des yeux très noirs, une barbe légère et
d'épais cheveux noirs coupés très courts, car Fallen n'avait pas encore cette pâleur dont vous avez
été vous-même étonné...

— Et qui, dit Quatresols, fut sans doute produite par quelque singulier évènement; car, si je ne me trompe, nous touchons à la catastrophe?

— Elle eut lieu, dit le docteur Sriber, et avec une soudaineté qui dément tous les systèmes du roman. Tremblante, exaltée, en proie à une fièvre qui ne la quittait plus, sentant des frissons courir sur sa peau moite et brûlante, madame Demaria était devenue d'une impressionnabilité excessive, le moindre bruit lui causait d'intolérables souffrances. C'était l'an dernier, au milieu du mois de juin, par un soir d'orage étouffant, où le ciel, plein d'épais nuages gris s'ouvrant sur des fournaises de cuivre rouge, était traversé de rapides éclairs. La nuit venait, madame Demaria était assise sur une chaise longue, près d'une haute fenêtre, ouverte sur les ombrages noirs du jardin. Absorbée, elle n'avait pas entendu qu'on annonçait monsieur de Fallen, mais elle l'avait senti venir; sans s'être rendu compte de rien, ils se trouvèrent dans les bras l'un de l'autre, et un profond, un effroyable sanglot sortit à la fois de leurs poitrines. Comment ce sanglot fut-il étouffé dans un baiser ardent, fou, qui malgré eux avait joint leurs lèvres brûlées? Comment l'exaltation qui l'un et l'autre les dévorait, leur enlevait la perception des choses réelles, et troublait leurs esprits exaspérés par les longues angoisses de l'attente, leur fit-elle oublier tout, en terrassant ces deux êtres purs et chastes sous l'étreinte d'une affreuse et délirante volupté?

— Diable! dit Quatresols.

— Ils avaient, dit le docteur Sriber, malgré eux et sous je ne sais quel absurde coup de fouet du destin, éveillé l'impossible, créé L'IRRÉPARABLE. Foudroyé, Fallen partit sans avoir dit un mot, et il n'a jamais revu madame Demaria, qui, après quelques mois de tourments, mourait du regret d'avoir offensé

la chère mémoire adorée. Il ne lui a pas écrit non
plus...

— En effet, dit Quatresols ; qu'aurait-il pu lui dire ?
C'est en vain que monsieur Sarcey chercherait ici
la scène à faire, et c'est un des plus beaux exemples
de la scène à ne pas faire. A présent, je comprends
très bien comment monsieur de Fallen est si pâle.
Mais, cher docteur, comment avez-vous pu apprendre cette étrange histoire, et surtout, comment me
l'avez-vous confiée ?

— Mon cher ami, dit Sriber, les médecins savent
toutes les histoires, et on peut tout raconter aux
hommes de lettres. Ils sont plus secrets que des con-
fesseurs et ne commettent jamais aucune indiscrétion, car ils aiment bien mieux garder par devers eux
ce que monsieur Émile Zola appelle les « documents
humains », pour en faire plus tard de la copie. »

# XXX

## LA SABOTIÈRE

« Mes chers amis, dit le statuaire Elouys, tout ce que vous avez démontré si éloquemment est d'une limpidité qui ferait envie aux flots du ruisseau de cristal ! Vous avez parfaitement expliqué, toi, Draz, que la maîtresse constitue le pire des esclavages ; car, étant d'une autre race que vous, elle ne saurait partager vos idées, et tandis que vous désirez des sanguines de Watteau et des figurines de Saxe, elle songe à des armoires à glaces et à des fleurs artificielles sous les globes ; vous, Sharpe, que l'adultère est aussi ennuyeux qu'immoral, car il se compose de logements furtifs, de fiacres aux stores baissés, de changements rapides de costumes, et de tout ce qui constitue le tumulte d'une pantomime à la fois turbulente et silencieuse ; vous, Clostre, qu'une femme légitime vous changera, qu'elle le veuille ou non, en un brave cantonnier qui casse des tas de cailloux ; toi, Corvol, qu'aimer une actrice ou une écuyère du Cirque, c'est vivre dans le fard, dans la *brochure* et dans les pots de rouge ; et vous enfin, mon cher Semène, que chercher des aventures, c'est simplement, avec un euphémisme, courir les drôlesses, et faire avec elles ce que fait le naïf Jocrisse qui paie un pain d'un sou, deux sous.

17.

— Et pourtant, dit Sharpe, la femme est encore notre meilleure réalité et notre meilleur idéal. Se passer d'elle n'est pas seulement impossible, mais cela serait aussi bête que de se passer de rôti à dîner, ou de fleurs dans un jardin.

— Aussi, interrompit Draz, ce n'est pas la femme qui est en cause ! Hélène de Sparte fut en son temps une très belle personne, la reine Cléopâtre eut de grands succès, et il y a, aujourd'hui encore, d'autres dames qui ne sont pas laides. Le malheur, c'est que toutes les manières de posséder la femme sont également nuisibles et absurdes.

— Certes, fit Semène, l'homme vraiment fort serait, non pas celui qui se passerait de femme, mais celui qui aurait assez de génie pour trouver le moyen d'avoir la femme en évitant les ennuis et les esclavages qu'elle amène avec elle. Mais ce phénix n'a qu'un défaut, c'est qu'il ne saurait exister et qu'il n'existe pas.

— Une fois en ma vie, dit Corvol, j'ai bien cru l'avoir trouvé. C'était un monsieur Hérail, qui vivait à Dijon. Avant de supposer que je le verrais jamais, j'avais souvent entendu parler de lui par un de mes oncles maternels, qui était son ami. Cet Hérail, mathématicien, physicien, mécanicien, chimiste, géographe, inventeur, et de plus, propriétaire d'excellentes vignes, était un très grand savant, comme il y en a encore en province, où l'homme qui veut travailler a parfaitement à lui seize heures par jour. Égoïste autant que puisse l'être une créature humaine, il avait épousé une femme douce, languissante, charmante, dont il avait eu trois enfants, et par sa froideur brutale il l'avait tout de suite glacée d'épouvante ; mais où éclata son génie, ce fut dans le moyen qu'il trouva pour la faire vivre sous un régime d'éternelle terreur.

Jeune fille, madame Hérail avait aimé un de ses
cousins; mais les parents n'avaient pas consenti à
les unir, et ils avaient décidé et conclu le mariage
de leur fille, tandis que le jeune homme qu'elle
aimait faisait son droit à Paris. Lorsque, reçu avocat,
il revint à Dijon, il voulut, dit-on, avoir avec sa cousine un entretien suprême. Qu'il l'ait revue ou non,
madame Hérail était trop pure sans doute pour céder à l'entraînement de ses souvenirs. Mais le savant,
dont ce malentendu faisait l'affaire, voulut se croire
offensé. Seulement, avec un prodigieux machiavé-
lisme, il évita toute explication, faisait l'homme qui
se tait par grandeur d'âme. En réalité sa femme et
sa fille devaient, tant qu'il vivrait, craindre à chaque
seconde l'explosion de sa colère; et quant à lui, il
avait profité de ce prétexte si bien trouvé pour s'affranchir de tous les devoirs.

La maison à un seul étage que monsieur Hérail
habitait, dans la rue Porte-d'Ouche, et dont il était
propriétaire, contenait, sous les toits, des greniers
qu'il fit transformer en un atelier immense. C'est là
qu'il passait ses journées entières, au milieu des
horloges, des mécaniques, des cornues, des sphères,
des plans, des lavis, des bouquins antiques, des
télescopes, abordant avec témérité les problèmes
les plus ardus, et entouré de plus d'outils et d'instruments que l'Ange de la Renaissance dans le cuivre
mystérieux d'Albert Durer. Il fallait un évènement
bien particulier et bien grave pour qu'un étranger
pût franchir le seuil de cet atelier; quant à madame,
à mademoiselle Hérail et aux deux fils encore très
jeunes qui étaient nés après elle, il leur eût été aussi
impossible d'y pénétrer qu'à un riche d'entrer dans
le ciel. Mais, d'ailleurs, ils n'y songeaient guère.

Les deux garçons étaient pensionnaires au collège, ne venaient que rarement à la maison, et dans

la grande chambre du rez-de-chaussée à deux lits
donnant sur la rue, les deux femmes, pâles, effrayées,
toujours troublées, même en recevant leurs visites,
qui étaient très nombreuses, car elles avaient de vrais
amis auxquels elles inspiraient une profonde estime,
semblaient toujours attendre quelque catastrophe.

Mais c'était une catastrophe que leur existence
quotidienne! Si de son capharnaüm monsieur Hérail
sonnait les domestiques et envoyait un ordre, il fallait que cet ordre fût exécuté à l'instant même, sans
que nulle difficulté, nul obstacle, pussent être allé-
gués; et quant à lui, il ne devait jamais être dérangé
sous aucun prétexte, lors même que le feu aurait été
mis aux quatre coins de la maison! Monsieur Hérail
ne consentait pas à ce qu'on l'avertît pour le dîner;
mais il descendait lorsque cinq heures sonnaient à
ses horloges compliquées et perfectionnées, et il
voulait qu'à ce moment-là même la servante fût
entrée dans la salle à manger et posât la soupière
sur la table. On frémissait en pensant à ce qui fût
arrivé, non pas si la soupe eût été en retard d'une
demi-minute, éventualité que nul n'aurait osé prévoir, mais si, comme jadis Louis XIV, ce despote
eût failli attendre!

Il descendait, sans nulle gêne, avec son costume
d'atelier, qui se composait d'un pantalon et d'un
gilet de molleton, d'un bonnet bizarre et d'une veste
violette en soie, piquée comme une douillette de
prêtre. Qu'il y eût ou non des convives, il s'asseyait
sans saluer personne, puis tirait de sa poche un
écrin de chagrin rouge à dessins d'or, et de cet écrin
un très beau verre antique, gravé, dans lequel il
buvait, et qu'il emportait en remontant chez lui,
après l'avoir lavé et essuyé. Pendant le repas, il parlait ou ne parlait pas à sa femme, à sa fille et aux
invités, selon son caprice, parfois restant absolument

muet, ou, d'autres jours, discourant sans interruption, de façon qu'il fût impossible à personne de placer un mot. Le café pris, il repartait comme il était venu.

Comme je vous l'ai dit, j'avais entendu raconter cela mille fois ; mais il était écrit que je devais voir monsieur Hérail de mes propres yeux. En effet, il y a quelques années, mon oncle m'envoya à Dijon pour terminer une affaire d'intérêt que sa mauvaise santé l'empêchait d'aller régler lui-même, et il me donna une lettre pour son féroce ami. Arrivé devant la maison de ce singulier père de famille, je m'étais arrêté pour regarder la grande verrière de l'atelier, qui coupait une partie du toit, et en même temps j'admirais la tête triste et pensive de mademoiselle Hérail, qui, dans la chambre du rez-de-chaussée, brodait assise près d'une fenêtre, quand mon attention fut attirée par les quolibets de deux âniers qui passaient près de moi et qui, tout en jurant après leurs bêtes, se montraient la maison, et, au milieu de leurs éclats de rire, se racontaient je ne sais quelle farce au gros sel, dans laquelle revenait toujours le nom d'une certaine veuve Chavanon.

Sans m'en préoccuper davantage pour le moment, j'entrai et fis ma visite, aux dames bien entendu, car il ne fallait pas songer à être admis chez l'irascible savant. Madame Hérail, dont je n'oublierai jamais la tête résignée, la voix douce et pénétrante, voulut bien m'inviter à dîner, timidement me dit que je ferais peut-être bien d'attendre l'heure du repas pour voir son mari, et elle eut alors un de ces divins regards féminins qui vous persuadent qu'il ne faut demander aucune explication.

J'eus donc l'honneur de dîner avec monsieur Hérail, et je le trouvai exactement tel que mon oncle me l'avait dépeint ; sa veste de soie violette et son verre enfermé dans l'écrin de chagrin rouge se comportaient bien toujours de la même façon. Quant à l'homme lui-même, c'était un personnage de haute taille, à la carrure athlétique, dont le visage aux traits aquilins et énormes était d'un rouge tirant sur le rose, uni comme un ton passé à l'aquarelle, et dont les yeux intelligents et profonds étaient ombragés par d'épais et longs sourcils blonds. Il était dans un jour de silence. Après que je lui eus donné la lettre de mon oncle, qu'il lut sans façon, il m'adressa une ou deux questions insignifiantes, puis ne desserra plus les dents, et tout de suite après le dîner monta chez lui.

Vous le savez. mes amis, je n'ai qu'une qualité, c'est d'être un Parisien, et par conséquent, de ne m'étonner jamais. Il n'y eut dans mes regards ni dans mon attitude rien qui pût embarrasser madame et mademoiselle Hérail, et elles m'en surent gré sans doute. Pendant la soirée, que je passai près d'elles, ces deux charmantes femmes me montrèrent la plus douce et la plus spirituelle bonté, et quand je pris congé d'elles, à dix heures, j'étais entièrement subjugué, car la femme en province est idéalement délicate et séduisante, quand, par un fabuleux hasard, elle n'est pas une provinciale !

A peine eus-je mis le pied dans la rue, que je vis à quelques pas de moi un homme, en longue redingote sombre, qui marchait en chantonnant un air de Mozart. A sa tournure si particulière, je n'eus pas de peine à reconnaître monsieur Hérail lui-même. Je reçus comme une commotion électrique, et dévoré par une poignante curiosité, je me mis à le suivre en réglant mon pas sur le sien, et en marchant de façon à ne faire aucun bruit. Tout en le suivant, je songeais, avec horreur sans doute, mais avec une certaine admiration, à la force de cet homme qui, sur un quiproquo, sur une vaine apparence, avait trouvé le moyen de se construire une vie libre, indépendante, exempte de tous devoirs, sévèrement gardée pour l'étude et pour la science, tout en ayant la certitude agréable de ne pas mourir sans postérité, et je pensais qu'il avait su trouver une audacieuse solution de l'éternel problème.

Cependant, arrivé au bout de la rue, il suivit le faubourg d'Ouche et, très près de la campagne, entra dans une vilaine maisonnette, en ouvrant la porte avec une clef qu'il tira de sa poche.

Au-dessus de cette porte je pus lire, à la lueur d'un bec de gaz, ces mots à moitié effacés : *Chavanon, sabotier*. Blotti derrière un volet, je pouvais tout voir dans la maisonnette, dont la petite fenêtre n'avait pas de rideaux, et il ne me fallut aucun effort d'esprit pour reconnaître dans un colosse au toupet crépu et roux, sorte de femme de Rubens dessinée par un écolier maladroit, la veuve Chavanon dont parlaient les âniers.

En entrant, monsieur Hérail voulut l'embrasser, mais elle le repoussa d'un vigoureux coup de poing, qui l'envoya tomber contre le mur. Sans rien dire, avec la douceur d'un enfant, monsieur Hérail se résigna, puis je le vis s'affubler d'un tablier et, avec les façons d'un serviteur qui recommence une besogne habituelle et quotidienne, prendre sur le fourneau une marmite pleine d'eau chaude et se mettre à laver des vaisselles ! Il s'y employait de son mieux : mais sans doute la veuve Chavanon n'était pas satisfaite, car je la voyais querellant son amant avec force gestes ; et enfin prenant un fouet de charretier, elle lui cingla le ventre de coups horribles, en lui criant si fort que je l'entendis de la rue :

— « Plus vite que ça. Hue donc, bourrique ! »

— Ce qui prouve, dit Elouys, que la femme étant

inévitable, ce que vous pouvez faire de mieux, c'est
encore d'aimer la belle, sage et honnête mère de
vos enfants.

— A moins, dit Clostre, qu'on ne puisse, comme
Balzac, se contenter d'avoir pour seule maîtresse la
Muse ! Mais pour cela il faut, comme lui, vivre avec
un petit pain et une tasse de lait, porter dans sa
tête *La Comédie humaine,* et lorsqu'il vous plaît, pouvoir évoquer les figures de madame Jules, de Modeste
Mignon et de Louise de Macumer! »

# XXXI

## LE NOM DE BAPTÊME

Quand une femme consent à n'être que double, comme la très jolie comédienne mademoiselle Lucinge, ne doit-on pas lui en savoir gré, puisqu'en sa qualité de femme elle aurait le droit d'avoir plus de faces et de facettes diverses qu'un diamant taillé par un très habile lapidaire ?

Ce fut, l'an dernier, une bien grande joie et une agréable surprise pour tout le monde, lorsque fut jouée au Gymnase la comédie intitulée : *Une Parisienne,* étincelante de féminisme, de modernité, de poésie et d'esprit, et qui, par sa distinction raffinée, échappait complètement aux combinaisons du théâtre vulgaire. C'était l'œuvre de deux très jeunes gens, aussi différents l'un de l'autre que peuvent l'être un rossignol chanteur et un faucon de chasse. Paul Norès, pâle, presque imberbe, doux comme une fille, anémique au dernier degré, a de blonds et fins cheveux soyeux déjà rares ; c'est un ciseleur de mots et un assembleur de rimes qui excelle dans l'art de tresser des strophes amoureuses, tandis que son ami Emmanuel Tasque, fort, chevelu, noir comme un Sarrasin, avec des yeux féroces et une barbe drue et courte, est né auteur dramatique, inventeur de scènes

18

et brûleur de planches. A eux deux ils avaient pu imaginer une pièce à laquelle ne manquait ni la grâce mâle, ni la grâce femelle, et qui ressemblait à un bon dîner où il y a un roastbeef cuit à point et des entremets sucrés.

Dans *Une Parisienne*, ce fut mademoiselle Lucinge qui joua le rôle d'Emmeline ; à l'acte du souper, où sa robe rose brodée d'argent et d'or prit les proportions d'un évènement, elle fut spirituelle jusqu'à la rage ; ses yeux brillaient comme des escarboucles, ses petites dents blanches accaparaient la lumière, je ne sais quel vent de folie frémissait dans sa noire chevelure, et elle jonglait avec les mots comme un des Hanlon-Lees avec les couteaux. Au quatrième acte, elle mourut comme, depuis la Malibran et Dorval, on n'avait pas su mourir sur la scène, et aussi le public l'applaudit de façon à réveiller toutes les actrices mortes. Si aux répétitions, Tasque et Norès n'étaient pas tous les deux devenus amoureux d'elle, c'est qu'ils n'auraient rien eu de vivant sous la mamelle gauche ; mais, au contraire, Dieu leur avait mis là des cœurs de très bonne qualité, et qui ne demandaient qu'à battre la charge.

Ayant eu la mauvaise fortune de recevoir séparément les confidences des deux amis, je sais parfaitement comment les choses se passèrent, et cette historiette prouvera une fois de plus comment les femmes sont toujours calomniées.

Un jour, au sortir de la répétition, le timide Norès prit son courage à deux mains et dit à son ami, avec décision :

— « Mon cher Emmanuel, j'aime Lucinge.

— Tiens, répondit Tasque, la bonne farce ! Mais tout le monde aime Lucinge. Moi aussi je l'aime.

— Oui, fit Norès ; mais moi, c'est autre chose. Elle sera la passion de toute ma vie. Je l'aime à en mourir, d'autant plus que si je ne l'ai pas, je me casserai la tête à coups de revolver.

— Diable ! dit Tasque. Moi je l'aimais, remarque cet imparfait, comme j'aime un cigare bien sec ou une bouteille de vrai Madère, s'il en existe ; et puisqu'il en est ainsi, je me retire.

— Ce n'est pas assez ; quand je veux parler à Lucinge, ma voix se trouble, mes yeux se voilent, mon cœur se gonfle et m'étouffe ; il faut que tu lui parles pour moi. »

Tasque bondit, et il repoussa avec horreur cette proposition insensée. Avec la netteté d'un homme pratique, il expliqua au rimeur à quel point ces commissions-là ne doivent pas être faites par commissionnaire, et comme l'amant à qui il reste un peu de sens commun doit, comme le fumeur de cigarettes, ne compter que sur lui-même. Cependant Norès insista avec l'obstination des natures faibles et tendres ; Tasque céda et se rendit chez l'actrice, plus ennuyé que s'il eût eu à faire des visites pour se faire nommer académicien.

La maison de Lucinge avait de quoi dérouter toutes les idées préconçues ! Des tapis d'Aubusson à rosaces, d'un style classique ; de lourds rideaux de damas ancien ; des meubles en acajou avec cuivres, mais du plus beau modèle, et signés Jacobus Demalter ; deux portraits peints par David, des livres sévèrement reliés par Bauzonnet, une superbe garniture de cheminée empire, composaient chez elle un décor dont la gravité eût assez bien convenu à un vieux conseiller d'État. Si la comédienne avait adopté ce luxe démodé, ce n'était pas du tout qu'il exprimât en aucune façon ses goûts et sa manière d'être ; mais elle avait horreur du lieu commun, et pour cela même elle avait combiné ce qui s'éloigne le plus de l'idée qu'on se fait naturellement de l'appartement

d'une actrice. Tasque la trouva coiffée en bandeaux
lisses, vêtue d'une très simple robe de cachemire gris,
et portant aux oreilles de gros boutons de diamants
dont la monture antique et un peu usée annonçait des
joyaux de famille. Il dit tout de suite qu'il avait à
parler de choses sérieuses, et avec le plus aimable
et le plus virginal sourire Lucinge se déclara prête
à l'entendre.

— « Parlez, » dit-elle.

Mais en entendant le nom de Norès, la comédienne
fit une petite grimace, après quoi elle devint d'une
froideur glaciale et garda une immobilité complète.
Tasque parla! il parla très bien; il dit quels trésors
d'amour, de poésie, de jeunesse, il y avait dans l'âme
de son ami; dépeignit sa passion avec la plus entraînante éloquence, et enfin, pour me servir d'une des
plus jolies expressions de l'argot littéraire, fit consciencieusement de la copie à cinq francs la ligne.
Il traça de Norès un portrait d'après lequel toutes les
princesses l'eussent épousé de confiance, et ne tarit
pas avant de lui avoir donné toutes les qualités que
les bonnes fées accordent à leur filleul dans son berceau d'or. Enfin, quand il en eut fait un être spirituel, aimant, aimable, amusant comme un clown,
séduisant comme le fruit défendu, et, par-dessus le
marché, fidèle! il pensa qu'il n'avait plus rien à
dire et il s'arrêta, interrogeant la comédienne du
regard.

— « C'est très bien, dit Lucinge, parlez encore.

— Comment, encore! » se disait en lui-même
Tasque, ayant envie de pleurer sur son feu d'artifice
mouillé.

Cependant, il pensait qu'un bon écrivain, comme
un bon écuyer, doit toujours être prêt à recommencer ses tours de force, et il obéit sans se faire prier.
Ayant inventé un premier Norès, il en inventa un se-

cond, prodigua les mots fulgurants et mit à ses épithètes des plumets de diamant et des panaches de flamme. Lucinge écoutait toujours avec la plus fidèle attention, puis, lorsque le jeune homme se tut, intérieurement assez satisfait de son paidoyer :

— « Avez-vous bien tout dit? lui demanda-t-elle.

— Mais... oui.

— Cherchez. C'est bien tout?

— Oui.

— Eh bien, venez-là. Près de moi. Plus près. Plus près encore. »

Tasque obéit.

« — Eh bien, lui dit Lucinge, c'est toi que je veux! »

Alors elle lui prit la tête dans ses mains et la couvrit de furieux baisers.

On comprend que cette ambassade ne fut pas exactement racontée.

Tasque se borna à dire qu'il avait manqué de courage et n'avait pas osé parler; si bien que Norès se décida à faire ses affaires lui-même. Il ne les fit pas mal, car, à partir de ce moment-là, tous les jours, après la répétition, Lucinge et lui allaient se promener en voiture dans la campagne; mais l'actrice était trop comédienne pour ne pas devenir élégie elle-même en parlant d'amour avec ce faiseur d'élégies. A côté de lui elle était pâle, frêle, brûlante de fièvre; elle lui avait persuadé, et elle s'était persuadé à elle-même, que les médecins l'avaient condamnée et qu'elle mourrait tout de suite si elle osait vivre, aimer, se donner à celui qui lui avait révélé un monde de sensations nouvelles.

Elle disait tout cela avec les airs chastes et brûlants d'une nonne que la passion dévore, et elle abreuvait Norès dans les plus pures ondes Lamartiniennes; bref, elle avait dressé devant ce poète une nappe éclatante de blancheur, sur laquelle elle lui ser-

18.

vait... rien du tout ! Il eut, lui, souffert mille tortures,
et il les souffrait, plutôt que de devenir le meurtrier
de la bien-aimée ; parfois elle se dressait dans la voiture, folle, convulsive, prenait Norès dans ses bras et
lui criait :

— « Non, c'est trop affreux, j'aime mieux être à
toi et mourir, je le veux ! »

Mais lui se reculait, comme un honnête homme
à qui on proposerait de voler des couverts d'argent.
Les soirs, après la comédie, c'était une autre chanson ! Lucinge, belle, forte comme un Turc, rouge de
plaisir, allait souper avec Tasque, courait les caba-
rets, mangeait des écrevisses au picrate et, comme
la femme de Baudelaire, laissait dans son vin trem-
per sa chevelure. Puis c'étaient des fêtes, des baisers,
des folies, des caprices de Cléopâtre, des vies de
Polichinelle. Et quand le bon Tasque, si robuste,
aux larges épaules, tombait de fatigue, Lucinge lui
disait avec son beau sourire :

— « Tiens, tu es las ? Moi je ne suis pas lasse du
tout ! »

Cette double vie était bien raisonnable, car Lucinge obéissait ainsi à son instinct du réel et à son
instinct de l'idéal ; mais le malheur voulut qu'on
s'expliquât, comme cela finit toujours par arriver ;
et j'étais précisément avec les deux auteurs d'*Une
Parisienne* lorsqu'ils s'avisèrent de penser que Lucinge s'était peut-être moquée d'eux.

— « Ah ! dit Tasque, cette folle Margot...

— Pardon ! fit Norès, de qui parles-tu ?

— Eh bien ! de Lucinge.

— Mais, dit le poète, elle s'appelle Béatrix !

— Mes amis, dis-je en les interrompant, je crois
que la chose est suffisamment éclaircie. Vous parlez
bien de la même Lucinge, mais pour vous, Tasque,

elle s'appelle Margot, tandis que vous, Norès, vous
la nommez Béatrix; il me semble que cette nuance
explique tout, et qu'après cela si l'un de nous ajoutait un seul mot, n'importe lequel, ce serait un mot
de trop!»

# XXXII

## CASSE-COU

Il est tout à fait vrai que lorsque madame la comtesse Suzanne de Poligny l'aperçut, marchant à travers l'atelier en lisant un livre ancien à tranches rouges, la célèbre Mariette était nue, comme Hassan au début du poème d'Alfred de Musset. Cela était d'autant moins étonnant que Mariette, modèle de son état, étant née, on ne sait pourquoi, dans ce temps de jupes à poufs et de corsages-cuirasses, avec la beauté pure et parfaite des âges primitifs, avait l'habitude de vivre chez elle nue comme une statue de marbre. Or, comme les rois, les voleurs et les Dieux, elle était chez elle partout, et surtout dans l'atelier des grands artistes, à qui elle apportait l'âme visible des époques divines.

Dans son impeccable splendeur, elle avait même les cheveux coupés courts et sauvagement emmêlés comme un garçon, Ménalque ou Thyrsis de Théocrite, car avant tout il était indispensable que le dessin de sa tête charmante ne fût pas caché, même par les trésors d'une chevelure ! Mais peut-être faut-il expliquer comment madame de Poligny se trouva cachée derrière la grande toile où était représenté Sennachérib assassiné dans le temple du dieu Nesroch par ses fils, Adramelech et Sarazar, justement à point pour

voir Mariette lisant Clément Marot dans l'édition originale, nue comme une comédie de l'École du Bon
Sens.

Madame de Poligny, qui avait beaucoup de loisir,
était tombée amoureuse du peintre Silvère Estévenon, et, pour employer une formule classique, obtenir
de son député de mari qu'il désirât le portrait de sa
femme peint par Estévenon avait été pour elle l'affaire d'un instant. Deux séances avaient eu lieu déjà,
et la troisième avait été fixée au mercredi vingt avril ;
mais comment se fait-il que la comtesse Suzanne se
trompa d'un jour, et prit le mardi pour le mercredi ?
A vrai dire, cela tint à son impatience, car habituée
qu'elle était à des cavaliers pâles et corrects, Estévenon, ce peintre farouche, coiffé en tête de loup,
qui éclaboussait ses toiles de pourpre, de pierreries,
de sang versé et de têtes coupées, et qui, d'ailleurs,
eût d'un coup de poing assommé un bœuf énorme,
faisait décidément rêver cette sensitive.

Quoique ayant reçu sa loge des Italiens et non pas
sa loge d'Opéra, elle pensa qu'on s'était trompé, se
figura être au mercredi, et se fit conduire rue de
Boulogne, chez Estévenon. Elle eut bien la précaution
de parler à la portière ; mais cette ancienne Cidalise,
absorbée par la confection d'un de ces mirotons où
l'oignon devient supérieur à la truffe et qui sont une
des gloires parisiennes, n'écouta pas ce qu'on lui disait et tendit la clef du peintre d'une main, tandis
que de l'autre elle stimulait amoureusement avec
une cuiller de bois son ambroisie de savetier.

Depuis Barbe-Bleue, les femmes ont toujours aimé
les clefs, et madame de Poligny ne résista pas au
plaisir de commettre une indiscrétion en surprenant
dans sa solitude intime le domicile de Silvère. Mais ce
domicile n'était pas si inhabité qu'elle avait pu le
croire, car Mariette, qui avait une clef de partout,

était entrée dans l'atelier avec sa clef; occupée à se déshabiller dans un des coins de ce pandémonium plus encombré qu'un champ de bataille, elle n'avait pas entendu le bruit que fit en ouvrant la porte madame de Poligny. Celle-ci alla donc, sans rencontrer personne, jusqu'au petit salon tendu de soie bleue et verte, où les modèles mondains d'Estévenon s'ajustaient d'ordinaire et raccommodaient leur poudre de riz devant une grande psyché Louis XVI. Elle sortait précisément de ce boudoir, et grâce à ce qu'un massif chevalet avait été placé trop près de la porte, elle se trouva cachée par le tableau de Sennachérib au moment où Mariette, vêtue seulement de blancheur et de lumière, parcourait tranquillement l'atelier en lisant dans le grand livre fleurdelisé la *Ballade de Paix et de Victoire*.

Madame de Poligny se croyait jolie; elle l'était en effet, avec son petit nez rose, sa petite oreille, sa lèvre indocile, ses yeux vert de mer et sa chevelure folle, quand la couturière, la lingère et la coiffeuse avaient travaillé à montrer ses vingt ans dans tout leur éclat; en vraie femme du monde, elle se persuadait qu'il n'y avait rien au delà de la perfection relative qui lui avait été accordée; mais quand elle vit Mariette, de telles écailles lui tombèrent des yeux, que pour un peu les yeux seraient tombés avec ! Elle vit l'être divin, pareil à la fois à une jeune déesse et à un jeune dieu, mêlant en lui, comme Apollon ou Bacchos, la grâce des deux sexes, fier et malin comme Mercure le jour où il inventa la lyre, superbe comme Lyœos lorsqu'il venait châtier les Thébains rebelles à son culte.

Elle admira, navrée, la tête attachée sur un col flexible et robuste, le torse de lutteur ou de jeune vierge, les bras souples et forts, les petits seins rougissants, moule de la coupe immortelle, le ventre

droit et poli, les jambes de chasseresse fermes et
agiles, les pieds aux doigts écartés, aux ongles roses,
et alors, stupéfaite, comme si elle eût reçu un coup
en pleine poitrine, elle leva vers le ciel, qu'on voyait
à travers la grande verrière, un œil terrifié, et sa
pantomime signifiait expressivement cette phrase
vulgaire :

— « Oh ! non, ça n'est plus de jeu ! » ou bien : « Si
c'est comme ça, je ne joue plus ! » Elle avait l'air
attrapé du sauvage armé de ses flèches de roseau
qui, pour la première fois, se trouve en face d'un
revolver.

La jolie comtesse ne demanda pas son reste ; elle
se fit petite, toute petite, en se glissant à travers les
chevalets, les divans, les bibelots et les chaises à
porteur du temps de Louis XIV, où l'or se relève en
bosse, et dont Estévenon a la manie ; elle marcha
d'un pas si léger, comme une biche effarouchée, et
si doucement tourna la clef dans la serrure, que
l'invincible Mariette ne l'entendit pas sortir et ne
soupçonna même pas qu'elle était venue.

Quand madame Suzanne de Poligny monta dans
sa voiture, elle avait encore la lèvre convulsée par un
froncement tragique ; mais comme après tout c'était
une nature gaie, elle se mit tout à coup à rire comme
une folle, en montrant ses petites dents de perles,
car la vie sociale, telle qu'elle est, venait lui appa-
raître tout entière dans un éclair de pensée, comme
au moment où l'on se noie on revoit à la fois, par
une fulgurante évocation, toutes les choses qu'on a
connues. Et comme un petit enfant qui devant lui
voit faire une bonne farce cruelle, elle frappait l'une
contre l'autre ses mains d'une petitesse absurde,
avec des élans de joie, admirant par le souvenir tout
le tumulte et tohu-bohu de la Comédie Humaine, rois,
princes, héros, possesseurs de richesses, ouvriers de

tous les métiers, agriculteurs, bataillant, s'escrimant, tuant des hommes, faisant suer l'or, trouvant des combinaisons de génie, déchirant la terre avare, tout cela pour s'imaginer qu'ils plaisent à des femmes qui sont belles parce qu'elles disent qu'elles le sont, mélange délicieux d'étoffes, de broderies, de cosmétiques, de parfums artificiels et de fausses chevelures, et qui, si elles étaient mises en face les unes des autres, dépouillées de leurs falbalas, ne pourraient pas se regarder sans rire ou sans pleurer. Et tout bas, dans son ivresse, la jolie Suzanne bénissait Dieu qui, ainsi que le disait un prédicateur naïf, a eu la bonté de faire passer les rivières sous les ponts, et qui également a refusé à la plupart des hommes le don de comprendre la différence qu'il y a entre une poupée bien chiffonnée et la Vénus de Milo !

De ce jour data la conversion de monsieur de Poligny, et il n'y en eut jamais de si complète. Il avait formé (lui ou sa femme?) une galerie célèbre dans laquelle Raphaël, Titien et Véronèse étaient représentés par des chefs-d'œuvre authentiques; il en fit une vente, purgea ses murs de tout ce qui peut rappeler la beauté telle que l'ont connue et créée les artistes divins de la Renaissance, et n'eut plus que des paysages! Il cessa de recevoir dans ses salons des statuaires et des poètes, et n'y admit plus que des fils de croisés et des diplomates. Jusque-là, étant un noble de vieille race, il avait mis du dandysme à faire le révolutionnaire, et volontiers il se coiffait du bonnet rouge; mais à partir de ce moment, il abjura toutes ses erreurs, car la comtesse avait senti la nécessité de se rallier aux idées conservatrices, et après avoir vu une jeune Sémiramis, plus éclatante que les astres, faire le métier de modèle, elle avait compris combien les hiérarchies existantes sont utiles, et comme il est nécessaire que tous les hommes et toutes les choses restent à leur place. Car, ajoutait-elle en elle-même, faut-il que mes contemporains soient bêtes pour ne pas mettre cette fille sur un trône, en la coiffant d'une mitre de rubis et de perles!

Par une fraîche matinée d'avril, la comtesse Suzanne se promenait dans une allée du bois de Boulogne, avec son amie la baronne Natalie de Terris. Les deux dames avaient quitté leurs voitures et marchaient à pied, pour se dégourdir. On parlait beaucoup alors d'un groupe colossal dans lequel le statuaire Robert Cathebras avait représenté, non sans une belle violence qui, en allant vite, pouvait ressembler à la force, Zeus frappant Tiphôeus de la foudre et incendiant toutes ses têtes énormes. Tout à coup, à propos de rien, tombant en extase devant Michel-Ange, sur la force dans l'art et sur les musculatures héroïques, la frêle baronne Natalie se mit à proférer un feuilleton d'art, qui, sur ses jolies lèvres voluptueuses, faisait justement l'effet des jurons de dragons s'échappant du bec cent fois rebaisé du perroquet Vert-Vert. Mais madame de Poligny, en allant droit au but, arrêta ce flot désordonné qui coulait comme l'eau bouillonnante d'une borne fontaine.

— « Et d'abord, dit-elle nettement à son amie, il ne faut pas aimer un artiste !

— *A cause de quoi?* demanda madame de Terris, qui en vraie grande dame, ne dédaignait pas de parler au besoin comme une portière.

— A cause de ça ! » dit madame de Poligny en montrant à son amie Mariette qui passait crottée, fagotée comme un cent de clous et ayant sur la tête son chapeau mis comme une casquette. Car Mariette, qui vivait chez elle dans le costume de Galatée et de Salmacis, ne mettait de vêtements que pour sortir ; et alors deux minutes lui suffisaient pour mettre des

19

bas, des souliers d'homme, à cordons, une jupe, un
peignoir, un châle de quatre sous et ce bizarre chapeau sur lequel elle s'était mille fois assise.

Aussi madame de Terris, en voyant cette fille aux
cheveux de garçon, habillée en chien fou, crut-elle à
une simple plaisanterie de Suzanne; mais celle-ci lui
raconta alors sa rencontre avec Mariette dans l'atelier du peintre Estévenon, et comment l'apparition
de cette beauté terrible et céleste avait éveillé en elle
tant de pensées amères d'abord, puis tant d'utiles
réflexions.

— « Et, dit-elle enfin à la mince Natalie, comme il
est providentiel que nos maris soient dans l'impossibilité matérielle de rencontrer de pareilles femmes,
ou de les deviner sous leurs guenilles! Car sans cela
où en serions-nous?

— Oh! dit finement madame de Terris, nos maris
ça ne serait encore rien! Mais non, ajouta-t-elle, je
me trompe, car il ne faut pas manquer de charité; et
ne devons-nous pas aussi songer un peu aux femmes
qui les aiment? »

# XXXIII

## NOTE ROMANTIQUE

A la dernière des Soirées Wagnériennes données récemment dans les galeries de Nadar, j'ai pu revoir et admirer, si séduisante encore sous ses cheveux blancs, cette belle marquise d'Oria, qui fut jadis la cantatrice Rosa Valori. Je voyais ses yeux s'allumer d'une flamme héroïque pendant le *Chant de Siegfried en forgeant son épée*, et s'emplir de mystérieuses rêveries tandis qu'elle écoutait le *Chant de l'Oiseau dans la forêt*. L'âge n'a pu détruire le charme pénétrant de son visage, dont la pensée éclaire les lignes pures, et sa chaude pâleur ivoirine donne une vie intense à ses traits exquis et fiers, d'une finesse aristocratique.

A soixante ans, la marquise, restée gracieuse et svelte, et dont le cou n'a pas de rides, ressemble toujours au portrait étrange où monsieur Ingres la représenta en robe écarlate, pour plaire au poète dont elle fut adorée ; et en la regardant, j'évoquais entre mille souvenirs de jeunesse l'amusante équipée, glorieusement folle, qui fut le prologue de leurs belles amours. C'est une historiette instructive ; car si personne n'ignore que la Femme a toujours le dernier mot, il n'en est que plus intéressant de voir avec quelle variété de ressources son impeccable instinct lui fournit à point nommé l'inspiration juste et lui souffle sans hésitation le mot qu'il faut dire, au moment précis où il faut le dire.

C'était en 1842, lorsque le Romantisme, pareil à un beau soleil qui se couche, jetait ses dernières lueurs embrasées. Alors agé de vingt ans, le poète Pierre Suzor, dont les vers ont si divinement exprimé les angoisses et les douleurs particulières à la vie moderne, ressemblait exactement au portrait qui est resté de lui. Un large front de penseur, des yeux profonds et clairs, un nez hardiment modelé, des lèvres rouges et charnues, un menton volontaire sur lequel courait une naissante barbe noire, et une longue chevelure frisée à la Paganini, faite de serpents noirs, lui donnaient, avec son teint pâle et chaud, une beauté curieusement attrayante et originale.

Il errait par un matin du mois de mai, tiède et éclaboussé de lumière ; les Parisiens savouraient un de ces temps d'idylle classique faits pour exaspérer un amant de la Nuit et un chantre de la douleur humaine : aussi en se promenant dans le Luxembourg, Pierre Suzor, irrité par la splendeur des gazons, par la joie des oiseaux et par la triomphale sérénité des roses, éprouva-t-il le besoin de faire immédiatement un mauvais coup. Il ne s'agissait de rien moins que d'aller 11, rue Laffitte, chez la fameuse Rosa Valori, et de lui déclarer son amour.

Comme tous les poètes d'alors, Pierre avait obéi à la tradition du seizième siècle, en se choisissant une idole à célébrer ; mais quoique Rosa Valori fût la seule cantatrice qui, après mademoiselle Falcon, possédât l'art de la tragédienne, il ne l'avait jamais vue au théâtre, car il fuyait l'Opéra comme la peste, et professait pour le drame musical une antipathie connue seulement des rimeurs lyriques. Il se bornait à la contempler quand elle passait dans sa voiture, ou lorsqu'elle sortait à pied, enveloppée dans un châle qu'elle savait rendre noblement simple, comme le gracieux vêtement de la Polymnie.

Non seulement Suzor aimait à la passion sa tête spirituelle, compliquée et pensive, mais il reconnaissait en elle son idéal; car svelte, mince et, tranchons le mot, parfaitement plate, elle était tout à fait cet « ami avec des hanches » qu'il se plaisait à chanter comme le type d'une maîtresse parfaite. Afin de ne pas laisser évaporer ses criminelles intentions, le poète marcha tout d'un trait jusqu'à la rue Laffitte. Par un hasard malheureux, la cantatrice était sortie; mais comme elle attendait quelque parent qui devait arriver d'Italie, elle avait ordonné à sa servante Giulietta d'introduire le visiteur inconnu qui se présenterait, et de lui faire de son mieux les honneurs de la maison. Voilà comment Suzor se trouva installé dans un petit salon de satin blanc et noir, orné d'antiques dentelles d'or, autour duquel courait un divan bas relevé d'agréments rouges. Il avait à la portée de sa main une table d'une excellente hauteur, telle qu'on l'eût désirée pour écrire des vers, et sur laquelle étaient placés des gâteaux d'amandes de pin et une bouteille de vin d'Espagne, que Giulietta lui avait apportés.

— « Ah! ça, ma chère, que fume-t-on ici? » demanda Suzor, qui déjà était à mille lieues de la réalité, et composait une ode sinistre, dans laquelle il peignait une femme poignardée au milieu de ce décor raffiné et funèbre, arrangé à souhait pour le plaisir des yeux.

Giulietta ouvrit les tiroirs d'un cabinet antique, où le poète trouva des tabacs exquis, des papiers à cigarettes et de blonds cigares très secs; mais cette Génoise, belle comme un jeune diable, ne s'en allait toujours pas, comme attendant quelque post-scriptum.

19.

Et en effet, au milieu de sa fièvre créatrice, Suzor,
buvant à petites lampées son vin d'Espagne et roulant convulsivement des cigarettes, était tourmenté
par la vision de ses blanches dents de faunesse riant
dans les lèvres de pourpre ; si bien que, dans sa distraction, il prit dans ses bras Giulietta et couvrit de
baisers son cou et sa tête renversée, dont la chevelure dénouée l'inonda d'une toison fauve. Mais tout
à coup, ayant trouvé deux rimes vraiment extraor-
dinaires et qui se voyaient accouplées pour la première fois, il repoussa loin de lui la jeune fille, en
lui criant d'une voix formidable : « Laisse-moi travailler ! »

Giulietta, sans demander son reste, s'enfuit comme
une biche blessée, et Suzor, qui se mit à noircir les
feuilles d'un grand papier azuré, savoura, pour la
première fois depuis longtemps, le plaisir d'exécuter
une œuvre en même temps qu'il la concevait, et de
l'écrire dans un milieu qui lui fût exactement approprié ; car, pour encadrer sa femme poignardée, il
décrivait, sans changer une torsade ni une passequille,
le décor qu'il avait sous les yeux. La chambre, littéralement pleine de fumée, se trouvait dans les justes
conditions du lointain poétique ; la plume courait
sur le papier avec une fièvre rythmique et ordonnée ;
la figure de femme s'arrangeait par enchantement,
et les agréments rouges du divan, correspondant au
sang versé par la blessure de la victime, faisaient un
rappel de couleur d'une harmonie vraiment musicale, lorsque le bruit irritant d'une robe de soie
éveilla le poète en sursaut. C'était madame Valori
qui rentrait chez elle. — « Qu'est-ce encore que cela ?
cria Suzor éperdu. Vous savez que je ne veux pas
être dérangé quand je fais des vers !

— Mais, monsieur, dit Madame Valori, il me semble
que c'est vous qui n'êtes pas chez vous. — Ah ! par-

don, dit Suzor, à qui la mémoire était revenue, et qui s'était levé avec les meilleures façons d'un homme du monde ; voilà, je me rappelle ; il y a très longtemps que je suis amoureux de vous, et je venais vous faire une déclaration d'amour. — Giulietta, dit madame Valori à sa caUriste, qui venait d'entrer, emmène ce monsieur qui est fou. » Suzor jeta sur la cantatrice un regard de pitié, doux et amer, mais il ne se mit pas moins à plier ses feuillets avec le soin minutieux que les bons poètes apportent à ce genre d'occupation. Cependant Rosa lisait par-dessus son épaule, et d'une voix courroucée encore, mais déjà adoucie par l'admiration, elle murmura à son oreille : « Mais lisez-moi donc ça ; ça a l'air joli.

— Madame, hurla Suzor furieux, en mettant son poème dans sa poche et en saisissant fièvreusement son chapeau, apprenez que je n'écris rien de joli et que je ne fais que des vers féroces ! » Et il regarda Rosa Valori comme pour la dévorer ; mais la voyant si belle d'une beauté compliquée et intellectuelle, il ne voulut pas avoir tout perdu, et saisissant comme une proie la main longue et pâle de la cantatrice, il y posa d'ardents baisers, exempts de toute affectation. Puis il s'élança dans l'escalier, tandis que Rosa, un peu rêveuse, ouvrait toutes grandes les fenêtres du petit salon, pour y laisser entrer l'air parfumé des jardins voisins.

Deux ans plus tard, Pierre Suzor était devenu célèbre, et dans tout Paris il n'était question que de ses poèmes. Comprenant bien qu'en lisant ces vers tout remplis d'elle, on s'imaginerait naturellement qu'elle avait aimé Suzor, Rosa sentit qu'il y avait là une fausse situation, qu'il fallait faire cesser, et par un soir d'hiver, elle alla droit au monstre, c'est-à-dire à l'hôtel Pimodan, où le poète habitait un appartement meublé avec une richesse farouche et singu-

lière. Le portier avait l'ordre de donner la clef aux
personnes qui se présenteraient ; Rosa la prit et, résolument monta dans l'antre de Suzor, où un grand
feu de topaze et d'azur brûlait dans la cheminée.
Elle s'amusa de l'étonnant papier de tenture à ramages rouges et noirs, des dorures flamboyantes, des
cuivreries, de la tête sombre et douloureuse peinte
par Delacroix, et des tapis de Smyrne faits de carrés
rapportés où contrastaient des oiseaux violents et
absurdes. Puis elle eut soif et but de l'eau pure dans
un verre de Venise ; puis elle trouva un Pétrarque
en italien superbement relié, et se mit à lire.

Puis elle ôta son manteau de fourrures ; mais
comme elle était très frileuse, ayant aperçu une robe
chinoise, dont le pourpre et le violet étaient d'une
splendeur tragique, elle la passa par-dessus ses vêtements. Alors elle sentit un bien-être délicieux, oublia
tout et continua sa lecture en laissant fuir les heures.
Elles avaient fui en effet d'un vol bien rapide et silencieux, car deux heures du matin sonnaient aux églises
de l'île Saint-Louis, quand la porte s'ouvrit et livra
passage au poète. Alors Rosa Valori, montrant ses
blanches dents, leva sur lui ses beaux yeux de flamme,
et d'un ton de reproche excessivement tendre : —
» Ah ! mon cher Pierre, lui dit-elle, savez-vous que
vous rentrez joliment tard aujourd'hui ! »

# XXXIV

## UNE ROBE LÉGÈRE

Oh! comme elle fut glorieuse et bien pendue, la crémaillère qu'on pendit hier même chez Rosine Pagenel, dans le joli hôtel de l'avenue de Villiers, si bien aménagé par l'architecte Servas et japonaisé à souhait pour le plaisir des yeux! Les femmes étaient belles, parées avec le plus délicieux manque de simplicité, les hommes polis et très amusants; mais ce qui est plus extraordinaire que tout, c'est que le vin ordinaire était un bourgogne absolument sérieux et que les plats, accommodés par une cuisinière d'évêque, venue de la province, n'avaient rien à démêler avec la fausse cuisine décorative à laquelle nous sommes en butte! Des plats, des assiettes, des compotiers, des soupières de la Chine et du Japon, tous dépareillés et tous charmants, composaient le service; on voyait sur le buffet des pâtés de foies gras en croûte hauts comme des édifices; et le mot « madère » ne fut même pas prononcé!

Les deux sœurs de Rosine Pagenel, Rosette de l'Opéra et Rose de la Comédie-Française, incendiaient tout de leurs yeux magnifiques, et son ami le baron Egloff sut très bien mettre en lumière et faire chatoyer l'esprit de ses merveilleux convives.

Enfin il se concilia tous les suffrages, lorsqu'en passant dans son cabinet, où étaient servis le thé, le café à la française, le café arabe, et la bière dans des cruches de corne montées en or, on vit qu'il avait su réunir des caisses de cigares parfaitement secs et toutes les liqueurs, toutes les eaux-de-vie des pays civilisés et des pays sauvages.

Mais surtout que Rosine était adorable et gracieuse à voir avec ses yeux bleu de mer et sa chevelure rousse! Serrée et caressée par sa robe rouge dont les mille ornements flambaient en pleine lumière, elle avait l'air d'une reine, elle était reine en effet. On recevait ses sourires comme s'ils eussent été de l'argent monnayé, et en se voyant désirée jusqu'à la démence par tous les hommes réunis là, elle subit la transfiguration divine de la femme heureuse.

En décembre dernier, à minuit, le baron Egloff, qui venait de dîner chez un peintre de ses amis, avait renvoyé sa voiture et suivait l'avenue du Bois-de-Boulogne. Il chantait comme un écolier, parce que son insupportable maîtresse, Noémie Brulfer, était absente de Paris pour une huitaine de jours. Il respirait enfin, et pour la première fois depuis bien des années, se sentait libre et vivant. Il marchait avec joie, bien qu'il gelât à pierre fendre; il se sentait aussi gai, dans la nuit obscure et triste, que s'il eût rêvé parmi les tièdes brises de Sorrente. Mais tout à coup il s'arrêta, stupéfié par un spectacle inouï. Près de lui il vit, assise sur un banc, une femme en cheveux, maigre, laide, transie, avec le nez rouge, et par ce froid abominable uniquement vêtue d'une robe de toile!

C'était Rosine Pagenel. Comment elle pouvait être laide, elle que je viens de montrer si belle et triomphante? c'est une question enfantine que le

premier gamin venu résoudrait comme un philosophe. Avec de l'argent, elle est mince ; sans argent,
elle était maigre, hideusement maigre ; et la femme
maigre est, au propre comme au figuré, un objet
sans prix, soit qu'elle trône sur les divans de soie
blanche en laissant traîner sa petite mule en étoffe
d'or, soit qu'elle crève de faim dans la rue, faute d'a-
voir pu trouver deux sous.

Rosine Pagenel en était là, ses dents claquaient,
elle n'avait pas mangé depuis la veille. Pour une
femme maigre qui n'a pas de chance, rien de plus
facile que de telles dégringolades, car naturellement
ses sœurs ne la connaissaient plus et déclaraient
qu'elle avait mal tourné. Le baron Egloff est bon et
serviable ; mais à minuit passé on ne se procure ni
une robe, ni un manteau, et avec sa mince robe de
toile, Rosine eût fait émeute à la Maison-d'Or ou au
Café Anglais.

Le baron arrêta une voiture qui passait, y monta
avec la pauvre fille et la mena à un hôtel garni du
faubourg Saint-Honoré, où il était fort connu. Là,
du moins, on put trouver un bon feu, du vin et des
viandes froides. Mais comme, pour rien au monde,
le baron Egloff n'eût traversé Paris, même en voiture, avec une chemise chiffonnée, le lendemain
matin il envoya chercher par un commissionnaire
son valet de chambre Aldéric. Ce Scapin, parfaitement correct, apporta bien vite toutes les choses
nécessaires, et le baron partit, content de lui, en
laissant à peine quelques louis à Rosine ; non qu'il
fût avare, mais une loi inéluctable des sociétés civi-
lisées veut qu'on ne donne jamais d'argent aux personnes qui n'en ont pas.

Le baron ne manqua pas de raconter son historiette à Aldéric, et, à son tour, ce valet modèle la
raconta à Noémie Brulfer, dès qu'elle fut de retour,

car il était scrupuleusement fidèle à ses habitudes
de trahison. Noémie, toujours en quête de moyens
nouveaux pour tourmenter sa dupe, fut dans le ravissement, elle vit dans un rapide éclair tous les
joyaux, toutes les rivières de pierreries, tous les tas
de billets de banque, et aussi tout l'amusement
qu'elle tirerait de cette seule anecdote. Mais avant
tout, pour ne pas compromettre l'espion, il fallait
arracher des aveux au baron Egloff; c'est ce que
Noémie fit avec la finesse d'une chatte et avec la
complicité du spirituel caricaturiste Picoche. Un
soir, après dîner, en train de dévider ses fausses
perles, il fit l'éloge de l'infidélité en amour, soutint
qu'un homme n'a de prix pour une maîtresse que
du moment où toutes les femmes veulent le lui
prendre, et le lui prennent quelquefois, car celle à
qui il revient toujours connaît alors la plus douce
et la plus précieuse des flatteries.

Noémie, stylée, donna très bien la réplique à son
ami Picoche; elle eut des mots drôles, et laissa
croire qu'elle serait fière d'être trompée, si bien que
le baron donna tête baissée dans le panneau. Picoche raconta les infidélités qui, à l'en croire, le faisaient adorer de sa petite danseuse, Maulvault 2e,
et imagina, comme lui étant arrivée personnellement, une rencontre assez pareille à celle du bois
de Boulogne, pour que le pauvre Egloff fût naturellement amené à dire de point en point son histoire
avec Rosine Pagenel. Noémie trouva son baron charmant, et le baisa sur ses cheveux gris; déjà elle méditait les gammes de ses vengeances, et dans sa
pensée assemblait déjà les scorpions et les vipères
qu'elle comptait faire avaler à sa trop confiante victime.

Son plan fut exécuté avec un plein succès; dans
les brouilles, dans les raccommodements, à propos

de tout, à propos de rien, le banc du bois de Boulogne revenait comme un spectre, et avec ces seuls mots Noémie, qui avait retourné sa théorie comme un gant, dévalisait les joailliers, réalisait les plus coûteuses fantaisies, et plongeait ses mains jusqu'aux coudes dans la caisse de son amant, qui d'ailleurs, ayant beaucoup de millions à manger, se laissait tondre jusqu'à la peau, sans trop de résistance. Les choses auraient pu continuer ainsi; mais Noémie, qui était foncièrement méchante, ne se contentait pas de dépouiller sa proie; elle voulait aussi la voir saigner, l'entendre crier, et c'est pourquoi elle passa le but.

Rien ne lui était plus facile que de tourmenter Egloff, car ne voulant pas avoir chez lui de train de maison, il mangeait et vivait chez elle. Noémie arbora l'inexactitude, et si après l'avoir attendue, le baron se plaignait doucement, elle répondait comme eût fait en pareil cas la plus sotte péronnelle : « J'étais sur un banc du bois de Boulogne ! » La cuisine devint absurde, invraisemblable, Noémie, pour recevoir les amis du baron, se para des robes les plus hideuses, et pour expliquer ces sévices, elle se bornait à dire : « Ah ! dame ! je ne vaux pas les filles qu'on ramasse au bois de Boulogne ! Je comprends qu'on soit difficile quand on prend ses femmes sur un banc du bois de Boulogne ! »

Egloff supportait tout cela avec une patience angélique; aussi son aimable maîtresse résolut-elle de frapper un grand coup. D'ordinaire, avant l'infidélité du baron, son grand moyen, emprunté aux plus célèbres politiques, consistait à menacer de s'en aller, et à s'en aller en effet. Mais comme elle revenait invariablement au bout de huit ou quinze jours de villégiature, ces coups d'État avaient fini par perdre beaucoup de leur importance. Cette fois,

20

elle voulut corser la mise en scène ; elle paya deux
termes de l'appartement, vendit les meubles, et,
quand le baron arriva pour dîner, il dut rester debout, faute d'un siège pour s'asseoir.

Mais, en revanche, il fut assailli par une bordée
d'injures qui eût épouvanté une troupe de haran-
gères. Noémie cria, pleura, hurla, menaça, éclata
de rire, abusa de l'ironie et de la fureur, fut à elle
seule un chœur comique et un chœur tragique, et
Egloff abasourdi par ce tumulte, ne pouvait toujours pas placer un mot.

— « Et, dit-elle en terminant, je m'en vais, je
vous quitte, je m'affranchis de vous cette fois pour
toujours, et si j'ai un conseil à vous donner, c'est
de mettre à ma place la fille du bois de Boulogne !

— Je n'y manquerai pas ! » dit le baron, qui décidément avait de Noémie par-dessus la tête. Et de
fait, dès que sa féroce maîtresse fut partie en faisant claquer les portes, il s'en alla tout droit à l'hôtel du faubourg Saint-Honoré, pour tenter de retrouver la trace de la pauvre fille.

Par le plus heureux hasard, elle n'avait pas quitté
l'hôtel ; elle y avait vécu de rien, d'une salade gri-
gnotée çà et là, et avec ses quelques louis elle s'était
nippée gentiment, comme une Parisienne fée qui
sait tout faire avec rien. Elle était gracieuse, elle
n'avait plus le nez rouge, et en l'entendant causer,
le baron la trouva étonnamment spirituelle. A quelques jours de là, correctement vêtue d'une amazone
noire, elle faisait le meilleur effet en galopant à ses
côtés sur un fin cheval bai ; le luxe fit tout de suite
épanouir cette jolie fleur, et par cet heureux changement de Noémie en Rosine, le baron Egloff en-
chanta ses amis.

Autrefois, dans sa misère, Rosine Pagenel avait joué
la comédie sur les théâtres infimes ; riche, elle a eu tout

de suite du talent, elle a été engagée aux Nouveautés, on lui a donné des rôles, ses grandes sœurs l'a-
dorent. Elle s'est bien gardée de chasser Aldéric, et
lorsqu'il lui apprend une infidélité du baron, elle
s'empresse de faire envoyer de sa part un bijou, des
fleurs et une jolie somme à sa rivale d'une heure,
car, dit-elle avec infiniment de sens : « Il n'aurait
qu'à la rencontrer sur un banc du bois de Boulogne ! »

Rosine est adorée d'un charmant peintre de vingt-
deux ans, qui pioche dur pour obtenir la gloire, et
qui, ne sortant pas de son atelier, ignore l'existence
d'Egloff. Entre temps, elle rend le baron parfaitement heureux, et comme on le voit déjà, elle saura
organiser des dîners qui lui feront beaucoup d'honneur. Cela prouve que nous ne sommes pas des
Turcs, estimant les femmes au poids, et qu'une Parisienne futée, dont la grâce est toute idéale, ne
doit pas douter de son étoile, même quand elle a
été réduite, par le manque de biftecks, à une expression presque linéaire.

# XXXV

## LA TITANE

On prétend que la séduisante Anna Lincelle a joué
dans les vaudevilles de Scribe au temps où les bêtes
chantaient des couplets de facture, et qu'elle est
jeune depuis bien longtemps. En tout cas, personne
n'est plus jeune qu'elle ; sa chevelure d'un blond
chaud et fauve accompagne délicieusement ses yeux
de pervenche, et ses traits fins et délicats ont gardé,
à travers son étrange vie, un caractère poétique et
même chaste ! Sa démarche rythmée, gracieuse,
agile, trahit son origine anglaise ; madame Lincelle
est grande, mince sans aucune maigreur, et sous les
belles robes d'à présent, qui étreignent le corps
comme pour le baiser et le célèbrent ensuite par
leurs draperies et leurs fanfreluches, elle ressemble
à une Cressida ou à une Imogène habillée par les
plus savantes couturières
  Enfin, elle vit dans un cadre digne d'elle, car elle
a su rassembler un mobilier précieux et sévère, dans
lequel on ne trouverait pas un bibelot douteux et insignifiant, et, de plus, elle est riche, comme on suit
la mode, par convenance et pour ne pas se faire remarquer.
  Mais Anna Lincelle est bien plus qu'une actrice,
bien plus qu'une femme, plus qu'une déesse ; elle

est, sous sa frêle enveloppe, une titane plus habile et plus audacieuse que Prométhée ravisseur du feu ; le sublime époux d'Hésione et de Pandore pétrissait des figures avec de l'argile et de l'eau et les animait ensuite avec la flamme volée ; mais Anna dépasse de beaucoup ce miracle, car elle peut, nous l'avons tous vu ! prendre un Jocrisse, un indigène des pays bizarres, le premier manant venu, le repétrir de ses petites mains formidables, et faire de lui un gentleman accompli, un cavalier parfait.

Elle a réalisé une transformation plus prodigieuse encore ; elle a nettoyé, embelli, débarbouillé dans je ne sais quelle ambroisie ce qu'il y a de pis au monde, un faux poète, quitté par Justine Brazon, ce Jean Rosler qui n'a pour lui que sa fine, longue, légère barbe dorée, et sa chevelure dont le clair fouillis de lumière et d'or fait un nimbe à sa tête, d'ailleurs parfaitement idiote. Ce niais, qui fait colossal faute de pouvoir faire grand, qui joue ses madrigaux sur la trompette d'airain du jugement dernier et qui enfourche un Pégase furieux pour traverser les ruisselets d'eau vive, avait, en outre, le tort de ne jamais peigner ses crins d'Apollon, de craindre l'eau comme un chat échaudé, et d'être habillé comme un ramasseur de bouts de cigares, à une époque où les voleurs de grands chemins sont eux-mêmes corrects !

C'est pourquoi Justine Brazon, qui, en sa qualité de brune noire comme l'enfer, s'était éprise de ce Phœbus en chrysocale, se dégoûta de lui promptement et, après avoir vainement essayé de le décrasser, le mit dédaigneusement à la porte.

Il y a quatre ans de cela ; c'était le jour du Bal des Artistes. Furieux d'avoir perdu la belle fille aux lèvres d'écarlate, chez laquelle il se vautrait sur de doux meubles de soie, Rosler, si mou d'ordinaire, en dépit de ses rodomontades, se sentit pour une fois du

cœur au ventre ; il trouva l'énergie d'emprunter deux
cents francs à un oncle peu prêteur, et, après s'être
légèrement grisé, il endossa son vilain habit noir, et
se rendit au Bal, décidé à violenter le destin. Présenté par un ami à Anna Lincelle, adorable dans une
robe couleur de rose morte, il fut éloquent à force
de rage, inventa des flatteries grosses comme les
maisons, absurdes, mais étonnantes, et fut presque
amusant ; bref, il trouva le moyen de plaire à l'aimable femme, qui pourtant n'a pas l'habitude de
prendre les cailloux pour des diamants ! Mais un dieu,
jaloux sans doute, l'avait aveuglée, et c'est ici que
se place la transformation de féerie que j'annonçais
tout à l'heure.

On ne sut jamais où, dans quelle caverne, dans
quel nid d'aigle, dans quel village bas-normand Anna
Lincelle avait emmené Rosler ; mais quand on les
revit tous les deux au bout de quelques mois, le méchant poète avait été métamorphosé de la tête aux
pieds, plus complètement que Riquet à la Houppe.

Expressément costumé en homme du monde, il
savait entrer dans un salon, marcher, s'asseoir, causer ; il comprenait les ellipses compliquées et ne disait pas ce qu'il ne fallait pas dire ; enfin, pour rien
au monde il n'eût consenti à réciter un sonnet ou
une villanelle, lui qui jadis roucoulait ses œuvres
complètes, comme s'il en pleuvait. Il n'avait toujours
pas d'esprit, mais il semblait en avoir, et écoutait ses
interlocuteurs, ce qui fut certainement le chef-d'œuvre d'Anna Lincelle. On le rencontra à cheval, au
Bois, et sa tenue était excellente ; il eut un duel et
se battit comme un homme qui est d'une bonne force
en escrime ; enfin il fit jouer au Gymnase une comédie en prose, très parisienne et très gaie, dans laquelle il daignait s'abstenir de déchirer l'azur et de
saisir aux poings les comètes échevelées. Assouplie

à cette seconde manière, sa barbe blonde eut un vrai
succès; voyant qu'on lui avait changé son Rosler,
Justine Brazon voulut le ravoir, et elle y parvint facilement, car madame Lincelle mit de la complaisance à se le laisser voler, et elle eut alors sur le
coin de la lèvre un joli sourire ironique.

En effet, la belle fille ne devait pas tarder à s'apercevoir que Jean Rosler, d'ailleurs entièrement dépourvu de cœur, continuait à être bête comme il l'a-
vait toujours été, car on ne fait rien avec rien! Elle
le mit à la porte pour la seconde fois, cette seconde
fois fut la bonne; et elle eût oublié complètement
ses coups d'épée dans l'eau, si une circonstance récente et très particulière ne les eût soudainement
rappelés à sa mémoire.

Il y a un an tout juste, un jour que Justine Brazon, étendue sur sa chaise longue, mourait d'ennui
en étudiant un rôle comique, sa femme de chambre
Violette vint lui demander si elle voulait recevoir
monsieur Goutenoire. Fut-elle décidée par l'étrangeté de ce nom peu commun ou éprouva-t-elle le besoin d'une diversion quelconque? Le fait est que sa
réponse fut favorable, et elle vit entrer un ouragan,
une tempête, un orage, un petit paysan turbulent,
robuste, aux traits farouches, coiffé de noir cheveux
en brosse, et qui la regardait avec des yeux enflammés dans lesquels il était impossible de ne pas voir
l'éclair du génie : tel Joseph Bridau lorsqu'il entra
chez Pierre Grassou! Goutenoire tenait à la main
une boîte à couleurs, qu'il posa sur le tapis, après
quoi il débita son historiette d'une belle voix de cuivre qui faisait trembler les vitres. Venu à Paris sans
un sou, il avait été présenté par un compatriote au
directeur d'un petit journal illustré, qui, à dix francs
la pièce, voulait bien lui prendre des portraits d'actrices autant qu'il en pourrait faire; mais Goutenoire

devait se charger lui-même de se faire agréer par ses modèles!

Ce sauvage enfant parlait éloquemment, ardemment, sans rien de servile; on comprenait qu'il était sûr de son avenir, et il y avait en lui cette énergie, cette vigueur du mâle qui de tout temps dompta les femmes. Justine Brazon le trouvait si beau, qu'elle avait envie de se jeter à son cou; mais elle regarda ses souliers de pâtre, ses bas bleus, sa chemise de coton jaune, et elle fit une petite moue attristée. Goutenoire attachait sur elle son bel œil de flamme et tout en parlant faisait sa palette.

— « Mais enfin, dit Justine, puisqu'il s'agit d'un dessin, à quoi bon ces couleurs?

— Ah! dit l'enfant, je vais faire une peinture d'abord, parce que ça ira plus vite! »

En vingt minutes, Goutenoire brossa une étude, un chef-d'œuvre, dont l'actrice fut émerveillée; c'était bien elle, la joie, l'éblouissement, l'ardeur de la vie, la chaude pâleur, le regard amoureux, la noire chevelure débordée, la lèvre rouge comme une fleur de sang! Justine Brazon était comme un beau chien de race qui tient un os à sa portée et ne sait pas s'il doit le manger ou non; mais un éclair diabolique lui traversa l'esprit, lorsque Violette annonça le grand financier Mérona, qui est, comme on sait, un des plus fidèles amis d'Anna Lincelle. Elle lui montra l'étude, lui présenta l'artiste et le pria très instamment de vouloir bien procurer au pauvre Goutenoire le moyen de portraiturer cette fameuse comédienne.

Justine Brazon avait pensé avec raison qu'Anna serait moins bégueule qu'elle, et ressemblerait au seigneur Lion, qui avant de dévorer un mouton bien en chair, ne s'inquiète pas de savoir s'il a été accommodé et peigné selon la formule.

Les choses se passèrent comme elle l'avait prévu ;
il n'était pas besoin d'être grand clerc pour prédire
l'évènement nécessaire et fatal. Cependant il dépassa encore tout ce que la belle fille avait pu imaginer. Elle ne fut pas étonnée quand les tableaux de
Goutenoire jetèrent des éblouissements dans la rue
Laffitte, révolutionnèrent le Cercle des Mirlitons et
l'Exposition des Aquarellistes ; tout cela était indiqué.
Mais ce qu'il y eut de touchant et d'imprévu, c'est
que, par une réciprocité inouïe, il fit à Anna Lincelle
le don surnaturel et divin d'une nouvelle jeunesse,
inattendue pour tout le monde et pour elle-même,
en lui trouvant avec son imagination de peintre des
coiffures, des ajustements et des arrangements de
robes que nulle impératrice ne pourrait se procurer.
Le soir où on reprenait *L'Aventurière* à la Comédie-
Française, Justine Brazon les vit dans le foyer tous
les deux, éclatants de gloire, de génie et de jeunesse !
En retrouvant Goutenoire si noblement élégant, si
parfaitement beau, elle fit un geste en avant comme
pour le prendre, se saisir de lui, mais alors elle sentit qu'on touchait son bras, et une voix pure, douce,
mélodieuse, qu'elle seule entendit, la voix d'Anna
Lincelle murmura à son oreille : — « Non ! Quand
ils sont comme celui-là, je les garde pour moi ! »

J'ai dit que cette grande faiseuse d'hommes est
une titane ; un vautour ronge son foie, plus cruel que
celui de Prométhée : c'est le souvenir qu'elle a d'être
célèbre depuis quarante années ; mais si on se mettait à sortir les actes de naissance, la ville de l'orgueil, de la pensée, de l'amour, de la création inces-
sante et furieuse, Paris s'écroulerait, comme les
murs de Jéricho lorsque Josué fit hurler dans l'air le
cri horrifique et vertigineux des trompettes !

## XXXVI

### PALINODIE

Forcée de passer une soirée à Tours, où ses représentations ne devaient commencer que le lendemain, et enfermée à l'Hôtel de la Galère, par une
pluie battante, la grande tragédienne Mahla Héfer
s'ennuyait si fort, qu'elle se coucha à huit heures du
soir, une de ces idées qui vous viennent dans les
provinces où on ne connaît personne. Mais le bonheur voulut qu'elle sonnât une femme de chambre
sans savoir au juste ce qu'elle voulait lui demander,
et cette jolie Tourangelle apprit à Mahla que le célèbre Fouquerolle venait d'arriver à l'auberge. La
servante savait son nom, qui est le seul nom litté-
rairement connu en France et dans l'univers, et elle
avait lu dans des feuilletons coupés, gras et cousus
ensemble, quelques-uns des romans d'aventures
imaginés par l'inépuisable conteur. En apprenant
la bonne nouvelle, la tragédienne battit des mains,
rit follement et envoya à son voisin un petit mot
impérieux qui le réclamait tout de suite. Entièrement vouée à Corneille et à Racine, dont elle accom-
modait les œuvres à sa manière, avec un ragoût piquant et nouveau, Mahla n'avait encore joué qu'un
auteur moderne, et cet auteur était précisément
Fouquerolle, à qui la terrible juive avait fait avaler

une quantité prodigieuse de couleuvres ; de plus, elle lui avait toujours manifesté une indifférence presque haineuse, que d'ailleurs l'écrivain lui rendait avec usure.

Mais, bien décidée à ne pas passer sa soirée toute seule, elle conçut immédiatement le projet machiavélique d'abuser le grand dramaturge, de lui faire prendre des vessies pour des lanternes, de lui montrer le soleil aux chandelles, et de tromper ce marchand de mots et de style avec les mots et avec le style, prétention qui n'était pas tout à fait absurde, tant Mahla devait sembler belle dans ce lit d'auberge ! Sa tête pâle et brune, ses grands yeux profonds, son nez à la fois droit et busqué, ses lèvres rouges, son menton d'un dessin si ferme et si pur, son cou de reine d'Orient mal caché par les dentelles, ses bras nus habitués à porter le manteau d'Hermione, sa noire chevelure qui ruisselait sur le lit comme un flot débordé, formaient un si magnifique spectacle, que Fouquerolle, en entrant, ne put retenir un cri d'admiration.

— « Ah ! grâce au ciel, vous voilà ! dit la tragédienne, qui sut tout de suite trouver une intonation caressante d'une douceur irréprochable. Vous prendrez bien une tasse de thé avec moi?

— Mille tasses de thé ! dit Fouquerolle, dont la bonne humeur de Titan ne se dément jamais et dont la chevelure d'or frisé semblait pleine d'étincelles. »

Mahla avait déjà donné ses ordres, de sorte qu'au premier coup de sonnette la petite servante apporta, avec la crème et la théière fumante, des pâtisseries aux amandes comme on les fabrique dans une ville de chanoines.

Le service fut installé près du lit, sur un vieux guéridon Louis XVI à galerie, et Mahla emplit les tasses, enchantée déjà de la tournure que prenait cette dînette d'écoliers.

— « Mais, dit Fouquerolle, vous voilà couchée et il est à peine huit heures et demie. Vous êtes souffrante? — Oui, fit nerveusement la tragédienne, souffrante, malade, ennuyée, irritée contre moi-même, et le croiriez-vous, mon ami, à cause de vous?

— A cause de moi! répéta le bon grand homme, qui voulait bien donner la réplique, mais qui n'eût pas été fâché de savoir où sa belle ennemie voulait en venir.

— Oui, dit-elle; à peine avais-je quitté Paris que je songeais à vous longuement, involontairement, obstinément; je vous voyais tel que je vous vois ici, bon et souriant comme la force calme, et en moi-même je me faisais mille reproches. Je me rappelais qu'au théâtre, je vous ai occasionné des ennuis sans nombre, je pensais que je vous ai montré de l'anti-pathie, presque de la haine, et pourtant si vous pouviez savoir... Mais non, la confession que j'ai à vous faire serait trop laide !

Vous l'avouerai-je? la première fois que je vous ai vu, à la lecture de votre comédie, en entendant votre voix si ferme et si virile, en admirant votre regard où brille la certitude, en vous voyant si gai et plein de joie comme le génie, en songeant que j'avais devant moi l'enchanteur, le charmeur d'âmes qui suspend à ses lèvres l'attention de tous et qui donne à tous l'oubli délicieux, je sentais tout mon cœur voler vers vous, et je ne voulais pas, je me forçais à vous haïr parce que j'étais jalouse !

— Et de qui? demanda ingénument Fouquerolle.

— De votre gloire, dit Mahla avec un de ces beaux effets de voix sombrée qui réussissaient si bien à la Camille des *Horaces* et à la Pauline de *Polyeucte*.

Oui, reprit-elle, jeune fille encore, je sentais ma renommée s'enfler, grandir, monter en impatients murmures, éclater comme le cri des clairons d'airain; j'étais partout choyée, fêtée, adorée, je marchais dans les fleurs; mais une autre renommée étouffait pourtant la mienne, mille fois plus tyrannique, plus impatiente encore, et c'était la vôtre! Follement orgueilleuse, j'aurais voulu apporter à l'homme que j'aime et pouvoir mettre sous ses pieds une célébrité qui n'eût pas d'égale au monde, et jugez du tourment que j'éprouvais, l'obstacle qui se dressait devant moi me venait de lui-même, par un jeu ironique du sort!

— Quoi?... dit Fouquerolle.

— Eh bien, oui! murmura mélodieusement Mahla, c'était vous... Je vous aimais, je vous aime! »

Fouquerolle est très bon enfant; il ne croyait pas du tout à cet amour qui jaillissait, comme un diable d'une boîte à surprise; mais, comme il a pour principe de ne jamais contrarier personne, il vit bien ce qu'il avait à faire. Il posa de bons baisers brûlants sur la bouche écarlate qui avait si bien parlé et menti, et il prit à pleines mains les bras, les épaules, la chevelure désordonnée et sauvage, enfin toute la tragédienne.

Une seule chose le contrariait, c'est qu'il avait des bottines trop étroites.

Il fallait les ôter pourtant, et, roidi à faire éclater les veines de son front, Fouquerolle y employait sa main d'Hercule. Mais à ce moment-là entra à grand bruit, dans la cour de l'Hôtel de la Galère, une voiture dont le cocher faisait retentir son fouet avec une furie triomphale et d'une manière certainement très particulière, car Mahla reconnut, à n'en pas douter, cette sonnerie turbulente. Elle sauta à bas du lit, en laissant voir ses cuisses à Fouquerolle,

21

comme si la pudeur n'avait jamais été inventée ;
d'un bond, elle regarda à la vitre, puis s'habilla de
pied en cap, et d'un coup de poing retapa son lit, le
tout en moins de deux minutes, double tour de force
de ménagère et d'actrice exécuté avec une prestesse
qui serait invraisemblable, si quelque chose pouvait
l'être. Puis, désolée, ahurie, suppliante, impérieuse,
elle se tourna vers l'écrivain :

— « Oh ! mon ami, lui dit-elle, allez-vous-en ; lais-
sez-moi, c'est le prince !

— Quel prince ? demanda Fouquerolle.

— Vite, vite, reprit Mahla ; il y va de mon avenir ;
c'est une question de vie ou de mort ! Je vous expli-
querai. C'est lui, le prince serbe Yorghy Piorghy,
un héros, celui qui, cette année même a vaincu, les
Turcs à la redoute de Schumatoraz ! Il veut me faire
princesse... Je vous dirai tout... Il me tuerait !

— Pourtant, si vous m'aimez sérieusement,.. » commença le bon dramaturge ; mais il ne continua pas
cette mauvaise plaisanterie, en voyant que la juive
terrifiée était devenue pâle comme un linge. D'un
effort plus grand qu'il ne l'eût fallu pour déplacer
une roche obstruant l'entrée d'une caverne, il remit
ses cruelles, ses trop étroites, ses abominables bottines, et disparut. De sorte que, lorsque le prince
Yorghy entra chez Mahla Héfer, il la trouva, comme
il sied, correctement assise devant le guéridon (car
elle avait fourré pêle-mêle tout le petit goûter dans
une armoire,) et relisant pensivement la dernière
lettre du héros serbe, avec quelques larmes, pareilles à celles dont le bon Redouté agrémentait jadis
ses roses à cent feuilles, peintes à l'aquarelle.

Fouquerolle s'était tranquillement mis à écrire un
feuilleton de roman dans sa chambre ; mais, au bout
de dix minutes à peine, il entendit les clic-clacs effré-
nés du cocher serbe, un grand bruit de voiture qui

s'en allait, et un nouveau message de son amie apporté par la petite servante vint l'arracher à ses occupations utiles. Comme par enchantement, il se retrouva assis près du lit de Mahla, devant une nouvelle tasse de thé bien bouillant, et le regardant au plus profond des yeux, Mahla lui dit avec son bel accent tragique :

— « Ah ! pardonne-moi, Henri, j'ai été méchante, j'ai tenté une épreuve bête, j'ai voulu voir si tu serais jaloux, c'est absurde ; mais, nous autres misérables, nous ne sommes jamais bien sûres d'être aimées ! Tu sais, ce prince, ce Yorghy, je ne le connais pas, il ne m'est rien ; il n'avait qu'un mot à me dire, et pas pour moi, pour une amie de la Comédie : tu riras bien quand tu sauras qui c'est ! Mais oublions tout cela, fit-elle en prenant dans ses petites mains la tête du géant qu'elle couvrit de furieux baisers. Ah ! quelle belle vie nous aurons ! Unis comme deux rois farouches, toi le génie, et moi la voix qui dompte et caresse, à nous deux nous enchaînerons, nous vaincrons, nous soumettrons à notre fantaisie, nous mettrons sous nos pieds tout ce monde parisien, l'or, l'ambition, le pouvoir, l'envie, la folie, l'esprit, la haine ; nous foulerons tout cela comme un riche tapis, et nous nous enivrerons délicieusement de domination et d'amour !

— Oui, ma chère, je ne vous dis pas, répondit Fouquerolle, toujours avec son aimable et franc sourire ; mais vous connaissez les amoureux et les fausses sorties ; il y a gros à parier que le cocher et le prince serbe vont revenir dans cinq minutes ; et, je le sens bien, cette fois-là, il me serait absolument impossible de remettre mes bottes ! »

# XXXVII

## LE FOND DU VERRE

On a assez dit aux vieillards, et sur tous les tons, que l'amour chez eux est ridicule; mais quel poète ému d'une tendre pitié dira comme il peut être aussi horrible et charmant? Le vieillard qui, pareil à Ruy Gomez de Silva, n'a pas de rides au cœur, et qui, ne pouvant consentir à devenir franchement un aïeul, sent toujours en lui les furies, les transports et les faiblesses de la passion, se montre alors paré d'une séduction bizarre et de je ne sais quelle grâce douloureusement enfantine.

Tout le monde se rappelle ce ministre du dernier empire, le comte Enguerrand de Feule qui, dans son court passage au pouvoir, fit admirer en vain de si hautes idées politiques; peut-être eût-il été un grand homme tout à fait, s'il n'avait dépensé la moitié de son temps à collectionner les maîtresses blondes, depuis le rouge vénitien jusqu'aux froides clartés de l'or pâle.

A ses grandes soirées où, après le concert, il se plaisait à complimenter les comédiennes et les cantatrices, ces femmes de théâtre voyaient avec admiration qu'il était peint et fardé autant qu'elles, mais plus naïvement; car sur son visage il se peignait des veines à l'aquarelle, en couleur bleu ten-

dre, pour imiter la peau transparente d'une jeune
vierge, et, pour rappeler le petit enfant, il se mettait
du rose dans les sourcils, comme font les acteurs
lorsqu'ils doivent jouer Thomas Diafoirus. Il y a
dans ce désir effréné de la jeunesse envolée à jamais quelque chose qui ressemble à la démence
d'une Ophélia, pensivement couronnée de fleurs
mouillées et d'herbes folles.

Je me souviens aussi de l'effet prodigieux que fit
à la Comédie-Française le vieil Aumaréchal, ce journaliste septuagénaire, arrivant un soir de première
représentation avec le visage griffé, déchiré et sanglant, comme s'il avait lutté avec toute une famille
de chats irrités. Recuit et calciné par l'âge, hideux
à voir avec ses yeux éteints à demi et restés mé-
chants encore, avec ses cheveux blancs sans dignité,
sa rude moustache en brosse, et son large menton
où se lisait la violence obstinée des appétits matériels, le fondateur du *Carillon* excitait le dégoût
qu'inspire un vieux farceur occupé à entasser des
calembredaines, à trouver des coq-à-l'âne de pitre
et à travestir la belle langue française sous des ori-
peaux absurdes, à l'âge où il devrait se désintéresser
des niaiseries et songer aux choses éternelles.

Cependant, lorsqu'il dut expliquer sa mésaventure,
il eut un si beau mouvement épique de révolte et
d'orgueil, que personne ne songea à rire de lui, car,
son jeune confrère Patzi lui ayant dit en souriant :
« Qui diable vous a mis dans cet état-là ? » Aumaréchal répondit : « C'est ma maîtresse ! » avec une
fierté si magnifiquement fanfaronne, que les assis-
tants ne purent s'empêcher d'éprouver pour lui un
certain respect. Sa maîtresse ! la maîtresse de cette
ruine, de ce haillon déteint, de ce tas de décombres !
Oui, Roméo caduc, abattu, courbé, et cependant ne
désarmant pas, s'obstinant, soufiletant le fait avec

la brutalité d'un enfant, retrouva je ne sais quel rayon d'héroïsme lorsque de ses lèvres décolorées s'échappèrent ces mots audacieux : « Ma maîtresse ! »

Ah ! quelle volupté, quel rêve, quelle misère, quel défi au destin, quelle épouvantable joie, c'est pour l'être humain que d'aimer encore lorsque la vérité, lorsque la justice, lorsque la nécessité implacable ne veut plus qu'il aime, et lorsque les ongles de la Vieillesse ont creusé sur son visage les profondes rides ! Ah ! comme il sait aimer alors, et comme il vaincrait l'impossible, si, pour prendre les âmes, des trésors d'immolation et de sacrifice valaient l'éclair de feu qui passe sur une lèvre rose ! Zoé Zurlo ne savait plus elle-même son âge, lorsqu'elle s'éprit follement du beau comédien Raoul Sanguin, qui était dans tout l'éclat de sa jeunesse et de ses triomphes. Cette très vieille actrice, que sa verve et son étincelant esprit gardaient en apparence désirable, en dépit de ses charmes désolés et ruinés, n'existait plus que par l'effort d'une volonté immuable ; elle n'était que peinture, cosmétiques, tromperie, artifices, mais son regard et son sourire brillaient encore du feu que rien ne peut éteindre, avivés et ressuscités par le génie de l'amour.

Au théâtre, après avoir été la plus vive des soubrettes et plus femme que toutes les femmes, elle en était réduite maintenant à ses travestis inimitables ; elle jouait ses Clermont, ses Guiche, ses Lauzun, ses Beaumarchais enfant, miraculeuse toujours, mais passée homme à l'ancienneté ; car, si à la ville elle pouvait encore porter le costume de femme, c'était en s'enveloppant dans le nuage des plus vaporeuses mousselines. Cependant, cette maigreur, ce rêve, cette subtile pensée qui désormais n'avait plus de corps, parvint à conquérir, à enchaîner et à garder! l'amant que se disputaient les plus séduisantes Parisiennes; mais elle avait l'amour au corps, ce qui est bien pis que d'y avoir le diable.

Et puis elle avait encore sa servante Lurette, qui n'était ni sa femme de chambre, ni son amie, ni sa mère, mais qui était tout cela ensemble, et de plus sa seconde âme! Forte comme un portefaix, terrible comme un lion, agile comme un clown, Lurette, qui avait tous les génies, savait confectionner des plats d'archevêque et même des coulis; elle pouvait parler à tout le monde, mener à bonne fin les négociations les plus difficiles, exercer, au besoin tous les métiers, et enfin elle était une habilleuse incomparable, composant des costumes avec le goût d'un grand artiste, et ayant le secret de repétrir un visage et de lui rendre le charme délicieux de la jeunesse. Avec cela, lettrée, musicienne, n'ignorant rien, elle dédaignait complètement la vie pour elle-même et portait insoucieusement sa farouche laideur, son teint fauve et sa tignasse emmêlée.

Avec de tels dons, pourquoi s'était-elle faite la servante de Zoé Zurlo, au lieu d'être reine, chasseresse guerrière, impératrice d'Occident, ou simplement de soumettre le monde à ses caprices en créant des millions, ce qui lui eût été plus facile qu'à un enfant de ramasser les cailloux du chemin? Ah! c'est que, possédée du besoin de se donner et de se dévouer, elle aimait de toutes les tendresses ce petit être frêle, fragile, transparent, que, malade, elle emportait dans ses bras, comme une petite fille sa poupée, la célèbre, la mince, l'amoureuse Zoé Zurlo!

Des sommes immenses qu'elle avait gagnées par ses longs travaux, Zurlo, quoique très prodigue, avait gardé cinq ou six cent mille francs. Dès qu'elle

fut en possession de Raoul Sanguin, elle résolut de
les dépenser pour lui jusqu'au dernier sou, quitte à
gratter plus tard la terre avec ses ongles, mais elle
se moquait bien de plus tard! Notez ce point que
Raoul était un fort honnête garçon, trop fier pour
accepter quoi que ce fût; mais il était jeune et ne
connaissait pas la vie, aussi deux savantes fées
comme Zurlo et Lurette devaient elles lui faire voir
des chandelles en plein midi! Quoique déjà célèbre,
il ne gagnait encore qu'une dizaine de mille francs
par an et en dépensait bien trente mille, comme
doit le faire un jeune premier qui veut être convenablement chaussé et ganté. Ses créanciers le tour-
mentaient parfois et lui mettaient l'épée dans les
reins; mais, par un changement à vue inexplicable
en apparence, ils devinrent tout à coup charmants,
offrirent de nouveaux crédits, et se mirent à dédai-
gner l'argent comme des sages : on devine que Lurette avait passé par là.

De plus, Raoul trouvait à chaque pas des occasions fabuleuses; il avait loué un pavillon à jardin
pour le prix d'une mansarde, il achetait pour rien
les bibelots et les objets d'art, et il marchait dans la
vie comme s'il avait eu les poches pleines de talis-
mans. Un seul détail dira jusqu'où Zurlo poussait
son hypocrite malice. Comme Raoul devait jouer
dans une pièce nouvelle le rôle d'un prince royal,
elle voulut lui offrir la plaque étoilée qu'il devait
porter sur son manteau, car, dit-elle, il pouvait bien
accepter par amitié ces morceaux de strass qu'on
achète pour des sous et qui lui porteraient bonheur.
Or, elle fit fabriquer la plaque en vrais diamants, et
elle ne sourcillait pas quand Raoul Sanguin jetait
le manteau dans un coin de sa loge, comme une
chose sans valeur!

Sanguin jouait au Vaudeville en même temps que

Zurlo jouait aux Variétés, et, après le spectacle, les deux amants se retrouvaient rue de Boulogne, dans le petit hôtel de la comédienne. Ils soupaient, comme tous les acteurs, et Raoul ne pouvait refuser à son amie le plaisir de lui donner ce petit repas où on devait manger les reliefs du dîner, un rien, la première chose venue. Ce rien, c'étaient des petites truites de source, que Lurette faisait venir à grands frais de Remiremont, des foies gras commandés exprès à Strasbourg, des pâtés de grives venus de Corse; en hiver, une corbeille de cerises ou un joli plat de fraises; en été, des confitures de raisins, de roses, d'épines-vinettes, faites dans quelque couvent d'Asie, et quelque flacon de vin sans prix, et Raoul Sanguin avalait tout cela de confiance, en jeune homme ignorant qui n'a jamais tenu la queue d'aucune poêle. Mais Zurlo lui servait mieux encore que ces dînettes ruineuses, car chaque matin, à son réveil, elle lui offrait en sa propre personne une femme nouvelle, étonnante, variée, amusante, aimante, spirituelle, et vraiment jeune, vraiment toute jeune! On va savoir comment, et c'est là, à dire vrai, l'intérêt poignant et le point capital de cette historiette.

Le soir après la comédie, Lurette, à qui nuls secrets n'étaient inconnus, pouvait arranger à sa maîtresse un visage suffisant pour le souper et pour la nuit; mais toutes les deux savaient trop que le matin, que le cruel matin montrerait Zurlo vieille, laide, ravagée, n'ayant plus figure humaine, impossible pour un amant et bonne à le faire reculer d'horreur.

Et voici ce qu'elles avaient imaginé : dites si vous connaissez quelque chose de plus affreux et de plus touchant? Couchée en moyenne à deux heures, Zurlo se relevait à quatre, marchant pieds nus pour

ne pas faire de bruit, et elle allait rejoindre dans
une grande chambre de toilette, magnifiquement
outillée, sa fidèle Lurette, qui en quatre heures de
travail, à force de bains, de lotions, d'onguents, de
philtres, de crèmes, de cosmétiques, de parfums, de
pâtes, de peintures, changeait la vieille femme désolée en une jeune et ravissante maîtresse.

Sans bruit, avec des mouvements de chatte, elle
allait se recoucher à côté de Raoul, qui, régulièrement, s'éveillait vers huit heures ; quelques minutes
après, Zurlo, gaie, fraîche, sentant bon, vêtue d'un
linge d'une finesse idéale, feignait de se réveiller à
son tour, d'un réveil d'oiseau, et, après avoir baisé
les beaux yeux du comédien, lançait de sa jolie voix
pénétrante quelque folle vocalise, chiffonnée, rieuse,
échevelée, mais avec quel art ! Avide de plaisir,
rouge de désir, elle semblait aussi reposée que si
elle avait dormi sa nuit pleine ; et elle avait ainsi
trouvé le moyen de se composer un bonheur ineffable, par un miracle de poésie et en dépit de la
stupide vérité.

La chute devait venir, puisque le destin est plus
fort que nous, mais c'est là que Zurlo se montra
sublime. En se levant comme de coutume au milieu des nuits d'hiver, Lurette attrapa un refroidis-
sement, fut atteinte par la phtisie galopante, et
malgré les soins désespérés de sa maîtresse, mourut en quelques jours. Alors Zurlo sentit que tout
s'écroulait. Dans un pareil effondrement, l'argent
ni la volonté ne pouvaient plus rien, Où trouver
une femme qui aurait eu le dévouement de Lurette ?
D'ailleurs le dévouement ne suffisait pas, et il eût
fallu aussi sa profonde science, inconnue après elle
à toutes les créatures. Se montrer à Raoul Sanguin
vieille, effrayante, spectrale, enfin telle qu'elle
était, Zurlo n'y songea pas une minute. Elle aima

cent mille fois mieux le perdre, être exécrée de lui,
le quitter en hurlant de douleur et en mordant avec
frénésie les étoffes et les marbres, mais lui laisser
le souvenir adorable et à jamais regretté d'une
femme !

« Mon pauvre ami, lui écrivit-elle, il faut que je
sois bien folle, puisque je ne t'aime plus ; mais que
veux-tu ? on ne peut rien faire à ces choses-là. Plains
ton amie, prise de délire, emportée par un caprice
fou vers un beau garçon qui ne te vaut pas et qui
sans doute te vengera trop cruellement d'elle. Per-
mets-lui de t'envoyer un dernier, un long, long baiser, dans lequel elle voudrait mettre tout ce qui lui
reste d'âme. » — Et la pauvre Zurlo fut forcée de
recopier trois fois cette lettre, pour que Raoul Sanguin n'y vît pas la trace de ses grosses larmes.

Elle fut complète. Elle ne lut pas les lettres de
Raoul Sanguin et les lui renvoya sans les avoir ouvertes. Et elle avala sans en laisser une goutte, la lie du
dernier calice, car elle connaissait assez la vie pour
savoir qu'un mensonge, si nous voulons qu'on le
croie, doit être tressé étroitement avec une évidente
vérité. Elle prit donc en effet un amant, le colonel
baron Christen, fils du célèbre général, et affecta
pour lui la passion la plus désordonnée, tandis
qu'elle le subissait avec horreur et qu'elle l'eût volontiers étranglé et déchiré avec ses ongles. Il fallait
qu'elle lui plût et elle n'avait plus sa chère Lurette ;
mais une habilleuse de théâtre suffisait à lui composer une beauté assez réussie pour faire illusion
au baron, car ce brave militaire n'est pas un coloriste aussi fort que Fortuny.

Et cependant, la pauvre misérable, dès qu'elle
avait pu conquérir une heure de solitude, elle gémis-
sait et sanglotait comme une Niobé furieuse ; mais
certes elle avait eu raison d'être, au prix de sa vie,

l'amante envolée et pleurée, au lieu de se faire
prendre en dégoût et de se laisser abandonner et
jeter comme une vieille loque. Et n'est-ce rien d'a-
voir volé, même un instant, la jeunesse, l'éclat des
roses, et d'avoir serré et arrêté d'une main crispée
les impatientes ailes de l'Amour?

# XXXVIII

## MARIAGE FORCÉ

« Déjà deux heures ! » dit, au moment même où la pendule sonnait, l'incurable vaudevilliste Servolle, qui, dans le monde comme à l'Académie, ne sort jamais de sa vague somnolence, excepté pour dire la chose qu'il ne faut pas dire. Mais personne n'entendit cette interruption absurde, car, après avoir tenu sous le charme de sa parole le plus raffiné des salons parisiens, adossé à la cheminée et le visage baigné par la lumière des lampes, Théodore Chandler, le grand, l'impeccable Théo résumait, en une phrase ouverte sur l'idéal, la brillante improvisation dans laquelle il avait jugé le monde et la vie. Beau, prodigieusement calme, semblable à Zeus Olympien, avec sa claire prunelle, sa longue chevelure, sa lèvre de pourpre et sa barbe ambroisienne, il disait de sa douce voix musicale, rythmée et tendrement caressante :

— « Rien n'est rien, rien ne fait rien ; rien ne vaut la peine de rien, et il n'y a rien.

— Ah ! dit gracieusement la maîtresse de la maison, madame de Marcélis, vous me permettrez bien de croire à votre amitié pour moi ! Et, même cela mis à part, n'y a-t-il pas quelques vérités incontestables ?

— Madame, répondit Chandler, je crois que Vic-

22

tor Hugo rime très bien. Toutefois, s'il n'était pas le plus grand poète qu'il y ait jamais eu, peut-être, sur les quatre cent mille vers qu'il a faits, parviendrais-je à trouver deux ou trois rimes douteuses. Si vous le voulez, je vous accorde aussi que la Vénus de Milo est plus jolie qne M. Viennet. Et encore, je n'en jurerais pas, car chez chaque peuple et à chaque époque, la beauté varie, et consiste dans la conformité de la figure des choses avec un idéal particulier.

— Mais, monsieur, fit Servolle, qui dès ce moment là se proposait de ne jamais donner sa voix au poète des *Reines d'Orient*, vous n'avez cependant pas la prétention de nier des règles de conduite généralement acceptées, et dont l'évidence nous crève les yeux.

— Lesquelles? demanda Chandler.

— Mais, par exemple, reprit Servolle, qu'il ne faut pas écrire de lettres anonymes.

— Hem! murmura le profondément Parisien et toujours jeune Diomède Fontenille, vous allez vite, monsieur Servolle!

— Et, continua l'académicien avec le geste connu de Berryer, qu'on ne doit pas trahir son bienfaiteur. »

A ce moment-là, cherchant une proie à dévorer, il avisa dans un coin du salon le vieux comédien Yvore, qui, devenu professeur au Conservatoire et chevalier de la Légion d'honneur, était accueilli avec faveur dans le salon de madame de Marcélis, à cause de ses merveilleux talents et de sa vie irréprochablement pure. Ce fut comme le prenant à partie que le vaudevilliste Servolle ajouta, en ébauchant une pose théâtrale dont monsieur Homais eût envié la noblesse emphatique : — « Dites-moi, je vous prie, si le comédien Baron ne fut pas le dernier des hommes, le jour où, foulant aux pieds les bienfaits de son père adoptif, il devint effrontément le séducteur de mademoiselle Molière? »

Il y eut un moment de silence. L'académicien, croyant avoir terrassé quelqu'un, ressemblait à Hercule déposant sa massue teinte du sang des monstres. Aussi fut-il profondément étonné lorsqu'il entendit, avec une indignation mal contenue, que le comédien lui répondait, ou du moins parlait après lui. Car Yvore s'était tourné vers les dames, comme si Olivier Basselin n'avait pas existé et comme s'il n'y avait jamais eu en France ni vaudevilles ni vaudevillistes.

— « Lorsque, dit-il, après la représentation de *Psyché*, un délire plus fort que toute raison terrestre le jeta dans les bras d'Armande Béjart, Baron n'était ni le premier ni le dernier des hommes; il n'était pas un homme du tout; il était tout simplement le plus bel enfant dont jamais une lèvre de femme eût baisé la chevelure, et il avait, au juste, seize ans et quatre mois! Déjà, quelques années auparavant, dans *Mélicerte*, mademoiselle Molière a joué Eroxène à côté de Baron jouant Myrtil, et si charmant que les dames l'adoraient, comme les bergères de la pastorale. Elle l'a haï, maltraité, lui a donné un soufflet et l'a forcé de quitter la maison de Molière. Mais aujourd'hui, les voilà de nouveau réunis, elle femme accomplie, dans tout l'éclat de sa troublante beauté, lui adolescent à peine; et sur le théâtre des Tuileries, sous les feux des lustres, ils récitent pour la plus belle cour du monde, devant les ducs, les princes, les princesses ruisselantes de pierreries, une comédie que Molière a conçue et où le vieux Corneille a mis toute la flamme de son âme héroïque.

Ils jouent le plus grand poème qu'ait inventé la Grèce maternelle, l'histoire de l'Ame domptée par le Désir et domptant le Désir. Ils sont Psyché aux trem-

blantes ailes de papillon et le cruel Eros à la chevelure d'or. Dévorés, baisés, divinisés par les regards
qui les enveloppent ; unis, rapprochés, embrassés,
mêlant leurs jeunes corps, leur sueur et leur haleine,
emportés par ces vers ailés et fulgurants de Corneille
dans la folie, dans l'ivresse du succès, de l'amour
idéal, de la poésie, ployant sous l'invincible main
de la Muse qui impérieusement unit leurs lèvres, ne
sont-ils pas alors mariés par quelque chose de supérieur à toutes les fictions humaines?

Quoi donc! il serait possible que dans son propre
domaine, sous les orangers en fleur de Cypre, ce Désir ne fût pas le maître de cette Ame! Vous voudriez
que ces deux êtres faits l'un pour l'autre, semblables
l'un à l'autre, étreints par le même rêve, ne fussent
pas deux amants! Ils le sont, quand même ils ne le
voudraient pas, par la force du feu qui brille dans
toutes les prunelles, qui brûle toutes les poitrines,
par l'émotion de tous les spectateurs, qui leur crie :
« Aimez-vous! »

Mais Psyché est mariée. Qui? elle! l'Ame légère,
subtile, qui d'une aile impatiente s'envole parmi
les astres dans la lumière, elle est mariée à ce grand
poète, à ce vieillard grognon accablé de mille soins,
qui, lorsqu'il a des chagrins d'amour, va se blottir
dans la cuisine et se plaindre à la cuisinière!

Eh bien! non ; elle l'était hier, elle l'était ce matin, et elle ne l'est plus à cette heure d'enchantement et d'oubli où, l'arrachant aux plats ennuis de
sa vie, le vieillard, celui qui se barbouille de la
moustache de Sganarelle, a pris soin de la conduire
dans le radieux Olympe et de la jeter frémissante
entre les bras d'un dieu!

Ce dieu lui-même, Molière l'a recueilli, choyé,
aidé de sa bourse, il l'a appelé : «Mon enfant!» comme
il aurait pu dire : *ma* beauté, *mon* astre, *ma* splen-

deur, et emprisonner dans un pronom possessif les
qualités surnaturelles et divines. L'Ame, l'Amour,
ils étaient cela ; ils jouaient dans la flamme et avec
la flamme qui les a dévorés ; qui donc aurait pu traverser ce feu ardent en lui disant : Ne me brûle pas !
Ah ! je voudrais que la plus honnête femme du monde
reçût tout à coup la beauté ingénue et étrange d'Armande ; que vêtue en Psyché sur un théâtre, devant
Louis XIV et sa cour, serrée dans les bras d'un enfant plus charmant qu'une femme et admiré de toutes les femmes, et lui demandant s'il est jaloux, elle
l'entendît répondre, d'une voix plus douce qu'une
caresse :

> Je le suis, ma Psiché, de toute la Nature.
> Les rayons du soleil vous baisent trop souvent,
> Vos cheveux souffrent trop les caresses du Vent...

Et après ces heures d'éblouissement, de joie, d'i-
vresse éperdue, elle lui refuserait, quoi ? ce corps
qu'il a tant serré sur sa poitrine haletante ? ces lèvres que son souffle brûlait déjà ! ces mains qu'il a
si longtemps tenues dans les siennes ? Ne serait-ce
pas chasser le petit enfant du jardin, une fois que
les arbres à fruits sont dévastés et les roses toutes
cueillies ? Et notez que le mari, que l'homme de génie,
que Molière, stupidement travesti en Zéphyre, a
lui-même saisi Psyché dans ses bras pour l'emporter dans le palais de lapis, où le Désir va le recevoir sur son cœur meurtri ! Après, il est vrai, il
leur dit : Ce n'est plus de jeu, la comédie est finie,
voilà qu'on éteint les chandelles ; l'amour, la furie,
le désir de tous ces seigneurs et de ces belles dames,
la poésie, le vers caressant, le délire de cette heure
brûlante vous a fiancés et mariés ; mais c'était pour
rire ; n'y songez plus, et allons-nous-en chacun chez

22.

nous! N'est-ce pas comme si, après avoir jeté la torche enflammée dans la maison, on lui conseillait
de ne pas brûler, ou comme si on voulait ouvrir délicatement la gueule du loup, pour en arracher la
proie sanglante?

— Ma foi! dit gracieusement la sœur de madame de
Marcélis, la jolie madame Etienney, à qui sa réputation de vertu incontestée permet de dire tout ce
qu'elle veut; vous me feriez croire qu'Armande
Béjart et le jeune Baron furent à peu près excu-
sables.

— Madame, dit Yvore, croyez qu'ils le furent tout
à fait. Rodrigue a le droit absolu d'aimer Chimène;
nul n'est bien venu à leur dire qu'ils sont Rodrigue
et Chimène fictivement et par jeu; car qui sait si la
vie du théâtre est moins véritable que ce que nous
appelons la vie réelle, dont les passions et les actions
ne sont peut-être que les ombres d'un rêve? La Poésie, qui crée les âmes, peut aussi les joindre et les
tresser à son gré: quand nous sommes emportés
sur les blanches ailes du Songe, dépend-il de nous
de nous éveiller si nous le voulons, et de nous arracher aux bras des esprits qui nous bercent délicieusement dans le fluide éther?

— Et surtout, dit Théodore Chandler, avec sa
douce voix tranquille, ce qui absout tout à fait Baron
et mademoiselle Molière, c'est que leur histoire,
tout allégorique, est un pur mensonge, comme tout
ce qu'il y a dans le pamphlet de *La fameuse Comédienne*. M. Yvore ne se trompe pas en disant que
leur amour *eût été* légitime; seulement ils ne s'aimèrent pas, et Baron garda, sans compensation aucune, sa gifle de Mélicerte. Les ignobles accusations
que l'auteur anonyme du même libelle invente contre Molière jugent suffisamment celles qu'il a por-
tées contre Armande.

— Cependant, objecta Servolle, cette anecdote a été répétée par tous les bons auteurs.

— En effet, répondit Diomède Fontenille ; aussi a-t-elle cent raisons pour être fausse. Quant aux lettres anonymes, dont vous parliez tout à l'heure, voici ce qui vient d'arriver au Horse-Club. Un homme illustre, d'un grand nom, honoré de tous, intrépide sous ses cheveux blancs, le duc de Gaules, qui dans la dernière guerre a fait des prodiges d'héroïsme, est surpris, vu, ce qui s'appelle vu, trichant au jeu. Vous savez que ce genre de vol peut être une manie et un commencement de folie! Avec l'assentiment du président, un membre du Club fait écrire au duc une lettre non signée, dans laquelle, en l'avertissant que sa faute est connue, on l'invite respectueusement à donner sa démission. A votre avis, que pouvait-il faire de mieux?

Fallait-il qu'il allât lui dire cela en face, et qu'il obligeât un vieillard vénéré à rougir devant lui? Mais, chose encore plus grave! Ayez à dire à une dame, dans son intérêt, une chose affreusement pénible à entendre; oseriez-vous la lui dire en face, sans vous tuer après sous ses yeux? Supposez, par exemple, que son haleine soit, non pas moins pure qu'à l'ordinaire, ce qu'on ne saurait admettre, mais comme un peu tiédie et lassée par quelque fatigue; ne serait-il pas monstrueux de l'en avertir autrement que par une lettre anonyme?

— Que voulez-vous que je vous dise? grommela Servolle. Vous avez tout changé, vous autres romantiques.

— Monsieur, lui dit Chandler, l'admirable mouvement romantique est fini depuis une trentaine d'années. Il s'agissait alors de dégager à tout prix les ailes de la Poésie, embourbées dans le marais tragique. Mais aujourd'hui, nous serrons la nature de plus près, comme Balzac nous a appris à le faire.

— Balzac! murmura le vieux vaudevilliste en prenant congé de madame de Marcélis. Dans son *Eugénie Grandet*, il avait trouvé de jolies choses, et je ne doute pas que l'Académie n'eût fini un jour ou l'autre par lui ouvrir ses portes, s'il eût dédaigné la peinture des mœurs frivoles, et s'il se fût borné à écrire pour les honnêtes gens. »

## XXXIX

## LE VESTIAIRE

Lorsque le peintre Emmanuel Chaynes eut vu entrer dans son atelier, encore tout poudreux du voyage en chemin de fer, l'ami de sa petite enfance, son frère de lait Maurice Chantlose arrivant du fond du Jura, et que ce voyageur lui annonça qu'il venait à Paris pour y exercer la profession de poète, il fut en proie à une stupéfaction bien naturelle. Mais voyant comme Maurice était beau, quelle flamme il avait dans les yeux, quels appétits sur les lèvres, quelle noire broussaille de cheveux à user avant de devenir chauve, Emmanuel n'eut plus envie de rire ni de pleurer, et il pensa qu'il fallait laisser aller les choses comme elles voudraient aller.

— « As-tu un habit noir? » demanda-t-il à son ami, qui se trouvait alors placé sous la verrière de l'atelier, et dont le front, s'éclairant tout à coup, montra les plans superbes qui sont le signe visible du génie, comme s'il eût été modelé par quelque Michel-Ange.

— « Oui, dit Chantlose, une espèce d'habit noir.

— Eh bien! reprit Emmanuel Chaynes, il y a un bal ce soir chez Loïc Austour. Je t'y mènerai, et tu connaîtra Paris en une fois! Tu verras les esprits, les princes, les demi-dieux, les femmes pour qui on va à la gloire ou aux galères : mais le difficile, c'est d'être l'aigle de la farce! »

Assez audacieux pour paraître un révolté même après Alma Tadéma, le célèbre maître Austour, déchirant du talon les toiles d'araignée de la fausse tradition et de l'école, avait eu l'idée violente et subversive de peindre les Grecs et les Romains tels qu'ils devaient être, et de les mêler à cette chose excessive et turbulente : la vie! pensant, non sans raison peut-être, qu'ils avaient dû, en leur temps, être des modernes. Volontiers, il leur mettait des manteaux phéniciens à ramages, des habits brodés de sujets de chasse et il coiffait ses femmes grecques avec de grands chapeaux de paille posés, comme ceux des Niçoises, sur le sommet de la tête. Quant aux sujets qu'il choisissait, ils étaient d'une réalité à faire se hérisser la coupole de l'Institut, comme une chevelure.

C'étaient des militaires grecs, revêtus de cuivres brillants, faisant la cour à des bonnes ; une discussion philosophique entre des socialistes dans un thermopole d'Alexandrie ; une baisse sur les huiles à la bourse d'Athènes, où les commerçants à gros ventre se drapaient dans des tapis en guise de manteaux ; le portier de Delphes, seul après les cérémonies finies, balayant le temple avec un balai de feuilles de laurier. D'autres fois il peignait un navire phénicien débarquant, avec son amiral ayant le visage peint en rouge, la barbe poudrée de poudre violette, chaussé de bottes à bout recourbé montant au-dessus du genou et portant pour parure de grandes boucles d'oreilles et un collier de perles bleues.

— « J'en demeure stupide ! » Ainsi s'exclamaient, comme un héros de Racine, les académiciens assommés, lorsque dans les tableaux grecs d'Austour ils voyaient se pavaner les jeunes gens à l'œil oblique,

avec des fleurs de grenadier dans la bouche, des cigales d'or dans leurs cheveux poudrés d'or, et de longues cannes en bambou apportées de l'Ecbatane de
l'Inde. Ainsi le maître avait évoqué l'antiquité réelle,
comme une morte que le prince de la féerie éveille
avec un baiser d'amour ; mais ce qui l'aida beaucoup
dans ce miracle inouï, c'est qu'il avait l'antiquité chez
lui, dans la personne de sa femme Pauline. Comment
le Destin permet-il qu'une déesse grecque, aux traits
réguliers et purs, avivés par je ne sais quelle étrangeté sauvage, à la pâleur marmoréenne, aux yeux
d'un bleu sombre comme ceux d'Athènè et à la claire
chevelure de cuivre rouge, existe en plein Paris, au
dix-neuvième siècle, si ce n'est parce qu'il a résolu
de transfigurer un grand artiste, en lui donnant
ce qu'on ne trouve jamais ici-bas : un modèle !

C'est bien ainsi que le grand Austour prit la chose ;
il vit dans sa femme Pauline un modèle, et rien de
plus. A toute heure du jour et à propos de rien, il la
mettait nue comme un plat d'argent, et brossant ses
toiles avec une extase indicible, il s'enivrait de la
beauté de l'Athénienne, de son torse, de ses bras,
de ses cuisses, de son dos, de sa chevelure dénouée
et de son sein charmant. Il regardait tout cela en
artiste, Pauline le regardait aussi du coin de l'œil ;
aussi on pense qu'à ce jeu, sa pudeur fut bien vite
brûlée et vaporisée aux quatre vents du ciel.

Elle ne posait pas toujours nue. Quelquefois, vêtue
avec le plus voluptueux raffinement, elle devenait
une Romaine du temps de Néron. Alors, ses cheveux étaient frisés à petites frisures en couronne
sur le sommet de la tête. Sa robe de dessous,
en byssus éthiopien blanc et rayé, celle de dessus en laine de Thessalie, sa palla en drap blanc
de Gergovie, sa chaussure en peau de rat blanc de
la Scythie rouge, son collier d'or pâle ciselé au

marteau, trouvé dans un tombeau des Amazones de Chersonèse et les amulettes de Syrie qu'elle portait aux oreilles et dans les cheveux, faisaient d'elle la plus jolie dame qui ait jamais fêté dans sa maison les histrions et les mimes.

Pauline Austour n'y manqua pas, car par quelle aberration d'idées une telle femme surnaturelle se fût-elle empêtrée de fidélité pour un artiste qui ne pensait qu'à ses créations, et qui, en dehors de cela, se souciait d'elle comme un marteau se soucie d'une rose ?

D'ailleurs, Austour avait recommencé effrontément le roi Candaule, et avait montré sa Nyssia divinement nue à un Gygès de ses amis. Une fois qu'on a le petit doigt dans cet engrenage, tout y passe. Au Gygès succéda tout ce qui brille à Paris par le génie, par l'esprit, par l'élégance, et bientôt Pauline Austour aurait pu marier sa liste à celle de don Juan. Mais ces mille amours lui avaient laissé sa grâce hautaine et comme virginale, car l'or pur ne saurait être sali, et rien ne pouvait ternir la beauté inviolée de cette déesse. On ne riait pas de Loïc Austour; au contraire, c'était lui qui riait, et c'était bien lui qui possédait réellement sa femme, puisqu'à chaque moment il embrassait, renouvelait et créait cette beauté, qu'il faisait revivre en mille exemplaires immortels. Mais Pauline, qui ne faisait pas de tableaux, tâchait de vivre dans la vie, et elle y marchait les narines dilatées, la bouche entr'ouverte, avide de sensations nouvelles et brisant toujours dans ses belles mains quelque tendre fleur écarlate.

Emmanuel Chaynes ne manqua pas de mener son ami au bal d'Austour. Mille feux embrasaient les étoffes et les ors ; les femmes jeunes, splendides, en blanc, en jaune maïs, en rose tendre, avec leurs écharpes de fleurs, passaient dans un éblouissement de diamants et de lumière, et les hommes, que Chantlose dévorait des yeux, avaient des têtes qui ne ressemblaient pas à celles du bétail humain.

— « Chère madame, dit Chaynes en présentant Maurice à Pauline Austour, mon ami Chantlose, un poète. — Un vrai? » demanda Pauline tout bas. Mais sans attendre la réponse du peintre, elle regarda le nouveau venu dans les yeux, et se répondant à elle-même : — « Oui, » dit-elle. Puis elle quitta les deux jeunes gens.

Il y eut un intermède. Vieuxtemps joua du violon et Sarah Bernhardt récita des vers de Jean Richepin. (*O maîtresse, ta bouche exécrable et charmante...* LES CARESSES, page 130.) Un peu honteux de son triste habit noir et humilié de n'être rien dans cet endroit où tout le monde était quelque chose, Maurice s'était réfugié au fond du salon, et, presque caché par les rideaux de damas d'une fenêtre, il songeait. En re-gardant ces femmes et tous ces héros, ces lutteurs, ces vainqueurs, il voyait en esprit la Vie, avec laquelle il allait combattre corps à corps, et qu'eux tous avaient déjà domptée.

Il se voyait luttant à son tour, travaillant, entas-sant les efforts, hué, sifflé, applaudi, égorgé par l'in-différence, critiqué, bafoué, insulté, coupé en petits morceaux par les libraires, enterré dans un lieu-com-mun par les journaux qui veulent aller vite, pauvre, besogneux, couvert d'or, abêti par les comédiens, et toujours regardant renaître sous sa plume, autre-ment terrible que le rocher de Sisyphe et le tonneau des Danaïdes, le vierge, l'affreux, l'héroïque, l'impla-cable, l'inépuisable, le cruel papier blanc, où il faut mettre des pensées, des images, des êtres qui respi-rent, et où il faut, sans trêve et sans relâche, grouper harmonieusement le chœur extasié des mots sonores.

Il pensait vite, vite, avec une rapidité folle, comme

23

un homme qui se noie. En quelques minutes, sous
l'obsession farouche de la Muse, devant ce public
magnifique, il créait, inventait, imaginait des poèmes, des drames, et les exécutait avec leurs épisodes,
le sein haletant, le front brisé par tous ces personnages qui en sortaient armés, voulant s'arrêter et ne
pouvant pas, et, malgré lui, ayant horreur de cette
délicieuse torture, il mettait au monde des acteurs,
des combattants, des foules, entraînés par la fumée
et par le vertige de l'Histoire, et mille femmes, des
Juliettes, des Desdémones, de mourantes Ophélies
couronnées de fleurs.

Tout à coup, à l'autre bout du salon, il vit Pauline Austour, les yeux fixés sur lui. En même temps,
par une intuition magnétique, il sentit, à n'en pouvoir douter, que sa pensée devenait visible sur son
visage, et qu'elle la lisait couramment, comme on
lit dans un livre. Il le sentait, mais il n'y voulait pas
croire ; il se disait : « C'est impossible ! » Et, mentalement, il ajoutait : « Si cela était, pourtant ? Si elle
me faisait crédit de tout ? Si cet être parfait et surhumain, qui doit tout savoir, me voyait tel que je
serai après la défaite, après la victoire, et comme
pourrait le faire un dieu, supprimait tout ce qu'il y
aura de dégoût, de misère et d'angoisse entre la divine coupe et mes lèvres ? »

Pauline avait disparu. Chantlose pensait toujours
et disait : « Si elle me prenait par la main... »

A ce moment-là, il sentit qu'on lui prenait la main,
en effet. Il fut entraîné dans un corridor sombre, et
de là dans un boudoir à divans de soie, à peine
éclairé par un petit lustre d'argent émaillé où brûlait
une veilleuse cachée dans un cristal rose. Comme les
vestiaires regorgeaient de vêtements, il y avait, jetés
au hasard sur les divans, des manteaux, des sorties
de bal, des fichus, des écharpes de cygne. Ce fut là

que Maurice tomba, sentit les deux bras délicieux autour de son cou, et sur ses lèvres la bouche adorable! Une fois, depuis que le monde existe, un mortel avait réalisé son rêve.

En quittant le bal, Maurice, brisé, terrassé par le céleste coup de massue, n'eut rien de plus pressé que de tout raconter à Emmanuel Chaynes, car il était trop jeune pour garder dans son cœur, sans qu'il éclatât, de tels trésors de joie. — « Ah! lui dit-il, quand, comment la reverrai-je? Comment attendrai-je ces heures, ces minutes, sans mourir!

— Mon enfant, lui dit Chaynes, si tu veux devenir un Parisien, il ne faut pas commencer par être un imbécile. Si tu tentais de la revoir, elle te fermerait sa porte; si tu essayais de lui parler dans la rue, elle te ferait arrêter par les sergents de ville, et, dans ton intérêt, c'est ce qu'elle pourrait faire de mieux. A Paris, comprends-le, tout se paye. Cette femme sublime s'est donnée à toi; à présent, il te faut la gagner. Cache-toi, disparais, va nicher sous les tuiles, dors sur une galette, nourris-toi de rien du tout, apprends les dictionnaires par cœur comme Théophile Gautier, pioche ton Chateaubriand comme Flaubert, observe l'homme en toi-même, apprends-toi à avoir de l'esprit, noircis du papier, écris des bêtises, des niaiseries, des choses inutiles, puis des œuvres pour commencer et ensuite des chefs-d'œuvre, ou sinon, crève! Si Pauline Austour se donne une seconde fois à Maurice Chantlose grand poète, tu auras beaucoup de chance; mais si elle t'encourageait à croupir dans la misère, elle serait à ne pas toucher avec des pincettes. Te vois-tu, auteur honoraire, poète chimérique, ne pouvant pas payer un fiacre à la bien-aimée, et cherchant de l'argent tous les matins. comme un directeur de spectacle qui va faire faillite! »

Maurice exhala un soupir qui eût enflé les voiles
d'un navire ; mais comme il n'était pas bête, il comprit très bien ce que lui disait son ami. Il disparut,
comme des gouttes d'alcool qu'on jette sur une plaque chauffée. Les dictionnaires ! il les a tous appris
par cœur : il a bu de l'eau pure qu'il allait chercher
lui-même, aux fontaines, et il s'est nourri de croûtes
de pain sec, avec frénésie ! Les deux mille francs
qu'il avait apportés de son village et les abominables
besognes qu'il trouva suffirent à le faire vivre quatre
années, au bout desquelles la misère et lui se connaissaient sur toutes les coutures. Mais, à ce moment-
là, ses *Poèmes féeriques* avaient fait comme une
révolution, et sa comédie : *Le Fin mot*, reçue au
Théâtre-Français et mise en répétition immédiatement, lui avait permis de puiser dans la caisse de
Roger assez d'or pour se vêtir comme de Marsay
lui-même.

Le froid aigu, la faim, les refus, les dédains, les
antichambres, les souliers percés, aucune torture
n'avait étonné Chantlose ; mais après l'immense
succès de sa pièce, il ne fut pas étonné non plus
lorsqu'en arrivant au fiacre qui l'attendait, il vit
Justine aux yeux d'or, la femme de chambre
de Pauline Austour, qui lui ouvrit la portière et
monta avec lui. Il ne fut pas étonné en entrant dans
sa mansarde habillée à neuf d'étoffes amusantes et
fastueuses, d'admirer, sous l'éclat des bougies, un
souper de fruits, de fleurs et de chatteries comme
savent en improviser les Parisiennes, et, comme
l'autre fois, de sentir autour de son cou les deux bras
charmants, et si frais ! Et d'une voix joyeuse et tendre, Pauline lui disait en baisant ses cheveux :

— « Mon pauvre ange, tu dois avoir bien faim.
Mangeons vite ! »

## XL

## LE VIN SAMIEN

Hier, en passant dans la rue Zacharie, si triste et sombre, située en face de Notre-Dame, j'ai vu, dans une cage, à la porte d'un bouge hideux, un perroquet déplumé, sinistre, accablé de vieillesse, si âgé que son regard est devenu presque humain. Il semblait que, las d'un long malentendu, il allait enfin rompre le charme qui empêche les hommes de parler avec les bêtes ; car ses yeux mystérieux fouillaient les passants jusqu'au fond de l'âme, et, de sa voix mourante, éraillée, brisée, mais stridente encore, il leur jetait, comme une prophétie et comme une menace funèbre, ces deux mots implacables :

— *Vous reviendrez!...*

En l'entendant proférer ce cri épouvantable, je ne doutai pas qu'il fût le même oiseau dont le doux Aimery de Los m'a parlé tant de fois, et qui avait jeté dans son âme une douleur si atroce, lorsqu'il lui avait entendu crier, il y a bien longtemps, les deux mots fatidiques : — *Vous reviendrez!*

*Vous reviendrez!* n'est-ce pas la voix même du remords et le dégoût de l'action commise qui éveillé dans sa conscience parle ainsi au libertin, lui annonçant qu'il ne pourra pas se délivrer de la souillure, qu'il chérira l'ignominie et qu'il retournera à

son vil festin? En vain ses lèvres veulent se révolter
et son cœur se soulève; plus sincère et moins hypocrite que sa fausse rébellion, l'appétit de la morne
ivresse qui l'a conquis et qui le tient, lui crie avec
une certitude qui ne souffre nulle contradiction :

— *Vous reviendrez!*

Quoi qu'on ait dit, et quoi qu'il en ait pensé lui-
même lorsqu'il s'en allait pour deux ou trois mois en
villégiature chez le docteur Blanche, Aimery de Los
n'a jamais été fou. Il ne l'était pas lorsqu'il écrivait
ses *Sonnets mystiques,* si faciles à comprendre pour
quiconque n'a pas perdu le sens poétique, et il ne
l'était même pas lorsqu'il se pendit à un réverbère
dans la triste rue souterraine, fatigué d'être garrotté
dans les liens de la chair, et délivrant enfin son âme
frémissante, dont il sentait s'agiter en lui les impatientes ailes de papillon, avides de l'espace infini et
de la lumière. Il n'a jamais été fou, il n'était pas fou ;
mais dans ses longs voyages, il avait appris les idio-
mes de l'Orient, les langues sacrées ; il avait con-
versé avec les sages de tous les pays, il avait été
initié aux mystères, il connaissait tous les Dieux; son
esprit était assez affiné et subtilisé pour percevoir
quelquefois ce qui échappe aux sens matériels, et
pour s'affranchir un instant, par un ardent coup d'aile,
de ces fictions grossières qui se nomment : le temps
et l'espace.

Par un soir embrasé du mois de juin, Aimery de
Los marchait dans la rue Saint-Honoré, en riant
comme un bossu. Dans sa joie d'avoir obtenu un à-
compte à la *Revue mondaine,* il s'amusait à choquer
l'une contre l'autre les deux pièces d'or qu'à force
de douceur il avait arrachées à ce recueil chimérique,
et par moments aussi, dans son ravissement, il fre-
donnait une chanson grecque, tendre et caressante,
qu'il avait jadis entendue au bord de l'Eurotas.

Oui, sous les énormes platanes et sous les hauts lauriers-roses, en face du pont vénitien d'une seule arche et des rochers à pics, rouges et dorés, tandis que l'eau claire et limpide coulait sur un lit de sable fin, laissant voir parfois, dans son flot transparent, comme de vagues blancheurs de cygne.

Celle qui la chantait était une belle fille, portant sur sa tête une cruche pleine d'eau. Elle était vêtue d'une tunique blanche ornée au bas de broderies aux couleurs éclatantes; le corsage était court et échancré sur sa poitrine, que la chemise recouvrait; elle avait la taille serrée par une ceinture avec deux grandes agrafes d'argent. Et dans sa main elle tenait une branche de saule, aux feuilles pâles, qu'elle laissait négligemment traîner dans le sable.

Mais comme Aimery s'était arrêté pour faire encore une fois sonner ses pièces d'or, il ne fut pas médiocrement surpris d'entendre une femme, qui marchait à côté de lui, chanter la fin du couplet interrompu, car il est fort rare qu'on parle grec dans la rue Saint-Honoré. Il regarda sa compagne de route improvisée; c'était une femme presque vieille déjà, qui avait dû être belle, mais dont les yeux, comme noyés, les narines immobiles et la bouche provocante exprimaient le vice indélébile! D'ailleurs, sa robe fripée, usée, déchirée, et ses cheveux en broussaille étaient d'une personne qui s'abandonne et renonce à lutter contre la misère.

— « Monsieur de Los ne me reconnaît pas? dit-elle. Lusca! Lusca de chez monsieur Lamberti, à Athènes, dans la rue d'Eole! »

A ces mots, Aimery se rappela tout. En effet, lors de son voyage en Grèce, un ami l'avait conduit chez monsieur Lamberti, négociant italien établi à Athènes, chez qui on faisait bonne chère et dont la femme, extrêmement jolie, s'était appris avec une rare intuition l'élégance parisienne. Madame Gemmata ne passait pas pour farouche et ne l'était pas ; quant à monsieur Lamberti, c'était un enragé coureur de bonnes fortunes qui, toujours occupé d'un nombre incalculables de dames et de fillettes, ne se souciait aucunement des aventures de sa femme.

Il était alors de notoriété publique que la brune Lusca s'employait aux amours de la dame comme à celles du mari et qu'elle recevait de toutes mains, chassant d'ailleurs aux amourettes pour son propre compte. Elle n'était déjà plus toute jeune ; mais ses yeux et son impudent sourire promettaient tant de choses, que plus d'un curieux les prenait au mot, et pas un ne s'était plaint de les avoir crus sur parole. Comment Lusca s'était-elle brouillée avec un ménage où elle était si utile, et comment se trouvait-elle à Paris vieille et misérable ? C'est ce qu'elle ne dit pas, car, occupée de soins plus importants, elle regardait les deux louis qui brillaient dans la main d'Aimery, et cherchait le moyen de les faire passer dans sa propre poche.

Le moyen n'était pas difficile à trouver. Lusca se rappela à point nommé que ce poète, d'ailleurs plein de génie, était assez enfant et assez spirituel pour croire tout ce qu'on lui pouvait dire, et elle lui conta d'abondance une histoire de princesse grecque belle comme le jour qui, soupçonnée à tort par son mari, s'était enfuie avec sa cassette de diamants, aidée par elle, Lusca, et elle expliqua aussi comme quoi elles avaient été toutes les deux enlevées par des pirates. Les péripéties à la suite desquelles elles avaient pu gagner Paris, à travers des aventures inouïes, mais en ayant eu le bonheur de rester toujours sages, n'auraient été déplacées ni dans un conte de Boccace ni au dénoûment d'une comédie de Molière.

De tout temps, les bons poètes se sont contentés

de ces inventions, et Aimery de Los n'était pas pour
s'inscrire en faux contre ce qui les a charmés. Bref,
la princesse grecque était chez Lusca ; elle serait enchantée de causer avec un aimable poète qui pourrait lui parler la langue de son pays ; mais peut-être
ne serait-il pas maladroit de lui offrir un petit goûter de bonbons, de menues pâtisseries et de confitures. Telle était la transition, grâce à laquelle Aimery donna ses deux louis sans la moindre difficulté.
Seulement, il demanda le nom de la princesse, et,
sans avoir cherché trop longtemps, sa compagne lui
répondit :

— « Cymodoce. »

Tout en causant, on était arrivé dans l'affreuse rue
des Moineaux, à la porte d'une maison branlante,
sans portier, dont l'escalier était noir comme la
gueule d'un four. Pour gravir les marches déjetées,
Lusca avait pris la main d'Aimery, elle la serrait nerveusement, de toutes ses forces, et le poète comprenait que cela voulait dire : « La princesse est là ;
soyez tranquille. » Enfin, la Génoise ouvrit une porte,
frotta une allumette contre le mur, et Aimery vit
alors un taudis aux meubles éclopés, mal éclairé par
un bout de bougie dont la stéarine, qui avait coulé
irrégulièrement, affectait des formes de monstre.
Après avoir fait asseoir le poète sur une causeuse
couverte en damas de laine rouge et qui vomissait
le crin et l'étoupe aussi par ses trous béants, elle re-
descendit pour aller aux provisions. Au bout d'un
moment, elle rentrait et plaçait devant Aimery, sur
une table boiteuse, un verre à demi opaque et une
bouteille sur laquelle ces mots prétentieux : *Vin
Samien*, surmontaient une adresse d'épicier. En même
temps, elle eut l'heureuse idée de décrocher du mur
une guitare qui n'avait pas perdu toutes ses cordes
et de la mettre dans les mains du poète.

Seulement, elle semblait assez embarrassée pour fournir la princesse, craignant peut-être de s'être trop avancée et de ne pas pouvoir la décider à recevoir la visite d'un inconnu.

Ce en quoi elle avait tort, car, ainsi qu'Aimery de Los me l'a raconté, ce qu'il devait voir dépassa de beaucoup son attente. Sans doute, se faisant légère pour ne pas le troubler tandis qu'il s'était remis à chanter des chansons grecques, Lusca avait tout disposé à souhait et avait disparu ensuite sans faire aucun bruit. En effet, lorsqu'il posa la guitare à côté de lui sur un tabouret de nacre, les vieux meubles avaient été cachés sous des étoffes orientales; des bougies transparentes brûlaient dans les flambeaux d'argent, et les gâteaux d'amandes, les fruits vermeils entourés de feuilles, les crèmes glacées étaient élégamment servis dans des soucoupes d'or, sur une nappe blanche comme la neige, posée sur un épais tapis de Smyrne.

Enfin Cymodoce entra, vêtue de sa robe couleur de rose, si belle, si divinement belle avec sa chevelure en longues tresses et ses deux yeux verts attirants et profonds comme la mer! Chose étrange! Aimery ne lui fit pas l'effet d'un étranger; sans nul embarras, ils causèrent ensemble à plein cœur; il semblait qu'ils s'étaient toujours connus. Tout de suite, en la voyant, le poète l'avait aimée, et elle aussi lui parlait affectueusement, comme à un ami. Ils revoyaient ensemble les bords du Céphise et de l'Ilissus, et ce délicieux Ladon au bord duquel la terre est couverte de jeunes fougères, tandis que l'herbe est semée de boutons d'or et de mauves sauvages. Aimery, avec ces belles images qu'il trouvait aisément, louait la beauté de Cymodoce, et cette belle princesse souriait; parfois il se taisait, et Cymodoce récitait à Aimery ses propres vers, qu'elle savait tous

par cœur et dont elle gardait le rythme comme un
poète, et en même temps sa longue main blanche
jouait avec les roses rouges et roses dont la nappe
était jonchée.

Pendant une heure, Aimery s'enivra de la chère
voix; mais Cymodoce lui avait dit tristement qu'elle
ne pouvait rester longtemps avec lui, et bien qu'il
ne l'eût pas comprise, la raison qu'elle lui avait donnée lui sembla irréfutable. Quand vint le moment
fixé par elle, elle parut souffrir cruellement, et
même alors, par une illusion singulière, il sembla
à Aimery que sa figure s'effaçait, confuse et tremblante dans la lumière de la chambre. Quant à lui,
il avait le cœur brisé, mais, obéissant à une loi
cruelle, il n'eut pas l'idée de retenir la princesse, et
lorsqu'elle s'enfuit, légère comme une ombre, après
lui avoir tendu sa main fraîche, il resta abattu, cachant sa tête dans ses mains.

Combien de temps? Longtemps sans doute, car,
lorsqu'il regarda autour de lui, Lusca avait eu le
temps d'enlever le couvert. Il n'y avait plus que les
vieux meubles, le verre épais, le vin samien de l'é-
picier, et la bougie qui coulait dans son chandelier
de fer et formait de blanches cascades figées.

Aimery éprouva à l'instant le besoin de quitter ce
lieu détestable et charmant. Il emportait avec lui le
plus adorable souvenir, et cependant sans cesse, avec
le revers de sa main, il frottait et essuyait son cou,
d'un geste machinal, comme s'il avait vaguement
conscience d'avoir reçu là un baiser qui lui faisait
horreur. En même temps, dans sa bouche comme
brûlée, il sentit le goût pâteux du vin Samien. Il se
sauva précipitamment, sans s'apercevoir que Lusca
l'accompagnait, et lui serrait la main, comme elle
avait fait déjà en montant l'escalier. Mais au moment où il traversait l'étroite et noire antichambre,

une voix absurde, ironiquement féroce, le glaça d'é-
pouvante. C'était le perroquet, le vieux perroquet
déplumé, qui éperdument lui criait avec une sombre
joie :

— *Vous reviendrez!*

Hélas! le doux poète Aimery de Los est mort depuis longtemps, mais non le vieux, l'invincible perroquet, et je l'ai entendu crier son refrain abominable, hier encore, à la porte du bouge, dans la rue
Zacharie!

# XLI

## AMANTS BIZARRES

Le peintre Louis Chasseval, beau comme toujours, en cravate bleue, en par-dessus blanc, portant haut sa tête cuivrée qu'entoure une noire chevelure, et le vieux et illustre sculpteur Bazille, dont les passants regardaient la longue barbe de neige, s'étaient assis, en sortant de l'Exposition, sur un des bancs qui bordent le jardin fleuri du café des Ambassadeurs, car tous les deux, abasourdis et comme stupéfaits d'admiration, littéralement étourdis par les tableaux du jeune Paul Antoine, ils éprouvaient l'impérieux besoin de se parler tout de suite et de se communiquer leurs pensées.

— « Ainsi, dit Bazille, voilà un jeune homme, un enfant encore, en qui, dès le premier jour, se révèle un maître, et qui arrive avec l'indéniable force du génie. En ce temps de vains propos, de luttes frivoles, de paroles jetées au vent, de boulevarderie obstinée, il a trouvé, où et comment? la force de se concentrer comme faisaient les créateurs aux grandes époques de l'art!

— Et, répondit Chasseval, quelles qualités diverses, et qui sembleraient devoir à jamais s'exclure les unes les autres! A la fougue, à l'ardente invention d'un Delacroix, n'unit-il pas la finesse, la délicate

24

précision, l'impeccable justesse d'un Meissonier?

— Aussi, reprit Bazille, ce qu'il a trouvé, c'est la
Vie, ni plus ni moins ! Ses figures restent enfermées
dans le cadre, parce qu'elles le veulent bien, mais
inquiétantes, menaçantes, réelles comme un prodige ; car on sent bien que, si elles le voulaient,
elles sortiraient de là, et se mêleraient sans difficulté
à l'imbécile troupeau des hommes. Le tableau des
*Rôdeurs de barrière* est une page épique ; les soute-
neurs de filles qu'on y voit très correctement vêtus,
sans nulle intention comique, et sûrs de leur puissance, comme des vengeurs choisis par le Destin ;
les filles pâles, le front courbé, le cou serré par un
invisible carcan, ont l'irrésistible grandeur que leur
eût donnée Daumier, quand il avait le temps d'être
peintre !

— Et, dit Chasseval, n'y a-t-il pas plus de modernité encore, malgré le choix du sujet antique ou
plutôt éternel, dans le tableau des *Danaïdes?* Ces
désespérées, aux fronts meurtris, aux lèvres entr'ouvertes, aux rouges chevelures sèches et brûlées, qui
sans cesse vident leurs urnes dans le tonneau sans
fond, ne sont-elles pas la parfaite et épouvantable
image de nos travaux sans but et de nos efforts stériles? N'est-ce pas là une page aussi exactement da-
tée que la *Mélancholia* douloureusement burinée par
Albert Durer, au moment où la grande Renaissance
voulait s'envoler et ne le pouvait pas, et, retombant
lassée et brisée, voyait son soleil caché par les sombres ailes de la chauve-souris?

— Ah ! dit Bazille, Dieu fait tout ce qu'il veut ; cependant je ne serais pas fâché de savoir comment
il a pu s'y prendre pour former, à l'époque où nous
sommes, un artiste de cette force...

— Moi, je le sais, » dit une voix derrière lui.

Et les deux artistes s'aperçurent alors que, sur le

banc adossé à celui qu'ils occupaient, était assis le journaliste Sigal. C'était lui qui venait de lancer cette audacieuse affirmation.

— « Oui, reprit-il, mon état consiste à tout savoir, à m'en faire vingt-deux mille francs de rente ! Comme vous l'avez dit, Paul Antoine est à la fois un Delacroix et un Meissonier, et peut-être quelque chose de plus encore. Ce formidable inventeur qui, sans embarras, groupera cent figures dans un mouvement violent et passionné, est capable aussi d'inventorier les pâquerettes d'une prairie et de compter, comme Delaberge, les feuilles d'un arbre ; mais vous serez moins étonnés de ses aptitudes contradictoires quand vous saurez qu'il est le fils naturel, — et surnaturel ! du célèbre compositeur Paolo Seminario et de la marquise Antoinette de Chantemède.

— Hein ? fit Bazille, aussi surpris que s'il eût vu passer, dans l'allée des Champs-Élysées, le char d'un roi d'Asie traîné par des lions.

— Monsieur Chasseval et moi, reprit Sigal, nous étions des enfants en 1857 ; mais vous, monsieur Bazille, vous devez vous rappeler l'effet inouï que produisirent alors les *Essais philosophiques* publiés dans la *Revue des Deux-Mondes* sous le nom de Claude Vivanti, et le bruit qui se fit dans Paris lorsqu'on apprit que ce Vivanti, occupé d'idées abstraites, de spéculations hardies, et dont rien ne décourageait l'investigation obstinée et sagace, était en réalité une femme : madame de Chantemède !

Une femme ? non, je me trompe, elle n'avait rien d'une femme ; elle était chimiste, astronome aussi, savante comme Humboldt, et lorsqu'il lui était arrivé de se livrer à quelque aventure, ç'avait été avec la parfaite froideur du savant qui tente une expérience. Belle d'ailleurs comme si elle se fût façonnée elle-même d'après les plus purs canons de l'art, elle

était irréprochable en cela, comme en tout; mais
elle n'eût inspiré aucune curiosité au moindre Parisien, qui avant tout demande à la femme qu'il choi-
sit une étincelle dans les yeux et un grain de piment
sur les lèvres; aussi aima-t-elle uniquement (si le
mot *aimer* peut être employé dans cette acception)
des étrangers plus fidèles que nous à la perfection
classique. Lorsqu'une curiosité de ce genre lui venait, elle savait en ajourner la satisfaction au moment où elle aurait achevé tel ou tel traité de chimie
ou d'astronomie, car elle était de la race des gens qui
prennent leur temps et ne se pressent jamais.

Quant à monsieur de Chantemède, parfait gentilhomme, ennemi des paperasses et des fatras, il se
souciait de tout cela comme de son premier duel.
Après la naissance de son fils unique, dont il était
bien sûr d'être le père, il avait laissé à sa femme une
liberté illimitée, et il avait vécu comme il lui convenait, grand chasseur, écuyer sans rival, cavalier
friand de l'épée et excellemment aimable, dont les
femmes raffolaient. On faisait chez lui grand'chère,
et couvrant d'or une cuisinière sérieuse, il avait tous
les jours à sa table des convives exquis et triés sur
le volet. Il mettait, pour dîner, son habit orné des
plaques de ses ordres, et, lorsqu'elle entrait dans le
salon, baisait la main de madame de Chantemède.
Passé cela, il ne s'inquiétait nullement de ce qu'elle
pouvait devenir, et ne fût pas entré chez elle pour
un empire, car la vue des bouquins, des sphères
célestes et des instruments de physique lui était
plus désagréable que celle de mille crapauds.

C'était, comme je vous l'ai dit, en 1857; madame de
Chantemède s'éprit alors, comme elle pouvait s'é-
prendre (j'emploie ce mot faute d'un autre meilleur,)
s'éprit, dis-je, du célèbre compositeur Seminario.
Vous connaissez ce révolutionnaire qui, aujourd'hui

encore, fait paraître tièdes Berlioz et Wagner. Il
mettait l'Europe en feu, brisait les pianos que Liszt
avait effleurés, exigeait mille musiciens là où Berlioz
s'était contenté de trois cents, enrôlait à son service
les clairons du jugement dernier et les tonnerres,
et avec cela poète plein de génie, buvant aux sources
épiques et composant lui-même les vers de ses symphonies, il eût, si cela était possible, guéri les Français de la platitude musicale et des tragédies chan-
tées sur des airs de danse. En *aimant* Seminario, la
belle Antoinette ne sortait pas de ses études ordinaires, car leur mariage était vraiment celui de l'eau
et du feu. Je n'ai pas eu de détails sur les commen-
cements de la liaison; mais j'arrive à ce qui en fut
la phase intéressante et merveilleusement comique.

— Oui, dit Chasseval, béni soit l'éternel comique!

— Un matin, reprit Sigal, très froidement, très tranquillement, sans le moindre embarras, madame de
Chantemède, vêtue d'une fraîche robe Pompadour,
et tenant à la main une rose, dit à son mari :

— « Vous avez sans doute appris que j'aime Seminario? Je ne saurais être heureuse loin de lui; aussi
j'ai résolu de vous quitter, d'aller habiter avec lui
tout à fait, et je voulais vous faire part de cette décision.

— Que me dites-vous, marquise? fit monsieur de
Chantemède. Habiter avec lui! Mais que voulez-vous
faire de ce brave homme? Vous n'avez pas l'intention, j'imagine, de passer avec lui vingt-quatre heures par jour. N'êtes-vous pas bien ici? Songez-y,
vous avez ici vos aises, votre installation, vos habitudes. Et puis, ma chère, il vous jouera du piano!
Allons, cela n'est pas sérieux, réfléchissez-y encore.

— Je le veux bien, » dit la belle Antoinette qui, en
sa qualité de philosophe, ne faisait pas fi de la raison humaine.

24.

Au bout de deux mois, elle reprit son sujet et
dit à monsieur de Chantemède :

— « Eh bien ! j'ai réfléchi, et mes idées n'ont pas
été modifiées. Je vais décidément aller habiter avec
Seminario.

— S'il en est ainsi, marquise, dit monsieur de
Chantemède, je serais désolé de vous contraindre ;
je vous demande seulement encore un répit de quelques jours. »

Antoinette accorda cette sage requête, et, pour
n'avoir rien à se reprocher, le marquis se hâta d'é-
crire aux deux frères de sa femme. Le comte de
Moride et le baron de Moride quittèrent leurs régi-
ments, accoururent sans retard et, du mieux qu'ils
le purent, chapitrèrent leur sœur.

— « Ma chère amie, lui dit le colonel comte de Moride, s'il te plaît d'avoir un cavalier servant, qui
diable t'en empêche ? Je l'eusse mieux aimé gentilhomme que joueur de flûte ; mais enfin, tel qu'il
est, n'es-tu pas libre de le recevoir autant qu'il te
plaît et, quand il fait beau, d'aller cueillir avec lui
des marguerites ? Si quelqu'un y trouve à redire,
n'as-tu pas à ton service deux épées et même trois,
car je compte celle de Chantemède, qui ne tolérerait
pas un mot mal sonnant à propos de sa femme ? »

En dépit de ces amicales remontrances, Antoinette persista dans sa résolution. Messieurs de Moride
la quittèrent sans avoir rien obtenu d'elle, mais en
l'assurant de nouveau que, dans quelque situation
qu'elle fût, l'appui de ses frères ne lui manquerait
pas. Bien décidée à faire une folie, elle en fixa bien
à l'avance le jour et l'heure et, sans se presser d'une
minute, commença à prendre les dispositions nécessaires pour sa fuite. En ce qui concerne l'argent, il
n'y avait aucune difficulté ; les fortunes des deux
époux étaient parfaitement liquides et séparées, et

monsieur de Chantemède laissait à sa femme l'entière disposition de la sienne. Pour le reste, ce fut moins simple; tous les deux tenaient beaucoup aux bibelots, aux meubles précieux, aux orfèvreries, aux antiques services de Chine armoriés, et il fut convenu que ce trésor, longuement amassé, serait équitablement partagé par portions égales. Monsieur de Chantemède était incapable d'une longue application et Antoinette se fût fait un scrupule de lui imposer une fatigue cruelle pour lui; tous les jours, après le déjeuner, ils tenaient une séance courte, mais bien remplie, dans laquelle ils faisaient apporter les objets rares, les disposaient en lots, en décidaient l'attribution et la consignaient par écrit, en partie double.

Ce travail ne demanda pas moins d'un grand mois, au bout duquel l'époque fixée par madame de Chantemède étant précisément arrivée, elle annonça à son mari qu'elle se ferait enlever le lendemain matin, à dix heures précises, ce qui eut lieu comme il était convenu. Mais, le soir de ce même jour, Antoinette dîna comme d'habitude à la maison, et fut charmante avec les convives du marquis. Ainsi commença une liaison qui, pendant quatre années, fut le spectacle de l'univers, car l'Italie, la Grèce, la Hongrie, l'Asie Mineure étaient à peine assez grandes pour Seminario qui, pareil à un Bacchus suivi des Ménades, traînait par toute la terre ses poèmes farouches et ses symphonies effrénées. Au bout d'un an, le petit Paul Antoine était né, c'est tout ce que voulait le Destin, et ainsi ces amours absurdes n'avaient plus leur raison d'être; elles continuèrent cependant, pour ajouter une variation de plus aux sanglantes ironies du dieu qui tresse les âmes, et qui, parfois aussi, les attache avec des clous et de durs liens de fer.

Tantôt c'était Seminario qui entraînait Antoinette dans ses bohêmes furieuses, et on voyait alors les deux amants courant dans les steppes sur des chevaux sauvages aux crinières échevelées, ou suivant des batailles et galopant sous la grêle des balles, ou traversant les torrents dans des barques d'écorce ; tantôt c'était madame de Chantemède qui louait quelque part une villa, au bord d'un lac de romance, et asservissait son amant à une vie d'étude et de pot-au-feu ; alors il la voyait lorgner les astres et découper des papiers en dentelles à jour, pour les mettre sous ses pots de confitures !

A ce double métier, ils étaient devenus si las, qu'il leur fallait bien à l'un et à l'autre vingt ans de repos pour rentrer dans leur assiette ordinaire, et c'est pourquoi ils se séparèrent avec une effrayante joie. Madame de Chantemède voulut rentrer chez son mari, qui galamment vint la chercher à Turin, et elle réintégra le domicile conjugal sans avoir égaré en route un de ses bibelots, même à travers les camps, les ambulances et le fracas des aventures. Elle se remit à ses études comme auparavant ; l'important, c'est que Paul Antoine était né. Cet enfant que n'aimaient ni son père ni sa mère, et qui fut abandonné dans un collège, a cependant hérité d'eux ; il a de l'un l'ardent génie et de l'autre la froide et exacte précision, et grâce à cet amalgame admirable, il sera, comme vous le disiez tout à l'heure, le maître et l'initiateur attendu par l'art français.

— Mais, dit Bazille pensif, s'il en est ainsi, si vraiment les parents donnent à leurs enfants leur âme et leur esprit avec le sang de leurs veines, ne faudra-t-il pas supprimer tous les romans et tous les drames où de détestables vieillards sont les pères de fils séduisants et charmants ?

— Je crois, dit Chasseval, qu'il faudra les supprimer en effet, et que la Science moderne exige cet holocauste. Cela pourra se faire sans raturer une ligne de Shakespeare ni de Balzac. Et tenez! quand Molière, qui n'a rien ignoré, donne pour enfants à Géronte Léandre et Hyacinthe, il a grand soin de faire supposer par les insinuations les plus directes que c'est là une filiation purement conventionnelle et sociale, et que madame Géronte n'a jamais été vertueuse! »

## XLII

### D'APRÈS MARIVAUX

Jacques Bruhière peint des mythologies de la plus alléchante modernité. Avec leurs yeux qui savent tout et leurs cheveux dans les yeux, ses déesses ont le diable au corps; elles portent l'habit grec, mais avec je ne sais quel ragoût emprunté à la dernière mode parisienne; aussi n'est-il pas étonnant que leurs pantoufles à talons et leurs traînes savantes aient concilié à Bruhière beaucoup de dames, qui toutes voudraient être les modèles de ses Danaés, de ses Dianes et de ses Andromèdes. Mais ce peintre n'a pas l'âme romanesque; il exècre tout ce qui dévore le temps, et travaille comme un ouvrier, du matin au soir, estimant avec raison que la vie n'est pas trop longue pour qui veut apprendre à peindre, et un peu à dessiner.

Célèbre à trente ans, et gagnant beaucoup d'argent, qu'il emploie à assurer la liberté de son travail, il fuit, comme la peste noire, toute occasion de ne rien faire et de dire des paroles inutiles. Il y a juste un an, au moment où fermait l'Exposition de peinture, au début de laquelle il avait exercé les ennuyeuses fonctions de membre du jury, Jacques Bruhière, qui se disposait à aller respirer l'air pur en faisant des études de paysage, bouclait sa malle,

lorsqu'on lui remit une toute petite lettre impré-
gnée d'un parfum subtil, et sur laquelle son nom
était écrit en caractères d'une allure gracieuse et
mutine. Il la lut avec mauvaise humeur, puis, la frois-
sant et la jetant à ses pieds :

— « Ah ! mais non, non, non ! s'écria-t-il éperdument.

— Qu'y a-t-il ? lui demanda son ami, le romancier Eugène de Lassi, qui assistait à cette explosion
de colère.

— Ah ! lui dit Bruhière, je n'ai pas de chance.
Mon cher, il y a un demi-siècle que 1830 est passé ;
il n'existe plus qu'une seule femme capable de devenir amoureuse d'un peintre d'après ses ouvrages,
et c'est sur moi que cela tombe ! A-t-on l'idée d'une
absurdité pareille, et n'est-ce pas comme si le premier passant venu me commandait un tableau,
parce qu'il aimerait la coupe de ma barbe ? Tiens,
vois, continua-t-il en ramassant la lettre et en la
tendant à Lassi : « Écrire poste restante à madame
Léon. » Ah ! mais non ! pas de littérature dans ma
vie. C'est déjà bien assez d'écrire à mon marchand
de couleurs !

— Mais, dit Eugène qui avait lu le billet, c'est
tourné très gentiment. Je t'assure qu'il y a là-dedans de la fantaisie, et la gaieté d'une femme spirituelle. Voyons, que comptes-tu faire de madame Léon ?

— Comment, ce que je compte en faire ! Rien du
tout... et c'est encore trop !

— Eh bien ! puisque tu pars, laisse-la-moi... avec
ton atelier. Tu sais que je suis un peu peintre ?

— Hein ? fit Bruhière, stupéfait d'une telle effronterie.

— Très peu, dit Lassi, j'en conviens ; mais assez
pour faire illusion à une femme amoureuse... surtout en ne peignant pas ! »

Ces derniers mots du romancier jugeaient très exactement son talent d'artiste. En effet, il pouvait donner un coup de crayon qui semblât hardi et trouver au bout de la brosse une touche amusante, mais à condition d'en rester là ; en un mot, il en savait assez pour avoir pu exposer au Cercle des Hirondelles une petite nature morte, bien décidément morte, que n'auraient pas ressuscitée les soins des plus habiles médecins. Lui qui, la plume à la main, créait toutes les magies de la couleur et faisait vivre de si délicieuses figures de femmes, il était moins fier lorsqu'il s'agissait de faire obéir le pinceau ; mais il n'y eut rien à redire au béret savant et à la vareuse en velours peluché de couleur fauve dont Eugène de Lassi était paré lorsqu'il reçut, pour la première fois, madame Léon dans *son* atelier ! Quant à elle, gaie, toute jeune, coiffée en nuage, svelte sans maigreur, regardant tout avec ses grands yeux bruns ; ayant la joie partout sur sa petite tête folâtre, dont le joli nez retroussé, les lèvres sensuelles et la petite oreille rose avaient l'éclat fleuri d'une fête galante, elle apparut comme un rayon de printemps au milieu des meubles d'ébène et des sévères bibelots de Bruhière.

Elle savait pourquoi elle était venue et Eugène le savait aussi ; c'est pourquoi leur première scène d'amour fut absolument exempte de littérature. Les grands faiseurs de phrases sont ceux qui, dans certaines situations données, s'entendent le mieux à ne pas faire de phrases, et les femmes, avec un bon interlocuteur, savent parler tous les langages, y compris celui du silence. Cependant, madame Léon causait à ravir, et Eugène s'en aperçut bien le lendemain et les jours suivants.

Car elle avait pris possession de l'atelier, et ne s'en allait que pour revenir. Elle avait dit comme

Tartuffe : « La maison m'appartient », non en paroles, mais par ses gestes et par son attitude souveraine. Elle s'amusait des faïences, des porcelaines,
des éventails, des beaux livres qu'elle laissait ouverts sur les tables, et elle se couchait sur tous les
divans avec les plus amusants costumes improvisés,
car elle n'avait pas tardé à devenir un modèle pour
le bien-aimé, et après avoir promené sur les tapis
ses robes bleu de Chine ou lilas de Perse, il lui plaisait de les quitter pour se draper dans les étoffes
brodées d'or et dans les tissus barbares. Oh! la
charmante vie que ce fut alors! On déjeunait sur
un guéridon, de pâtés de grives et de confitures de
roses, ou de toute autre chose absurde, on buvait
du lacryma-christi dans des verres de Venise, et le
travail recommençait, interrompu par des baisers
toutes les cinq minutes. Madame Léon, à qui il faut
rendre son nom de Léone (pour le nom de famille
il n'en fut pas question,) avait voulu être à la fois
toutes les héroïnes : Omphale, Dalila, Salomé,
Francesca, Desdémone, Juliette, Hélène aussi, en
dépit de son petit nez tapageur, et docilement Eugène de Lassi avait outragé une cinquantaine de
toiles blanches, en y mettant des frottis quelconques ou en y traçant à la craie des lignes audacieu-
ses, que Léone regardait avec les yeux de la foi.
Elle avait la ferme espérance de se voir bientôt mul-
tipliée en un tas de chefs-d'œuvre, et ce ne fut
certainement pas sa faute si le faux Jacques Bruhière en resta toujours à ces préparations initiales.

Léone était toute à son amant. Tout en se décla-
rant parfaitement libre, elle lui avait imposé la
condition unique de ne pas chercher à savoir qui
elle était, parce que, disait-elle, elle ne voulait pas
que les exigences et les sujétions du monde vinssent
troubler leurs belles amours. Cette condition, Eu-

gène de Lassi l'avait acceptée avec joie, car, lui
aussi, il éprouvait un immense besoin de fuir les
salons et d'échapper à la vie réelle. Ce qui le charmait, c'était de posséder cette adorable maîtresse en
dehors de toutes les conventions et dans une solitude que rien ne pouvait troubler, et certes, il n'aurait pas été plus heureux qu'il ne l'était, s'il avait
pu savoir que sa belle et rieuse compagne n'était
autre que la baronne Léone de Pleurs! Il lui semblait infiniment doux d'avoir à lui une créature
parfaite et d'une bonne humeur inaltérable; mais
ce qui, à son insu même, l'amusait surtout, c'était
de faire joujou avec les outils de peintre, d'écraser
des tubes, de salir des chiffons, de chercher des
poses, de faire des croquis incohérents, et, volupté
qui ne peut être comprise que par les seuls adeptes,
de ne pas faire de *copie!* Non seulement Lassi avait
respecté la vie et les secrets de son amie, mais en
ce qui le concernait personnellement, il avait entièrement rompu avec la civilisation et avec les lois
établies. Il était allé chercher sa garde-robe, et depuis lors avait négligé de rentrer chez lui, ignorant
les lettres qui lui étaient adressées, laissant le bec
dans l'eau les éditeurs, les directeurs de journaux
et de théâtres, et s'inquiétant d'eux non plus que
s'il était mort. Quelle coupable, mais délicieuse et
féroce jouissance pour un homme de lettres!

Léone, qui décidément aurait dû vivre dans les
temps romantiques, redevenait parfois Léon; alors
elle revêtait un charmant costume d'homme, elle
était un peintre au même titre qu'Eugène de Lassi,
et ces deux artistes s'en allaient dans quelque forêt,
comme Orlando et Rosalinde, sous les frondaisons
noires! Un jour, à Compiègne, Eugène peignit un
arbre si fabuleux, que Léone lui demanda, inquiète :
— « Ah çà, mon Jacques, est-ce que tu n'aurais plus

de talent? — Mon âme, lui dit Lassi, tu sais bien
que Balzac l'a dit : « L'amour ne saurait avoir d'autre objet que lui-même! » Sur quoi Léone fit une
jolie petite moue. — « Mais alors, répondit-elle ingénument, comment feras-tu, puisque tu m'aimeras
toujours? » Une telle vie était trop heureuse pour
pouvoir durer; aussi fut-elle anéantie, comme c'est
la loi, par le coup de foudre inattendu. Ruy Blas
encore frémissant du baiser de la Reine et tout à
coup voyant entrer don Salluste sous sa livrée écarlate, ne fut pas plus étonné qu'Eugène de Lassi,
rêvant silencieusement sur un divan après le départ
de Léone, lorsque Jacques Bruhière entra avec sa
clef, suivi de commissionnaires qui portaient ses
bagages et des parasols, des cartons, des paquets de
toiles ficelés, tout l'attirail du peintre en voyage.
Dans une situation semblable, un César Borgia
n'eût pas hésité, il eût tué son ami; Eugène de Lassi
essaya de la douceur, mais Orphée lui-même, avec
sa lyre, n'aurait pas attendri Bruhière qui, lorsqu'il
s'agissait de son travail, était plus sourd qu'une
roche et plus méchant qu'un diable. Se voyant ac-
culé dans une situation sans issue, dont il ne pouvait sortir à son honneur, Eugène eut la fatale idée
de la briser par une exécrable farce de rapin, espérant, bien à tort, que sa victime rirait, et peut-être
alors serait désarmée. Comme on va le voir, cette
inspiration malencontreuse fut inexcusable et devait
aboutir à des conséquences tragiques.

Le lendemain, lorsqu'à l'heure habituelle Léone
sonna à la porte de l'atelier, ce fut Jacques Bruhière
lui-même qui alla lui ouvrir, en vareuse, tête nue,
et tenant à la main sa palette et ses brosses.

— « Monsieur Bruhière? demanda-t-elle, étonnée
déjà.

— C'est moi, madame, dit l'artiste.

— Vous! fit Léone en l'écartant de la main, et en
entrant, comme un orage, dans l'atelier, où elle eut
bien vite quitté son chapeau et ses gants. — Vous!
reprit-elle en se jetant sur un divan, et en dévisa-
geant le peintre, comme elle eût regardé un animal
inconnu et chimérique. Cependant elle se sentit
troublée en apercevant sur un chevalet une toile
commencée avec la manière indiscutable de l'ouvrier, et en voyant que son interlocuteur avait l'air
d'être parfaitement chez lui. Léone aussi avait l'air
d'être chez elle, et fiévreusement jouait avec un
monstre japonais, qu'elle pétrissait dans ses mains
impatientes.

— Ah! çà, monsieur... » dit-elle. Mais elle laissa
échapper le monstre, qui se brisa en mille pièces,
lorsqu'elle vit entrer une sorte de Jocrisse vêtu
d'une souquenille rouge et affublé d'un tablier qui,
ses cheveux dans les yeux, frottait une écuelle d'argent avec une peau de daim, et qui n'était autre
qu'Eugène de Lassi. — « Qu'y a-t-il, Jean? demanda
impérieusement Bruhière. — Mais, répondit le prétendu Jean, est-ce que monsieur n'a pas sonné? »

Léone devint pâle, blanche comme un linge; ses
yeux s'ouvrirent démesurément, ses lèvres étaient
violettes et ses dents claquaient d'horreur. — « Un
valet! » cria-t-elle d'une voix étouffée; et, saisissant
un petit poignard qui se trouvait sur la table à la
portée de sa main, elle s'élança, éperdue et folle,
et frappa son amant. La lame, heureusement, s'arrêta sur une fausse côte, et la blessure de Lassi ne
fut pas grave; mais madame de Pleurs s'évanouit,
ne s'éveilla que pour être la proie d'une épouvantable crise de nerfs, hurlant, écumant, se roulant
par terre, et ce fut seulement après plusieurs heures écoulées qu'on put la ramener chez elle.

Elle fut soignée par sa sœur, madame de Vignix,

qui ne quittait pas le chevet de son lit. Eugène de
Lassi, qui n'avait même plus le droit de se repentir,
n'eut de recours et d'espoir qu'en son ami, chez qui
il trouva alors la plus généreuse pitié. Jacques
Bruhière, qui vit Eugène déchiré par un véritable
remords, et qui lui-même se désolait d'avoir prêté
les mains à une farce cruelle, fit de nombreuses
tentatives pour être reçu chez Léone, mais vainement, et la porte lui fut impitoyablement fermée.
Il écrivit plusieurs fois, sans recevoir de réponse, et
ses lettres sans doute ne furent pas remises à la malade, qui se débattit pendant trois mois entre la
vie et la mort. En septembre 1879, sa sœur, par
l'ordre des médecins, la conduisit à Cannes. C'est
là qu'elle se remit lentement, et guérit enfin d'une
langueur qui avait semblé mortelle. Léone était
de retour à Paris le mois dernier, faible et souffrante encore, mais sauvée, et retrouvant son riant
visage, sur lequel refleurissaient déjà de pâles
roses.

Comme on s'en souvient, c'est à ce moment-là
que le fameux roman d'Eugène de Lassi : *Les deux
Princesses*, eut, à son apparition, un immense reten-
tissement. Léone, qui ne croyait pas connaître si
bien l'auteur, se passionna pour ce livre, avec tout
le monde, mais autrement que tout le monde.
Comme l'être humain est toujours semblable à lui-
même, et comme il était dans sa destinée de ne
pas pouvoir séparer l'admiration de l'amour, elle se
sentit vivement attirée par le poète à qui elle avait
dû de captivantes émotions, et désira le rencontrer.
Mais quel ne fut pas son ahurissement, lorsqu'à un
bal donné chez la comtesse de Sagone, la maîtresse
de la maison le lui présenta elle-même, et que dans
le plus célèbre des romanciers modernes elle reconnut le faux Jean et le faux Bruhière! Serai-je

25.

cru si je dis que, par un miracle dont le secret se
cache au plus profond de notre être, elle oublia en
un instant ses souffrances et sa haine, et en retrouvant son cruel ennemi, se souvint uniquement de
l'avoir adoré? Fêté et complimenté par des hommes
considérables, regardé par les femmes, qui dé-
ployaient pour lui leurs plus savantes coquetteries,
Eugène de Lassi, vêtu avec l'élégance la plus irréprochable, était paré de toutes ses croix et de toutes ses plaques; cette fois, il n'y avait pas à s'y
tromper, ce n'était pas Arlequin, c'était bien Do-
rante! Eugène demanda à la baronne la faveur
d'une contredanse, et fut agréé; madame de Pleurs
prit son bras, et en parcourant les salons, put
s'enivrer du murmure que la gloire soulève autour
d'elle.

— « Ah! dit-elle à Eugène, vous avez été abominable; mais vous m'avez fait verser de bien douces
larmes, et si jamais je pardonnais à quelqu'un, ce
serait à l'auteur des *Deux Princesses!*

— Hélas! madame, fit le romancier, rien de plus
triste qu'une plaisanterie mal prise, ou qu'un bon
mot dont l'intention ne réussit pas. Dans cette malheureuse affaire, j'avais voulu, par un madrigal en
action, exprimer que j'étais tout entier à votre service...

— Ah! dit Léone, qui l'enveloppa de son charme
irrésistible, et, par un regard circulaire, reprit
possession de lui, comme le marquant à son chiffre.

— Mais, continua le romancier, que madame de
Pleurs écoutait avec un sourire enfantin et vain-
queur, si vous daigniez me le permettre, je témoi-
gnerais par mes actions et par une soumission sans
bornes que je suis, réellement et au pied de la lettre,
votre valet.

— Je l'espère bien ! dit-elle. Et elle ajouta, en songeant à l'arbre de Compiègne, seul crime qu'elle n'eût pas encore pardonné à son ami d'autrefois : Mais, par exemple, je ne vous emploierai plus jamais à peindre le paysage ! »

# XLIII

## MADAME PLUME

Je ne me lasse pas d'admirer comme le féroce
dieu Amour n'épargne ni le vieillard chauve ni la
tendre enfance, et plante ses flèches dans les plus
innocentes poitrines. Vérité amère que sut exprimer
le symbolisme grec : car tandis que pour peindre la
furie et la folle témérité des Désirs enfants, les artistes de l'Hellade montraient de petits Eros montés
sur des lions, armés de la massue d'Hercule et vêtus
de la dépouille du lion de Némée, ou comme celui
qu'on voyait sur le bouclier d'Alcibiade, jouant avec
la foudre de Zeus, l'un d'entre eux avait représenté
le Désir chauve, accablé de vieillesse, portant une
longue barbe qui ruisselait sur sa poitrine, et toujours ailé pourtant, parce que l'âge ne rend pas
moins violente et moins rapide la fougue impérieuse
du désir. Balzac sans doute avait connu cette allé-
gorie, lorsqu'il imagina l'effrayante figure du baron
Hulot, à laquelle, s'il avait vécu assez longtemps
pour terminer *La Comédie humaine*, il eût certainement donné pour pendant l'image d'un enfant dévoré par les feux de l'amour et dont il m'a été donné
de voir le vivant modèle !

La petite Marcéla, fille du marquis Christoval
d'Araujo, a justement sept ans. Ses cheveux d'un

blond jaune, mat et comme décoloré, ses grands
yeux bruns où semble brûler une flamme intense,
et sa bouche pareille à une grenade écarlate arrê-
tent forcément le regard, et sa petite beauté enfantine a quelque chose d'inoubliable. Quand il revint
ici, après avoir servi dans l'armée du prétendant, son
cousin Aurélio de Pazos s'amusait à lui faire la cour
comme il l'eût faite à une vraie femme ; mais Marcéla n'est-elle pas une vraie femme ? A la voir jouer
de l'éventail en écoutant les discours d'un cavalier,
on n'en douterait pas et peut-être, à son insu même,
Aurélio fut-il encouragé à ce jeu par l'étrangeté du
sourire de la petite fille et par le sombre éclat de
ses prunelles, où déjà se lisent les profondes pensées.
Quant à elle, lorsque son cousin l'appelait « ma
petite femme, » elle prenait ces mots au sérieux autant que cela est possible, et regardait avec orgueil
cet amoureux, dont l'énergique visage, couronné par
une noire chevelure et tout brûlé du soleil, avait été
largement tailladé par un coup de sabre.

Si les grandes personnes faisaient attention à quelque chose, les parents de Marcéla auraient été étonnés de l'impatience qu'elle montrait quand son cousin devait venir, et de la coquetterie avec laquelle
elle se parait alors de ses petits bijoux et ajoutait
une fleur dans ses cheveux. Ils auraient été effrayés
peut-être de la voir devenir toute pâle lorsque Aurélio entrait, et de l'entendre lui parler avec une voix
saccadée et tremblante. Mais, naturellement, ils ne
reconnurent pas ces indéniables signes de l'amour,
et, lorsqu'il y a un mois, monsieur de Pazos épousa
la charmante Henriette de Neuflise, quelques jours
avant la cérémonie, ils parlèrent de ce mariage devant leur enfant, comme d'une chose parfaitement
indifférente, Marcéla tomba à la renverse évanouie,
et resta comme morte pendant plusieurs heures.

Quand elle fut revenue à elle, rien ne put la tirer
d'un mutisme sauvage ; on obtenait à grand'peine
qu'elle prît quelque nourriture ; pendant des jours,
elle restait immobile, la tête dans ses mains, et il
fut impossible de l'obliger à voir madame et mademoiselle de Neuflise qui l'aimaient tendrement ; lorsqu'elle entendait annoncer leurs noms elle s'en-
fuyait en poussant des cris affreux. Il fallut lui cacher le jour du mariage et éviter tout ce qui pouvait
lui en rappeler le souvenir, car alors les médecins
tremblèrent pour sa vie. Un jour pourtant, et le hasard me rendit témoin de cette scène que je n'oublierai jamais, elle entra dans le salon comme son
cousin y était déjà, et en le voyant elle fit un pas
en arrière. Monsieur de Pazos voulut la retenir, il
s'avança vivement vers elle et essaya de lui prendre
la main en disant : « Marcéla ! » mais la petite fille
retira sa main avec horreur. — « Non, dit-elle, non,
méchant, tu as épousé une autre femme ! » Et avant
de sortir elle jeta sur lui, avec ses yeux démesurément ouverts, un regard où il y avait tant de haine,
de colère, d'épouvante, de dégoût, d'orgueil souf-
frant, d'amour blessé, que le jeune homme en resta
atterré, se reprochant peut-être d'avoir joué un jeu
cruel. Et moi, soudainement, je me rappelai que de
longues années auparavant, à une époque dont le
souvenir même est depuis longtemps envolé, j'avais
déjà vu ce même regard, oui exactement le même
regard farouche et sinistre. Enfant alors moi-même,
je l'avais vu à la pension bourgeoise de la rue Copeau, dans les étranges yeux bleus de la pauvre madame Plume !

Ma mère me conduisait à cette pension, où nous
allions visiter une de ses meilleures amies, veuve
très pauvre d'un capitaine de frégate, mort en 1830
à la prise d'Alger. Madame Eugénie Tranchemer et

son fils Hugues, qu'elle avait amené à Paris pour
qu'il y fît son droit, avaient apporté leurs meubles
et ils occupaient deux chambres dans la maison Astrua, où ils étaient tous les deux logés et nourris
moyennant quatre-vingts francs par mois, car alors
il était encore possible d'être pauvre en appartenant
à un monde honorable, luxe qui n'est plus à la portée de personne. Agé de vingt-deux ans, Hugues
Tranchemer, jeune géant normand à la chevelure
dorée et à la longue moustache coupant en deux son
visage, était un grand buveur et un grand coureur
de femmes ; son excellente mère eût été stupéfaite
si elle avait su par quelles bombances il se dédom-
mageait au dehors des austérités de la maison Astrua, où cependant il était parvenu à jeter le trouble,
ne fût-ce que par son robuste appétit. C'était en 1840,
et je n'ai connu que plus tard *Le père Goriot*, écrit
six années auparavant. Telle que je la vis alors, la
pension bourgeoise de la rue Copeau (car toutes se
ressemblent) me parut, quant au décor, très res-
semblante à la description qu'en a donnée Balzac,
mais très différente en ce qui concerne les personnages. Celle-là me frappa surtout par son caractère
international, et sous ce rapport elle était peuplée
comme une maison de santé ou comme une ville
d'eaux.

Certes, on y trouvait les inévitables petits bourgeois, échoués là comme des mollusques ; mais on
y voyait aussi des jeunes gens de diverses nations,
valaques, hongrois, brésiliens, victimes sans doute
dans leurs pays de quelque catastrophe, et venus
pour conquérir Paris, qui vivaient de l'invraisemblable nourriture apprêtée par les soins de madame
Astrua et de sa cuisinière Clémence, et que cependant on voyait sortir avec des toilettes élégantes et
avec des redingotes bien coupées, ornées de rosettes

multicolores. Mais les deux curiosités de la maison
étaient mademoiselle de Féria et madame Plume.
La vie de la première était une énigme, que j'étais
trop jeune alors pour deviner et dont je n'ai jamais
eu le mot. Mademoiselle Juliette de Féria avait-elle
quelque droit à porter ce nom historique? c'est ce
que je n'ai jamais su ; mais toute sa manière d'être
soulevait de curieux et insolubles problèmes. Très
blanche, très rose, blonde aux cheveux cendrés, toujours coiffée selon la mode d'alors, d'un léger bonnet orné de rubans d'un rose pâle, elle était évidemment jeune, mais sans qu'il fût possible de savoir dans quelle mesure et de dire si elle avait
dix-huit ans ou vingt-huit, car sa peau avait quelque chose de doux, d'achevé, de reposé et de lustré,
qui d'ordinaire accuse la beauté accomplie. D'après
le caractère de ses traits et la coloration de son visage, il fallait la croire Anglaise, en dépit de son
nom espagnol; mais bien fin qui eût deviné sa na-
tionalité, car mademoiselle Juliette de Féria parlait
avec perfection et sans aucun accent particulier
toutes les langues de l'Europe. Si l'on savait peu de
chose sur elle, en revanche elle semblait parfaitement connaître la vie et les antécédents de tous les
étrangers que le hasard avait réunis dans la pension
bourgeoise, et partager avec chacun d'eux un secret
particulier.

Très souvent des équipages s'arrêtaient devant
la porte de la maison Astrua et il en descendait des
hommes considérables, de célèbres personnages politiques français ou étrangers, qui avaient avec elle
de longues conférences, toujours sous les yeux de
tous, car alors, par une convention tacite, on aban-
donnait la plus belle partie du jardin et la maigre
tonnelle à mademoiselle de Féria. Qu'était-elle et
que faisait-elle à Paris? Plus tard, on eût dit qu'elle

était une espionne prussienne ; mais il ne me semble
pas que le système d'observation prussien ait été
régulièrement organisé dès ce temps-là ?

Quant à madame Plume, une fée, un rêve, un
fantôme, une apparition, une ombre, une vieille,
vieille, vieille femme, coiffée non d'une perruque ou
d'un tour; mais d'une vapeur, d'une fumée de cheveux
roux, et dont le Temps avait fini par effacer les rides,
mince comme un roseau tremblant, vêtue d'une robe
à fourreau, un seul mot donnera une idée de son âge
invraisemblable et surnaturel : son mari, monsieur
Plume, avait été l'apothicaire du roi Louis XV ! Elle
se rappelait comme dans un songe, mais aussi parfois très distinctement, la cour, les seigneurs, Ri-
chelieu qui lui avait pris le menton, les fêtes galan-
tes qu'elle avait vues en écartant les branches de
quelque charmille, et elle avait encore dans ses prunelles tout ce monde de richesse, d'enchantement
et de folie. Ayant été jadis aimée autant qu'elle avait
aimé, madame Plume, qui partait toujours pour un
bal chimérique, s'asseyait dès le matin à la triste
table d'hôte avec tous ses diamants, et l'idée de renoncer à plaire n'était pas de celles qui auraient pu
entrer dans sa petite tête de fauvette. Si invraisemblable que cela puisse paraître, il y avait un certain
charme dans ses pâles yeux, bleus comme la mer au
clair de lune, et dans son mince visage souriant qui,
malgré deux larges plaques de rouge hardiment posées, ressemblait à une tapisserie usée par le soleil
ou à ces pastels dont le temps a fait s'envoler la
poudre légère.

La joie, le spectacle, la grande distraction de la
pension bourgeoise, c'était la belle passion de madame Plume pour l'étudiant Hugues Tranchemer,
passion qui allumait dans ses prunelles mortes des
restes d'étincelles et la faisait frissonner de la tête

26

aux pieds, lorsque arrivait le jeune homme dont elle
disait avec le style usité dans sa jeunesse : « C'est
mon amant! » Elle prenait alors des airs de bergère, faisait les yeux doux à ce géant, et lui donnait à baiser cette chose mince et chimérique qui
avait été sa main au siècle précédent! Elle l'attendait, lui parlait bas à l'oreille, ébauchait des petites
mines coquettes, et s'enivrait de ses incohérentes
amours avec une innocence enfantine. Hugues, en
écolier viveur, s'amusait brutalement de cette pastorale, et les pensionnaires de la maison Astrua en
faisaient le thème de plaisanteries appuyées et
lourdes, comme peuvent les inventer des étrangers
enfouis à Paris dans une caverne obscure, mais rien
n'ébranlait la foi de madame Plume, dont le cœur
battait comme au premier rendez-vous qu'elle avait
eu à quinze ans avec un prince du sang royal. Et il
fallait la voir secouer ses éblouissantes pendeloques
et jouer avec sa montre, dont la boîte entièrement
couverte de diamants faisait sourire les convives :
car lequel d'entre eux eût hésité à voir dans ces
joyaux flamboyants du strass grossièrement taillé
et des bouchons de carafe?

Par une belle soirée d'été, au moment où la nuit
tombait, nous revenions vers la maison, après avoir
causé sous la tonnelle mal couverte d'un rare feuillage. Je marchais à côté de madame Plume, et derrière nous venaient les jeunes étrangers et deux ou
trois vieillards, portant leurs pliants d'un air hébété.
Tout à coup, à côté du puits orné d'un couronnement
de fer curieusement ouvragé, nous vîmes Tranchemer qui avait saisi mademoiselle de Féria dans ses
bras d'athlète et qui, malgré sa résistance, posait de
gros baisers sur ses lèvres, comme un chef normand
dans le sac d'une ville. C'est alors que madame Plume
lui jeta ce regard désolé, haineux, indigné, suprême,

que je devais revoir, tant d'années après! dans les
yeux de la petite Marcéla En vain je voulus retenir
la pauvre femme, elle s'échappa, glissa entre mes
doigts, et avec une incroyable agilité se précipita
dans le puits.

Quand elle eut disparu dans ce gouffre, nous laissant tous glacés d'horreur, ce fut Tranchemer lui-
même qui descendit dans le puits, et qu'un des Brésiliens remonta en tournant la manivelle : l'étudiant,
posé droit sur le seau, tenait dans ses bras la mince
madame Plume qui, si légère, avait surnagé, soutenue par ses vêtements bouffants. Chose étrange, elle
n'était pas morte, quoiqu'elle fût plus blanche qu'une
morte, et à force de soins on put, après un long
temps, la ranimer. Même elle vécut encore près
d'une année après cette tragique aventure; elle
mangeait dans sa petite chambre et ne descendait
plus à la table, et si par hasard elle passait à côté de
Tranchemer dans un corridor, elle se détournait
avec un geste douloureux.

Juillet inondait de soleil le jardin fleuri et plein
de roses, quand on emporta madame Plume dans
un petit cercueil d'enfant. Contrairement à l'opinion
des pensionnaires de madame Astrua, ses diamants
étaient de vrais diamants, et il était dans leur destinée de revenir toujours briller à la cour des rois, car
l'unique héritière de la pauvre amante désolée se
trouva être une demoiselle Estrabou, épouse de
monsieur Painparé, le riche fabricant de chandelles
établi au faubourg Saint-Denis, qui en 1845 fut
nommé pair de France par Louis-Philippe.

# XLIV

## LES BONS COTRETS

La veille du dernier jour fixé pour l'envoi des statues et des tableaux à l'exposition, les amis du statuaire Azelart, peintres, poètes, critiques, flâneurs parisiens, se trouvaient réunis chez lui vers les quatre heures du soir, venus exclusivement pour admirer sa statue d'Aréthuse changée en fontaine dans l'île d'Ortygie ; aussi, une demi-heure à peine écoulée, parlèrent-ils d'autre chose, après avoir épuisé les formules élogieuses ; car, sur chaque sujet donné, tout homme ne sait qu'un certain nombre de mots, et lorsqu'il les a tous défilés, il faut nécessairement qu'il s'arrête. Au moment où les visiteurs s'étaient présentés presque ensemble et seulement à quelques minutes d'intervalle, Azelart qui, cette fois, modelait une figure de vieillard, avait aimablement accordé un repos à son modèle, tout en l'invitant à ne pas s'éloigner. Sans dire un mot, le vieil Amouroux, après s'être drapé dans une couverture à dessins roses, s'était voluptueusement couché sur une peau de mouton à la toison longue et épaisse, teinte en couleur écarlate, et fumait un brûle-gueule culotté, absolument dépourvu de tuyau, qui semblait éclore sur ses lèvres comme le calice d'une fleur noire.

Amouroux est très grand ; son long nez tombe sur

sa bouche, comme si, depuis si longtemps qu'il est au monde, les Heures, en appuyant dessus, l'avaient allongé et courbé ; sa longue barbe couvre sa poitrine ; ses cheveux, longs comme des cheveux de femme, l'envelopperaient comme un manteau de mendiant ; mais, lorsqu'il n'en a pas besoin pour la pose, il les tord en chignon pour n'en être pas embarrassé, et les attache sur le sommet de sa tête. Dans ses clairs yeux d'acier éclate la tranquillité de l'homme qui sait tout, qui a tout vu, qui depuis un demi-siècle entre, sans en être étonné, dans la peau de tous les rois et de tous les Dieux. Quand on arrive à faire parler ce grand silencieux, Amouroux raconte que dans sa jeunesse, et même dans son âge mûr, il a eu des aventures avec des femmes du monde, et il en parle avec tant de détachement, qu'il faut le croire. Mais vous pouvez penser qu'il restait muet comme une carpe, lorsque la conversation, ainsi qu'il arrive d'ordinaire, étant tombée sur l'amour, les amis du statuaire causaient du moment et des circonstances où la possession d'une femme aimée est le plus désirable, et éveille en nous la plus suprême joie.

Quel intérêt pouvait prendre à ces causeries puériles un vieux lascar admirablement construit et musclé, mais devenu si maigre, qu'à la leçon de l'École des Beaux-Arts, le professeur le plante debout et nu à côté du cadavre, pour servir anx démonstrations anatomiques ? Amouroux, qui a collaboré avec Jean-Paul Laurens pour tous ses tableaux, représente les féroces rois Mérovingiens, les bourgeois révoltés et les évêques terribles ; mais il est devenu prodigieusement indifférent aux amourettes, et il écoutait les paroles des artistes tomber dans le vide, comme au fond des forêts de Sicile, un satyre cornu écoutait tomber dans un abîme sans fond le flot murmurant d'une fontaine. Cependant la conversation conti-

26.

nuait, et sans s'inquiéter du modèle immobile, les jeunes hommes laissaient leur pensée folâtrer et courir dans le désordre vertigineux du caprice.

— « Pour moi, dit Joseph Galli, je suis un classique d'avant les chemins de fer. « Tu m'emmènes, je t'enlève, » comme dans la chanson de Zéno ! S'enfuir à travers bois, sur des chevaux furieux, avec la chère proie frémissante, les fronts fouettés par les branches, se baiser éperdument dans le vent qui mêle les chevelures, vivre double, dévorer l'espace, entendre toujours plus rapproché le pas des chevaux qui vous poursuivent, franchir les buissons et les torrents, y a-t-il quelque chose au-dessus de ce voyage fou, où l'amour est suivi et guetté par la mort sanglante ?

— Ah ! dit Mallèvre, la vie réelle est bien autrement saisissante et poétique. A qui de vous n'est-il pas arrivé d'attendre dans son entresol de garçon assourdi par les étoffes et les moelleux tapis, la femme mariée, belle, élégante, tout charme et toute grâce, qui doit y venir pour la première fois ? Viendra-t-elle ? Aura-t-elle pu se rendre libre, ou faudra-t-il subir en vain l'affreux supplice de l'attente ? Dix minutes encore, dix siècles, doivent s'écouler avant l'heure fixée, et cependant tout à coup l'amant sent son cœur battre si fort et si vite, qu'il se demande si ce cœur ne sera pas brisé avant l'instant délicieux où elle apparaîtra, et de sa petite main gantée écartera la sombre voilette. Le temps conspire contre lui, l'heure est immobile : l'aiguille fiévreusement regardée ne marche plus ; dans la tête de ce jeune homme pâle de désir et de terreur ont passé plus d'idées qu'il n'en avait eu depuis qu'il est au monde ; il a vu en songe l'aimée épiée, suivie, tombant à son seuil à demi morte ; il l'a vue courroucée, oublieuse, infidèle, puis subitement rassérénée, semblable à elle-même, disant : « Toi »

avec sa voix divine; de nouveau, il a vécu les
longues heures de sa passion et ses premières angoisses, et voilà deux minutes seulement! Enfin,
après tant d'impatience et de délire, l'heure sonne;
voici le frisson, le murmure, le doux froissement de
la robe : maintenant, ce n'est plus qu'une seconde à
attendre; mais toujours le cœur bat plus fort; et lui
qui en entend le contre-coup dans sa tête, il ne sait
plus s'il aura la force de vivre pendant cette seconde,
longue et mystérieuse comme l'éternité!

— Oui, dit Sarrade, il est amusant d'attendre une
femme qui vient, et que son mari guette peut-être de
l'autre côté de la rue, en roulant des projets de meur-
tre, mais combien serait-il plus voluptueux et plus
étrange encore d'arracher son idole à un public, à
une foule, à tout un peuple jaloux? Imaginez, non
pas la Malibran ou Dorval, ces muses inspirées sont
trop loin de nous, misérables ; mais, au temps où
les actrices avaient le diable au corps, une Ugalde
ou une Marie Cabel chantant pour la première fois
l'air de la *Coupe* ou la chanson des *Fraises* au milieu
de l'ivresse, des rumeurs, des acclamations insen-
sées ! A ce moment-là, quel plaisir effréné d'enjam-
ber la scène sans façon, de saisir la cantatrice sans
s'inquiéter des injures et des huées, de la prendre
dans ses bras, de l'emporter loin, bien loin, et de lui
dire en la déposant effarée sur les coussins pourprés
comme le sang : « A présent, dis la fin de ta chanson pour moi tout seul. »

— Ceci, dit Alphonse Igier, est purement chimérique et vous avez tort de croire, mon cher ami, que
l'esprit puisse trouver une parfaite satisfaction dans
la pensée d'une loi enfreinte ou violée; car alors,
les plus pures jouissances seraient réservées aux fous
et aux criminels! Loin de là, la plus divine extase
qu'il soit donné à l'homme d'éprouver se trouve au

dénoûment d'une histoire aussi bête qu'un vaudeville ; elle est sur le seuil de la chambre vers laquelle
s'avance le mari, ayant sur son bras le bras de sa
belle, chère et rougissante femme, jeune fille encore.
Comme elle et plus qu'elle, il voudrait retarder
l'heure bénie, revenir sur ses pas, éloigner encore
cet instant qui blesse et déchire aussi la pudeur de
son âme ; tous deux pourtant, ils marchent les yeux
dans les yeux, légers, silencieux, tremblants, et
comme enlevés dans des bras invisibles. Le mari
possède cette vierge, il sent le tremblement de sa
main, le feu de ses yeux, la douceur de son haleine,
et cependant elle est vierge, et rien n'égale en sua-
vité ce moment fugitif et céleste.

— Moi, dit Talamon, j'avoue franchement que j'ai
des idées entortillées et romanesques, et je vais vous
dire comment le bonheur m'apparaît, avec la mise
en scène d'un conte fantastique. C'est vers une heure
du matin, dans une chambre luxueuse, où les satins
et les bronzes dorés flamboient seulement par places,
car les bougies ont été éteintes, et ce sont les flammes du foyer qui vaguement et capricieusement les
éclairent. Je suis dans cette chambre avec deux femmes : la femme bonne, celle qui a les cheveux noirs
et qui sait aimer, est au piano, et navrée, désolée,
désespérée de mon abandon, improvise des airs de
plus en plus tristes et déchirants pour me supplier
de retourner près d'elle. Mais moi, pendant ce temps,
je suis assis sur le tapis, devant le feu, à côté de la
blonde, de la méchante, de celle qui a des cheveux
d'or et des yeux de chat, et bien que je la sente
cruelle et froide, et que je lise la trahison dans son
pâle sourire, c'est près d'elle que je reste. Cependant je voudrais aller vers celle qui m'aime, que j'aime
aussi, et je n'y vais pas, parce que l'esprit de perversité me retient, et toujours le chant retentit plus

déchirant et plus triste, et toujours je regarde les froides et insensibles étoiles dans les vertes prunelles de chat que tourne languissamment vers moi la femme blonde. »

A ces derniers mots dits par Talamon, le vieux modèle Amouroux, qui, jusque-là, n'avait pas bougé plus qu'une figure de pierre, fit un geste d'impatience et ôta de sa bouche le brûle-gueule sans tuyau.

— « Messieurs, dit-il, vous parlez bien, et je vous prie de m'excuser si je me mêle à la conversation ; mais l'amour, ça n'est rien de tout ça.

— Ah ! fit Azelart. Eh bien, mon brave, puisque tu en sais plus long que ces messieurs, tire-les de peine et dis-leur enfin ce que c'est que l'amour.

— Quand une femme est mal lunée, quand elle a de l'ennui, lorsque ça ne l'amuse plus de s'attifer et qu'elle mange du bout des lèvres, dit le modèle en rebourrant sa pipe, alors il faut lui flanquer une bonne tripotée. Ça la remue, elle pleure toutes les larmes de son corps, et, lorsqu'elle en a plein les joues, alors vous la prenez dans vos bras, vous lui donnez de bons baisers en commençant par ses yeux mouillés ; ça la fait rire, elle vous baise aussi de bon cœur, et voilà ce que c'est que l'amour !

— Hem ! dit Sarrade au milieu des rires de ses amis, le moyen d'Amouroux est un peu simple et sommaire...

— Oui, interrompit Igier, mais non méprisable. Battre une dame serait horrible, et ce serait l'action d'un lâche, parce que les dames sont de frêles créatures angéliques à qui est due la protection de l'homme ; mais le point de vue change s'il s'agit de battre non pas une dame, mais une femme, une de ces robustes commères des vieux conteurs, assez fortes pour se protéger elles-mêmes, ayant les cheveux drus, les bras vigoureux et les lèvres rouges.

Voyez comme les femmes battues font bonne figure dans les joyeux devis et les farces gauloises!
Mon oncle Rouquerol m'a raconté bien souvent que,
dans sa jeunesse, on jouait aux Funambules une comédie intitulée : *Les bons cotrets font les bonnes épou-*
*ses*. Il trouvait ce titre si admirable, qu'il ne se lassait
pas d'aller le regarder sur l'affiche : mais il n'entrait
pas et il ne vit jamais la pièce, persuadé avec raison
que, si belle qu'elle fût, elle ne pouvait être à la
hauteur de son titre, où se résume toute une philosophie.

— Il avait raison, dit Sarrade. Moi j'ai eu en Lor-
raine, à Demange-aux-Eaux, gros bourg bâti sur pilotis
et situé entre Ligny et Gondrecourt, une tante extrêmement battue, dont j'ai gardé le plus aimable souvenir. Mon oncle Joson Ali pouvait passer pour un
homme fort, car il relevait en se jouant les chevaux
d'une charrette et la charrette, et tuait les sangliers
à coups de couteau ; mais c'était un bien petit garçon auprès de sa femme, une vraie géante Garga-
melle, énorme, belle comme le jour et dont la chevelure aurait suffi pour tisser une belle corde à puits.
Avec cela une âme si délicate et subtile, qu'elle se
plaisait à se faire battre comme plâtre par son mari et
à se raccommoder ensuite selon le système d'Amouroux, ce qui constituait la plus ingénieuse de toutes
les flatteries, car de la sorte Joson semblait robuste!
C'était une sorte de madrigal en action, imaginé
par cette femme bien éprise, et elle se faisait battre
comme un riche emprunte de l'argent à son ami
pauvre, pour avoir le droit de faire bourse commune.
Mais Joson était libertin ; le malheur voulut qu'il fît
le joli cœur avec une certaine Catherine du voisinage
et que ma tante en fût informée. Après cela il revint, pour battre sa bonne femme comme d'habitude ;
mais cette fois Seurette Joson Ali ne plaisanta plus ;

elle prit dans sa forte main la tête de son mari et la
lui tourna sens devant derrière, de telle façon que
Joson Ali pouvait regarder son dos. Cette tête fut
raccommodée, mais non jamais la paix du ménage,
car Seurette, qui ne voulait plus se laisser battre et
se désolait de ne plus être battue, se consumait dans
les larmes...

— Et, interrompit gaiement Alphonse Igier, voilà,
mon cher Azelart, un épisode qui nous ramène tout
droit à ta belle statue, car Sarrade nous a peut-être
conté ainsi la véritable histoire d'Aréthuse changée
en fontaine! »

## XLV

## MADAME JOSSU

— « Moi non plus, dit le photographe, je ne voudrais pas retourner en arrière et recommencer les jours déjà vécus, parce qu'il y a eu dans ma vie une minute trop longue. J'exagère pourtant; ce ne fut pas une minute tout entière, mais il y eut une vingtaine de secondes, à peu près, dont le souvenir, après si long-temps, me fait battre le cœur et me brise les genoux, et qui continrent pour moi des angoisses par trop dé-licieuses et horribles. »

Tandis qu'il parlait ainsi, je le regardais, ce bon Cabadès, bondissant et agile, souple comme un jeune tigre, fauve, brûlé, cuit au four, idéalement maigre, et qui, s'il eût pu rester en place un instant, aurait parfaitement ressemblé à un roi indien, avec ses yeux si brûlants, sa chevelure bleue et sa barbe noire, dont les poils soyeux se détachaient un à un sur la peau mate et chaude et laissaient voir, ouverte sur des dents de loup, la bouche pareille à une fleur écar-late. Son costume ajoutait encore à l'illusion, car, enveloppé comme un parapluie dans son fourreau, Cabadès était serré dans une robe orientale, dont l'é-toffe, à fond rouge, s'ornait d'une profusion d'œillets et de palmes; une très large ceinture de soie d'un rouge rosâtre l'enveloppait hermétiquement, et pour

le reste il portait un pantalon extra-collant couleur
d'aigue-marine et des pantoufles pareilles, extrava-
gamment brodées d'argent et d'or. Il parlait tantôt
debout, tantôt par un élan aussi rapide que celui de
miss Ænea, la mouche d'or, se trouvant subitement couché sur le divan rose, et, même en l'air,
ne cessant jamais de faire et d'allumer des cigarettes, qu'il semblait mouler d'un seul doigt. Et
pendant que nous l'écoutions, le diamant noir de
ses yeux flambait sinistrement sur la sclérotique
jaune.

— « Je suis né, dit-il, dans le coin le plus nu de la
Provence, sur une espèce de roc où les cigales ont
trop chaud, et auprès duquel le Canteperdrix de Paul
Arène pourrait passer pour une prairie anglaise.
Aussi devais-je songer de bonne heure à faire la conquête de Paris, où j'arrivai il y a une dizaine d'années, possédant quelques centaines de francs que
j'avais gagnés sur ma route, en peignant des portraits bizarres ! Dès que j'y fus, les immenses affiches peintes sur les murs me révélèrent ma vocation ;
je vis que la ville appartenait aux photographes, et
je fus dès lors fixé sur le choix d'un état ; mais il me
manquait le capital. Cependant j'en trouvai un, car à
peine eus-je mis le pied à Mabille qu'une certaine
Éva Dorel me surnomma *le Persan*, appellation qui
fut ratifiée par un consentement unanime, et que je
m'empressai de rendre vraisemblable en agrémen-
tant ma toilette de diamants aussi énormes que chimériques. Un Persan véritable n'aurait pas pu en
trouver de plus faux, mais les belles filles les regardaient avec les yeux de la foi. Ainsi j'étais quelque
chose, une excentricité connue et classée à Paris,
une personnalité exotique, et là-dedans je devais
trouver le moyen de battre monnaie et de plonger
mes bras nus dans un fleuve d'or. En attendant, je

27

déjeunais de rien du tout et je dînais d'un œuf sur le plat, à la crémerie.

Mais je compris que chaque minute emportait une de mes chances, et qu'il fallait agir tout de suite. Essayer d'emprunter les quelques mille francs nécessaires pour louer un modeste appartement et pour acheter des outils de travail, eût été aussi fou que de chercher un brin d'herbe sur les rails du chemin de fer; n'ayant pas le choix, je me résolus donc à faire construire un palais, celui-là même où nous sommes; et puisque j'étais Persan, à le bâtir persan. Dès lors j'avais dans ma pensée ces plafonds de cristaux taillés en diamants dont la renommée a fait ma fortune, et je combinais mes folles architectures des *Mille et une Nuits;* il ne restait qu'à les réaliser : un simple détail ! Je commençai par commander assez d'affiches peintes, imprimées, lithographiées, rouges, vertes, multicolores, avec et sans images, pour que l'importance de mes ordres m'assurât quelques jours de crédit, et dès lors la *Photographie persane* existait, puisque son nom illustrait, couvrait, éclaboussait, ensanglantait, teignait de vert et d'azur tous les murs de Paris, consentant à peine à laisser les fenêtres s'ouvrir entre ses lettres gigantesques. Toute publicité rapporte quelque chose ; celle-là me donna un premier associé, qui vint s'offrir en plein Mabille. Il n'avait que vingt mille francs; je les pris. C'était de quoi acheter à crédit, donner des pourboires et payer des fiacres.

Sur ce boulevard du Temple, alors profondément remanié, et où je voulais livrer la bataille à mes confrères des beaux quartiers, de grands terrains étaient à vendre; j'achetai celui-ci à des conditions qui eussent fait frémir l'ombre de Shylock, les époques de payement très rapprochées devaient tomber sur moi dru comme grêle; mais je songeais à mes

futures recettes, que j'avais raison de ne pas estimer
à moins de mille francs par jour, et je me livrai aux
architectes, aux entrepreneurs, aux décorateurs, mettant ma tête tout entière dans la gueule du monstre !
Je vous passe les détails techniques ; dès que mon
premier étage fut sorti de terre, il me servit de gage
pour emprunter au Crédit foncier de quoi construire
le second, et immédiatement je mis mon entreprise
en commandite. Grâce à un coup de presse formidable et à des pots-de-vin dans lesquels Gargantua
se fût noyé, une partie de mes jolis papiers roses
trouva des acquéreurs, et il y eut même des verse-
ments ; mais imaginez cet enfer ! deux fois de suite
il se trouva qu'un lot d'actions considérable avait
été souscrit par des banques douteuses qui entre
temps firent faillite. Pour les racheter, il me fallut
tirer de l'argent.... De quelle mine ? Je me le demande à présent. De mon âme sans doute ! En même
temps, lutter avec les maçons, les menuisiers, les
serruriers, mettre le feu à tout ce monde-là, en tâ-
chant de n'être volé que de quatre cents pour
cent ; voir tout Paris, être partout à la fois, devenir
l'ami intime de tous les Français, l'un après l'autre ;
refondre et recommencer deux ou trois fois ma société financière, être de tous les dîners, de tous les
déjeuners, de toutes les soirées, de toutes les premières représentations ; avoir mille corps, trouver
mille secondes dans une minute et mille minutes
dans une heure, tels étaient mes moindres soins, et
toujours mes colleurs collaient des affiches et mes
peintres en peignaient, car je ne voulais pas qu'il res-
tât un pouce de muraille sur lequel les passants
n'auraient pas lu : *Cabadès, Photographie persane, ouverture le dix juillet.*

Il arriva enfin, ce dix juillet, annoncé à la quatrième page de tous les journaux, et dès neuf heures

du matin mon palais fut assiégé, pris d'assaut, inondé
par la foule. Ce ne fut pas une émeute, ce fut une
révolution. Tous les bourgeois de l'univers étaient
là, emplissant les ateliers et les salons, grouillant
dans les escaliers, s'accrochant aux rampes d'or,
s'empilant sur les divans de soie, se pressant autour
des appareils, posant, payant, partant, se rhabillant,
dictant leurs commandes, se succédant plus pressés
que les feuilles des bois et les flots de la mer. Mes
trois lieutenants et moi et mes innombrables aides,
nous faisions des douzaines de portraits à la fois,
ensemble, partout, sur les terrasses, dans les réduits
non éclairés, dans les corridors; nous étions comme
Messaline, éreintés mais non rassasiés, car toujours
j'entendais le bienheureux or tomber dans les caisses, et je songeais à tous les à-comptes que je don-
nerais le soir même; je me multipliais, j'étais légion
et armée, ivre de fureur, de bravoure, de fatigue et
de collodion! Mes modèles! je les recevais, je les
posais, je leur refaisais leur toilette, je les poussais
aux commandes les plus excessives, aux rappetis-
sements, aux grandissements, je les mettais dehors
stupéfaits et ravis, et j'en prenais d'autres, toujours
d'autres! Le shah de Perse vint au milieu de tout
cela, je le photographiai avec sa suite, sans qu'il
eût le temps de me demander si j'étais Persan ou
non, seulement (j'adore les décorations!) il me
nomma commandeur du Lion et du Soleil et s'en
alla ravi; moi, je domptais déjà un nouveau flot de
bourgeois, dont les têtes se renouvelaient et s'en-
fuyaient dans le vent du vertige, emportées comme
des ombres vaines.

Journée compliquée! Vous le savez, en fait de
femmes je n'ai jamais été raisonnable, et j'avais dû
cacher dans un nid construit exprès et capitonné de
soie blanche ma jalouse amie, une Espagnole blonde

nommée Incarnacion, personne adorable et adorée,
mais qui, à propos de tout et de rien se jetait sur
moi avec un couteau, aussi souvent que je fumais
des cigarettes, c'est-à-dire toujours. En général, elle
devenait folle quand elle ne m'avait pas vu depuis
cinq minutes, et il y avait huit heures que je tra-
vaillais, n'ayant même pu m'informer si elle avait
eu à manger et à boire; je ne doutais pas qu'elle
n'eût déjà cassé beaucoup de bibelots et déchiré les
étoffes en lanières! De plus, comme pour ne pas
laisser un sou à mes visiteurs, j'avais organisé une
immense vente de portraits de femmes, d'actrices,
de célébrités pris chez mes confrères, j'y employais
les nombreuses employées femmes qui plus tard
devaient être occupées à retoucher, à vernir, à coller,
à encarter, à classer les épreuves photographiques,
et qui, je dois vous l'avouer, étaient toutes un peu
mes maîtresses, car, je vous le répète, sur ce cha-
pitre-là, j'ai le diable au corps! Au milieu de mes
poses, de mes réceptions, de mon tracas fabuleux,
de la foule toujours amassée, toujours fuyant et re-
naissant comme l'eau d'un fleuve, je les voyais passer, affairées, inquiètes, faisant craquer leurs tailles
souples et me jetant l'une après l'autre ce regard
qui veut dire : « N'est-ce pas que tu n'aimes que
moi? » Je les voyais comme tout le reste, employés,
foule, appareils, meubles singuliers et brillants,
dans une hallucination effrenée; mais soudain tout
disparut, car je me trouvai en face d'une femme si
belle, que tout le reste me sembla n'avoir jamais
existé.

Un corps riche, svelte et souple, un long cou gracieux, un visage d'un ovale pur et charmant, des
cheveux châtain foncé avec des reflets d'or, de grands
yeux d'un bleu sombre avec des sourcils noirs et de
longs cils noirs, un nez pur, bien dessiné, aux na-

rines ouvertes, à peine légèrement relevé au bout
pour éviter le classique ; une bouche aux lèvres arquées et charnues, non pas rouges mais d'un rose
intense, un menton arrondi, ferme, volontaire, une
petite oreille de Néréide, et sur tout cela un air d'hon-
nêteté, de résolution, de bonté, de franchise, telle
était madame Eulalie Jossu, dont je ne pouvais ignorer
le nom, car son imbécile de mari, dont j'étais en train
d'arranger la pose, le répétait à chaque bout de
phrase ! Ce ridicule greffier, nullement caricatural
dans sa toilette, mais au contraire trop correctement vêtu, comme tous les êtres foncièrement provinciaux, disait d'ailleurs toutes les niaiseries des
personnages d'Henri Monnier, qu'il ne faut jamais reproduire, par respect pour le papier blanc ! Un seul
exemple suffira. Chaque fois que madame Eulalie
Jossu parlait, gaiement, naturellement, et avec une
voix d'or, le greffier disait : « Excusez-la, monsieur;
elle est un peu bornée ! » Et il ajoutait avec un froncement de lèvres dédaigneux : « Elle était la fille
d'un simple horticulteur ; je l'ai élevée jusqu'à moi ! »

Ce monstre aurait dû avoir sur la tête de noires
forêts pleines de brises et de rossignols ; mais il était
évident que sa divine femme ne s'était jamais ven-
gée ; je le pensai du moins ainsi, en admirant son
regard loyal et sa peau douce, enfantine, duvetée,
qui n'avait jamais subi l'affront de la poudre de riz !
J'avais fini de poser le greffier en face de mon ap-
pareil, et je mis ma tête sous le voile noir pour donner à mon modèle le coup d'œil suprême. A ce moment-là j'entendis éclater à mon oreille la douce,
la précise, la caressante voix d'or.

— « J veux voir aussi, disait madame Jossu. »

Et sans attendre ma réponse elle vint fourrer sa
jolie tête à côté de la mienne sous le voile, et je sentis la douceur de sa peau. Tout le sang me reflua au

cœur, je fus pris d'un désir immodéré, furieux d'embrasser, coûte que coûte, cette aimable femme, et en même temps, comme un homme qui se noie, pendant les quelques secondes que dura mon supplice, je vis tout ce qui allait arriver. — « Évidemment, me disais-je, elle va pousser un cri : bruit, scandale, on accourt, les bourgeois lancent des clameurs sauvages, mes petites amies les retoucheuses, les plieuses, les encarteuses hurlent et se tordent les bras, Incarnacion vient avec son couteau, mon entreprise est à jamais perdue, mon édifice financier s'écroule, dans une heure tous mes créanciers sont ici, on me vend, on m'exproprie, ma vie est finie, et je n'ai plus qu'à me brûler la cervelle !

— Tant pis ! je me la brûlerai, » ajoutai-je, en manière de péroraison ; et comme l'envie était trop forte, je posai mes lèvres sur la bouche de ma voisine et j'attendis son cri, le cri affreux qui allait déchaîner tous les désastres ! Mais il paraît que cette fois le greffier avait comblé la mesure ; la petite bouche s'approcha de mon oreille, et doucement, doucement, me dit à voix basse :

— « Demain, à trois heures ! »

# XLVI

## L'HOTEL DE CAPPADOCE

Dans le haut de la rue Saint-Jacques, presque en face des constructions nouvelles qu'à nécessitées la régularisation de la rue Soufflot, vient d'être démolie une maison noire, affreuse, titubante, fendillée du haut en bas, dans laquelle était installé depuis 1830 l'Hôtel de Cappadoce, que les habitants du quartier latin avaient plus familièrement et plus justement surnommé l'Hôtel du Désespoir. Là, de génération en génération, se succédaient les plus pauvres étudiants de la Corrèze, à qui leurs parents ne pouvaient envoyer que des pensions insuffisantes et dérisoires, et qui cependant trouvaient la plus aimable hospitalité chez leur compatriote Gariel. Ce brave homme, aujourd'hui âgé de quarante-huit ans, avait acheté l'hôtel en 1860, et avait eu le malheur de perdre sa femme l'année suivante; depuis lors, n'ayant aucun domestique, il suffisait seul à l'ouvrage et nettoyait lui-même ses douze chambres, qu'il eût rendues nettes et propres, si la chose eût été possible.

Mais devenue depuis longtemps une ruine, l'étroite et bizarre maison de l'Hôtel de Cappadoce défiait le balai et le plumeau, et, recevant la poussière du dehors par ses portes et ses fenêtres mal jointes,

elle était en proie à une crasse indélébile. Morceau
par morceau, les cloisons avaient laissé tomber le
bois et les plâtres qui les composaient, et Gariel les
avait remplacées lui-même, par des prodiges d'industrie, avec des morceaux de bois qu'il avait cloués
de son mieux et sur lesquels il avait tendu des toiles
et collé des morceaux de papiers peints dépareillés,
si bien que, pendant l'hiver, la bise hurlait et sifflait
dans tout l'édifice, comme à travers les arbres d'une
clairière désolée.

Quant aux réparations réelles, il ne fallait nullement en espérer; car, après avoir appartenu à une
succession indivise entre des mineurs, la maison,
mise en vente, était devenue la propriété du père
Nestre, un usurier, marchand de chiffons et de fer-
railles, qui avait une manière à lui d'administrer
ses nombreux immeubles, et qui n'eût pas dépensé
deux sous pour cette cahute, lors même que son défaut d'alignement ne l'eût pas désignée pour une
démolition inévitable. Il se bornait à toucher ses
loyers au jour et à l'heure réglementaires, sans faire
aucune concession à Gariel, auquel il n'accorda jamais cinq minutes de grâce, même pendant l'année
du siège; pour le reste, il s'en lavait les mains, ablu-
tions d'ailleurs tout idéales, en lesquelles se résumaient les uniques soins que ce sordide vieillard
eût jamais donnés à sa toilette.

Mais les locataires de l'Hôtel de Cappadoce n'é-
taient pas difficiles et ils payaient exactement, se
sachant assez pauvres pour ne rien demander, et
surtout pour ne pas demander de crédit à Gariel,
aussi misérable qu'eux, et qui leur inspirait une profonde pitié. S'ils avaient été un peu plus riches, ils
auraient pu être nourris par ce brave homme, qui
était excellent cuisinier, mais il ne fallait pas songer
à un pareil luxe, et ces malheureux étudiants de-

vaient aller chercher leur pâture dans les plus infimes restaurants du quartier, où ils crevaient littéralement de faim. Ils eussent crevé de froid aussi,
naturellement, si, avec l'aide de Gariel, ils n'avaient,
en abattant deux cloisons, ce qui fut trop facile, organisé une grande chambre, chauffée par un feu de
houille allumé dans une grille. Ils y avaient rassemblé les tables, les chaises boiteuses, les fauteuils
éventrés, et ils s'y réunissaient le soir pour travailler
en commun, éclairés par des lampes de rebut achetées dans les tas, que faisait vivre à grand'peine la
patiente industrie de Gariel. Pendant la journée, ils
suivaient les cours des écoles, étudiaient et écri-
vaient dans les bibliothèques; mais, la nuit venue,
ils installaient la veillée, qu'ils prolongeaient le plus
tard possible, et c'est seulement à la dernière extrémité, quand la fatigue les brisait, qu'ils allaient dormir dans leurs chambres gelées.

Élevés par la bonne nourrice Misère, dont ils
avaient tous sucé l'aride mamelle, ces jeunes gens
étaient des chercheurs, des penseurs, des piocheurs
intrépides, résolus à dompter la vie, coûte que coûte,
et qui, sevrés d'ailleurs de tous plaisirs, n'avaient
d'autre refuge possible que la science. Acharnés à
se procurer des livres, et devenus tous d'assez habiles bouquinistes pour dénicher dans les tas et dans
les corbeilles les volumes qui valent quelque chose
et qu'on obtient pour des sous, ils les achetaient
sales, dépareillés, même dépenaillés, car Gariel savait les recoudre et les couvrir, et, tout en préparant
leurs examens, étudiants en droit, en médecine, en
pharmacie, ils étudiaient à fond la chimie, l'histoire,
l'anthropologie, les systèmes philosophiques, l'histoire naturelle et l'histoire des religions. Ainsi ils
étaient unis dans une même ardeur d'apprendre, de
savoir, de tout creuser, et leur solidarité se com-

prendra parfaitement, si l'on songe comme un flâ-
neur eût été dépaysé et fût mort d'ennui dans ce
sérieux et acharné phalanstère. Notez que, forcés
et contraints par la pauvreté, les étudiants de l'Hôtel de Cappadoce avaient dû rayer de leurs papiers
l'inoubliable amour; un d'entre eux fit seul exception à cette règle austère, ce qui suffit, comme on
va le voir, pour changer la vie de tous les autres.

En 1862, un des leurs, un étudiant en pharmacie,
nommé Perrève, ayant terminé ses études, et forcé
d'obéir à ses parents qui lui enjoignaient de revenir
à Tulle, confessa à ses amis qu'il avait une maîtresse, une ouvrière en couture aussi pauvre que
lui, et que la malheureuse fille était près d'accou-
cher. Que pouvait-il faire, sinon de leur confier la
mère et l'enfant? Ses parents à lui étaient de la race
des provinciaux qu'on n'attendrit pas, et son père,
pharmacien de faubourg et marguillier, lui eût donné
mille malédictions plus facilement qu'une pièce de
cent sous. Les étudiants n'eurent pas un instant
l'idée de se dérober à la prière de leur camarade;
ils étaient de ceux que nulle tâche n'effraye et qui
dans la vie ne voient pas autre chose que des devoirs.
L'ouvrière, Fanny Buisson, quoique admirablement
soignée par eux, mourut en mettant au monde une
petite fille qui fut nommé Héloïse, et que les étudiants apportèrent à l'Hôtel de Cappadoce, où, avec
un dévouement sans bornes, ils l'élevèrent au bibe-
ron, car ils n'auraient pas eu de quoi payer les mois
de nourrice.

A partir de ce moment-là, pendant l'hiver, il y
eut toujours du feu dans la chambre commune, et
sans cesse quelques-uns d'entre eux y travaillèrent,
entourant de soins et de tendresse la petite Héloïse,
et s'occupant d'elle avec l'adresse, la douceur et
l'inépuisable patience des mères. Les plus belles

chansons de nourrice furent murmurées auprès de
son berceau, car les étudiants savaient les chants po-
pulaires, comme ils savaient tout le reste ; plus tard,
Héloïse fut enfant, puis grandit dans ce cercle de
jeunes gens où les personnes se renouvelèrent, mais
où resta la même âme et où les décisions prises au
premier jour furent strictement obéies.

Les premiers tuteurs d'Héloïse, les contemporains
de Perrève, avaient décrété qu'elle serait et resterait
honnête et pure ; aussi devait-elle demeurer au milieu d'eux, ne pas être quittée un instant, et surtout
être prématurément instruite de toute chose, car
ces penseurs connaissaient trop profondément la
vie pour ignorer les dangers auxquels les jeunes
filles sont exposées par leur ignorance. Aussi, avec
tous les ménagements que réclamait cette âme tendre et naïve, ils lui enseignèrent les souffrances, les
misères, les affreuses luttes, les horreurs de la vie
sociale, et tous les vils martyres que nous inflige le
vice déguisé sous le masque de l'amour.

Elle était d'ailleurs protégée par sa science même,
car, sans s'apercevoir qu'elle apprenait quelque
chose, elle fut dès l'enfance initiée aux études les
plus abstraites ; les robustes conversations de ses
amis lui ouvraient des horizons immenses, levaient
pour ses yeux tous les voiles, et bientôt elle fit
comme eux, s'instruisit à même les livres, et elle
lisait Horace ou Lucrèce en latin, comme une demoiselle lit le roman-feuilleton. Quant à lui donner
un métier pour gagner sa vie, les étudiants n'y
avaient pas songé un instant, sachant quelle démo-
ralisation règne dans les ateliers ; leur espoir était
de la marier un jour à l'un d'entre eux, à quelque
jeune homme supérieur, libre de sa vie ; à quoi ser-
virait l'intelligence si elle ne nous apprenait pas à
roire aux miracles ?

Je l'ai vue il y a trois ans au milieu de ses amis;
âgée de quinze ans, grande, svelte, avec des traits
réguliers, mais un peu maigres, et de grands yeux
sombres, elle était singulièrement belle, mais d'une
pâleur étrange que faisait ressortir encore l'éclat de
sa prodigieuse chevelure d'un châtain foncé, avivé
de lueurs fauves. Elle vivait là parmi les étudiants,
très proprement vêtue d'un modeste peignoir, affable à tous, sérieuse, pleine de grâce, lisant quelque
livre ou cousant ses nippes, mais ses nippes seulement; ses amis s'étaient formellement interdit de
se faire coudre par elle un bouton, pour éviter radicalement ce qui pouvait ressembler à une domesti-
cité, même amicale. Elle ne parlait presque jamais
et restait silencieuse, pauvre fleur grandie sans air
et sans soleil; mais ses paroles, quand on l'interro-
geait, avaient l'intense netteté d'un bon sens subtil
et poétique. Si on le lui demandait, elle jouait de la
vraie musique, du Bach ou du Mozart, sur une vieille
petite épinette d'Érard, achetée douze francs chez
un chaudronnier. A l'heure où les étudiants allaient
dîner, elle dînait, elle, toute seule, d'un plat excellent, accommodé par Gariel, qui la servait, et trouvait le moyen de lui donner un verre de bon vin.

Autrefois, les hôtes de l'Hôtel de Cappadoce ne
mangeaient guère; maintenant ils ne mangeaient
presque plus du tout; mais comme ils étaient heureux lorsqu'ils avaient pu voler à leur faim, amasser
sou à sou deux ou trois louis, et qu'ils emmenaient
Héloïse acheter une robe! Après le dîner, chaque
soir, plusieurs d'entre eux la conduisaient l'été au
Luxembourg, l'hiver sur le boulevard, et jamais la
jeune fille, dans ces promenades, ne montra l'ombre de coquetterie. Elle savait, d'ailleurs, que ses
compagnons tueraient comme un chien quiconque
eût levé sur elle des yeux hardis. C'est aussi ce que

28

personne n'ignorait dans le quartier, où en la voyant
passer le soir au milieu d'eux, de plus en plus silencieuse et blanche, on l'avait naturellement surnom-
mée Héloïse la Pâle.

Cependant, l'année suivante, elle aima ; qui pourrait se soustraire à cette fatalité divine ? Celui qu'elle
aima, dont elle fut aimée, fut un étudiant en droit
nouvellement installé à l'Hôtel de Cappadoce et
que dévorait l'ambition politique. Doué d'un véritable talent d'écrivain, ardent et sérieux à la fois,
Paul Athénas, tout en suivant les cours, écrivait
des articles déjà remarqués dans le plus avancé des
journaux démocratiques, et on lui prédisait un
grand avenir.

Héloïse et lui furent frappés du même coup de
foudre ; cependant pas un mot, pas un regard ne
trahit leur passion mutuelle, qui fut devinée par
tous leurs amis, mais dont personne ne voulut parler, car, dans la pensée de tous, il ne devait en être
question que le jour où Athénas pourrait nommer
Héloïse sa femme.

Ce silence voulu et forcé jetait un voile de tristesse plus épais sur l'Hôtel de Cappadoce, où la
misère et la gêne augmentaient, car la race de ces
grands travailleurs pauvres allait se perdant, le
nombre des locataires avait diminué, Gariel ne parvenait plus à joindre les deux bouts, et, même en
vivant littéralement de rien, les étudiants n'arrivaient plus que bien rarement à économiser une
petite somme, si bien qu'on voyait de grandes reprises, faites avec des doigts de fée, sur le peignoir
à raies roses d'Héloïse la Pâle. On sentait qu'un
malheur allait éclater. Il éclata, soudain, imprévu,
terrible.

Paul Athénas eut un duel, à la suite d'un article
où il avait dénoncé, pris corps à corps une grande

infamie, et qui voulait du sang. Avec cette pre-
science qui ne manque pas aux natures à la fois in-
stinctives et profondément réfléchies, les étudiants
devinèrent que ce beau jeune homme marchait à la
mort, et pieusement ils se distribuèrent leurs rôles,
afin de veiller le mieux possible sur les deux êtres
que devait frapper la catastrophe prévue. Pour ne
pas inquiéter Héloïse, deux d'entre eux seulement
restèrent près d'elle; cinq accompagnèrent Paul à
Meudon, où la rencontre devait avoir lieu; de ceux-
là, deux comme témoins, un en qualité de chirur-
gien; les deux autres, pour se tenir près du terrain
choisi pour le combat et pouvoir revenir immédiatement à Paris dès qu'ils en connaîtraient l'issue.
Enfin, les autres habitants de l'Hôtel de Cappadoce,
car il en était resté encore cinq, attendirent fiévreusement dans un petit café attenant à l'hôtel, et où
ils entraient pour la première fois de leur vie. La
rencontre eut lieu à huit heures; à neuf, les messa-
gers venaient annoncer à leurs camarades la mort
de Paul Athénas, frappé d'une balle à la tempe, et
le plus vieux, le plus sage d'entre eux, Joseph Ferrer,
monta à la chambre commune, comme il fût allé
au supplice.

Tous les ménagements furent inutiles; à la première syllabe, Héloïse devina son sort, et dès lors,
immobile, farouche, comme changée en une statue
d'albâtre, elle resta à la fenêtre pendant une heure
encore, qui lui parut longue comme l'éternité. Enfin
le corps d'Athénas fut apporté et placé sur un lit;
Héloïse lava elle-même la blessure, le trou béant et
sanglant, baisa le front et les lèvres de son ami
avec une rage éperdue. Sans tenir compte du jour
ou de la nuit, elle resta là, à côté de lui, jusqu'à ce
qu'on l'eût emporté; et dès lors, calme, blanche
comme la neige, ne faisant pas plus de bruit qu'une

ombre, elle laissa fuir les jours avec une placidité effrayante.

Elle ne causait plus, elle ne lisait jamais plus, elle ne s'asseyait plus; de temps en temps seulement, elle roulait une cigarette pour quelqu'un des travailleurs que l'heure pressait, et la lui tendait avec un funèbre sourire. Bientôt, la phtisie s'empara d'elle; le mal fut combattu avec génie, aussi bien qu'il peut l'être sans argent; mais la pauvre fille était trop savante pour se tromper sur son état, et d'ailleurs elle eût chassé bien loin d'elle toute décevante illusion, et pourquoi aurait-elle vécu?

L'Hôtel de Cappadoce se désorganisait; les étudiants qui le quittaient n'étaient plus remplacés, bientôt ils restèrent quatre, puis ils ne furent plus que trois; le talent cherché avec obstination dans la pauvreté devenait une vieille légende. La démolition de la maison était annoncée pour le mois de juillet; Gariel, qui soutenait une lutte impossible, avait vendu sa montre, ses bijoux et ses habits. Héloïse comprenait bien que ses trois derniers amis ne la quitteraient que morte, mais elle désirait mourir vite pour ne pas les rendre esclaves, et son souhait fut exaucé. Elle était alors devenue pâle comme le papier blanc, avec les cruelles taches roses sur ses joues, et son visage, qui resta charmant et beau, ne changea pas lorsqu'elle eut exhalé son dernier souffle.

Les trois derniers étudiants de l'Hôtel de Cappadoce ne voulurent écrire ni à leurs amis de province, ni même à Perrève; ce jeune trépas et cette suprême angoisse appartenaient à la patrie parisienne. Ils vendirent tout ce qu'ils avaient, Gariel vendit son mobilier personnel, et ainsi il y eut des fleurs sur le cercueil d'Héloïse la Pâle. Touché par la probité de Gariel, le vieil usurier Nestre lui a loué une autre

maison et lui a prêté quelques fonds pour installer
un hôtel nouveau ; mais le vieillard s'ennuie au milieu des étudiants gommeux qui, dans leurs chambres, donnent des déjeuners de faux pâtés truffés et
de champagne à trois francs cinquante aux figuran-
tes des Folies-Bergère.

## XLVII

### SCÈNE MUETTE

Dans les comédies dont le personnage principal
est représenté par un mime, comme, par exemple :
*Jocko* ou *le Singe du Brésil* que jouait le célèbre Ma-
zurier, l'auteur, dédaignant ou désespérant de tra-
duire par le langage écrit les nuances infinies et
les mille variations en lesquelles doit se jouer la
fantaisie de son interprète, se borne quelquefois,
dans le manuscrit, à cette indication sommaire :
*Scène muette à la volonté de l'acteur.* Mais comme
l'art n'a jamais rien inventé, ces sortes de scènes
*ad libitum*, pour lesquelles il n'y a rien d'écrit et qui
doivent se nouer et se dénouer en silence, trouvent, plus souvent qu'on ne le croit, leurs modèles
dans la réalité de la vie; c'est ce que prouvera l'historiette suivante, à laquelle un évènement dont tout
Paris s'entretient peut donner le ragoût piquant
dont les saveurs se résument en un seul mot : l'actualité.

En effet, au moment où Sixte Malsang, entré
comme Attila dans les cours du Nord, va épouser
officiellement une princesse du sang, pareille à une
Séraphita, à un ange visible dont le front serait orné
à la fois d'un nimbe et d'un diadème, il n'est pas
indifférent de se rappeler les débuts de ce héros

d'amour qui, à quarante ans passés, tient encore
l'emploi de Chérubin, bien qu'il soit devenu plusieurs
fois millionnaire. Mais Sixte n'a pas été seulement
Chérubin, il a été aussi le don Juan classique, dont
il s'était approprié la légende, aussi bien que cela
se peut dans une époque positive, qui veut connaître
la cause exacte et matérielle de tous les phénomènes.

En 1858, Sixte Malsang, âgé de dix-huit ans, ne
possédait d'autre capital qu'une force de taureau et
une beauté incroyablement charmeresse, car, par
les traits du visage et même par la plantation de la
chevelure, sa tête grecque, à la fois virile et féminine, rappelait celle qu'on admire dans le buste de
l'Ariane antique.

Profondément indifférent, comme doit l'être un
dompteur de femmes, il avait en outre reçu de la
nature cet air de mélancolie fatale dont ne sauraient
se passer les héros de roman, et en le voyant s'in-
cliner pensivement sur sa tige, personne ne se fût
douté que ce tendre lys était en fer forgé. Sixte, qui
en cela devait avoir raison, prétendait descendre des
comtes de Champagne ; quoi qu'il en soit, son père
était un très pauvre correcteur d'imprimerie, et son
admirable mère faisait des prodiges d'économie, de
dévouement et d'affection pour qu'ils ne sentis-
sent ni l'un ni l'autre la griffe de la misère.

Ce n'est pas à ces parents d'une austère probité
que Sixte pouvait confier ses rêves, et il ne leur aurait pas avoué que sa seule vocation consistait à
vouloir dormir sous des rideaux de soie et sentir ses
deux poches pleines d'or. En attendant, il faisait
sans conviction de rares articles de journaux et de
petits vers, qui tout au plus eussent mené leur auteur à l'Académie sous le règne de Madame de Pompadour. Enfin, il n'avait eu qu'une maîtresse, Pauline Servary, la seule femme d'esprit et de loisir

qui en ce temps-là fût désintéressée et ne coûtât
rien.

Cet état de choses parut injuste au journaliste
Tiercinet, un de ces Parisiens à qui manquent toujours le temps et l'argent nécessaires pour acheter
une main de papier, faute de laquelle ils n'écrivent
pas de chefs-d'œuvre, mais qui, par l'audace de leurs
improvisations parlées, bouleversent le monde et le
pétrissent à l'image de leur caprice. Un soir, dans
le foyer d'un théâtre qui, par ses succès et par la
beauté de ses femmes, faisait concurrence à la Comédie-Française, Tiercinet, dans un discours éblouissant, inventa de toutes pièces un Sixte Malsang,
adoré, invincible, brave comme Amadis et discret
comme la tombe, que se disputaient les femmes du
monde et dont les exploits avaient justifié les plus
étonnantes folies; enfin, un tas de mensonges qui
devaient devenir la vérité pure, dans un milieu où
la vie se borne à copier servilement les imaginations
littéraires.

Notamment, le journaliste fit frémir tout son auditoire en racontant comment Sixte, qui s'était jeté
dans un cabinet pour sauver l'honneur d'une femme,
avait eu la main prise dans une porte et se l'était
laissé couper en deux sans exhaler un murmure. Il
n'eut pas moins de succès avec l'anecdote de la courtisane qui était restée avec lui pendant dix jours dans
une chambre où on les enfermait, où une fidèle servante venait seulement apporter les consommés, les
flacons de vin, les volailles froides et les confitures,
et d'où Sixte, au bout de ce temps-là, était sorti, pas
plus las que s'il venait de faire la sieste et frais comme
une rose. Les comédiennes l'écoutaient, le cou tendu,
les lèvres sèches, rouges d'admiration et les yeux
sortis de la tête. Sixte, qui ne se doutait de rien,
entra innocemment dans le foyer, au moment même

où toutes les femmes contemplaient idéalement son image, fougueusement brossée par un coloriste, et Tiercinet sortit, après avoir sournoisement mis le feu à sa mine, qui ne devait pas tarder à éclater.

Ce fut plus rapide que la foudre. La fauve, la brune Esther, qui avait fini son rôle, s'approcha de Malsang, causa bas avec lui deux ou trois minutes, sans lui permettre de saluer personne, et aussitôt ils disparurent tous les deux, si vite qu'on ne les vit même pas sortir. Le lendemain, Esther arriva au théâtre, pâle, romantique, avec des airs intéressants de jeune mariée. Elle se faisait une sauvage fête de montrer Sixte comme sa chose et de s'en parer orgueilleusement, et, de fait, Sixte voulait bien lui donner cette joie; mais il ne parvint même pas à gravir l'escalier jusqu'à moitié, et tandis qu'Esther se costumait dans sa loge, il fut saisi, enlevé, emporté par sa camarade Fontanez, comme un convoi de vivres, qu'une armée attend, est saisi par l'armée ennemie.

Le lendemain de ce lendemain, ce fut non plus sur l'escalier, mais dans la rue qu'on attendait Sixte; enfin, il fut en butte à des sièges en règle, avec marches, contre-marches, surprises, attaques de la redoute, et, au bout d'un mois, les actrices du théâtre dont il s'agit n'avaient plus rien à s'envier l'une à l'autre. Bien leur prit d'avoir ainsi précipité les évènements et tiré leur épingle du jeu, tandis qu'il en était temps encore, parce que les autres théâtres commencèrent à entrer en danse, et qu'après en avoir fait le tour, Malsang, qui n'était ni las ni rassasié, dut passer à un ordre d'idées plus élégant. Partie du monde artiste, sa réputation, selon les lois d'une logique inéluctable, avait gagné le vrai monde, ce qui dès lors lui imposa l'obligation d'appartenir aux femmes sérieuses qui, comme on le sait bien, se repaissent et dévorent, au festin où les amantes fri-

voles mangent du bout des lèvres. Cependant, au milieu de tout cela, Malsang, tranquille au fond comme
l'eau bleue d'un lac où se baigne le reflet des étoiles,
gardait son regard candide et restait rose comme
une jeune fille ; à peine si quelques poils de barbe
soyeuse, doux comme un duvet de pêche, caressaient
les contours réguliers de son pur visage.

D'ailleurs, il avait fait fortune, ce qui s'explique
tout naturellement. Avec le don qu'il avait de charmer tout, les hommes aussi bien que les femmes, et
de n'être jamais charmé que sous bénéfice d'inven-
taire, sans le chercher, sans le demander, sans le
vouloir, il était devenu l'ami des maris, des frères,
des protecteurs, des alliés de ses maîtresses, et, par
la force des choses, il s'était trouvé mêlé aux grandes
affaires financières, où il avait réalisé des bénéfices
considérables, négligemment, comme un enfant
cueille une fleur. Mais, avec une rare prudence, il
avait placé ses fonds sur des banques solides ; il n'a-
vait rien changé à sa vie apparente, si ce n'est qu'il
s'habillait à la dernière mode, et il continuait à habiter chez ses parents, qui n'eussent rien compris à
cette éblouissante richesse, arrachée, comme de
rouges branches de corail, parmi les flots tumul-
tueux de l'océan parisien. Puis il était nécessaire
qu'il demeurât avec eux, sans quoi la plus jolie de
ses aventures eût été forcément supprimée. Elle
ressemble à une invention de Marivaux ; mais ce
Shakespeare de la comédie, dont les personnages
veulent être costumés par Watteau, a imaginé par
avance toutes les scènes amoureuses, et tous les
Silvandres qui veulent s'embarquer pour Cythère
doivent monter une barque à lui, ou se résigner à
ne pas partir.

Ah ! le temps était loin où Anna Masille et Julie
Dasque jouaient aux cartes l'amitié de Malsang, dans

le foyer du théâtre! A présent, une des plus grandes
dames françaises, la jeune duchesse Jeanne de Laa,
dont le portrait peint par Ingres passionnait Paris,
avait voué à Sixte une adoration folle, et venait le
trouver dans un hôtel garni, en songeant à peine à
baisser son voile. Au plus beau moment de leurs
amours, Malsang tomba malade, et pendant une
quinzaine de jours ne put sortir. Alors la duchesse,
vêtue en femme de chambre, montait dans une
voiture sans armoiries avec sa femme de chambre
habillée en dame; elle entrait chez les parents de
Sixte avec une lettre à la main, et tendre, émue,
heureuse de jouer à la sœur de charité, passait une
heure, tout de suite envolée comme un rêve, à côté
du lit de son jeune amant!

Certes, Malsang croyait en avoir bien fini avec
Nérine et Cidalise, et avec tout le troupeau comique.
L'enchaînement nécessaire des circonstances avait
voulu qu'il écrivît, très rarement, il est vrai, au *Journal des Débats* et à la *Revue des Deux-Mondes*, et qu'une
rosette où se mêlaient les plus jolis rubans des ordres
de l'Europe fût spontanément-éclose à sa boutonnière; enfin il avait à l'Académie les sympathies les
plus sérieuses, et certes il ne songeait plus à jeter
par-dessus les moulins le béret de Colombine avec
sa plume floche, ni le chapeau en feutre blanc d'Ar-
lequine! Mais à Paris, ville essentiellement compliquée, il ne faut jamais dire : *Fontaine...*, et ce ne fut
pas la faute de Sixte, ni celle de personne, si, tout
actrice qu'elle était, l'admirable Nélie Abbey prit, à
un moment donné, autant d'importance que n'importe quelle grande dame. Un roi en exil, ou plus
simplement en vacances, avait semé sur ses pas tant
de prodigalités, qu'elle semblait revenir du pays d'El-
dorado, où les chemins sont sablés de diamants en
guise de cailloux, et qu'en plein janvier elle s'en-

nuyait de manger des fraises, par lassitude ! Gavarni
dessinait ses robes, et Théophile Gautier rédigeait
en vers les menus de ses dîners, luxe qui, si elle l'eût
payé, eût pu la réduire à la misère ; mais les poètes
sont des ouvriers orgueilleux qui ne se font payer
que par le public, et qui, lorsqu'ils veulent bien exécuter une besogne pour des particuliers, travaillent
gratis.

C'est ici que se place la scène muette qui fait le
sujet de ce conte. Un soir, aux Variétés, Nélie Abbey
était dans l'avant-scène avec son roi. Placé en face
d'elle à l'orchestre, Malsang, bien qu'il ne l'eût jamais
vue, la reconnut facilement, car toute la lumière de
la salle semblait envelopper son front divin, et tous
les yeux étaient fixés sur elle. Nélie aperçut Sixte, le
regarda bien en face, et lui fit un signe clair, net,
précis, qui veut dire dans toutes les langues du
monde : *Viens tout de suite.* Mais évidemment, *ce tout
de suite* demandait à être interprété, puisque le roi
était là, et je pense que Sixte l'interpréta bien. Le
lendemain, à huit heures du matin, il sonnait à la
porte de Nélie, et, non sans avoir jeté sur lui un regard de convoitise désespéré et fou, la belle servante
Nanette l'introduisait dans la chambre de sa maîtresse. Nélie était couchée ; sa noire chevelure dénouée ruisselait sur les draps de Frise ; Malsang ne
lui dit rien, il baisa son front et ses lèvres en fleur
et la saisit dans ses bras, et lorsqu'il la quitta, au
bout de deux heures, ni l'un ni l'autre n'avait prononcé une parole. Et ce fut justice, car si l'on peut
toujours dire avec le sage de l'Orient que le silence
est d'or, il était ce matin-là de topaze, de rubis et de
diamant.

Lorsque Sixte sortit de la chambre de Nélie, Nanette le prit par la main, et il sentit sa main à elle
brûlante et tremblante. De nouveau elle l'implora de

ses prunelles embrasées, et non en vain. En fait
d'amour, il était ce que sont en fait de duel les braves, qui volontiers croisent le fer avec le premier
passant venu, pourvu qu'il soit fier et de bonne
mine, et il se laissa mener dans un petit boudoir
bleu pâle brodé d'argent. A la belle ardeur que lui
montra Sixte, Nanette put croire facilement que chez
sa maîtresse tout s'était passé en conversation, et
ainsi, avant qu'il fût onze heures sonnées, ce jeune
homme, voué à un obstiné mutisme, avait su enivrer
de la même délicate flatterie la maîtresse et la servante.

Cependant, il causait au besoin, et même assez
bien ; il avait appris à réussir, comme un autre, ces
rapides improvisations où la pensée fait des sauts
de tigre, et supprime les propositions intermédiaires.
La semaine suivante, à une soirée intime chez Nestor
Roqueplan, il eut des boutades très amusantes, et
Nélie Abbey en rit de si bon cœur, que le spirituel
Adolphe Adam, assis à côté d'elle, s'empressa de lui
présenter Sixte. — « Madame, dit-il, on m'assure que
j'ai pu vous faire sourire un instant ; s'il en est ainsi,
n'aurais-je pas le droit d'être fier ? » Nélie parut approuver ce ton modeste. — « Oui, dit-elle, vous parliez bien, et surtout j'ai été tout à fait heureuse
d'entendre votre voix. C'est une curiosité que j'avais.
Elle est charmante. »

# XLVII

## FORMALITÉ

Ce charmant et spirituel Benvenuto, Louis Stéphany, le dernier émule des Antonin Moine et des
Feuchères, à la fois statuaire, peintre, dessinateur,
pastelliste, ciseleur, joaillier, voit déjà blanchir aux
tempes sa belle chevelure blonde; mais, à ce qu'il
dit, il se console de vieillir et il se consolera de mourir, parce qu'il s'est aperçu que, si malin qu'on soit,
il est impossible de ne pas être terrassé et vaincu
tôt ou tard par la nécessité de faire de la littérature.

On est artiste, on en profite pour n'avoir chez soi
ni plumes, ni papier, ni encre, et pour ne pas vouloir connaître, au point de vue graphique, d'autres
outils que les tubes de couleur et les brosses; à un
moment donné, on est nommé membre de l'Institut,
et quoi qu'on en ait, il faut bien alors composer un
discours, et tracer des caractères noirs sur le papier,
comme fait le vil troupeau des hommes de lettres.
Mais ce qui a le plus navré et humilié Stéphany, ce
n'est pas d'avoir écrit son discours de réception; ce
dont il ne se consolera jamais, c'est d'avoir dû inventer un grand morceau de prose, et d'avoir été
contraint à cette extrémité abominable par la stupi-
dité d'une écuyère de Cirque. Mais aussi quelle haine
il a gardée à la célèbre Nina Thésio, qui l'a réduit à

faire de la copie parlée, c'est-à-dire la plus mauvaise
et la plus inutile de toutes !

Lorsque la ville de G... voulut avoir un Cirque à
peu près pareil à celui de Paris, elle s'adressa à un
élève de Hittorff, Edmon Parise, adorateur effréné
de l'architecture polychrome, qui, si on le laissait
faire, ne laisserait pas sur la terre de France un pouce
de muraille qui ne fût colorié et peinturluré, ce en
quoi il a bien raison. Dès que le monument fut en
cours d'exécution, Parise vint exprès à Paris voir
Stéphany, et le pria de modeler les deux figures d'a-
mazones nues, qui devaient être érigées à gauche et
à droite du fronton. Le statuaire se sentait attiré
par cette amusante besogne et ne la refusa pas ;
mais il objectait les difficultés matérielles de l'exécution. En effet, il était indispensable d'achever ces
figures d'après une femme vivante, qui, pour les
deux ou trois dernières séances au moins, posât non
pas sur le mannequin de cheval, mais sur un vrai
cheval ; or, comment espérer cela des modèles, qui
tout au plus sont capables de monter les paisibles
ânes du bois de Boulogne ? Mais Parise ne se laissa
pas embarrasser pour si peu de chose ; il s'entendit
avec Kohr, le futur directeur du Cirque de G..., qui
promit de décider son premier sujet, Nina Thésio, à
poser les deux figures d'amazones. Dès le lendemain,
il avait arrangé l'affaire, non sans peine, à ce qu'il
raconta, et pour briser plus vite la glace, il invita
les deux artistes à venir dîner chez lui avec Nina.

Tous deux, lorsqu'ils la virent, restèrent stupéfaits
d'admiration, à un double titre : grande, svelte, ner-
veuse, vigoureuse, taillée en chasseresse et en guerrière, portant haut sa petite tête hardie et farouche
couronnée de cheveux noirs, Nina Thésio semblait
avoir été bâtie exprès pour représenter les héroïnes
scythes ; mais en même temps elle frappa les trois

convives par sa bêtise luxueuse et sereine, éblouissante comme un jardin en fleur, et faite de tous les
ineffables lieux-communs parisiens qui émaillent
*Le Roman chez la portière*. Arrivée la première chez
Parise, elle avait attendu quelques instants seule
dans le salon, et elle en avait profité pour lire un livre posé sur la table, ce qui lui procura l'occasion
d'exhiber un joli échantillon de critique. Les présentations à peine faites, Nina, qui tenait toujours le
livre dans ses doigts, fit une moue indignée, comme
si elle eût marché sur un vilain crapaud, et avec un
beau geste royal de dégoût et d'horreur :

— « Ah! dit-elle tout à coup, quel grossier que ce
Shakespeare!

— Hein? fit le directeur, qui, habitué aux boutades de Nina Thésio, trouvait cependant celle-là un
peu forte.

— Oui, reprit-elle, je lisais *Roméo et Juliette*. Faut-
il être mal élevé pour montrer une demoiselle amoureuse d'un homme qu'elle voit pour la première fois
et se laissant baiser la main tout de suite! Certainement, moi, je ne suis pas bégueule et je comprends
qu'on ait un *sentiment*, mais pour quelqu'un qui vous
respecte et qui vous ait fait longtemps la cour!

— Diantre! pensa Stéphany, voilà qui me promet
des séances agréables! » Et en même temps Kohr
disait galamment à l'écuyère : « Ma chère amie, si
j'étais plus jeune et s'il me restait plus de temps à
vivre, je m'inscrirais pour dans vingt ans d'ici! »

Mais on n'eut pas le loisir de s'attarder sur les
premières balivernes de Nina; délicate et *romance*
jusqu'à la moelle des os, cette écuyère devait avoir
chez elle des fleurs artificielles sous des globes et
des lithographies coloriées d'oiseaux, découpées et
gonflées sur des fonds noirs! Sa conversation, inta-
rissable d'ailleurs, charria une telle quantité de fleurs,

de papillons et de cascades, que Stéphany se sentait
écœuré comme s'il eût été ivre de sucreries. A ce
moment cruel, il songeait avec délices au supplicié
de Regnault, dont la tête roule dans la belle mare
de sang, et il éprouvait de poignantes envies d'égor-
ger Nina Thésio.

Mais il réfléchit qu'il ne trouverait jamais un plus
beau modèle que celui-là, sachant d'ailleurs monter
un cheval nu, et, ravalant sa colère, il prit rendez-
vous pour le lendemain même, après que les trois
hommes eurent charmé Nina en lui défilant toutes
les phrases connues sur la nudité chaste et sur l'art
qui purifie tout, serinettes merveilleusement choisies pour attendrir cette écuyère, capable de chercher des petites fleurs bleues dans le macadam pul-
vérulent du boulevard.

Le lendemain, lorsqu'elle vint à l'atelier, Stéphany
était plein de son sujet ; il avait parcouru Hérodote,
Strabon, Virgile, Justin, Jornandès, Quintus de
Smyrne, Platon, Plutarque, Pline, Diodore ; il s'était
épris des grandes guerrières qui, vivant dans la neige
et dans le sang, chassaient les hommes et les ours,
et serraient l'arc meurtrier sur leur poitrine. Entre
elles, il avait choisi Marpésia, qui, après avoir subjugué le Bosphore cimmérien et la Sarmatie, dompta
les habitants du Caucase, et cette grande Antiope
qui, après avoir vu tomber autour d'elle Aëlle, Pro-
thoë, Célène, Eurybie, Déjanire, Astérie, Marpée et
Alcipe, lasse, blessée, exténuée, déchirée, sanglante,
se décida enfin à donner à Hercule, pour sauver ce
qui restait de son peuple, sa ceinture, symbole d'orgueil et de chasteté, à laquelle elle tenait plus qu'à
sa vie.

A présent qu'il avait oublié les bêtises inouïes de
Nina Thésio, il ne se rappelait que sa beauté jeune
et terrible, et c'est avec ses traits de vierge, c'est

avec son geste superbe et surhumain, qu'il voyait les
amazones du désert glacé, coiffées de leurs casques
horribles. Elle arriva bien ; l'inspiration de Stéphany
était si tyrannique et impérieuse, que l'écuyère dut
obéir. C'est en vain qu'après s'être dévêtue, elle s'é-
tait enveloppée, comme dernière résistance, dans un
peignoir apporté exprès.

Le peignoir aussi tomba ; sous le regard obstiné
de Stéphany, la belle fille enfourcha le mannequin
de cheval ; la pose fut vite trouvée et choisie, et, pendant une heure, l'artiste travailla avec furie, tenant
son modèle en respect par l'énergie avec laquelle il
pétrissait les masses d'argile. Nina voyait que si elle
eût fait mine de bouger, il l'eût sans doute modelée
et pétrie elle-même comme cette terre inerte ; et
elle tenait fidèlement la pose, à la fois gagnée par
l'enthousiasme du statuaire et stupéfiée par la terreur.

Mais à mesure que tomba la force de Stéphany et
que sa première ardeur se calma, Nina Thésio, ras-
surée, redevenait la demoiselle ingénue, habituée à
cultiver des rêveries et des berceuses pour piano, en
même temps que les volubilis de sa fenêtre, et l'artiste se souvint avec épouvante qu'au dîner chez Parise il l'avait entendue parler de *ses pudeurs*, au plu-
riel ! Graves appréhensions, bien justifiées par l'évènement. A partir de ce moment-là, elle baissa les
yeux ou les leva au ciel avec désespoir, se courba
comme pour cueillir des fraises, sembla désirer la
mort, se déroba en profil perdu ou, avec ses mains
crispées et tremblantes, cacha précisément le morceau du torse que Stéphany copiait, si bien que le
malheureux artiste, exaspéré, ne faisait plus rien
qui vaille, et, de rage, brisait ses ébauchoirs. Enfin,
n'y pouvant plus tenir, il se fâcha et dit brutalement :

— « Voyons, mademoiselle, quelle mouche vous pique? »

Sur quoi l'écuyère se mit à éclater en sanglots et versa plus de larmes que si elle eût été métamorphosée en fontaine.

— « Eh bien! dit Stéphany, qu'y a-t-il? vous ai-je offensée en quelque chose?

— Non, dit-elle, mais vous n'avez guère pitié de moi et vous ne comprenez pas ce que je souffre.

— Comment? fit l'artiste, complètement ahuri.

— Oui, reprit Nina, il est bien dur de se montrer ainsi nue à un homme qui n'est pas votre amant!

— Ah! » fit Stéphany, qui n'est pas entêté, et qui volontiers suit son interlocuteur sur le terrain qu'il lui plaît de choisir.

En quelques secondes il rangea ses ébauchoirs dans un ordre parfait; puis il se leva, alla au mannequin de cheval, enleva Nina Thésio, l'emporta sur un large divan bas couvert d'un beau tapis de Smyrne, et s'assit près d'elle, à demi agenouillé. Avec ce regard et ce geste rassemblés dont tout bon artiste a le secret, il la tenait enveloppée, captive, mieux emprisonnée dans le rayon de ses yeux qu'elle ne l'eût été par des liens subtils, et elle voyait ses lèvres briller comme des charbons roses.

— « Ah! dit-il, si vous saviez comme je vous aime! »

Nina laissa tomber sa main sur celle de Stéphany, et son corps frémissant allait suivre cette main, tomber tout entier dans les bras de l'artiste; mais frappée d'une réflexion soudaine, elle se jeta en arrière, se leva tout d'une pièce et passa son peignoir, qui décidément voulait avoir un rôle dans cette folle journée. « Non! non! dit-elle, c'est impossible. » Puis, comme pour atténuer la netteté de son refus et regardant Stéphany avec beaucoup de douceur :

— « Écoutez, reprit-elle, vous me plaisez beaucoup,

mais songez que je ne vous connais que depuis deux jours! Ah! quel malheur que nous ne nous soyons pas rencontrés plus tôt!

— Allons, pensa l'artiste, il n'est pas facile de faire de la sculpture avec les femmes! »

Puis, comme il est doué d'un esprit essentiellement pratique, il se rappela tout à point qu'il avait lu dans *L'Entr'acte* une biographie de Nina Thésio, et il pensa que cela suffirait pour le petit morceau littéraire auquel il ne pouvait plus se soustraire désormais, tant la vie a des exigences impérieuses, et tant la copie est une pieuvre qui toujours vous rattrape avec ses cent mille bras!

— « Ah! chère âme, dit-il rêveusement, que vous étiez belle déjà dans cette ferme d'Arpajon où vous avez été élevée par la bonne mère Simone et par son mari Jean-Pierre! Vous battiez les garçons; vous vous baigniez dans les ruisseaux; vous mangiez les mûres des haies. Vous rappelez-vous comme vous avez inquiété vos parents lorsque vous avez disparu avec la jument grise, et que vous l'avez ramenée le soir, ruisselante de sueur et à demi morte? Puis les bohémiens vous ont emportée sur leur voiture de bois, dont les harnais de cuir retombaient si bizarrement sur le front des chevaux. Que leurs têtes brûlées, aux dents blanches, étaient étranges, et comme parmi eux vous sembliez pâle et rose! Savez-vous qu'ils vous ont pleurée bien longtemps quand vous les avez quittés pour vous engager avec les Bouthor, dans ce cirque nomade qui a promené vos premiers succès à travers la France? Florine! vous vous appeliez Florine, alors; il suffisait de ce nom sur l'affiche pour révolutionner les villes, et vos musiciens habillés en lanciers polonais, les écuyers, la troupe entière, tout était fou de vous, comme le public. Fée, étoile, déesse, apparition envolée dans la lumière, Florine passait sur son cheval noir, et elle emportait les âmes avec elle à travers les ronds de papier. Oh! à Reims, l'horrible minute, lorsque vous êtes tombée par la faute d'un cheval fou, et qu'on a entendu votre pauvre front se heurter sur le bois de la barrière! Vous êtes restée là, seule, dans une hôtellerie, et c'est là que le directeur de Londres vous a engagée. A Londres quel triomphe! on délaissait pour vous l'Opéra et le théâtre. Puis c'est Madrid, où un torero se laissa tuer pour vous avoir regardée; Madrid, où on vous a jeté tant de fleurs et de joyaux; puis Vienne, où l'impératrice vous a fait donner sa jument favorite; puis Paris, où grâce à vous, les samedis du Cirque sont devenus des fêtes; Paris, où celui qui vous a sans cesse adorée et suivie vous admire de loin, tandis qu'il voudrait vous prendre à la foule éperdue et emporter dans ses bras cette chère proie!

— Ainsi, dit Nina, vous m'avez vue enfant, vous me connaissez déjà, vous me suiviez partout et vous m'aimiez.....

— Depuis dix ans, » articula nettement Stéphany, qui, pour la première fois de sa vie, fut à la hauteur d'un dentiste.

— « Ah! mais alors, c'est bien différent! » dit tendrement Nina Thésio; et elle pencha sa belle tête sur le sein de l'artiste, qui étendit juste à point ses mains agiles et robustes, et, entre autres joies, goûta celle d'en avoir fini avec les mensonges parlés. Plongé dans un silence profond, l'atelier n'entendait plus rien que le tic-tac d'une horloge antique. Cependant, les plâtres sacrés, l'Esclave et le Moïse de Michel-Ange semblaient indignés de ces passe-temps frivoles, et boudaient encore le jeune maître, lorsque Nina s'éveilla, comme au sortir d'un rêve.

— « Ainsi, dit-elle, tu m'aimes, tu m'aimes bien?

— Oui, fit-il d'une voix tranquille et douce. Et maintenant, on peut travailler! »

Nina Thésio enfourcha le mannequin de cheval, reprit la pose, rouge comme Marpésia elle-même lorsqu'elle assommait les Sarmates à grands coups de massue, et Stéphany, qui aime mieux son art que tout, se remit à l'ouvrage et se vengea férocement sur la terre glaise.

## XLIX

### LES ANÉMIQUES

L'anémie est la maladie étrange dont meurent Paris et les Parisiens. Est-ce parce qu'on en a trop versé pendant les guerres du premier empire sur les champs de bataille de l'Europe, ou bien parce qu'on en a trop usé pour le travail, pour le plaisir et pour une production effrayante que rien ne ralentit? le fait est qu'il n'y a plus de sang à Paris, que le docteur Sangrado ne trouverait pas à y utiliser sa lancette, et que tous les Parisiens sont pâles comme le prince Hamlet et comme Pierrot dans la pantomime.

Par là s'explique le succès de l'hydrothérapie en plein air, cette médication toute moderne qui nous vient de l'Allemagne et que le docteur Louis Fleury, enlevé à la science presque jeune encore, avait perfectionnée à Bellevue. En effet, aidée par l'exercice et par les salutaires fatigues d'une vie rustique, elle rend quelquefois l'appétit à des femmes lassées par l'implacable tumulte des plaisirs mondains, et à des forçats de la vie intellectuelle, qui depuis longtemps ne se nourrissaient plus qu'avec des sauces au Cayenne et avec la fumée des cigarettes. Mais elle ressemble à tous les moyens dont nous disposons, elle vaut tout juste ce que vaut l'homme qui l'administre, et elle demande à être employée avec génie.

Car l'ennemie, la maladie nouvelle, la grande
meurtrière, la Névrose, s'il faut l'appeler par son
nom, dont on abuse et qui ne signifie rien, varie, se
déguise, prend mille formes, attaque sa victime avec
des ruses de sauvage; et, pour la combattre avec
une malice égale à la sienne, il faut un savant in-
tuitif, plein d'imagination, connaissant tout et devi-
nant tout, qui soit à la fois un Talleyrand et un Scapin. Tel est le docteur Léon Xardel, qui, si la maladie existait en chair et en os, au lieu d'être une personne invisible, arriverait certainement à la mettre dans un sac et à lui donner des coups de bâton.
En attendant, sa douche, qu'il donne à quatre heures moins cinq minutes quand l'accès doit venir à
quatre heures précises, se livre avec la fièvre aux
marivaudages les plus compliqués, et éclate de rire
dans son flot d'argent quand elle a pris un viveur
épuisé que l'homme ne charmait pas ni la femme
non plus, et qu'elle est parvenue à lui faire manger
trois côtelettes.

Comme tous les bons ouvriers, Xardel, toujours
en éveil, s'assimile tout au profit de son art, et soit
qu'il s'intéresse à de récentes recherches philosophiques, soit qu'il admire une découverte inattendue,
soit qu'il s'émerveille d'une étoffe japonaise dont les
harmonies de couleurs lui semblent devoir impres-
sionner l'esprit d'une certaine manière, il se demande
toujours: «Comment et dans quelle mesure ceci peut-
il servir à une guérison ? » Un matin, au commencement de cet été, le docteur, qui venait de déjeuner
seul, fumait, en prenant son café, un cigare blond
et sec, et en même temps, pour délier son esprit,
il relisait, dans la comédie de Shakespeare : *Beaucoup de bruit pour rien*, les adorables scènes dans lesquelles Héro s'amuse à rendre amoureux l'un de
l'autre Bénédict et sa cousine Béatrice, qui aupara-

vant se disputaient comme chien et chat. — « Pourquoi pas ? » dit-il en fermant le livre, et comme pour lui penser et agir sont une même chose, il se dirigea vers un jeune homme pensif et triste, qui à ce moment même errait mélancoliquement dans les jardins.

Ces jardins immenses, qui s'étendent jusqu'à la rivière et qui, du côté opposé, s'ouvrent sur la forêt, font de la maison de santé de Bois-le-Roi un paradis, mais habité par des damnés, puisque les hôtes de ces ombreuses retraites n'ont plus même assez de force pour pouvoir se réjouir de la senteur des feuilles et des couleurs des fleurs.

Paul Enferl, que le docteur Xardel aborda sous l'allée de mélèzes, est un auteur dramatique d'un vrai talent, qui, tout jeune, a trop bien réussi à charmer le public et surtout les comédiennes. On l'a vu naguère assez beau garçon ; mais aujourd'hui ses yeux bruns semblent s'éteindre, et son pauvre visage pâle et maigre, dont on voit les os, est coupé en deux par sa moustache blonde, comme par un coup de sabre. De plus, signe horrible, à ce moment-là, Enferl, par lassitude, avait renoncé à se vêtir correctement comme un gentleman, et, pour le débraillé, son costume ne le cédait en rien à ceux des rapins qui viennent en villégiature à Marlotte.

— « Mon cher ami, lui dit à brûle-pourpoint le docteur, avez-vous remarqué cette jeune dame écossaise qui habite là, dans le pavillon, et qui a une si belle chevelure ?

— Oui, dit Enferl, je l'ai remarquée. C'est une ombre, un fantôme, une morte.

— Peut-être, fit le docteur, mais une morte que je m'engagerais à faire redevenir heureuse et bien portante, si vous vouliez m'y aider un peu. »

Le jeune homme allait se récrier, mais Xardel

30

ne lui en laissa pas le temps, et continua à parler d'une voix insinuante et persuasive :

— « Madame Jeanne Iden, dit-il, est-elle vraiment malade ? Sur ce point, je ne suis pas assez charlatan pour affirmer rien ; mais je puis dire presque avec certitude que si elle meurt de quelque chose, c'est d'ennui, ou plutôt de manque de joie ! Elle habite en Écosse un château tragique entouré de noires forêts où des chasseurs en jupe viennent prendre part à des festins de moutons entiers ; mais sachez que cette châtelaine est une Parisienne, et qu'elle a été actrice aux Variétés, où vous l'avez applaudie, — regardez-la mieux, — sous le nom de Jeanne Serpli. Vous la voyez transparente, blanche comme une morte, penchée vers la tombe ; le mal qu'elle a, c'est la nostalgie de l'esprit ; ce qui lui manque, c'est le cliquetis des mots, la causerie rapide, la *blague*, si vous voulez, l'occasion de vouloir être belle, et je la tiendrais pour sauvée si elle était courtisée par un homme de son pays, en langue parisienne ! Et cela, qui peut le faire mieux que vous ? Notez, mon cher ami, que je ne vous pousse pas à des amours coupables ; je vous demande seulement quelques scènes de comédie, comme c'est votre état d'en inventer, pour rappeler à la vie une si intéressante malade ; et quel succès vaut celui-là ?

— Mais, dit Enferl, je ne connais pas madame Iden.

— Vous la connaîtrez, répondit le docteur, si vous voulez me faire le plaisir de venir dîner demain chez moi. En tout cas, elle vous connaît bien, elle, car elle est folle de vos pièces, qu'elle se fait envoyer en Écosse, et, à l'insu de son mari, elle apprend tous les rôles que vous écrivez pour Céline Chaumont ! »

Est-il utile de dire que Xardel joua à madame Iden une scène exactement pareille à celle-là, et que dans son récit Paul Enferl devint un héros d'amour, pas-

sionnément épris d'elle et depuis longtemps avivant
sa chère blessure? Le docteur fit appel au cœur de
la jeune femme; Paul, lui disait-il, n'était pas dangereux, et peut-être n'avait-il pas trois mois à vivre;
il s'agissait seulement de le tromper sur son état,
de lui donner le courage de lutter encore, et qui
sait? de garder peut-être à la France un talent dont
elle était justement fière.

Jamais transformation opérée par l'art d'un magi-
cien ne fut aussi complète que celle dont la ruse du
docteur avait réalisé le miracle, car le lendemain,
lorsque ces deux amants improvisés se rencontrèrent
chez lui, on eût dit qu'ils sortaient de quelque idéale
fontaine de Jouvence. Délicieusement parée avec sa
robe d'étoffe Pompadour à petits bouquets, sur laquelle était jetée une écharpe de fleurs, ayant avivé
d'une pointe de rouge imperceptible ses traits fins et
délicats, élégante, simple, couronnée de ses cheveux
châtains que faisait valoir une coiffure savante, madame Iden avait tout l'attrait d'une vraie femme du
monde qui a traversé les enfers sans y roussir le bout
de ses plumes; quant à Paul Enferl, il portait aussi
bien qu'un duc son habit noir, dans la boutonnière
duquel était passée une petite rose. Le dîner était
exquis et savant, combiné pour des malades, et accompagné d'un seul vin, mais surnaturel.

Avertie par son mari, qui tenait à son idée, madame Xardel s'appliqua à faire briller ses deux convives devant un auditoire composé de savants et
d'hommes célèbres, mais elle prenait là une peine
inutile, car tous les deux furent naturellement si
spirituels, qu'on les eût presque applaudis comme
des acteurs en représentation, lorsque les mots, vifs,
ailés, brillants, fulgurants, inattendus, s'envolaient
de leurs lèvres comme des gerbes d'étincelles. On les
écoutait non seulement avec admiration, mais allè-

grement et sans fatigue, en désirant toujours les
entendre encore; chacun d'eux était pour l'autre le
tremplin qui lance la pensée en plein ciel à des
hauteurs infinies, et le destin lui-même sembla comprendre que de tels virtuoses, appareillés si exactement, ne devaient pas être séparés. Appartenant à un
mari très jaloux, qui tout à coup tombait du ciel au
moment où elle s'y attendait le moins, madame Isaure
Iden n'avait reçu personne depuis qu'elle habitait en
recluse la maison de santé de Bois-le-Roi; mais Paul
Enferl obtint un véritable triomphe, puisqu'avant de
quitter le salon du docteur, il avait obtenu la permission de se présenter chez cette adorable femme.

Bientôt ses visites au pavillon devinrent quoti-
diennes, et, pour madame Iden aussi bien que pour
Enferl, supprimèrent tout le passé, évanoui comme
un rêve. Ces deux êtres charmants s'aimèrent-ils?
Ce serait trop dire et trop peu. Tous les deux ils
étaient mourants, sans volonté, sans force, terrassés
par le mal mystérieux qui brise les ressorts de la
vie, incapables de vouloir exister; mais ils ressusci-
taient par un miracle renouvelé sans cesse, pour
cette heure unique de la journée, qui les réunissait
et leur rendait tout ce qu'ils avaient perdu, le luxe,
l'élégance, la causerie agile, le langage de l'amour,
les idées échangées dans une communion où elles
prennent un corps et deviennent visibles! Alors ils se
donnaient l'un à l'autre la volupté qu'on goûte dans
la possession sérieuse et toujours plus intime d'un
esprit; affranchis de la chair, ils pensaient si vite et
avec tant d'intensité, que leurs idées s'étaient péné-
trées et confondues ; celles de Jeanne étaient deve-
nues fermes et précises comme celles d'un homme,
en même temps que celles de Paul avaient acquis la
légèreté et la grâce féminines.

Et ces belles amours ne furent jamais troublées

par une caresse matérielle, car chacun d'eux aurait
trop redouté de donner à l'être aimé une désillusion
funeste. Pour se voir, ils se mettaient l'un et l'autre
en costume de bal, et Paul eut ainsi la joie d'admirer
madame Iden vêtue de ses robes de cour et parée
de pierreries célèbres. Mais ce qu'il y eut de plus
touchant, ce furent les ruses imprévues qu'employait pour rompre l'entretien celui des deux qui
sentait sa crise venir et ne voulait pas être vu
dans cet avilissement par l'être à qui il voulait
laisser un riant souvenir, pur de toute laideur.
A ces moments-là, si c'était Paul qui devait s'enfuir
ou si c'était madame Iden qui voulait le renvoyer, ils
trouvaient, lui ou elle, des raisons inouïes, comme
peuvent en inventer une femme dix fois femme et
un auteur dramatique.

Quand Paul Enferl, en proie à l'évanouissement,
enveloppé par le vertige, se sentant tomber et en-
foncer en terre, avait dit adieu à madame Iden, tant
qu'elle pouvait l'apercevoir de sa fenêtre, il marchait
d'un pas sûr, élégant, léger, comme un homme qui
se porte bien et qui se promène. Sitôt qu'il était
hors de vue, il se laissait aller, tournait sur lui-même,
trébuchait aux arbres et chancelait comme un homme
ivre. Mais, par une puissance d'illusion qui est le
caractère du rêve mêlé à la vie réelle, il se figurait
toujours son amie belle, souriante, heureuse comme
il l'avait quittée, et parée magnifiquement au milieu
des feuillages rares et des gerbes de fleurs. Il comptait sans l'implacable Réalité, qui ne veut pas être
méconnue et qui, si bien protégés que nous soyons
par l'invisible armure de la foi, trouve toujours la
place où elle nous déchirera de sa griffe cruelle.

Par un jour d'orage, Paul Enferl, impatient, irrité,
se trouvait dans le jardin un grand quart d'heure
avant le moment fixé pour sa visite quotidienne, et

30.

exaspéré par l'attente, la subissant comme un supplice, ne pouvant la tolérer plus longtemps, il manqua résolument, par un incroyable coup de folie,
aux engagements qu'il avait pris avec sa bien-aimée
et avec lui-même. Il monta chez madame Iden à
l'heure où il nétait pas encore attendu, et le malheur,
acharné sur lui, voulut qu'une femme de chambre,
sortie pour un instant, eût laissé la porte entr'ouverte.
Après avoir traversé l'antichambre et le salon, Paul
frappa à la porte du boudoir où Jeanne le recevait
habituellement. Ne recevant pas de réponse, il crut
à quelque accident, perdit la tête, et, oubliant toute
prudence, il entra. Horreur! pâle, épouvantablement
échevelée, demi-morte, terrassée sur le divan, dans
un désordre hideux, la pauvre femme montrait alors
la maladie dans toute sa laideur triviale, et Enferl
s'enfuit, éperdu d'horreur, sans songer à la secourir.

La commotion avait été si violente, qu'elle le laissa
comme anéanti et ne pouvant plus rassembler ses
idées. Au réveil, se révoltant contre un tel écroule-
ment de son rêve et ne pouvant consentir à cette
mort de tout, Paul voulut se figurer, se figura en effet
qu'il avait été le jouet d'une hallucination, et d'autant mieux put se créer cette illusion désespérée,
que, dix minutes après, lorsqu'il se présenta chez
madame Iden, il la trouva gaie, en robe blanche, divinement parée d'une coiffure irréprochable, et avec
ses jolis doigts de fée arrangeant ses fleurs favorites.
Mais un pareil effort de volonté ne se recommence
pas ; aussi le dieu des amours, qui a précédé les autres et qui survivra à toutes les mythologies, lui de-
vait-il de déchirer brusquement son poème, pour
qu'il en pût conserver le souvenir intact et pur.
Un jour, pendant l'absence de Paul Enferl, qui avait
dû vaincre ses souffrances pour aller à Paris chercher de l'argent, monsieur Walter Iden était arrivé

inopinément à Bois-le-Roi. Ce mari, qui, de même
que beaucoup d'autres jaloux, était plein de perspi-
cacité, avait trouvé chez Jeanne trop de gaieté, trop
de fleurs, des meubles qui semblaient attendre quelqu'un et sur lesquels la lumière du soleil jetait de
trop complaisantes caresses, et, sans demander plus
d'éclaircissements, il avait brusquement emmené sa
femme en Écosse. Paul Enferl, navré à son retour en
trouvant le pavillon morne et vide, ne resta pas une
minute de plus à Bois-le-Roi. Quelques jours plus
tard, on commençait à la Porte-Saint-Martin les répétitions d'une de ses pièces, grand drame d'action
terriblement compliqué, de sorte que, livré au travail,
aux ivresses, au tumulte et aux fatigues de la mise
en scène, Paul n'eut plus le temps de savoir s'il était
encore malade ou s'il ne l'était plus. D'ailleurs, à
Paris, les anémiques se soutiennent avec le homard
à l'américaine et la cigarette, et ils se consolent en
faisant des mots, qui ne sont pas toujours copiés
dans Chamfort ou dans Rivarol.

## L

## UNE CONVERSION

Pour l'homme qui dans la vie entreprend de représenter plastiquement tel personnage défini, la première condition est de n'être pas en effet ce personnage, car il est rare, pour ne pas dire impossible, que l'être réel réunisse en lui les signes spéciaux et théâtralement groupés par lesquels un type se caractérise. Pour être accepté comme Achille, un guerrier devra se montrer tel qu'on se figure Achille, et non tel qu'il est; c'est pourquoi entre un héros et le bouffon qui le singe, l'avantage sera toujours pour le bouffon. C'est ainsi que, dans l'amusant conte d'Alphonse Daudet, Tartarin de Tarascon, armé jusqu'aux dents et enveloppé d'un vêtement farouche, fait parfaitement l'effet d'un tueur de panthères, tandis qu'assis à côté de lui dans la même voiture, Bombonnel, le véritable tueur de panthères, n'est pour tout le monde qu'un vieux monsieur enrhumé, coiffé d'un bonnet de soie noire.

Pour ne pas sortir de cet ordre d'idées, Raoul Stévène est un excellent poète, et personne moins que lui ne ressemble au poète légendaire, tel qu'on se le figure dans les provinces reculées. Et bien lui en a pris de n'être pas conforme au modèle accrédité par les lieux-communs les plus en vogue, puisqu'une

telle divergence lui a permis d'échapper à un péril redoutable, comme on le verra en lisant cette historiette.

Agé de vingt-trois ans, grand, mince, agile et bien
découplé, Stévène est un beau garçon, joli comme
une fille, blanc et rose comme un Anglais nourri de
roastbeef, et d'ailleurs c'est en effet de roatsbeef qu'il
se nourrit. Il cache son grand front sous ses cheveux
rabattus, et ses sourcils d'une régularité orientale
font valoir ses larges yeux bruns, dont les cils n'ont
pas été brûlés par des larmes. Il a le nez un peu long,
et sur son visage court délicatement une barbe
soyeuse et légère. Amusant, spirituel et par conséquent parlant fort peu, ce rimeur, qui rime avec un
génie irréprochable, ne possède aucun art d'agrément et il se borne à pratiquer habilement tous les
exercices physiques. Il s'habille extrèmement bien,
et en fait de toilette il a horreur du noir. Enfin ce
poète n'a pas connu la misère! Très bien nourri chez
son père, monsieur Paul Stévène, commandant du
génie en retraite et riche propriétaire, il y trouve
toujours l'hospitalité, à Paris dans une maison confortable, ou dans un beau château situé dans l'Orne,
et, personnellement, il habite au boulevard Saint-
Germain un joli entresol meublé de divans et de livres, et dont les murs sont couverts de crépons japonais. Comme argent de poche, il se contente de
dix mille francs de rente que sa mère lui a laissés,
à moins qu'il ne veuille puiser dans la bourse de son
père, qui lui est toujours ouverte. Il a bien aussi un
oncle riche, veuf et sans enfant, qui l'aime à la folie;
c'est monsieur Luciez, frère de sa mère, marchand
de draps rue Saint-Denis, à l'enseigne de la *Barbe-
d'Or*. Mais si Raoul Stévène accepte volontiers de lui
un joyau ou quelque beau livre, il a toujours repoussé ses offres d'argent, afin de ne pas ressembler
à un neveu de comédie.

Il y a maintenant trois ans, monsieur Luciez vint trouver son beau-frère et le mit au courant d'une circonstance bizarre. Il y avait à Auteuil une demoiselle Paméla Godebœuf, jolie, âgée de dix-sept ans, dont les parents étaient riches de six millions, et qui, avec leur assentiment, était formellement décidée à n'épouser qu'un poète.

Le père Godebœuf, Auvergnat, avait commencé par le commerce des chiffons et des vieux cuivres, dans la rue de Lappe. Il s'était ensuite établi quincaillier, puis il avait fait des affaires de terrains, dans lesquelles il s'était enrichi avec une merveilleuse habileté. Mais, au grand désespoir de sa femme, avant l'âge de soixante ans il n'avait jamais consenti à jouir de la vie, il était resté ignorant comme une carpe, et il portait encore des vêtements qu'il faisait venir de Thiers ! Les Godebœuf avaient successivement perdu quatre enfants ; leur dernière fille, Paméla, qui restait seule, était pour eux l'objet d'une adoration aveugle. Élevée dans une pension du plus grand style, c'est là que, grâce à une sous-maîtresse sentimentale, la jeune fille avait contracté la passion de la poésie, et elle s'enivrait avec délices des vers de Lamartine.

Ses parents lui avaient toujours donné tout ce qu'elle voulait : le jour où elle voulut un poète, ils décidèrent qu'ils le lui donneraient comme le reste, et ils confièrent leur embarras à monsieur Luciez, qui était le plus distingué de leurs amis. Voilà ce qu'à son tour il venait raconter à monsieur Paul Stévène, lui demandant s'il ne convenait pas de faire tomber dans la main de Raoul cette étonnante alouette, qui, toute bardée et rôtie et cuite à point, tombait du ciel ?

— « Mon cher ami, dit monsieur Stévène, pour prendre un oiseau rapide il suffit de lui mettre un grain de sel sur la queue, et de même, si Raoul se laissait faire, rien ne nous empêcherait de l'unir à mademoiselle Godebœuf; mais il est trop évident que, si nous lui parlions d'un mariage quelconque, il partirait pour l'Égypte ou pour l'Asie Mineure. »

Cette objection étant jugée sans réplique, il fut convenu entre les deux beaux-frères qu'on agirait de ruse, et que le principal intéressé ne serait pas mis dans la confidence. Monsieur Luciez annonça à Raoul qu'il désirait acheter une belle maison de campagne dont l'élégance l'avait ensorcelé, et sur laquelle il le priait de lui donner son avis. Le jeune homme y consentit sans défiance, et c'est sous ce prétexte qu'après s'être entendu avec les Godebœuf, monsieur Luciez, à quelques jours de là, leur amenait Raoul, invité par son entremise à un dîner sans façon. Le poète sut faire briller monsieur Godebœuf, à qui il parla de ses spéculations et de ses grandes affaires, et il parla robes, chiffons et confitures avec madame Athénaïs Godebœuf, de façon à se concilier sa bienveillance. Quant à mademoiselle Paméla, il la trouva tout à fait charmante, et il sut exprimer son admiration par les flatteries les plus délicates; par exemple, il ne comprit pas du tout pourquoi elle voulait mourir, et avec la gaieté la plus entraînante, il lui fit, mais en pure perte, l'éloge de la vie. C'était déjà une mauvaise note; mais ce qui acheva de le perdre aux yeux de la jeune fille, c'est qu'à dîner il mangea comme quatre, et charma monsieur Godebœuf par son robuste appétit.

Telle qu'elle était, vivante élégie avec de pâles roses dans sa chevelure blonde, cette jeune désolée ne déplut pas à Raoul, qui savait admirer tous les genres de beauté; mais, en revanche, il ne put du tout consentir à approuver la maison ni le parc. La maison était moyen âge, avec des ogives, des plafonds à arêtes saillantes, des vitraux représentant des che-

valiers, des cheminées à manteau ornées de personnages coloriés et dorés, et on s'y asseyait sur des
chaises où on avait le dos appuyé sur des personnages sculptés en ronde bosse. Quant au parc, dessiné
sur les indications de Paméla, c'était une Ecosse,
avec montagnes, grotte des fées, ruines, bruyères
pour les sorcières, et il était traversé par une rivière
obtenue par je ne sais quels moyens empiriques, et
sur laquelle nageaient des cygnes blancs et des cygnes noirs!

— « Ah! çà, mon oncle, dit Raoul à monsieur Luciez dès qu'ils furent sortis de la maison, est-ce que
vraiment vous voulez acheter ça!

— Mon cher enfant, dit monsieur Luciez en faisant
la bête, je dois te faire un aveu : c'est que j'ai toujours adoré le moyen âge!

— Ah! mon dieu! s'écria le jeune homme, on m'a
changé mon oncle! »

Lorsque monsieur Luciez revit son beau-frère, il
ne put lui cacher la complète déroute de Raoul, qui
avait eu l'irréparable tort de manger plusieurs tranches de gigot devant une jeune personne nourrie de
rosée, comme les abeilles. Raoul pensait à Paméla
plus qu'il ne l'aurait voulu et gardait un obsédant
souvenir de sa pâle tête romantique; mais, en dépit
de l'amabilité des époux Godebœuf, il n'éprouvait
aucun désir de revoir la maison archaïque et la petite Ecosse de fantaisie du parc d'Auteuil. Mille fois
plus déçue que lui, la jeune muse ne pouvait se consoler de son appétit et de son prosaïque manque de
tristesse, et elle dit à monsieur Godebœuf, avec un
soupir :

— « Ah! papa, monsieur Luciez nous a trompés ;
ce jeune homme n'est pas un poète! »

Le sort lui devait un dédommagement, et elle l'eut
aussi complet qu'elle pouvait le souhaiter. Les cho-

ses se passèrent même exactement comme dans *Les Précieuses ridicules*, car le nombre des combinaisons scéniques est extrêmement restreint. Seulement, cette fois ce n'était pas La Grange qui avait envoyé le marquis de Mascarille chez Cathos ; en d'autres termes, Raoul Stévène fut totalement étranger à la présentation du poète Otto de Létraz chez monsieur Godebœuf. Patronné par une respectable dame anglaise, mistress Flint, et admis en qualité de soupirant dans la maison, il n'aurait tenu qu'à lui d'y entrer tous les jours par la porte ; mais il s'introduisait habituellement par une brèche de la muraille, en déchirant les lierres, et lorsqu'il arrivait dans le salon, c'était en escaladant la fenêtre. A demi chauve et portant de longs cheveux bleus qui se tordaient sur son cou nu comme des vipères, brun, fatal, avec un nez d'oiseau et des yeux d'ombre, le farouche Otto, toujours vêtu de noir, laissait voir sous sa redingote un gilet de velours noir sans ouverture apparente, taillé en forme de pourpoint. Lorsque la bien-aimée paraissait, il la saluait, toujours sous les noms de Laure ou de Béatrice, en vers de deux syllabes, de trois au plus, et il lui offrait quelque fleur aux yeux bleus cueillie au sommet des pics inaccessibles, après quoi il causait avec les cygnes, également en des rythmes compliqués et bizarres.

La première fois qu'il dîna chez les Godebœuf, ce lyrique devint pâle comme la neige des cimes et faillit s'évanouir, lorsqu'un valet mal appris lui présenta le plat sur lequel saignaient des tranches de filet de bœuf.

— « O ciel ! dit alors Otto dont les larmes jaillirent, moi qui ne ferais pas de mal à une coccinelle ! »

Tout au plus daigna-t-il effleurer de ses lèvres une crème, une mousse, une gelée au marasquin, et en-

core il semblait avoir peur de commettre une action
sanguinaire.

Après le dîner, un orage terrible éclata et on dut
rester dans le salon ; Otto sortit sans rien dire, et
alla prendre dans l'antichambre le manteau doublé
de velours qu'il portait en toute saison ; puis on le
vit sur une petite montagne située bien en face de la
fenêtre ; il était debout au milieu des éclairs, la tête
nue, drapé dans ce manteau qui avait le don de s'envoler, et fouettant le vent de sa chevelure irritée et
sauvage. Lorsqu'il rentra, on lui demanda s'il n'était
pas mouillé, et, secouant la tête, il répondit avec
une fierté modeste :

— « Oh ! la foudre et moi, nous aimons à nous mesurer dans l'ouragan ! »

Il est évident que mademoiselle Godebœuf ne pouvait trouver un poète plus poète que celui-là ; aussi
le mariage eut-il lieu.

Le lendemain des noces, vers trois heures de l'a-
près-midi, Paméla, belle, rougissante, heureuse, ouvrit un petit secrétaire dont les tiroirs avaient été
galamment remplis d'or. « Chère âme, dit-elle à Otto,
sais-tu où je vais ? Commander un service de linge
où nos armes seront tissées dans l'étoffe, et acheter
une robe pourprée que nul ne me connaîtra, excepté
mon poète, car ne veux-tu pas que ta Béatrice soit
belle pour toi seul ?

— Madame, répondit de Létraz avec une expression qu'elle ne lui connaissait pas, vous voilà mariée ;
laissons là ces balivernes ! La poésie, c'est comme
la religion ; il en faut pour le peuple ; mais nous qui
sommes riches, tâchons d'avoir des idées pratiques. »

En disant ces mots, il prit dans sa poche et tira
de son étui des lunettes qu'il ajusta sur son nez, et
comme Paméla faisait un geste de stupéfaction :
— «Oui, fit-il, je suis myope ! Cependant j'y verrai assez

clair pour savoir si vous marchez droit ; car, ajouta-
t-il avec un mauvais sourire, je suis très bon enfant, mais il ne faut pas qu'on m'ennuie ! Mon nom,
Delétraz, s'écrit en seul mot, et je n'ai jamais eu
d'armes. »

Il écarta doucement sa femme et ferma le secrétaire après y avoir pris quinze louis qu'il aligna sur
un guéridon.

— « Voilà, dit-il, ce que j'ai résolu de vous donner
par mois pour votre toilette ; employez-le à votre
guise, achetez des robes rouges ou vertes, je m'en
soucie comme de l'*Iliade*. »

On devine si Paméla était émerveillée. Elle devait
penser à peu près ce que pense un malheureux qui
tombe des tours de Notre-Dame. Elle était immobile
d'horreur, et comme changée en statue. Le mari en
profita pour vider le fond de son sac.

— « Puisqu'il faut que vous le sachiez, fit-il résolument, autant vous le dire tout de suite ; en un mot
comme en cent :

Je suis architecte ! »

Le père Godebœuf, qui n'a pas froid aux yeux,
est parvenu à réfréner l'avarice de son gendre ; mais
il ne saurait l'empêcher d'être architecte. Delétraz
a doublé sa fortune en construisant pour les ouvriers
des logements insalubres, et en fabriquant pour les
Anglais, dans le quartier des Ternes, de fausses vil-
las, qu'il obtient en faisant badigeonner des masures,
sur lesquelles on cloue des guirlandes Pompadour
en carton-pierre, que délayent les premières pluies.
Quel recours avait la jolie Paméla, sinon de faire
de lui un Sganarelle à trente-six carats, mieux en-
corné qu'un troupeau de bœufs ? Croyez qu'elle n'y
a pas manqué. Elle a eu de belles amours ; elle n'est
plus poétique du tout ; mais, en revanche, elle est
devenue Parisienne jusqu'au bout des doigts, gaie

comme un pinson et spirituelle comme un diable.
Comme il n'y a que les montagnes qui ne se rencon-
trent pas, elle s'est trouvée un beau soir assise sur
les divans bleus du poète pour de bon, Raoul Stévène. Fou d'amour, il lui exprimait sa joie de la tenir là, dans le mystérieux nid de sa pensée et de ses
rêves.

— « Moi aussi, dit-elle en entourant de ses bras le
cou de son ami, moi aussi je suis bien heureuse d'y
être. »

Puis elle ajouta finement :

— « Et d'ailleurs, ne vous devais-je pas des excuses? »

# LI

## ENFANTILLAGE

Pierre Elsen, ce Gavarni des Parisiennes récentes,
ce tout jeune homme que ses dessins de *La Vie moderne* ont déjà rendu célèbre, est depuis longtemps
le meilleur ami de la gracieuse Lise Faravel. Il
est son ami et rien de plus; cependant il a toujours été amoureux d'elle et il l'a toujours ardemment désirée; mais il se gardait bien de le lui dire,
et comment dirait-on quelque chose de sérieux à
cette fillette dont la petite cervelle d'oiseau ne doit
pas être plus grosse qu'une tête d'épingle? Seulement, c'est toujours elle qu'il a dessinée sous tous
les costumes, dans toutes les attitudes, et il a épar-
pillé sur des pages de journal toute une petite *Comédie Humaine* dont elle est en réalité l'unique personnage. Car l'artiste a toujours besoin d'une Béatrice; mais il la prend où il peut, et quelquefois les
talons de ses bottines sont beaucoup trop hauts pour
qu'elle puisse glisser silencieusement sur les nuées;
alors elle se contente de marcher sur le boulevard,
et d'y montrer, à souhait pour le plaisir des yeux,
le flamboiement de ses bas écarlates.

Comme on le sait, Lise Faravel est la joie, l'orgueil et le triomphant panache du théâtre des Va-

31.

riétés. A-t-elle du talent? c'est ce dont personne n'a jamais songé à s'inquiéter, et c'est aussi le moindre de ses soucis. Elle est si attrayante à voir, qu'en l'admirant nul ne réclame rien et ne pense à demander son reste. Presque petite, exiguë, mince, et cependant si dodue et grasse, avec une chair et une peau délicieuses, elle fait penser à ces succulents ortolans qu'on voit à l'étalage de Potel et Chabot dans des boîtes de sapin pleines de millet. Et la jolie petite tête! Son nez, droit cependant, est aussi amusant qu'un nez retroussé; ses grands yeux sont malins et naïfs; son menton est gras; sa bouche a l'air d'une petite rose; ses cheveux châtains, en dépit de la mode, n'ont pas l'air d'un fouillis; ses oreilles sont roses et transparentes, et son cou, d'une chaude blancheur, aurait fait inventer les baisers, s'il en eût été besoin. Ses adorables mains sont charnues comme celles d'un enfant, mais encore vagues et initiales, et le grand chiromancien Desbarolles n'y trouverait même pas l'ombre d'une ligne.

Lise n'est pas bête ni sotte, au contraire; elle trouve des mots prodigieux et elle a des saillies éblouissantes; mais il ne faut pas lui demander d'assembler deux idées, ni même de songer plus d'une seconde à la même chose; sa pensée est comme un oiseau fou qui s'enfuit en cognant partout son front et ses ailes. Elle est l'élégance innée, elle a le sens poétique, et son mobilier, réuni et acheté par elle, est de la distinction la plus rare; elle est bonne, charitable, aumônière; mais quand à ce qui est vertueux et à ce qui ne l'est pas, elle n'en a aucune notion, et, là-dessus, il ne faut pas lui en demander plus qu'à une églantine dans les bois. Ainsi armée et désarmée, distraite au point de donner des louis pour des gros sous et d'écrire à sa couturière sur des billets de banque, elle avait tout ce qu'il faut pour devenir pauvre comme Job et pour vivre sur la paille ; mais, au contraire, l'ironique Fortune s'est plu à la rendre absurdement riche.

L'argent, dont elle se soucie autant qu'un banquier d'une belle rime, a ruisselé chez elle avec une furie obstinée, et il suffit que son agent de change lui achète des actions dépourvues de toute valeur, pour que le lendemain l'affaire remonte et devienne bonne. Elle a eu pour ami un des plus grands avares de ce temps, un Gobseck débarbouillé, qui la promenait en fiacre et l'emmenait dîner au bouillon Duval ; Lise, dont la gaieté et la bonne humeur sont inaltérables, trouvait cela bien, et n'a jamais sourcillé lorsque ce maniaque lui offrait des bouquets de vingt-cinq sous. Le jour où, se décidant à quitter Paris pour toujours, il alla prendre congé de Lise, il lui offrit un cornet plein de vulgaires dragées, qu'elle reçut de la meilleure grâce du monde. Quelques jours après, lorsqu'elle eut croqué les dragées, elle trouva au fond du cornet une inscription de quarante mille francs de rente.

Il est dans sa destinée d'être riche, et c'est précisément là ce qui arrêtait les aveux sur les lèvres de Pierre Elsen. Il se prive de tout pour lui offrir le plus souvent possible un joyau ancien et précieux, digne d'une princesse ; il a peint pour elle des éventails où se déroulent de merveilleuses scènes de féerie moderne, et dont les montures de nacre et d'or ont été exécutées d'après ses dessins ; mais que sont de pareilles babioles pour une femme dont le pied nu joue dans des pantoufles de perles fines, et qui lave ses bras dans un cabinet de toilette pavé de lapis-lazuli ? Et puis distraite comme elle est, quel moment Pierre eût-il trouvé pour lui parler de lui et lui exprimer un sentiment qu'elle n'a jamais connu, si ce n'est dans les comédies ?

Oui, elle est distraite au delà de tout ce qu'on peut imaginer. Quoiqu'elle ait, depuis trois ans déjà, quitté le Gymnase pour les Variétés, un de ces jours derniers, vers midi, elle s'en alla tranquillement au Gymnase, et monta sur la scène. Justement on y répétait, comme aux Variétés, une pièce de Meilhac; c'est pourquoi Lise fut encouragée dans son erreur en voyant à l'avant-scène cet homme d'esprit, en train de débrouiller son écheveau. « Ah! mon auteur, lui dit-elle, je suis un peu en retard; mais vous allez voir comme je sais mon rôle! » Aussitôt, sans entendre les protestations des comédiens qui étaient en scène, elle se mit à réciter avec un entrain du diable une tirade de la pièce des Variétés, puis, avec une petite moue de satisfaction : — « Hein? fit-elle joyeusement, cette fois, je crois que ça y est? » Le souffleur se croyait devenu fou, les acteurs se tenaient les côtes, et le régisseur éperdu levait ses bras vers les frises. On voulut, mais en vain, lui expliquer son erreur. Meilhac dut la faire asseoir à côté de lui, et prendre un album de poche sur lequel il lui dessina des bonshommes comiques, pour la faire tenir tranquille.

Une autre fois, elle a fait bien pis encore. Vers dix heures du soir, son directeur étant descendu sur le boulevard pour fumer un cigare, vit, à sa grande stupéfaction, Lise Faravel qui, vêtue d'une magnifique robe rouge et rose, choisissait des oranges dans une petite voiture.

— « Et bien! lui dit-il, et ton troisième acte?

— Ah! répondit-elle ingénument, je l'avais oublié... Mais qu'est-ce que ça fait? »

Et elle s'avança vers sa voiture, avec l'intention très évidente de s'en aller, sans plus se soucier du troisième acte et des spectateurs.

Le directeur n'essaya pas de la convaincre par le

raisonnement, mais il lui prit doucement le bras, et, marchant avec elle, lui dit, avec la plus trompeuse bonhomie :

— « Au fait, ma bonne Lison, je ne t'ai jamais raconté l'histoire du *Petit Poucet*?...

— Non, fit-elle, jamais ! »

Le directeur commença le beau conte de Perrault : *Il était une fois...* Lise ouvrait de grands yeux et écoutait avidement, comme un enfant ravi. Les maisons du boulevard auraient brûlé comme des allumettes, qu'elle ne s'en serait pas aperçue ; elle s'aperçut bien moins encore que son directeur la menait à la galerie Montmartre, montait avec elle l'escalier des artistes, et, contant toujours, la remettait aux mains de l'habilleuse ; c'est en semant des cailloux avec le petit Poucet et en coiffant de bonnets de nuit les filles de l'Ogre, qu'elle fit sa figure et fondit son rouge avec la patte de lièvre ! Le directeur, qui avait bien calculé son temps, finissait à point les derniers mots du conte au moment où Lise devait entrer en scène ; en les prononçant, il avait mené la petite comédienne jusqu'à la coulisse ; elle entra et joua son acte avec une verve inouïe, brodant de mille arabesques la prose banale, sur laquelle elle jetait inconsciemment les diamants et les roses de la féerie.

Comme les autres reines, Lise Faravel aime qu'on lui fasse la lecture, tandis qu'elle reste oisive, ou qu'elle se livre à des occupations frivoles. Un soir, vêtue d'un peignoir jaune soufre, et couchée sur le ventre au milieu d'un large divan, elle s'amusait avec des pantins d'enfants japonais, et Pierre Elsen lui lisait un de ces romans sinistres où les amants se quittent, se reprennent, se poursuivent, et, mordus par la haine, déchirés par la jalousie, échangent des malédictions et des sanglots.

— « Ma foi, dit-elle, en interrompant gaiement la

lecture, je ne sais pas où les auteurs prennent toutes
ces abominations, et la vie ne me paraît pas si tragique. Pour moi, j'ai vécu en bonne intelligence
avec mes compagnons de route et j'ai tâché d'être
pour eux une vraie amie, toujours agréable et de
bonne humeur. Mais au fait, mon Pierre, ajouta-
t-elle avec un joli clin d'œil, tu le sais aussi bien que
personne, car enfin... nous nous sommes aimés!

— Mais non! fit Pierre Elsen.

— Comment! dit Lise, tu vas me faire croire ça?
Sérieusement, nous n'avons jamais...

— Mais non, » reprit Pierre, qui, tout en voulant
sourire, versa alors une grosse larme. Cette larme,
la petite Lise la vit briller dans la lumière et vint
tout de suite la boire ; mais à ce moment-là même
entrèrent plusieurs amis que la comédienne avait
invités à venir prendre le thé chez elle. Toutefois,
elle était très émue et attristée d'avoir vu pleurer
son ami. Dès que la causerie se fut organisée, elle
emmena Pierre dans une embrasure de fenêtre et
là, lui caressant le visage avec ses mains d'enfant :

— « Quoi, mon pauvre Pierre, jamais! Tu crois
vraiment que nous n'avons jamais?.. Ah! mais, ça
ne peut pas se passer comme ça! Voyons, demain?..
Non, demain j'ai les courses ; dimanche, je vais avec
le prince essayer des chevaux qu'il me donne!.. des
chevaux violets, comme dans le tableau de Delacroix.
Eh bien! lundi à quatre heures, veux-tu?

— Oui, » dit Pierre, qui versa une seconde larme.

Mais celle-là, Lise Faravel ne la vit pas, car toutes les larmes ne peuvent pas être aussi heureuses
les unes que les autres.

Pierre Elsen était un peu navré, car, après avoir
désiré une étoile, rien n'est plus triste que de ressembler à ce roi de féerie qui voit l'étoile tomber
dans son assiette ! Il se résigna pourtant à son pro-

saïque bonheur, et même l'attendit avec une fiévreuse impatience, et il eut bien de la peine à vivre jusqu'à ce lundi où il devait embrasser enfin son rêve. Jusque-là il dessina, comme toujours, des femmes parisiennes inventées à l'image de la bien-aimée, mais dont les corps démesurés, contrairement aux préceptes de l'école, avaient au moins la hauteur de onze têtes ; car il n'était pas que triste, il était fou aussi, d'une affreuse et cruelle joie. Enfin tout arrive, et il arriva aussi, le moment où, entrant chez Lise à l'heure convenue, Pierre sentit son cœur battre à coups redoublés. Introduit dans le boudoir il resta debout, mais il se sentait défaillir. Lise parut, dans la plus jolie toilette de ville, coiffée d'un chapeau en façon de turban, et'tenant à la main son ombrelle rouge.

— « Ah ! c'est toi ! dit-elle. Je vais au Jardin d'Acclimatation voir les nouveaux chiens braques. Viens-tu avec moi ? »

Pierre Elsen ne répondit pas, mais il devint tout pâle et ses traits se décomposèrent ; il semblait qu'il allait mourir. En le voyant ainsi, Lise fut épouvantée, et tout à coup la mémoire lui revint.

— « Ah ! sotte que je suis ! » fit-elle.

Elle sortit, resta absente quelques minutes à peine, rentra vêtue d'une nuée, avec ses bruns cheveux aux reflets d'or dénoués sur ses épaules, et, courant vers son ami, lui jeta au cou des bras de neige et de lys qui étaient certainement « le plus doux et le plus beau collier ». Si un sonnet sans défaut vaut un long poème, une heure pareille à celle que lui donna Lise Faravel vaut peut-être toute une vie ; aussi Pierre Elsen se la rappelle-t-il toujours, en quoi il fait bien, car Lise, pour sa part, l'a complètement oubliée. En effet, à huit jours de là, elle rencontra Pierre à l'Opéra, dans le couloir des pre-

mières loges, et lui dit avec un charmant geste
enfantin et naïf :

— « Tiens, mon Pierre ! A propos, est-ce que tu
ne devais pas venir me voir la semaine dernière ?
Pourquoi donc n'es-tu pas venu ? »

## LII

### LES BAS BLEUS

Rien n'est aimable et délicieux comme cette mode,
relativement récente, des bas de couleur, rouges,
pourpres, bleus, violets, lilas, roses, rayés, chinés,
brodés, à dispositions, noirs avec des dessins de
couleur vive, même vert printanier comme les
feuilles naissantes, empruntant toutes les couleurs
des fleurs et des pierreries, et au moyen desquels
les jambes des femmes, pareilles aux mille notes
frémissantes d'une symphonie, expriment leur joie
de se mouvoir et de s'envoler dans l'air libre. Par
cette mode audacieuse et bénie a péri le bas blanc,
qui avait le tort d'être sentimental, de plaire aux
auteurs de romances, comme la mousseline, qui
éveillait une idée abominable de simplicité, et qui,
pour tout dire, avait été célébré par Paul de Kock!
Mais l'avènement du bas de couleur dénote avant
tout l'instinct guerrier et le puissant génie de la
femme. L'homme qui si rarement touche juste lorsqu'il veut blesser sa redoutable adversaire, avait
trouvé contre la femme artiste ou poète (et pourquoi ne serait-elle pas cela comme tout le reste?)
un mot d'une ingéniosité et d'une précision cruelle :
il l'avait appelée *Bas bleu!* Image affreuse et saisissante, qui montrait la femme lettrée incapable de

32

vêtir sa beauté dédaignéc, et s'affublant de bas de
coton bleu, d'un bleu commun et bête, pareils à
ceux de la paysanne ou à ceux qui tombent en spirale fantastique sur les souliers avachis du collégien.
Nous autres hommes, nous aurions cherché à combattre la figure de rhétorique : la femme, plus
brave, est allée droit aux cornes du taureau, et,
bouleversant le monde pour détruire un mot, elle a
changé la nature de l'objet auquel faisait allusion
l'image meurtrière ! Décrétant le bas polychrome,
elle est arrivée à ceci que le bas bleu clair, bleu
foncé, azur, aigue-marine, n'est pas plus ridicule
que le bas rouge, lilas ou rose, et que, par conséquent, le mot *bas bleu* appliqué à une femme ne signifie plus rien.

Ce qu'on ignore généralement, c'est que la révolution qui donne à nos yeux de si belles fêtes de
couleur est due à la célèbre Fanny Girade. Cette
poétesse est, malgré la comparaison, une figure de
premier plan dans le siècle de George Sand et de
Valmore, car si elle n'a pas leur étonnant génie,
elle en a un autre, et elle donne le très surprenant
spectacle d'une femme savante dans l'art de la rime
et de la métrique, maniant les rythmes du xvie siècle comme une bonne élève de Gautier, avec une
perfection impeccable. Elle trouve pour ses fins de
strophes des chutes spirituelles où la rime exacte et
inattendue s'allume comme un diamant de feu, et
elle semble avoir retrouvé au fond d'un vieux car-
quois les flèches barbelées de Henri Heine. Enfin,
elle n'a rien de féminin que sa beauté et l'expression de son fier visage torturé par la souffrance et
par la joie, dont la coloration brune s'avive d'une
pourpre légère, et dont une subtile pensée idéalise
les traits sensuels. Un soir, chez le directeur des ma-
gasins du Louvre, Fanny Girade se rencontra avec

le plus fameux de ces êtres qu'on nomme *couturiers*
par un barbarisme haïssable, et devant lui, comme
par simple fantaisie de conversation, immola le bas
blanc dans une improvisation brillante, le cribla
d'épigrammes heureuses, et raconta comme les
femmes seraient séduisantes et belles si elles étaient
chaussées de bas écarlates, vermeils, couleur de
ciel, couleur d'amour, couleur de joie, et, comme
les robes de Peau-d'Ane, couleur de soleil et couleur
de lune! Puis elle partit, comme n'attachant à ses
paroles aucune importance, mais son réquisitoire
n'était pas tombé dans l'oreille d'un sourd. Quelques jours après, lançant des costumes de plage
destinés à faire sensation, le couturier inventait
les bas de couleur, et ainsi les meilleures satires de
lord Byron se trouvèrent passées à l'état de lettre
morte.

Il y a quelques années de cela. On parlait beaucoup alors de Paul Taffany, ce jeune officier de ma-
rine qui s'était battu comme un lion, et qui avait
écrit sur ses voyages un livre saisissant, d'une sa-
veur très particulière, dans lequel, par le plus raffiné dandysme, il ne disait pas un mot de ses exploits. Fanny Girade, qui s'était éprise de lui en
lisant ce livre, en devint tout à fait amoureuse
lorsque, sans être connue de lui, elle put le voir à
l'Opéra, où elle le contempla tout à son aise. Elle se
confia même à son amie, madame de Brian, qui recevait Taffany, et qui s'empressa de trahir le secret
de la poétesse; mais ce vaillant avait horreur des
femmes artistes, et il leur préférait franchement les
sauvagesses bleues et vertes. Il poussa la cruauté
jusqu'à dire à madame de Brian, indulgente pour
son franc parler d'Alceste : « Si jamais Fanny Girade veut franchir le seuil de ma maison, qu'elle y
vienne en effet avec des bas bleus ! »

Puis il partit, s'en alla sur la mer tumultueuse, naviga trois ans dans l'extrême Orient, s'éprit du Japon d'où il rapporta deux mille éventails, et à son retour, nommé capitaine de frégate, ne trouva rien de changé à Paris, si ce n'est que les femmes étaient chaussées de bas de couleurs éclatantes et diverses. Ayant à lui une année au moins, et aimant très peu le monde, il employait son temps à écrire un nouveau livre. Il habitait rue d'Assas un appartement très calme, donnant sur des jardins, mais, comme il était avide d'air et d'espace, il venait souvent s'asseoir au Luxembourg avec quelque bouquin favori, et il regardait les petites fillettes aux chevelures dénouées danser leurs rondes en chantant : *La tour, prends garde!* Un jour, une femme vint s'installer sur des chaises placées très près du banc où il était assis, et tirant de son sac une broderie, se mit à y travailler avec application. En la voyant, Paul Taffany fut frappé du coup de foudre. Il admira de grands yeux démesurés, pleins de force et de langueur, un nez fin, hardi, coquet, gracieux, superbe, aux narines ouvertes, d'épaisses lèvres de pourpre bien arquées aux extrémités spirituelles et fines, un menton volontaire, de longs cils noirs, des cheveux noirs ondés comme des flots, une rose oreille de Néréide et... il ne lut plus ce jour-là !

La dame travaillait toujours, semblant être à la tâche, et comme si elle avait eu à gagner son dîner du soir. Mais, à un moment donné, elle fut abordée par une autre dame qui passait, tenant par la main une belle petite fille en robe rose. Les deux amies causèrent longtemps avec animation, puis s'éloignèrent encore ensemble. Lorsqu'elles eurent tout à fait disparu, Paul Taffany, qui les suivait des yeux, porta alors le regard sur les chaises d'où sa vision s'était envolée, et vit que l'inconnue avait oublié son sac à ouvrage. Que pouvait-il faire de mieux que de prendre ce sac et de l'ouvrir? Il n'y manqua pas et s'en trouva bien, car il y découvrit un petit portefeuille à cartes de visite, et apprit ainsi que la brodeuse se nommait madame Louise Bachelerie et habitait rue d'Assas, à deux maisons de chez lui.

Après avoir pris tout juste le temps de faire une toilette de visite, il se présenta chez sa voisine, le sac à la main, et rêvant d'obtenir son salaire. Il fut reçu, bien accueilli, opéra sa restitution et n'avait plus qu'à s'en aller; mais il n'y songea pas un instant. Paul Taffany était brave; resté seul au milieu d'une horde de sauvages, il avait su se frayer un passage en cassant beaucoup de têtes, et il n'avait jamais peur, même d'une femme. Il osa dire à madame Bachelerie l'impression qu'elle avait produite sur lui; mais, sans se fâcher, cette belle personne lui expliqua très nettement que, veuve, libre et sans protection aucune, elle devait inspirer d'autant plus de retenue et de respect. Le marin reçut sans se décourager cette déclaration de guerre, et continua à parler du mieux qu'il put, avec une éloquence persuasive, mais surtout avec des yeux brûlants de passion et chargés de désirs.

Cependant, tout en parlant, il regardait involontairement le petit salon où il avait été reçu, et alors ne pouvait se défendre d'un étonnement qui bientôt atteignit au paroxysme. C'étaient des meubles de tapissier, corrects, quelconques, ne révélant aucun choix personnel, et dans ce milieu vague et banal comme un décor de théâtre, rien qui se rapportât en aucune manière à l'intelligence et à la pensée humaine. Pas un objet d'art, pas un bibelot, pas un caprice, pas un livre, pas un journal, et sur les murs pas une image d'aucune espèce. En regardant ce salon, on aurait pu croire que l'écriture, l'impri-

32.

merie, la peinture, la musique n'avaient jamais été
inventées. On n'y voyait pas même de fleurs, et
pour tout dire en un mot, il ne contenait rien d'inutile.

Et quand Paul Taffany connut plus intimement
madame Bachelerie, car un tel amour ressenti par
un homme jeune et intrépide est nécessairement
contagieux, il s'aperçut qu'elle ressemblait parfaitement à son mobilier. Elle parlait avec une voix
sonore, harmonieuse, qui semblait faite pour exprimer les plus belles pensées, mais uniquement
de choses bourgeoises et terre à terre. Taffany
s'enivrait tout de même de cette voix qu'il écoutait
comme une musique, et, lorsqu'il lui fut donné de
se promener dans les campagnes avec son amie, il
l'admirait dans le paysage, n'espérant nullement
lui communiquer ses idées, mais savourant sa présence comme une tranquille joie. Louise causait
assez bien robes, ménage ou confitures; mais, pour
tout ce qui procède de l'art et de l'imagination, son
esprit était comme un coffret fermé et scellé.

Enfin, elle n'avait jamais rien lu et n'avait jamais
entendu parler de rien. Un jour, Taffany, ayant par
hasard prononcé le nom de Shakespeare, madame
Bachelerie se mit à rire du rire éclatant des Dieux.

— « Ah! le drôle de nom! s'écria-t-elle en montrant ses dents blanches. C'est un de vos amis? »

En amour, un tel désaccord n'est pas un obstacle,
et on sait qu'Alaciel a pu avoir beaucoup de maris
qui ne la comprenaient pas et qui ne parlaient pas
la même langue qu'elle. Un baiser se comprend
toujours, et c'est aussi par cet universel truche-
ment que Paul Taffany et Louise Bachelerie finirent
par s'entendre, un soir, dans l'abominable petit salon meublé comme une salle de chemin de fer. Et
son visage à elle disait tant de choses, que sa voix

pouvait bien résonner pour ne rien dire, comme un chant de flûte dans les bois !

Une fois que cette femme si ardemment désirée fut à lui, Paul souhaita obstinément la voir chez lui, au milieu de ses tableaux chinois, de ses étoffes d'or, de ses armes farouches, et Louise se prêta volontiers à ce caprice. Elle arriva vêtue d'une toilette riche et bizarre, parée de joyaux étrusques, en or pâle, que Taffany n'eut pas le temps de remarquer, car il la prit et l'emporta comme un enfant dans ses bras. Mais une heure après, il fut plus étonné que si on lui eût retiré une poutre des yeux, au moment où, rajustant sa chevelure, son amie la brodeuse s'assit devant l'épinette écarlate semée de petites roses et se mit à jouer une symphonie de Beethoven.

— « Eh ! quoi ! dit-il, ma chère Louise...

— Ne me nomme pas Louise, répondit-elle doucement. La maison de la rue d'Assas n'est pas ma vraie maison ; j'en ai une autre. Je connais très bien Shakespeare, et Valmîki aussi. Je suis Fanny Girade. »

Puis elle ajouta, en montrant, avec une impudeur charmante, sa jambe enfermée dans un bas de pâle azur brodé de fleurs d'argent : « Et tu vois, *j'ai en effet des bas bleus !* »

# LIIl

## UNE MARIONNETTE

Séraphine Dirix était encore dans son lit à onze heures du matin, bien que le soleil d'hiver pénétrât à travers les rideaux fermés et vînt accrocher sur les bibelots des paillettes d'or. De fait, cette belle fille de couleur qui, en dépit de sa naissance, est fort blanche, aurait bien pu rester au lit si tard, rien que pour y admirer ses bras charnus et ses fines et longues mains d'ivoire; mais sa meilleure excuse, c'est qu'elle n'y était pas seule.

Pour tout dire, son ami Paul Adrian était couché à côté d'elle; sur les oreillers se mêlaient les chevelures noires, et les deux amoureux causaient de tout et de rien, perdant leur temps à le bien employer, s'amusant d'une boucle qui s'envole, d'un rayon qui glisse sur un coin de lèvre rose, d'une blancheur qui brille et frissonne, d'un signe brun non encore admiré, et de toutes sortes d'autres intéressantes et très précieuses bagatelles, lorsque tout à coup le bruit de la sonnette tirée violemment les rendit pâles et stupéfaits, comme des voleurs qui aperçoivent un gendarme.

— « Ah! dit Séraphine, c'est Philippe, et Modeste sera bien forcée de lui ouvrir. Mais tu sais que c'est l'affaire de quelques secondes. Entre dans ce cabinet.

— Oh ! fit Adrian tout à fait indigné.

— Bon ! reprit Séraphine, tu sais bien comme il fait. Il me demande de mes nouvelles, n'écoute pas ma réponse, me baise au front et s'en va. »

Adrian se laissa convaincre par un regard en effet chargé d'amour, se pelotonna dans le cabinet, meurtri par les porte-manteaux, les cartons et les armoires, et Philippe Morio entra, s'étonnant de ne pas trouver de feu chez Séraphine, par un froid à geler le mercure dans les baromètres.

Fille d'un négociant grec qui a combattu en héros, et d'une mulâtresse de l'île Bourbon, svelte, aimable, amusante, gracieuse, Séraphine Dirix joint le charme des plus nobles traits à l'agilité du serpent qui danse au bout d'un bâton ; aussi a-t-elle inspiré des passions ardentes et vivaces. Au commencement, ce fut bien par amour pour elle et afin de lui gagner cent mille francs par an que Philippe Morio se fit auteur de romans-feuilletons ; mais bientôt, après en avoir fait un jeu et un moyen de s'enrichir, il fut tout à fait subjugué par cet art violent, tyrannique, absolu du roman à surprises, dont les adeptes deviennent des joueurs passionnés, et après qu'il y eut mis le petit doigt, tout son corps passa dans l'engrenage. Entièrement occupé de ses combinaisons fabuleuses et de ses casse-tête chinois, il devint plus que froid avec son amie, qu'il gardait cependant par habitude, et, bien qu'il fût très généreux, la laissa souvent, par des raisons que je vais expliquer, pauvre et manquant de tout. Quant à elle, elle le prit franchement en haine, car rien n'est abominable comme de voir un homme écrire du matin au soir, et sans repos noircir des feuillets de papier blanc qui, souillés de lignes régulières, deviennent l'horrible chose qu'on nomme : *la copie!*

Par une fausse honte plus commune qu'on ne le

pense, Séraphine ne se décidait pas à quitter l'homme jeune et célèbre que tout Paris la félicitait d'avoir su fixer ; mais elle se vengeait de son mieux en le trompant éperdument avec un complice qui était le contraire absolu d'un fabricant de copie.

En effet, Paul Adrian, qui, rebelle à toutes les lois du monde, n'acceptait aucune obligation quelle qu'elle fût, vivait de ses quatre mille francs de rente, libre comme un oiseau, dans une chambrette donnant sur des jardins, et il n'y recevait pas Séraphine, ayant juré que nulle femme ne mettrait jamais le pied chez lui. Incapable de gagner dix sous, quand même il se fût agi de sauver ou de perdre le genre humain, pour tout travail, il se bornait à composer par an deux sonnets, mais excellents, parfaits, nettement sublimes, si beaux qu'on les comparait déjà à ceux de Jose-Maria de Héredia, et rimés avec une ingéniosité surnaturelle. Justement, en venant chez son amie, il avait donné (mentalement) le dernier coup de lime à l'un de ces sonnets, qu'il compose toujours par cœur, et, dans l'intention de l'écrire, il avait acheté sur son chemin du papier écolier, épais, souple, lisse, d'une blancheur éclatante, sur lequel la plume écrit d'elle-même, qui coûte trente sous la main et se fabrique uniquement pour les imbéciles. Ayant horreur d'un pli au papier, comme les vrais poètes, il avait bien défendu qu'on le roulât, l'avait porté au bout de ses doigts comme un dessin, et en entrant chez Séraphine, l'avait posé sur le tapis vert d'une table à jeu, ouverte au milieu de la chambre.

Mais, pour faire comprendre le drame qui va suivre, il est indispensable de donner ici quelques renseignements sur la vie et les travaux du romancier célèbre. Philippe Morio n'a pas remplacé Ponson du Terrail, parce qu'on ne remplace personne ; mais il ne serait pas excessif de dire qu'il lui a succédé. Son

*Biribi*, qui persiste à travers vingt romans et tient
captifs tous les lecteurs de journaux de l'univers,
n'est, en somme, que Rocambole ressuscité, mais
un Rocambole plus nouveau, plus étonnant, plus
inouï, jeune et vieux, prenant tous les déguisements
et toutes les figures, tantôt forçat, prince, mendiant,
banquier millionnaire ; ici vêtu d'un sale bourge-
ron et jouant du couteau, là portant sur son habit
noir des plaques de diamants ; d'autres fois se faisant homme de police pour rouler la police, et au
besoin devenant femme, comme le chevalier d'Éon
et Faublas ! Non moins nombreuses sont les incar-
nations de Rosaura, un ange, une coquine, une courtisane, une criminelle, terrible comme Sémiramis
et ingénue comme Agnès, qui trempe sa chevelure
dans le vin bleu de la barrière, et qui, par des moyens
onnus d'elle seule, est reçue familièrement dans les
cours de l'Europe.

Rosaura et Biribi s'adorent d'un cruel amour mêlé
de haine, et ne peuvent se passer l'un de l'autre ;
mais quand l'un d'eux va devenir sérieusement
prince ou princesse quelque part, à travers des évènements si touffus et enchevêtrés que le récit de
leurs complications donnerait le vertige à une forêt
vierge, l'autre alors l'égorge à coups de couteau, ou
l'assassine par un des mille moyens raffinés que
fournit la Science moderne. La victime est immédiatement ressuscitée par un de ces baumes de Fiera-
bras dont le roman se réserve la fabrication exclu-
sive, et la course effrénée recommence, montrant
Biribi et Rosaura mués en plus de métamorphoses
diverses que la nature n'a eu à en inventer pour arriver de la cellule primitive à madame Récamier en
costume de bal !

Et non seulement Philippe Morio, au bout de très
peu de temps, a cru à l'existence réelle de ses héros,

mais il a fait faire par le meilleur sculpteur en bois
que nous possédions des poupées articulées qui
les représentent, il a fait peindre leurs visages, leurs
poitrines et leurs bras, et il les revêt de costumes
réels, aussi exacts pour le moins que ceux dont Raf-
fet habillait ses statuettes de soldats et de cavaliers.
Puis, lorsqu'il écrit, il pose devant lui ces bonshommes, et il les voit s'agiter, il regarde leurs luttes
furieuses contre la société et la police, il les écoute
parler, il les entend distinctement, et il écrit sous
leur dictée. Amoureux lui-même de Rosaura, comme
Biribi, il ne peut s'empêcher de la haïr et de la mé-
priser, mais il l'adore ; il fait pour elle mille folies,
satisfait tous ses caprices, et, pour dire le fin mot,
c'est pour elle qu'il se ruine.

Qu'on en juge par un seul détail. Dans son petit
hôtel de la rue de Boulogne, dont le salon est situé
au rez-de-chaussée, il a fait enlever en partie le parquet de ce salon, et là, au milieu de la pièce, il a
fait construire pour Rosaura un hôtel avec remises,
écuries, jardins et serres, dont un jardinier de la Ville
vient chaque jour renouveler les plantes microscopi-
ques. Rosaura, dont les appartements, meublés avec
un luxe de princesse et d'artiste, renferment des costumes, des lingeries de prix, des garnitures de toilette
montées en argent et en ivoire, des bijoux antiques,
des boîtes de gants, des malles pour le voyage, a
ses voitures, ses chevaux, son cocher, son groom,
son valet de pied, sa femme de chambre, tous marionnettes, et si elle n'a pas de cuisinière, c'est
qu'elle n'en a pas voulu.

L'an dernier, Morio fut atteint d'une fièvre mu-
queuse qui présentait des symptômes assez graves.
Son médecin, le docteur Gabriel de Montfumat,
avait bien recommandé qu'il ne quittât pas le lit et
qu'il gardât un complet repos. Mais deux heures

après avoir fait cette prescription, n'ayant nulle confiance dans son malade, il revint sans être attendu, et trouva le romancier vêtu, assis à sa table et noircissant avec rage des feuillets de copie. Sérieusement inquiet d'une telle imprudence, il ne put s'empêcher de gronder un peu.

— « C'est vrai, docteur, dit Morio, j'ai tort de travailler; mais que voulez-vous? c'est pour elle! c'est pour Rosaura! Elle m'a demandé une robe en point de Venise toute perlée de diamants. Elle la veut, il la lui faut absolument, elle en a besoin! Et, vous savez, elle est très méchante. Oh! je la connais! si je ne lui donnais pas la robe, elle me dénoncerait à la police! »

Cependant Philippe Morio n'était pas fou, mais pour lui ses personnages étaient vivants, illusion sans laquelle le romancier n'existe pas. Il laissait volontiers à la maison, dans un coffre écarlate garni de magnifiques cuivreries, ses acteurs épisodiques, princes, généraux et riches banquiers; quant à Rosaura et à Biribi, il ne sortait guère sans les emporter dans sa poche. Mais je reviens à sa visite matinale chez Séraphine Dirix.

Tout se passa à peu près selon ce qu'elle avait dit à Paul Adrian. Morio lui demanda de ses nouvelles avec un profond détachement, la baisa au front, et allait partir sans ajouter un mot de plus; mais tout à coup, et comme par une réflexion soudaine :

— « As-tu de l'argent? lui demanda-t-il.

— Non, dit Séraphine, pas un sou. »

On comprendra ce dialogue, lorsqu'on saura que Morio, dans ses jours d'opulence, apportait volontiers un, ou deux, ou trois billets, ou même une liasse de billets de mille francs à Séraphine; mais les jours où un caprice fou de Rosaura l'avait mis à sec, il demandait quelques louis à son amie, avec laquelle,

33

par une délicatesse très parisienne, il semblait ainsi faire bourse commune.

— « Ah ! » fit-il avec désappointement.

Et il se mit à jouer avec une coupe, d'où s'échappèrent trois louis, qui vinrent tomber en sautant et en sonnant sur le marbre de la console. Ces trois pièces d'or étaient toute la fortune de Paul Adrian, qui porte son argent à même sa poche, et qui les avait posées là pour s'en débarrasser momentanément.

— « Que disais-tu donc que tu n'avais pas d'argent ? » fit Morio tout joyeux.

Et ayant ramassé les louis, il les mit sans façon dans la poche de son gilet.

— « Enfin, n'importe ! pensa Séraphine, il va du moins s'en aller, et je pourrai délivrer Paul. »

En effet, Morio allait partir lorsque, par malheur, il vit le papier écolier, beau, immaculé, éblouissant, blanc comme la neige des cimes, que Paul Adrian avait mis sur la table à jeu.

Philippe tourna d'abord autour de ce papier, comme un chat autour d'un bol de lait, puis tout à fait attiré, fasciné, subjugué, vaincu, il prit dans le petit bureau Louis XVI sur lequel Séraphine écrivait ses billets, un encrier et une plume ; puis, prenant aussi un couteau d'ivoire, il coupa le papier en grands feuillets, s'assit devant la table, tira de sa poche Rosaura et Biribi, qu'il cala au moyen d'une boîte à gants, et se mit à écrire du roman-feuilleton !

Séraphine frémissait ; elle essaya de parler, mais Philippe ne l'entendait pas. En revanche, il était placé de façon à la voir parfaitement, et chaque fois qu'elle ébauchait un geste, il la stupéfiait avec des regards terribles. Elle pensait que Paul devait être déjà glacé, gelé, mort de froid, peut-être évanoui

dans le cabinet aux oubliettes ; mais que faire ! Ob-
jurguant, insultant, suppliant, menaçant Rosaura et
Biribi, tendant à celui-ci ou à celle-là des pièges
inévitables, les attirant dans ses embûches ou leur
donnant à boire le sang de son cœur, il écrivait cependant sans s'arrêter, d'une écriture fine, serrée,
régulière, charmante ; les lignes se succédaient
comme des rangs de soldats à la bataille, les feuil
lets s'entassaient les uns sur les autres ; Séraphine,
les yeux démesurément ouverts, se tordait les bras,
et toujours Morio écrivait, comme coule l'eau mur-
murante d'une source. Il écrivit jusqu'à ce que le
dernier feuillet fût entièrement couvert, et alors,
cherchant encore du papier blanc et n'en trouvant
plus, il sembla profondément désappointé. Toute la
journée s'était écoulée pendant cet interminable
supplice d'une femme ; les cruelles heures s'étaient
enfuies, et il faisait nuit noire. Personne dans la
maison n'avait mangé ni bu. Séraphine, toujours
couchée, se tournait et se retournait comme une
carpe sur le sable. Enfin, voyant que décidément il
n'y avait plus rien à frire, Morio, sans se presser,
plia ses feuillets avec un soin fidèle, puis ayant mis
dans diverses poches, d'abord Rosaura et Biribi et
ensuite sa copie, il baisa une seconde fois le front de
Séraphine, et, pour le coup, disparut définitivement.

Il n'était que temps de mettre Adrian dans un bain
tiède et de lui administrer de puissants cordiaux,
sans compter mille bons baisers brûlants, qui eussent réchauffé un mort ! Mais, depuis ce temps-là,
Séraphine Dirix n'a plus jamais voulu avoir chez
elle ni plumes, ni papier, ni encre ; elle écrit ses
comptes de ménage avec un crayon d'ardoise, sur
une ardoise.

— « Et, disait Modeste, la femme de chambre de Séraphine, qui, vêtue en cocotte, se pavanait aux Folies-

Bergère et racontait à une amie l'historiette qu'on vient de lire, depuis ce temps-là, je suis une femme de chambre heureuse, et même riche. Car madame écrit ce qu'elle veut sur l'ardoise ; mais, comme tu le penses bien, la cuisinière et moi, nous effaçons ce qu'elle a écrit, et nous mettons autre chose ! »

## LIV

## LA BONNE SERVANTE

Une seule fois dans sa vie, Honorine Lemée a eu envie de faire une bêtise, et encore ne l'a-t-elle pas faite.

La belle, la jolie, l'aimable, la spirituelle, la sage Honorine Lemée occupe à Paris une situation qui me semble supérieure à toutes les autres. Avoir un salon, dans le sens réel du mot, est certainement la plus haute ambition de toute dame parisienne; or Honorine a bien mieux et bien plus qu'un salon, puisque les dix hommes qui passent, sans conteste, pour les plus grands écrivains et les plus grands penseurs de ce temps, sont fidèlement et sérieusement ses amis, viennent régulièrement dîner chez elle chaque dimanche, et n'y manqueraient pas pour l'invitation d'un souverain ou pour la plus belle histoire d'amour. A ces dîners, où tous les convives sont dignes de causer ensemble et de se comprendre, sont agitées (mais toujours sans tirades!) toutes les questions qui peuvent passionner des intelligences et des génies. Jamais on n'y entendit un lieu commun ou une phrase vulgaire, et comme les hommes réunis là, sans figurants et sans femmes, devinent et suppléent, avec une merveilleuse acuité d'esprit, les propositions intermédiaires, toujours supprimées, la

33.

conversation y peut, comme la lumière d'un astre, franchir en une minute des millions de lieues! De quelque science ou de quelque art particulier qu'il s'agisse, Honorine se trouve au niveau des causeurs, sans qu'ils aient besoin de faire des concessions pour se mettre à sa portée, car elle est savante, comme elle est belle, comme elle est riche, par l'heureuse éclosion d'un être dont toutes les facultés transcendantes se sont librement et harmonieusement développées.

Peut-on dire qu'Honorine Lemée a appartenu au monde des courtisanes ? En tout cas, si à propos d'elle on voulait se servir de ce mot infiniment trop général, il faudrait se rappeler l'axiome si profond de Molière : « Il y a fagots et fagots. » Appeler un chat : un chat, est le premier devoir de tout honnête homme; mais n'y a-t-il pas un abîme entre les chats « puissants et doux » de Baudelaire et de Théophile Gautier, et l'ignoble matou de la portière? Il y a des êtres qui ont la nostalgie de la boue et qui toujours descendent; d'autres, au contraire, qui invinciblement tendent à s'élever, à se rapprocher sans cesse de l'air pur et de la lumière ; telle Honorine. Née dans le ruisseau et privée de toute éducation première, vendue toute petite comme une marchandise, elle s'était chaque jour et à chaque minute corrigée, purifiée, assainie; elle avait acquis, par un effort perpétuel de sa volonté, l'instruction, la beauté, l'élégance, le sens précis du bien et du mal. Une fois qu'elle fut grande et en possession d'elle-même, on ne lui connut que de très rares liaisons, et dont se fut honorée la plus exigeante des duchesses; elle sut choisir des amants dont le nom, la supériorité et la bravoure eussent fait comprendre et pardonner la faute d'une femme jusque-là honnête.

Mais, à vrai dire, Honorine Lemée ne fut jamais

une courtisane ni une maîtresse, elle fut par excellence *l'amie*, et si tout d'abord elle n'avait pas groupé autour d'elle le cénacle, si supérieur à toutes les académies, qui fait aujourd'hui sa gloire, elle avait su conquérir dans tous les mondes des amis attirés par sa grâce, retenus par sa discrétion et par la sérieuse probité de son caractère.

Ajoutez que, douée du génie de l'ordre et de l'arrangement, elle s'était organisé une maison aimable, sérieuse, du plus grand style, avec cela familière, et où il faisait bon vivre.

En outre, Honorine était servie, aidée, secondée en toutes choses par une fille sagace, aussi intelligente qu'elle, et qui, profondément dévouée, se serait fait hacher en menus morceaux pour sa maîtresse.

Honorine Lemée, prise d'une pitié charitable, avait arraché au plus noir bourbier de la misère et du vice cette fille nommée Clémence, qui, effroyablement maigre, défigurée, couturée par la petite vérole dont son visage devait garder les blanches cicatrices, était une laide irrémissible, malgré de grands yeux noirs superbes, et une lourde chevelure qui, sur son front, comme rayé à coups de couteau, semblait un ornement dérisoire.

Désintéressée jusqu'à l'invraisemblance, Honorine n'avait jamais, en aucune façon, pensé à l'argent; mais l'argent, comme un chien qu'on chasse, courait après elle et la poursuivait. Ses amis de la haute finance, dont elle avait tant de fois, par la fierté la plus naturelle, refusé les présents, l'intéressèrent dans des affaires nouvellement lancées, et lui constituèrent ainsi un capital, très bien placé entre ses mains, car elle avait trop d'ordre et de méthode pour dilapider rien. Mais une fois qu'elle posséda ce capital, à l'envi tous les princes de l'argent l'aidèrent

à le faire fructifier, et Honorine Lemée, qui avait
cette intelligence-là comme toutes les autres, ne
tarda pas à devenir riche et à savoir l'être. Bien guidée et conseillée, elle acheta des terres en Touraine,
à un moment où la terreur des évènements politiques les faisait vendre à bas prix, si bien qu'elle s'é-
veilla un beau matin riche de deux millions, et la
seule chose qui parut alors étonnante, c'est qu'elle
ne les eût pas toujours possédés.

Il est difficile de marier une fille sans dot, mais
mille fois plus malaisé encore de ne pas marier une
femme ornée d'une belle dot, et il semble que les
écus soient assez doués de sentiment pour aller se
fourrer d'eux-mêmes et spontanément dans les con-
trats de mariage.

Un voisin de campagne, dont les terres d'Honorine, jouxtant les siennes, eussent parfaitement fait
l'affaire, sut jouer l'amour assez bien pour tromper
non seulement mademoiselle Lemée, à laquelle il
parla le langage de la plus ardente passion, mais
aussi les meilleurs de ses amis.

Maître de forges, membre du conseil général, assuré d'être nommé député par la retraite d'un vieil
oncle qui le présentait lui-même à ses électeurs,
monsieur Gabriel Héroux sollicita la main d'Honorine, dont il prétendait vouloir faire la reine d'un salon politique, mais que son véritable rêve était d'en-
terrer en province, où elle aurait raccommodé des
torchons, tandis qu'il aurait, lui, fait figure à Paris
avec les millions de sa femme. La haute stature, la
voix de cuivre et la belle barbe noire de monsieur Héroux lui donnaient un air de franchise auquel tout le monde fut pris, excepté la pauvre femme
de chambre, Clémence ; mais que pouvait-elle contre un Tartuffe d'autant plus dangereux qu'il paraissait avoir le cœur sur la main ?

Monsieur Héroux ne manqua pas de faire valoir
la peine qu'il aurait à obtenir le consentement de
sa mère, vieille dame très infatuée d'elle-même et
très provinciale, et, en cela, il ne mentait pas. Mais,
enfin, ce consentement fut obtenu ; on convint que
madame Héroux viendrait à Paris, et que le repas
des fiançailles aurait lieu chez Honorine Lemée elle-
même. Romanesque sous l'espèce la plus vulgaire,
madame Héroux s'enorgueillissait déjà de ramener
au bercail une brebis égarée ; elle se proposait de lui
enseigner l'élégance, les belles façons, de redresser
ses manières et son costume, et ainsi d'établir sur
elle, dès le premier jour, une domination qui ne devait pas finir. Le maître de forges, que son intérêt,
cette fois, poussait à dire la vérité, ne cacha pas à
mademoiselle Lemée que sa mère ne ferait pas grâce
d'une épingle et n'aurait rien de plus pressé que de
la prendre en faute.

C'était donc un duel, le duel de Paris contre la
province, et, comme dans les contes de fées, toutes
les précautions furent prises pour dérouter la Cara-
bosse qui prétendait embarrasser la jeune princesse.
L'appartement, pourtant déjà si correct d'Honorine,
fut entièrement démeublé, puis décoré et meublé à
nouveau d'après des maquettes à l'aquarelle d'Émile
Héricé, le plus grand des architectes d'appartement
après Eugène Lami, qui en avait harmonieusement
combiné l'esprit janséniste et un peu froid. D'ailleurs,
le dessinateur Jacques Taravant accepta la mission
de revenir après coup sur ce travail, en guise de post-
scriptum, et de supprimer ce qui pourrait s'être
glissé de fantaisie dans l'irréprochable décor d'où
la fantaisie et le pittoresque avaient été scrupuleusement bannis. Le menu du repas, longuement mé-
dité et arrêté en conseil, était conforme aux plus
austères règles de l'art ; et il fut exécuté par un ar-

tiste de la vieille roche, qui ne se fût pas plus servi
de poivre de Cayenne que monsieur Ingres de vermil-
lon pur !

Quant aux convives qui, avec madame et monsieur Héroux et Honorine Lemée, devaient compléter le nombre de dix, ils avaient été choisis avec un
tact qui ne laissait aucune prise à la critique : c'é-
taient le général Cinier, monseigneur Mariaud, évêque
de Bithynie, le vieux duc de Cramail, l'illustre médecin Baucheron, le capitaine de vaisseau Maurice
Joye, l'avoué Gravade, et Tesseydre, le constructeur
de machines, qui avait avec monsieur Héroux des
rapports de commerce. Quelle ne fut pas, dès l'a-
bord, la désillusion de madame Héroux ! Elle avait
cru étonner Honorine par sa toilette sévère et ses
façons qu'elle croyait grandes, mais il se trouva que
mademoiselle Lemée était fournie de tout cela mieux
qu'elle, et la reçut comme une reine affable, avec
une irrésistible grâce. Pendant le dîner, la vieille
dame, dont le nez pâlissait à chaque effort infruc-
tueux, tenta de placer des épigrammes, des allu-
sions, qui immédiatement se vaporisaient comme
des gouttes d'eau tombées sur une plaque de fer
rouge. Que pouvait-elle critiquer dans une réunion
où la conversation fut un modèle de tact et de mesure ? Que blâmer dans ce repas servi par des valets
à cheveux blancs, qui glissaient comme des ombres,
et commencé par un turbot réel, accompagné de ce
qui ne se voit jamais, c'est-à-dire d'une sauce blanche vraiment réussie ?

Tout alla ainsi jusqu'aux rôtis, qui se composaient
de perdreaux et de cailles, et après lesquels on servit
une chicorée frisée, qui, habituellement, avait le
plus grand succès chez Honorine, car elle l'épluchait
elle-même, en enlevait avec soin toutes les côtes,
et ne gardait strictement que la feuille, tendre comme

une rosée, qui, préparée ainsi, formait un manger délicieux. Cependant, dès que les convives en eurent goûté, ils eurent d'étranges soubresauts et se livrèrent à de bizarres grimaces.

— « Il me semble, dit le général, que ce vinaigre a un goût singulier...

— En effet, dit l'avoué, quelque chose d'insolite. »

Tout le monde semblait intrigué et consterné. Tout à coup l'évêque de Bithynie se frappa le front en homme qui a trouvé le mot de l'énigme.

— « Dieu me pardonne, dit-il, c'est du vinaigre de Bully ! »

Il n'avait que trop raison. Sur ce mot, madame Héroux, dont le nez était devenu blanc comme la neige, se leva tout d'une pièce avec des airs de furie, et regardant Honorine avec une méchanceté froide, murmura à demi-voix :

— « C'était indiqué. Il faut bien qu'on finisse par montrer le bout de l'oreille ! »

Ah ! certes, à ce moment-là, une vraie courtisane aurait montré son oreille tout entière, qui rose et bien ourlée, ne pouvait que gagner à être vue. Elle eût sauté sur la table, dansé au milieu des bouteilles, et crié à la provinciale : — « Oui ! je suis pour le vinaigre de Bully, pour l'opopanax, pour l'hay-lang, pour le maquillage, pour la robe envolée, pour les cheveux dans le front, pour tout ce qui n'est pas vous et votre province ! » Mais Honorine Lemée tenait à rester parfaite, et elle dit simplement à madame Héroux :

— « Peut-être, madame, y a-t-il dans ce petit accident quelque chose de providentiel, car il m'a permis de voir que je n'aurais pas trouvé chez vous l'indulgence dont nous avons tous besoin. »

Madame Héroux partit comme un ouragan, et son fils la suivit comme un chien qu'on fouette, après quoi la soirée devint amusante, intime, imprévue, capricieuse, charmante. Mais ce fut le lendemain même de ce dîner tragique et fou que les amis d'Honorine Lemée, comprenant qu'ils lui devaient une compensation, fondèrent les dîners du dimanche, où l'on cause comme au grand siècle. Non seulement tout ce qui s'est pensé de beau a été dit là, mais lorsqu'ils ont dû s'absenter pour quelque voyage, les convives de ces miraculeux festins ont écrit à Honorine des lettres familières, enjouées, étonnantes, sublimes, dont le recueil serait le plus beau livre de ce temps. D'ailleurs, on mange dans cette maison une cuisine qui n'est égalée chez aucun roi de l'Europe.

Et voici pourquoi. Pour manifester à sa maîtresse son ardente reconnaissance, la femme de chambre, Clémence, est allée en secret et sans rien dire prendre des leçons du célèbre Dugléré, après quoi elle a étudié Carême, lu tous les livres, et elle est devenue une artiste sans égale. C'est elle qui cuisine de ses mains et qui sert les dîners du dimanche, et ces jours-là, le chef va se promener. Adorée, servie, aimée, fraternellement choyée par une pléiade d'hommes éminents dont elle est l'amie et l'égale, Honorine Lemée a réalisé le plus beau des rêves. Un jour, savourant sa joie, elle ne put s'empêcher de dire à Clémence :

— « Ah! quel bonheur que tu aies été distraite et que tu aies versé ce vinaigre de Bully dans la salade!

— Ah! madame dit finement Clémence en baissant ses yeux noirs, je l'avais fait exprès! »

Comment pouvait être récompensé un si ingénieux dévouement? Ce fut Jacques Taravant qui s'en chargea. Depuis longtemps, il avait pénétré le secret de la laide Clémence, et deviné que cette fille disgraciée nourrissait pour lui une passion folle et

sans espoir. Il avait toujours eu envie de visiter l'Espagne et l'Afrique, et toujours il remettait ce voyage,
par amour pour le bitume du boulevard. Touché par
l'aveu que la femme de chambre avait fait devant
lui, il se décida enfin à exécuter son voyage de peintre, ce qui lui permit (car on ne saurait être l'amant
d'une bonne) de donner à Clémence, la veille de
son départ, toute une journée de joie, de plaisir, de
flânerie, d'amour, où il l'emmena dans les campagnes,
l'amusa comme une enfant, fit pour elle une incroyable dépense d'esprit, et lui fit connaître des caresses
qu'elle ne devait pas oublier. N'y a-t-il pas dans
cette royale fête, donnée à une laide qui eût mérité
d'être belle, quelque chose de subtilement raffiné
et de bien parisien?

## LV

### LA PETITE LILI

Toutes les forêts ont leurs monstres; mais ceux qui vivent dans Paris, la grande forêt de pierre, sont plus étonnants et plus formidables que les autres, puisqu'ils ont conscience de leur monstruosité, et l'exploitent à leur profit. Imaginez un crocodile qui abuserait de ses rudes écailles pour se donner une réputation de franchise, ou un chameau qui se parerait de ses bosses afin de passer pour spirituel, et vous aurez compris une des plus habiles roueries parisiennes, grâce à laquelle les femmes adorées transforment leurs défauts en beautés évidentes, de même que les comédiens du théâtre ou du monde se servent de leurs infirmités, exaspérées par la culture, pour représenter un idéal comique ou lyrique.

Un Talleyrand gouverne sa claudication de façon à ne jamais arriver une minute trop tôt, et l'idéale Récamier profite de son long cou pour faire croire qu'elle appartient à la race des cygnes; mais ils n'ont pas le privilège de ces transpositions, dans un pays où le gamin de la rue lui-même est un dompteur de Chimères, et où chacun doit employer à gagner de l'argent les aptitudes qui lui avaient été données pour mourir de faim! Bien connaître ses misères, intellectuelles et physiques, et trouver le

moyen de s'en faire des rentes, telle est la formule
que tout être doit résoudre, sur ce champ de bataille
toujours sanglant où il y a plus de femmes que de
diamants et plus de dents aiguisées que de biftecks.

Jamais personne au monde n'a si bien compris
cela que la gracieuse et énigmatique Aurélie Rube.
De même que mademoiselle Anaïs, qui, si longtemps,
joua à la Comédie-Française avec un charme incomparable les Chérubin et les Peblo, cette jeune fille,
qui aujourd'hui a peut-être dix-huit ans (mais personne n'en sait rien,) a reçu de la nature l'étonnant
privilège de sembler, quand elle veut, une enfant
de dix ans, de façon à produire l'illusion la plus
complète. Elle aurait pu utiliser au théâtre cette
faculté bizarre, mais elle avait trop d'esprit pour ne
pas comprendre que les divins adolescents de la
poésie n'ont plus de raison d'être, à un moment où
les jeunes gens se font gloire d'être vieux ; elle aime
mieux exploiter son talent dans la vie où, quoique
mineure, elle brasse de grandes affaires et remue
des tas d'or. Ceci s'explique par la complicité de sa
tante, madame Catherine Rube, qui lui appartient
comme un chien, fait les démarches utiles et signe
les actes nécessaires. Bien costumée, elle joue tous
les rôles, depuis celui de grande dame jusqu'à celui de la bonne élégante, qui, aux Tuileries, accompagne Aurélie Rube, nommée alors *la petite
Lili*, lorsque, travestie en enfant, elle joue avec les
enfants des grands personnages, et caressée par les
parents que charme sa gentillesse, surprend les
secrets financiers et politiques, dont elle tire parti
avec le plus puissant génie d'induction.

Mais il ne faut pas croire que la séduisante Aurélie soit perpétuellement condamnée à ce rôle puéril. Aux Courses, où elle arrive dans une voiture
capitonnée de satin ; au Bois, où, élégamment vêtue

d'une amazone, elle galope sur son fier cheval noir;
à l'Opéra, dans la loge louée à l'année, où sa tante
l'Auvergnate, en habit de gala, a l'air d'une duchesse
espagnole, Aurélie est une femme accomplie, charmante, curieusement belle, qui, bien que très petite, paraît grande, et résume en elle les types les
plus divers, car elle a des secrets pour pâlir son
visage naturellement très rose, et le moindre cosmétique suffit à brunir ses cheveux d'un blond cen-
dré qui, lorsqu'elle les mouille et les laisse sécher
librement, prennent les plus belles teintes rousses.

Toutefois, comme les vrais comédiens, cette fille-
Protée, dès qu'elle est seule, étudie son personnage favori; aussi couche-t-elle dans une chambrette encombrée de jouets et de livres d'images,
où son petit lit d'enfant tout blanc semble fait pour
le repos d'un sylphe ou de quelque Ariel qui dormi-
rait entre ces draps de neige comme dans la corolle
d'une fleur. C'est là que l'autre jour, taillant et coupant des chemises de batiste qu'elle essayait à sa
poupée, consultant les patrons et, avec un soin minutieux, corrigeant une ligne défectueuse, elle
était si attentive à ce travail absorbant, qu'elle ne
leva pas les yeux lorsque Catherine introduisit le
célèbre financier Malaquin. Cet artisan de millions,
qui d'ailleurs était d'une humeur de dogue, adressa
plusieurs fois la parole à Aurélie sans qu'elle ré-
pondît rien, tant elle s'appliquait à couper élégamment les petites chemises. Enfin le visiteur perdit
patience, et tapant à petits coups secs sur le guéridon, avec son stick :

— « Voyons, Aurélie, dit-il, laissez là ces niaiseries et causons sérieusement.

— Des niaiseries ! fit Aurélie avec une petite moue ;
vous ne voulez peut-être pas que ma fille s'habille
avec des chemises mal faites ! Pauvre Nini ! » ajouta-

t-elle en baisant tendrement la poupée, qui semblait la regarder avec des yeux follement bleus.

Et elle se remit à travailler de plus belle.

— « Hier, à l'Opéra, reprit Malaquin, vous avez été cruellement coquette avec lord Audley. Je n'entends pas jouer un rôle ridicule...

— Alors, décidément vous voulez causer ? dit Aurélie, qui, cette fois, rangea et plia son ouvrage. D'abord, mon cher, vous êtes jaloux comme je suis Turque, et vous n'avez plus sujet de dire que vous l'êtes, car si vous vous en souvenez, je vous ai rendu votre liberté, que d'ailleurs je n'ai jamais prise ! »

En parlant ainsi, la fillette avait repris son air de femme, froid et ironique.

Elle continua.

— « C'est à moi de vous dire : Laissons les niaiseries : Vous êtes de mauvaise humeur parce que Levieil, du Havre, et Hauchar, de Bordeaux, n'ont pas encore répondu à vos lettres. Vous comptiez qu'ils vous aideraient pour votre émission, mais ils ne s'en mêleront pas du tout; et d'ailleurs, votre affaire des mines de Sicile ne se fera pas...

— Parce que? ... dit Malaquin pâlissant.

— Parce que la petite Lili ne veut pas ! dit Aurélie en attachant sur le financier son regard calme et féroce. Mon cher, je vous ai fait mes conditions, vous m'avez refusé la part que je vous demandais. A votre aise; gardez vos mines, moi j'ai les miennes !

— Je réussirai malgré vous, fit Malaquin troublé.

— Allons! reprit Aurélie, je vois que vous n'avez pas encore lu les journaux littéraires e ce matin. Voyez *Le Scorpion*, *Le Stylet*, le *Mascarille;* tenez, là, près de vous. Le *Mascarille* explique très bien que vos ingénieurs se moquent du monde, et qu'il n'y a jamais eu de gisements à Xaxa et dans tout

34.

le val de Mazara. *Le Stylet* a un article bien amusant, voyez, intitulé : *Les Mines de Scapin,* et *Le Scorpion* fait allusion à une historiette que vous connaissez et qui n'est pas à votre gloire.

— Et c'est vous qui avez fait faire cela !

— Oui et non. Vous savez qu'on m'aime et qu'on cherche à me plaire. Il fallait me donner la part que je vous demandais !

— Misérable ! » cria Malaquin.

Mais à ce moment-là Catherine Rube, attirée par le bruit, entra, et, sans faire semblant de rien, se mit à ranger dans la chambrette.

Le financier s'approcha d'Aurélie, et d'une voix brisée par la fureur :

— « J'ai envie de vous étrangler ! murmura-t-il.

— Des bêtises ! » dit Aurélie Rube.

Et, se plaçant près de la fenêtre ouverte sur le jardin, elle tira de sa poche un petit revolver doré, à la crosse de lapis-lazuli ; puis elle visa une grande fleur écarlate, et la coupa aussi nettement qu'elle eût pu le faire avec ses ciseaux.

Le banquier sortit de chez elle véritablement désolé ; il ne savait que trop comment Aurélie avait pris le vrai tout-Paris dans le filet d'or de ses séductions irrésistibles, et quant à l'attaquer ouvertement, il n'y pouvait songer, sa petite amie connaissant ses secrets mieux qu'il ne l'aurait voulu, et, comme dit l'argot parisien, sachant trop bien où était le cadavre.

Toute la journée il n'essuya que défaites et déconvenues, car les journaux avaient jeté le doute dans tous les esprits, et on ne l'aurait pas cru maintenant, s'il avait montré des lingots d'or. Cependant Malaquin avait encore deux atouts dans son jeu : il connaissait un peu le comte Falciera, attaché à l'ambassade italienne, qui, possédant des propriétés

dans le val de Mazara, pourrait attester la véracité
des ingénieurs; et, d'autre part, il était invité pour
la nuit suivante à un souper de grands financiers et
de journalistes, qui devait avoir lieu au café Anglais,
et dans lequel il espérait bien triompher par sa
verve célèbre, et enlever les suffrages au fil de l'é-
pée. Mais en arrivant un peu tard à ce souper, où
il ne devait y avoir que des hommes, quelle ne fut
pas sa surprise d'y voir Aurélie, belle, couronnée
de sa chevelure très blonde, triomphant parmi les
fleurs en robe écarlate, et laissant voir une gorge
de Salmacis, d'autant plus inquiétante qu'on se
demandait où elle pouvait la mettre quand elle s'habillait en petite fille!

Tous les yeux, toutes les pensées volaient vers
elle; il semblait que ses regards éclairaient la salle
mieux que les feux des bougies, et faisaient éclore
les mots spirituels, qui se succédaient comme des
gerbes d'étincelles éperdues. Pignol du *Stylet* en
trouvait d'inouïs, et le poète Jamet inventait pour
Aurélie des madrigaux compliqués comme des sculp-
tures chinoises, tandis que le riche Gasparus lui
mettait au doigt un diamant gros comme une noi-
sette. Il était évident que les dix hommes réunis là
désiraient tous la belle fille et subissaient l'influence
de son caprice; aussi le dédain qu'elle témoigna à
Malaquin fut-il comme un diapason auquel ils s'em-
pressèrent de conformer leur accueil; les meilleurs
amis du banquier feignirent presque de ne pas le
connaître, et à ce souper où tout ruisselait d'esprit,
de gaieté et de joie, il faisait l'effet d'un étranger
non attendu. Ses mots, et il en eut quelques-uns de
charmants, ne faisaient pas sourire; la seule fois
qu'il essaya de parler des mines, Pignol le dérouta
par une calembredaine, applaudie comme si elle
eût été un trait de génie, et le pauvre homme, qui

se retira bien vite, eut la suprême humiliation de voir que son départ subit passait complètement inaperçu et ne troublait pas un instant les conversations envolées sur les ailes des plus folles fantaisies.

Le lendemain donc, dans l'après-midi, ayant fait de tristes réflexions, il se regarda décidément comme vaincu, et, renonçant même à voir le comte Falciera, il se résolut à capituler. Il alla chez Aurélie Rube et ne la trouva pas ; mais Jenny, la femme de chambre, lui dit que Madame était aux Tuileries avec sa tante. Malaquin remonta en voiture, se fit conduire aux Tuileries, et en route se promit bien de donner à sa cruelle amie la part de bénéfices qu'elle avait demandée et davantage encore, s'il le fallait.

En arrivant dans l'allée des Marronniers, il crut voir de loin Aurélie en petite fille, en *petite Lili*, qui rose, joyeuse, échevelée, par la brise, jouait avec *d'autres enfants*. Il ne s'était pas trompé, et ces enfants étaient ceux du comte Falciera. Quand Malaquin arriva près d'eux, le jeu venait de finir ; le comte, intéressé par sa grâce naïve, caressait les cheveux de la petite Lili, tout en causant avec une vieille dame assise à côté de lui ; c'était Catherine Rube, qui, merveilleusement costumée par Worth, jouait avec le tact le plus exquis son rôle de mère.

— « Oui, madame, lui disait le comte Falciera, vous avez parfaitement raison ; et, d'ailleurs, je ne veux pas me brouiller avec les spirituels journaux de votre pays! Je suis à présent persuadé qu'il n'y a pas de mines de cuivre à Xaxa, et c'est ce que je compte dire expressément tout à l'heure, en dînant chez le ministre. »

Malaquin arrivait justement pour entendre cette

phrase décisive, et restait la bouche béante, ne sachant plus que dire et quelle contenance faire.
Mais la petite Lili, qui au fond est bonne fille, eut
pitié de lui et le tira d'embarras.

— « Ah! dit-elle, c'est vous, mon parrain! »

Et lui montrant du doigt ses petits amis qui tour-
mentaient leurs cerceaux impatients, elle ajouta de
sa voix enfantine, éveillée comme un joli carillon
d'or :

— « Achetez-nous des sucres d'orge! »

## LVI

### ARLEQUINADE

A soixante ans, madame la marquise de Champlite, que les rides ont épargnée, est toujours belle sous ses cheveux de neige; mais, chose plus étrange encore, le temps n'a pu flétrir ses magnifiques seins que chanta jadis Gautier adolescent, et dont les lignes si pures jetaient monsieur Ingres en d'interminables rêveries. L'hiver dernier encore, on a pu la voir une fois décolletée au bal de l'ambassade d'Espagne. Elle voulait, contre le bon droit et la justice, obtenir pour son neveu, lieutenant de spahis en Afrique, un avancement qui devait faciliter son mariage, et elle s'adressa pour cela à un personnage dont l'influence est sans bornes. Prévenu de l'assaut qu'il aurait à subir, l'homme politique s'était précautionné de refus et de bonnes raisons; mais lorsqu'il vit briller sous l'éblouissante clarté des bougies ce que madame de Champlite cache d'ordinaire, il se sentit complètement désarmé, quoiqu'il n'eût pas envie de rire, et accorda à la marquise tout ce qu'elle voulut. Ce triomphe d'une vieille femme, uniquement dû à sa persistante beauté, fut un évènement parisien; mais, s'il fut admiré par les jeunes gens, il réveillait chez quelques-uns des vieillards présents de curieux souvenirs; car ce n'était pas la première fois que la marquise remportait une victoire décisive, en montrant les trésors dont la vue indignait Tartuffe.

Reportez-vous aux temps mythologiques où Louis-Philippe régnait en habit de garde national! C'était en 1842. Celle qui plus tard devait être marquise de Champlite se nommait Rachel Sims, et elle était tout bonnement actrice au petit théâtre des Délassements. Elle croyait bien avoir du talent, mais il lui eût été difficile de le faire voir, dans les Revues où elle représentait des personnages allégoriques tels que le Feu d'Artifice, le Bahut normand, où même la Côtelette de Mouton, coiffée de papiers frisés, et qui entrait en chantant : *Je suis la fine côtelette!* Mais très jolie et avenante avec sa grande taille svelte et ses aimables traits, ce qu'elle était bien sûre de posséder, c'étaient des seins de jeune nymphe comme Prud'hon les dessine, fermes, gracieux, polis, un peu plus forts que ne le veut la proportion, montrant sous la peau de tendres veines de pâle azur, et levant leurs bouts roses, comme pour invoquer le puissant chasseur Amour. Elle les montrait aussi au public et le plus souvent qu'elle pouvait, mais à Paris les Dieux pas plus que les hommes ne s'occupent des femmes âgées de moins de cinquante ans, et la pauvre Rachel, très pauvre en effet, continuait à chanter les rondeaux des vaudevillistes, comme un écureuil tourne dans sa cage, se consumant en désirs stériles, et à ses moments perdus étudiant avec rage les servantes de Molière. Affamée de tout et uniquement occupée à aiguiser ses dents de jeune chien, elle était bien décidée à saisir aux cheveux l'Occasion dès qu'elle se présenterait, et si elle ne se présentait pas, à la faire naître ; car elle avait enfin compris la formule de la vie, et elle savait que pour la jeune fille pauvre, décidée

à faire flèche de tout bois, un million n'est pas beaucoup plus difficile à trouver qu'une paire de bottines.

Rachel avait une amie, juive comme elle, mais
presque riche. C'était la danseuse Flora Hepner
qui déjà à l'Opéra dansait des pas et jouait des rôles
mimés, et qui avait su réussir dans le monde de la
finance. Un jour, invitée à déjeuner chez elle, elle s'y
trouva avec le spirituel journaliste Lahary, qui, devenu directeur de l'Odéon, caressait la Tragédie,
après l'avoir si souvent égratignée.

— « Eh bien, chère petite, demanda-t-il à Rachel,
vous jouez toujours le Lilas ou le Champ-de-Mars
sur l'air : *Fournissez un canal au ruisseau*, et sur l'air :
*J'en guette un petit de mon âge?*

— Hélas, fit la comédienne, depuis que vous ne
m'avez vue j'ai étudié sérieusement ; mais mon directeur, cet animal de Rodolphe Quatesous, qui me
donne des appointements insuffisants pour nourrir
un moineau, a eu soin de m'attacher aux pieds,
comme boulet, un dédit de vingt mille francs ; et où
diable voulez-vous que je les trouve ? Ah ! si j'étais
libre, je suis sûre que j'arriverais à me placer, et
tenez, vous Lahary, peut-être bien que vous m'en-
gageriez ?

— N'en doutez pas, » répondit complaisamment le
journaliste, pour qui l'hypothèse du dédit de Rachel
Sims payé par un homme généreux rentrait dans le
cycle des poules qui auront des dents et de la semaine des quatre jeudis.

— « Mais là, demanda la fillette, certainement ?

— Certainement, » appuya le journaliste, qui sa-
vourait à ce moment-là dévotement une caille cuite
dans un artichaut dont le foin avait été enlevé.
merveilleux plat de province, cuit à petit feu par la
savante cuisinière de Flora. Sims, elle aussi, man-

geait sa caille, mais en même temps elle concevait un plan grand comme le monde, et devinait
déjà comment elle tirerait les fils de ses marionnettes.

Rappelez-vous que la grande Rachel de la Comédie-Française était alors dans l'éclat de sa gloire, et
faisait courir le feu de la passion dans les veines
de Camille et d'Hermione, audacieusement moder-
nisées et trempées dans le flot de la Jouvence éternelle ! Le lendemain matin, la pauvre comédienne
se composa avec mille artifices une toilette élégante,
et vêtit une robe de velours rouée comme Scapin,
qui pouvait jouer tout, même le velours. Puis, s'é-
tant coiffée en bandeaux plats, la petite Rachel, avec
une étonnante habileté, se fit la tête de la grande
Rachel. Après quoi elle se rendit en fiacre au ministère auquel ressortissaient alors les Beaux-Arts,
et entra dans l'antichambre du ministre, encombrée de dames, de solliciteurs, d'académiciens, d'artistes, de personnages importants aux crânes chauves. Alors, avisant l'huissier de service, elle lui dit
d'un ton qui ne souffrait pas de réplique, et avec
un vrai geste de reine :

— « Annoncez mademoiselle Rachel ! »

Deux minutes après, la petite Sims était introduite
chez l'Excellence. C'était ce grand manufacturier
Queyriaux si aimé du roi Louis-Philippe, qui tout
en continuant à vendre de la quincaillerie et de la
taillanderie dans la Cité, à l'enseigne de *la Flotte
d'Espagne*, faisait maintenant les affaires de la
France, et peut-être les aurait faites aussi bien que
les siennes propres, s'il n'y avait pas eu de journaux.

— « Madame, dit le ministre, je crois qu'il y a
erreur. J'avais entendu...

— Oui, monseigneur, dit Rachel Sims en pâlissant,

35

mais pardonnez-moi; votre renommée, votre gloire,
l'émotion de me trouver tout à coup devant un
homme si illustre... »

En soupirant ces derniers mots, la comédienne,
dont le visage devint blanc comme la neige et dont
les yeux se fermèrent, tomba évanouie sur un ca-
napé doré, dont le satin bleu de ciel à rosaces rappelait les plus mauvais et les meilleurs jours du premier empire. Elle avait mis par-dessus sa robe un
très beau châle en cachemire de l'Inde (on écrivait
alors *schall !*) prêté par Flora Hepner, et dans lequel
elle était serrée comme une momie égyptienne dans
ses bandelettes. L'humanité, la fatalité, la logique
des choses le voulait : le ministre Queyriaux, un
peu ennuyé, mais ne pouvant laisser mourir ainsi
la visiteuse inconnue, détacha l'épingle qui fermait
le châle ou schall, et, comme la robe était très décolletée, il vous vit alors frissonner comme des oiseaux dans la neige, seins à la peau blanche comme
des pétales de fleur, sous laquelle on sentait courir
un sang pur, semblable à celui des Dieux nourris
d'ambroisie ! Ces jeunes seins frémissants qui s'offraient ainsi à ses regards sans préparation, en pareille circonstance un solitaire dans la Thébaïde, af-
franchi de la chair, buvant l'eau des sources vives et
mangeant l'herbe des roches, n'aurait pas pu s'empêcher d'y poser ses lèvres. Or, Queyriaux n'était
pas un saint; c'était un simple quincaillier devenu
ministre, et n'est-ce pas ici le cas de vous demander,
comme Jean Hiroux au président de la cour d'assises : « Qu'auriez-vous fait à sa place? » C'est pourquoi nés du trouble de son esprit et du feu qui brûlait
ses veines, mille Eros enfants, mille petits Désirs
aux ailes de papillon et aux chevelures de flamme,
tendant leurs arcs et agitant leurs torches rougissantes, voltigèrent à ce moment-là comme des fou

autour du bureau à cylindre, dans l'austère cabinet où souriait le portrait du roi Louis-Philippe en pantalon blanc, couronné de son toupet dont les frisures compliquées ondulaient comme les flots de la vaste mer!

Cependant, quand Rachel Sims rouvrit les yeux, (elle savait très bien revenir à elle, ayant fait de cette phase de l'évanouissement une étude spéciale,) l'homme politique ne put s'empêcher de lui dire, d'ailleurs du ton le plus caressant :

— « Pardon, mon enfant, mais quand on vous a annoncée, j'avais cru entendre... mademoiselle Rachel !

— Oui, dit la petite Sims, Rachel... des Délassements!

— Ah! fit le ministre en souriant, et sans doute vous me faisiez la grâce de venir me demander quelque chose?

— Oh! reprit Rachel Sims, une chose bien simple. Je joue les soubrettes, et je crois avoir quelque talent; monsieur Lahary, qui a confiance dans mon avenir, voudrait m'engager à l'Odéon; mais un contrat ridicule me lie au petit théâtre des Délassements, dont le directeur, par qui je ne me suis pas laissé conter fleurette, prétend me faire payer la totalité de mon dédit, vingt mille francs... »

Le ministre promit à la petite Rachel que son affaire serait promptement arrangée, lui passa au doigt, sans y être forcé comme Harpagon, un fort beau diamant, et dès qu'elle fut sortie, avant même d'expédier les solliciteurs les plus importants, manda le vicomte de Friaise, chargé de la surintendance des théâtres. Queyriaux se sentait heureux, renouvelé, rajeuni; il avait en lui la colère de la joie, et il se trouvait dans cette situation d'esprit où Tarquin a envie de couper avec sa badine des têtes de pavot.

— « Ah çà ! monsieur, se moque-t-on de moi ? »
dit-il à son subordonné, qui, espérant obtenir une
distinction honorifique, arrivait d'un pas léger, avec
le geste obséquieux et la bouche en cœur. Le ministre
s'indigna, admirant qu'un misérable, un Quatesous,
perdu de dettes et fort mal noté, osât tenir en échec
l'administration des théâtres royaux.

— « Retenez cela, monsieur, dit-il à Friaise stupéfait, j'entends que ce scandaleux engagement soit
déchiré aujourd'hui même. »

Et, l'ayant littéralement traité comme un chien,
il le congédia sur un : « Allez ! » dont le pauvre
vicomte sentit toute la cruauté, car, entre temps,
Queyriaux avait eu soin de lui dire :

— « Je ne suis pas un vicomte, moi, monsieur,
je ne suis qu'un ouvrier, et vos journaux insistent
là-dessus assez durement ; et toutefois, croyez-le,
je saurai me faire obéir ! »

Furieux comme un taureau criblé de flèches de
papier, Friaise monta en voiture, et, brûlant le
pavé, se fit conduire aux Délassements sans perdre
une minute, bien décidé à foudroyer Quatesous ;
mais au petit théâtre en déconfiture, il eût trouvé
la pierre philosophale plus facilement que ce directeur fantaisiste, et voici pourquoi. Quatesous, dont
la dernière Revue se jouait devant les banquettes et
qui sollicitait en vain le renouvellement de son privilège, ne savait plus à quel diable se vouer, et, depuis deux mois, avait renoncé à payer ses acteurs.
Il lui restait bien une petite réserve, mais dans les
circonstances présentes aussi insuffisante qu'un
verre d'eau en plein incendie ; aussi avait-il pris le
parti de manger ces derniers mille francs avec la
blonde Euphrasie, une Hollandaise à la Rubens,
majestueuse comme une oie, et qui, à son théâtre,
représentait les belles personnes. Enragé de villé-

giature comme tous les cabotins, Quatesous, qui
pour se consoler se grisait d'arbres, erra pendant
quinze jours à Bougival, à Meudon, à Marly, à Cer-
nay, à Ville-d'Avray, avec sa conquête, faisant des
études comparées de matelottes et de fritures. De
plus en plus exaspéré, le vicomte de Friaise, mal-
mené par l'Excellence, poursuivait ces amoureux
comme dans une féerie, en coucou, en bateau, en
diligence, en gondole, et souvent trouvait la table
encore mise ; mais Quatesous et Euphrasie la blonde
s'étaient envolés vers d'autres paysages, et le vicomte, mort de fatigue, avait sérieusement l'air de
jouer une arlequinade. Un beau jour, la faim ramena le lièvre au gîte ; le directeur des Délassements
eut l'idée malencontreuse et chimérique d'aller voir
à Paris si, par hasard, il n'y aurait pas d'argent
dans sa caisse, et c'est à la porte même du théâtre
qu'il fut appréhendé, comme un criminel, par le
vicomte de Friaise.

— « Ah ! monsieur, je vous trouve enfin ! s'écria ce
fonctionnaire d'une voix littéralement étranglée par
la rage. Ah ! c'est vous qui faites de l'opposition,
qui tenez tête à Son Excellence, et qui prétendez
retenir une comédienne demandée par le Second-
Théâtre-Français !... Et si c'est comme cela que vous
espérez faire renouveler votre privilège !... Mais sachez bien que vous avez affaire à forte partie, et
que nous vous briserons comme verre ! »

Absolument émerveillé, Quatesous eut beaucoup
de peine à comprendre ce qu'on voulait de lui ; mais
lorsque enfin la lumière fut faite, il protesta de sa
soumission et se déclara prêt à déchirer l'engagement de Rachel Sims.

— « Nous l'entendons bien ainsi, dit le vicomte
pâle de fureur ; mais, s'il vous plaît, que ce soit tout
de suite ! »

35.

Il monta avec sa victime au cabinet directorial, et, d'une main fiévreuse, il émietta le malencontreux papier. Après quoi, il quitta Quatesous plus que froidement et sans avoir voulu lui rien promettre. Il tenait à reparaître blanc comme neige devant l'Excellence ; aussi courut-il tout de suite à l'Odéon, où Lahary, mandé impérieusement, dut quitter une répétition importante.

— « Mon cher ami, lui dit Friaise, j'ai travaillé pour vous. Toutes les difficultés sont aplanies ; vous êtes libre d'engager mademoiselle Sims, et je pense que vous êtes content?...

— Moi!... dit Lahary stupéfait.

— Ah! pas de cachotteries! reprit sévèrement le vicomte ; nous sommes au courant de tout et Son Excellence daigne vous approuver. Mademoiselle Sims débutera dans *Tartuffe*, *Amphitryon* et *Les Femmes savantes*. Pour commencer, vous lui donnerez cinq cents francs par mois, un mois de congé et un bénéfice ; mais nous savons que vous n'en resterez pas là... C'est convenu, n'est-ce pas?...

— C'est convenu, » répondit Lahary, qui, Parisien jusque dans la moelle des os, n'avait eu besoin que de voir une rotule pour reconstituer l'animal, et comprit que, le vin étant tiré, il fallait le boire.

Grâce aux jeunes seins charmants de leur nouvelle interprète, Dorine et Cléanthis, fort décolletées en dépit de la couleur locale, eurent tant de succès, que la petite Sims passa bientôt à la Comédie-Française. Là elle dut forcément changer de nom ; ce fut la grande Rachel elle-même qui lui donna celui d'Esther, accompagné d'une très belle parure en rubis, que l'habile soubrette a précieusement gardée. Bien qu'Augustine Brohan à ses débuts ait presque trouvé en elle une rivale, Esther Sims n'est pas restée longtemps au théâtre : comme on le sait, le marquis Gérard de Champlite s'est épris d'elle, l'a épousée, et avant de la montrer au monde parisien comme une femme nouvelle, a voyagé longtemps avec elle en Suède, en Russie, et même dans l'Inde. Après avoir tenu l'emploi des servantes, Rachel-Esther a été excellente dans celui des grandes dames; car on est comédienne ou on ne l'est pas, et quand on l'est véritablement, on joue également bien tous les rôles.

## LVII

## POTIÙS MORI

Pour le Parisien pauvre et philosophe, qui au Bois se promène à pied, il n'est pas de plus grand plaisir et de plus grand luxe que de regarder, de suivre des yeux et d'arriver à connaître de vue et même de nom les belles Parisiennes à qui il ne parlera jamais, qui passent sur un cheval de race ou dans une calèche rapide, comme des visions soudainement évanouies, et qui vous laissent l'impression de quelque figure surnaturelle entrevue parmi les flottantes illusions d'un rêve. C'est ainsi que chaque jour, savourant en artiste cette joie tout idéale, le vieux peintre Philippe Hardas s'enivrait de la vue d'une des plus divines jeunes filles que puissent parer les séductions de la grâce et de la richesse.

Toujours accompagnée par son père, le marquis Jean, soit qu'on les vît parcourir les allées à cheval ou promener dans une voiture attelée avec la plus correcte élégance, mademoiselle Christine de Torsay, par son visage céleste, aux yeux bruns, d'une blancheur délicate et comme transparente, avivé par les splendeurs d'une calme chevelure d'or, éveillait l'idée d'une créature angélique, de quelque messager de concorde et de suprême joie n'appartenant pas à la terre, et réalisait pour le peintre ces figures extrahumaines que l'Art devine, et crée, faute de modèles, par un effort d'amour. En la regardant, par une sorte de phénomène bizarre, Hardas éprouvait comme le ressentiment d'une chose déjà vue, mais sans pouvoir coordonner et fixer ses souvenirs, et s'expliquer comment il se rappelait au fond du passé cette jeune fille de dix-huit ans, dont les longues mains semblaient faites pour porter la palme ou le lys mystique.

L'année dernière, un matin de juin, flânant un moment dans son atelier avant de se mettre au travail, Hardas, comme frappé de la foudre, apprit, en lisant un journal, que la fille du comte de Torsay venait de mourir subitement, le jour même de son mariage avec le jeune lieutenant Ogier de Graville. Cette affreuse nouvelle le frappait non comme un étranger, mais comme un tendre et respectueux ami de la jeune morte; car est-il rien de plus vrai que ces affections toutes de sympathie auxquelles nous livrons notre âme sans aucun désir de retour? L'artiste, abîmé dans ses pensées, laissait couler sur ses joues de grosses larmes non essuyées, lorsqu'il reçut la visite du duc de Serres.

Cet aimable vieillard, pour lequel Hardas avait fait autrefois un portrait de femme, venait le prier d'y effacer par quelques retouches les traces d'un accident récent. C'est seulement après son départ que le peintre regarda cette toile, et il reconnut alors, représentée par lui-même avec toute la fougue de l'inspiration, la fameuse courtisane Anna Tiger, qui, pendant quelques années, avait ébloui et passionné Paris. Mais surtout il tomba dans un étonnement intense et douloureux en ressaisissant tout à coup le fil perdu de ses souvenirs, et en retrouvant exactement dans cette image les traits mêmes de mademoiselle de Torsay!

Une telle ressemblance n'était pas due au hasard ; il fallait, mais comment cela se pouvait-il ? que mademoiselle Christine fût la fille d'Anna Tiger. Elle l'était, en effet. Poussé par une curiosité dévorante, Hardas, au bout de quelque temps, parvint à reconstituer cette histoire, telle qu'il me l'a contée et telle que monsieur de Torsay, dont il fit la connaissance, lui en confia les dernières et les plus intimes douleurs. Anna Tiger, qui de son vrai nom s'appelait Ève Frooërn, était née en Norwège, à Christiania, d'un pauvre marchand de filets de pêche qui, ayant grand'peine à vivre, louait aux étrangers une des chambres de son humble logis. En 1861, il eut pour hôte un Français, qu'il ne connut que sous le nom de Maxime, et qui ne tarda pas à être subjugué par la charmante beauté d'Eve. Triste et entouré de mystère, ce voyageur laissait entrevoir qu'il appartenait à une conspiration politique, et l'idée des dangers qu'il courait contribua sans doute à le faire aimer de la jeune fille. Elle s'était donnée à lui, confiante dans ses promesses d'une évidente sincérité, lorsqu'un ordre impérieux le rappela à Paris. Il devait être de retour au bout de deux mois, au plus tard ; mais le double de ce temps s'écoula ; Frooërn mourut, et, privée de toutes nouvelles, se sentant sur le point de devenir mère, Ève, avec le peu d'argent qu'elle put réunir, vint en France, à Paris, où elle espérait retrouver Maxime. Elle descendit, ne sachant pas un mot de français, dans un pauvre hôtel de la rue Dauphine, et là, au milieu des pleurs et de la plus atroce misère, mit au monde la petite Christine, qu'elle nomma ainsi tout de suite en souvenir de son pays, et dont la sage-femme, ne pouvant obtenir d'elle aucun éclaircissement, déclara la naissance avec la mention de père et mère inconnus.

Pendant quelque temps, des mois qui furent longs

comme des siècles, Ève essaya de lutter, vécut, si
c'est vivre, de quelques travaux de couture que lui
procuraient les propriétaires de l'hôtel, mais qui ne
suffisaient pas à lui donner même du pain. Elle
comprit que sa fille allait mourir, elle se décida à
se vendre, faisant dans son cœur le deuil épouvantable de son amour, et ce fut la pauvreté encore;
mais tout à coup, en un jour, adoptée par les grands
viveurs, baptisée pour le Vice, mise à la mode, superbement vêtue et logée, elle devint la folle, la célèbre, la somptueuse Anna Tiger, dont on se rappelle
les soupers, les prodigalités, les démences, et qui
passait dans les nuits de bal, échevelée comme l'ouragan et pâle comme un clair de lune. Elle avait
mis l'enfant à Jouy, chez de bons paysans qui ne
virent en elle qu'une honnête femme ; car, à travers
les délirantes orgies, rien n'avait pu ôter à l'ancienne Ève son air de vierge et la pureté de son regard. Elle se plongeait dans le plaisir, ne dormant
pas, traitant comme une guenille son corps magnifique, réjouissant ses amants par les mots spirituels
qu'elle lançait froidement, et où elle excella dès
qu'elle sut le français; au fond, désespérée, bien décidée à se tuer le jour où elle retrouverait Maxime,
et où elle aurait pu mettre dans ses bras la petite
Christine. Elle ne le retrouva jamais, et n'eut pas la
peine de se tuer; en cinq années, les excès et les
veilles avaient usé sa vie. Mais elle mourut tranquille, délivrée, presque heureuse ; car, dans le tumulte effréné qui avait dévoré ses jours, elle avait
trouvé un refuge, un secours, un cœur fidèle !

Anna Tiger fut éperdument aimée du marquis
Jean de Torsay; mais il ne la posséda jamais, n'effleura pas ses cheveux d'un baiser, n'accepta pas ce
corps souillé pour toujours. Il aurait voulu Anna
pure, sans tache, conforme à son visage de vierge

à la blonde chevelure. Il se résigna à être son ami,
et le fut avec le plus profond dévouement, prêt à
toute heure à la protéger, à lui donner chaque goutte
de son sang ; mais, quoiqu'il fût immensément riche,
il n'essaya même pas de l'arracher à la vie de courtisane, car il ne croyait pas à ces transformations
impossibles, et il ignorait que cette malheureuse
fût une mère. Anna le lui avait laissé ignorer, comme
elle l'avait laissé ignorer à tout le monde, et ce fut
seulement à son lit de mort qu'elle se montra à son
ami telle qu'elle était, ayant horreur de la fange où
elle avait roulé, et dans sa poitrine qui semblait re-
devenue chaste, toute brûlée et embrasée d'amour
maternel. Elle avait cru pouvoir léguer sa fille à
Jean de Torsay, et elle ne s'était pas trompée ; après
qu'ils furent convenus de tout, elle s'endormit avec
une joie sereine, sûre que Christine ignorerait à jamais les hontes de sa mère.

En effet, dès qu'il eut rendu les derniers devoirs
à Ève Frooërn, le marquis, muni d'un testament en
règle, réalisa la fortune de la courtisane, la donna
tout entière aux pauvres, et reconnut la petite Christine, qui devant la loi et aux yeux de tous devint sa
fille. Élevée au couvent des Oiseaux, d'abord à la
maison d'Issy, puis à celle de Paris, où elle resta
seulement jusqu'à l'âge de quatorze ans, elle ne
quitta plus ensuite le marquis de Torsay, qui lui
consacra toute son âme et toutes ses minutes, s'efforçant par des soins attentifs de faire vivre cette
fleur étrange et délicate. Tant que Christine fut au
couvent, les religieuses n'avaient pu cacher leurs
appréhensions au marquis ; mais il devait en sentir,
lui, de mille fois plus poignantes, en voyant celle
qu'il nommait sa fille ressembler à un Esprit captif, qu'attire invinciblement la nostalgie de la patrie perdue.

Immatérielle autant que peut l'être une créature humaine, Christine était toute pureté, innocence, blancheur; elle faisait songer au blanc duvet de l'eider, et à ces neiges immaculées de son pays que ne peut fondre le baiser du pâle soleil. Voyante comme un génie, cette jeune fille n'avait eu aucune peine à apprendre les sciences et les langues diverses dont l'étude exige de nous tant d'effort; entre son esprit et les choses inconnues, il semblait qu'il n'y eût pas ce mur d'airain qui toujours nous cache la vérité. Elle était naturellement rythme, grâce et mesure, de même qu'elle apparaissait parée de son costume véritable lorsqu'elle portait des vêtements blancs et que sa peau était protégée par le suave duvet du cygne. Apte à deviner tout, à tout pénétrer par une vive intuition, elle n'eut cependant aucune idée du Mal, et il fut impossible de lui en donner l'idée, parce que la négation ne pouvait entrer dans ses pensées subtilisées et comme pétries d'azur. Mais elle éprouvait des souffrances affreuses et on la voyait en proie à une profonde épouvante, si par hasard une tache, une mouche de boue venait flétrir la candeur de sa robe; on eût dit alors qu'elle retrouvait une souffrance connue, et revoyait quelque gouffre resté béant dans sa mémoire. Cependant elle n'avait rien vu des laideurs de la vie et toute blessure lui avait été épargnée; mais ne faut-il pas supposer que l'âme de sa mère se réveillait, et inconsciemment frémissait en elle?

Le marquis de Torsay tremblait parfois pour Christine, bien que cette jeune fille qui, à dix-sept ans, n'avait jamais mangé de chair, fût en parfaite santé; mais son ami, le savant docteur Justel, le rassurait, estimant que cette nature affinée et mystérieuse ne devait pas être soumise aux lois ordinaires. Ce fut contre l'avis de cet habile praticien que M. de Tor-

36

say songea à marier sa fille ; mais il redoutait l'heure
menaçante où il la laisserait au monde sans appui.
Il jeta les yeux sur le jeune comte Ogier de Graville,
dont la bonté et la bravoure lui inspirèrent une confiance absolue, et l'évènement parut avoir donné
tort à Justel, puisque tout de suite les jeunes gens
s'aimèrent, et que Christine avoua son amour avec
une ingénuité sublime. A Auteuil, où le marquis de
Torsay habitait une maison seigneuriale, Ogier et
Christine se promenaient dans le grand jardin, sous
les ombrages, amis, emportés dans un même mouvement, liés par une affection délicieuse, mais sans
jamais se donner la main, tant la jeune fille eût été
froissée par tout contact, même d'une personne adorée ! Un soir qu'ils étaient restés seuls, assis sur un
banc, et que leurs pensées se confondaient dans
une même extase, Ogier, emporté par la passion, et
dont les cheveux se mêlaient à ceux de Christine,
posa sur son cou un brûlant baiser. Mademoiselle de
Torsay se leva, partit en proie à un désespoir sans
bornes, que les consolations et les tendres paroles
de son père ne purent calmer. Elle voulut s'enfuir,
quitter le monde, s'enfermer pour toujours au couvent des Oiseaux ; et, pressé par le docteur Justel, à
qui sa science révélait des causes et des affinités
inconnues, le marquis avait fini par consentir au
vœu de sa fille ; mais le moment venu, il se ravisa,
manqua de courage, et supplia Christine de revenir
sur sa décision.

Elle céda, le mariage eut lieu, et pendant ses noces,
la pâle jeune fille, comme éclairée d'un feu divin,
regardant Ogier de Graville avec un triste amour,
sembla un Ange qui se résigne à accomplir jusqu'au
bout son message. Mais le soir, quand sous les lueurs
de la lampe d'albâtre le comte Ogier étendit ses
mains vers elle et voulut la saisir dans ses bras, elle

tomba morte. N'était-ce pas Ève Frooërn ressuscitée,
qui forcée de choisir de nouveau entre la pureté na-
tive et l'ignoble matière, et n'étant pas soutenue
par une passion infinie comme l'amour maternel,
n'hésita plus cette fois, et préféra la mort à la souillure ?

# LVIII

## LE MARCHEPIED

Il y a bien des manières d'être ivre ; mais le jeune Robert Elion nous montre certainement la plus étonnante de toutes. Lorsqu'il vient à un dîner d'amis, il est généralement ivre mort avant de se mettre à table, mais c'est un mort galvanisé qui se tient debout, semble posséder tout son sang-froid, et, bien qu'avec un peu de raideur, a gardé les façons et les attitudes d'un parfait gentleman. Bien empaqueté dans ses habits qui, par leur coupe et leur couleur, appartiennent à la mode la plus excessive, chemisé et cravaté selon la plus récente formule, soigneusement coiffé, sa petite barbe taillée d'une manière irréprochable, il effraye seulement par ses yeux bleus entièrement dépourvus de regard, par le manque d'expression de ses lèvres, et par la pâleur inouïe de son visage, exsangue à ce point qu'il lui donne l'air d'un homme « égrégore ». D'ailleurs petit, frêle, mince, il tient à la fois de l'enfant et du vieillard, mais son profond scepticisme appartient à l'âge viril. Robert Elion s'assied avec tous les autres convives, cause de tout, fait tranquillement des mots désespérés et féroces, et personne ne le surpasse dans l'art de décortiquer méthodiquement une écrevisse avec la fourchette et le couteau, sans y toucher avec ses doigts. Tout à coup, il se lève d'un jet, comme un homme qui va mourir; sa pâleur blanche devient verte, ses lèvres bleuissent; on ne lui voit plus que le blanc des yeux, et il tombe par terre comme une masse inerte. On appelle alors son co. cher et son valet de pied, qui l'emportent chez lui, et personne ne s'occupe de cet incident, sur le fréquent retour duquel tous les Parisiens sont depuis longtemps blasés.

Cependant cette brute, cette marionnette, ce fantoche aurait pu être un artiste. Quelquefois Robert s'assied au piano, et pendant cinq minutes improvise avec génie. Il a, en effet, une espèce de génie, que lui a donné sa mère, madame Marthe Élion, divinement musicienne; mais son père, le fabricant de chandelles trois fois millionnaire, dont malheureusement il a hérité fort jeune, tenait à avoir un fils tiré à quatre épingles, mangeur d'argent, acheteur de chevaux, compagnon de femmes triomphantes, et son espoir n'a pas été trompé. A seize ans, le petit Robert avait ressassé son rôle de don Juan; à dix-huit, il en avait fini avec le jeu, les courses, les paris, les bibelots, et trouvant que décidément les Français étaient trop superficiels, il s'était lié avec des Anglais sérieux, et dans leur compagnie il avait appris à boire. Comme eux, il aurait rougi d'absorber un vin qui ne fût que du vin, et il mélangeait le Romanée et le Clos-Vougeot avec le curaçao ou l'anisette, ou même avec le simple brandy. Resté spirituel tout en devenant parfaitement idiot, il achetait tous les jours une nouvelle canne enrichie de pierreries, ne frayait qu'avec des amis riches, et pour lui seul emmenait souper à la fois cinq ou six femmes, dont il respectait le manque de sagesse avec le plus tranquille mépris. Seul, l'art du tailleur l'émouvait encore un peu; Robert se

faisait faire des costumes de marin pour naviguer
à Bougival, et des habits de chasseur d'auroch, avec
guêtres en peau de daim, pour aller promener dans
la forêt de Fontainebleau.

Un jour cependant, il y a deux ans de cela, Robert
Elion laissa échapper quelque chose qui ressemblait
vaguement à un éclat de rire, en s'apercevant que
lui, le blasé, le dégoûté, l'impassible, il venait d'être
mordu, comme un être naturel, par un amour naissant ou, du moins, par un vrai caprice. Il avait voulu
faire réparer une antique et très précieuse tenture
à applications de personnages découpés et cousus
sur soie, avec de curieuses broderies en argent et
en couleurs, et on lui avait indiqué une madame
Jeannier, qui, avec sa fille, entreprenait cette sorte
de travaux, où elle excellait. Si insensible qu'il fût,
et rebelle à toute admiration, Robert faillit perdre
son sang-froid en voyant mademoiselle Aurélie
Jeannier, vivante image de la Force gracieuse et
superbe. Cette admirable jeune fille, à la peau mate
et un peu brune sous laquelle on voyait rougir la
pourpre du sang, et à la lourde chevelure châtain
foncé, semblait faite pour s'asseoir sur le trône et
pour commander à des peuples, comme une Sémiramis. Chaste, impressionnable, accessible à tout,
joyeuse comme un rayon de soleil, elle était la vie,
aussi nettement que Robert était le contraire de la
vie. Venue à Paris avec sa mère restée veuve et
pauvre, elle l'avait d'abord mise à l'abri du besoin,
et maintenant elle employait courageusement ses
talents à se gagner une dot, avec la plus vaillante
persévérance. Positivement épris d'Aurélie, dans la
mesure où il pouvait l'être, Robert essaya tout ce
qu'un Parisien peut faire avec de l'argent et de l'esprit, et même il se refit pour elle compositeur et
artiste; mais, bien que la jeune fille, musicienne

elle-même, adorât la musique, ce moyen échoua
comme les autres. Au bout de quelque temps, le
froid séducteur vit clairement qu'il s'attaquait à une
sagesse invincible, et tout à coup, avec son flegme
habituel, il se décida à épouser mademoiselle Jeannier. Ce qui l'influença dans cette affaire, c'est qu'il
avait imaginé et dessiné lui-même un nouveau costume de marié, sortant du poncif habituel, et qu'à
moins de se marier, il ne voyait aucun prétexte
convenable pour porter cet habit d'une originale
audace.

Les noces eurent donc lieu, et Robert Elion fut
trouvé fort joli par les amateurs les plus difficiles;
mais quant à sa malheureuse femme, elle fit de ce
jour même l'apprentissage de ce qui devait être sa
vie quotidienne. Après le dîner, son mari la laissa
seule avec sa mère, alla se divertir avec ses amis, et
rentra vers quatre heures du matin, calme à son
ordinaire, mais glacé, pâle comme un spectre,
effroyablement ivre, mince comme un fil, et pareil
à un Falstaff qui aurait perdu son corps dans l'orgie.
Une fois que son valet de chambre l'eut couché et
mis dans le lit vaste et magnifique, orné de mille
petits panneaux où quelque grand artiste de Bruges
avait sculpté en miniature des scènes de l'Ancien et
du Nouveau Testament, Robert devint plus pâle
encore et fut envahi par un froid mortel. Pendant
le reste de la nuit, Aurélie fut occupée à lui administrer du thé et des cordiaux, jusqu'à ce qu'enfin il
s'endormit d'un sommeil stupide. Le lendemain, la
malheureuse femme, restée jeune fille, se promena
dans toute la maison comme une âme en peine,
brisée, humiliée et ne sachant que devenir. Robert
s'éveilla seulement à quatre heures du soir; son
coiffeur vint l'accommoder, après quoi il fit une toilette coquette et charmante. Puis il sortit pour aller

chercher des amis, qu'il ramena dîner. Avec eux il
fut spirituel et à peu près gai; lorsqu'on prit le café,
il se mit au piano, et, avec une verve inouïe et infernale, joua son quadrille du *Télégraphe électrique*,
d'une étonnante furie, qui, exécuté quelque temps
après au bal de l'Opéra, devait exciter un enthousiasme poussé jusqu'au délire. Déjà Aurélie se sentait
un peu consolée; mais bientôt Robert emmena ses
amis et, comme la veille, il rentra ivre au petit jour.
Cette vie, cette condamnation, cette torture, cet
enfer se continua avec la régularité la plus métho-
dique, et la pauvre jeune femme, devenue infir-
mière, regrettait amèrement sa petite chambre, sa
broderie et ses espérances, si vite écrasées par le
pied brutal de son bourreau.

Elle n'aimait pas du tout Robert, qu'elle avait cru
pouvoir aimer; quelle affection aurait résisté à l'é-
cœurant spectacle que lui donnait chaque nuit ce
dandy à moitié cadavre? Mais c'était une créature
profondément loyale et décidée à rester fidèle au
devoir, même odieux, en dépit des séductions, qui
cependant ne lui manquèrent pas. Sa mère avait
retrouvé d'anciens amis des temps heureux, et leur
amenait la jeune femme, toujours abandonnée et
livrée à elle-même. Dans une de ces visites, Aurélie
rencontra le jeune vicomte Armand de Cheylus, et à
première vue l'aima, terrassée par le coup de foudre
qui les frappa tous les deux. Ce lieutenant de dragons, ayant la bonté et la franchise écrites sur son
visage énergique, était bien fait pour la consoler de
ses ridicules travaux, après qu'elle avait sucré tant
de tasses de thé et si longtemps fait bouillir l'eau
du samovar; tout de suite il avait pris le cœur d'Aurélie, mais il n'en aurait jamais rien su, sans une
circonstance qui brusqua les évènements. Une nuit,
Robert Elion soupa avec ses amis les Anglais, et l'un

d'entre eux, par jeu et forfanterie chimérique, lui
exposa très spirituellement comme il est amusant
de battre sa femme. Mais Robert, avec l'enfantine
logique de l'ivresse, prit cette fantaisie au sérieux,
et rentré chez lui, tandis que sa belle et charmante
femme lui sucrait une tasse de thé bien chaud, il
prit sa canne la plus récemment achetée, un jonc
sans défaut, orné d'une légère vigne d'argent émaillé
aux raisins de rubis, et tombant sur Aurélie à bras
raccourcis, il en laboura ses blanches épaules, d'où
la canne enleva des lanières de chair sanglante, et
en même temps sur ses lèvres violettes frissonnait
un sourire idiot. Hurlant de douleur, madame Elion,
qui facilement eût écrasé entre ses doigts son tout
petit mari, eut envie de se donner cette innocente
joie ; mais par réflexion elle resta calme, lava ses
blessures dans l'eau vive, puis soudain baisa la
canne aux raisins de rubis, comme pour la remer-
cier de lui avoir inspiré ce qu'elle allait faire. Et
voici ce que c'était : dès le grand matin, elle envoya
ostensiblement chez le vicomte Armand un valet
en livrée, porteur d'un billet qui contenait ce seul
mot : « Venez ! » et sa signature.

Comme on le pense bien, monsieur de Cheylus ne
se fit pas attendre ; madame Elion le reçut dans sa
jolie chambre rose, en lui jetant ses bras au cou et
en lui disant : « Armand, je vous aime et je suis à
vous ! » A partir de ce moment, elle fut sa maîtresse
avec bonheur, avec fierté, éperdument, donnant au
Bois, aux théâtres, partout où se presse la vie parisienne, le spectacle de ses belles amours ; mais surtout elle recevait son ami chez elle, chez son mari,
avec la plus sereine effronterie. Rien n'eût été plus
facile à ces amants que d'abriter leurs idylles sous
les plafonds d'or de l'hôtel de Cheylus, puisque le
jeune lieutenant de dragons était orphelin ; mais

Aurélie tenait particulièrement à braver son mari
en face, à l'insulter à chaque minute, et à ne pas
plus se déranger pour lui que pour un meuble.
Robert Elion ne joignait pas à ses horribles vices
celui d'être lâche, et il s'était souvent battu en duel
avec le sang-froid le plus correct ; néanmoins, il ne
se fâcha pas, fit bon accueil à son rival, et trouva
extrêmement amusant d'être — sganarelle. Il se
composa même un costume de — sganarelle, où
conciliant, non sans génie, la tradition avec la glorieuse modernité, il fit entrer autant de jaune qu'en
peut tolérer le vêtement actuel, et dans l'invention
duquel il se montra vraiment coloriste. Il écrivit
aussi pour le bal de l'Opéra le galop des — sgana-
relles, où le thème primitif du *Carillon de Dunkerque*
était amplifié et commenté avec une verve sauvage.
Puis, ne voulant pas être un trouble-fête, il aban-
donna à peu près sa maison, où il ne rentrait guère
que pour changer de canne, et il loua dans la rue
de Boulogne un joli petit hôtel, où il installa, pour
lui faire son thé quotidien, une actrice diaphane,
dont le corps extrêmement mince lui servait en
même temps à protester contre les formes splendides
et épanouies de sa femme. Il fit promettre à la svelte
comédienne qu'elle le tromperait aussi, ce à quoi
elle s'engagea facilement ; après quoi, ayant acheté
chez Fontana un très beau collier de perles, il lui
en fit une ceinture, afin de bien établir que l'amusante Anna Veyre manquait d'ampleur.

Personne n'a plus d'appétit qu'une actrice mince ;
aussi mademoiselle Veyre mangea-t-elle à Robert
quelques fermes et quelques forêts, ce à quoi madame Elion ne trouva pas à redire ; mais le notaire
étant venu s'informer du jour et de l'heure où il pourrait rencontrer monsieur Elion pour lui demander
une indispensable signature, Aurélie saisit ce pré-

texte pour écrire à son mari, en le priant de passer
le plus tôt possible... chez lui ! Robert se rendit à
son invitation, et comme sa femme était soigneuse
et très ménagère, il la trouva dans la lingerie, mon-
tée sur un marchepied en bois de chêne bien ciré, et,
de ses beaux bras robustes, soulevant et rangeant
elle-même des piles de draps dans une armoire.
Ainsi grimpée, madame Élion laissait voir sa cheville
et son mollet, et un peu plus encore. Robert, qui ne
savait pas avoir possédé, moralement du moins, de
tels trésors, fut émerveillé de tout ce qu'il voyait;
son sang glacé se dégela un peu, et il ne résista pas
à la tentation de toucher indiscrètement à ces jambes adorables, pensant bien, à vrai dire, que sa
femme allait se retourner courroucée et lui montrer
la tête de Méduse. Mais, au contraire, ce qu'elle lui
fit voir, ce fut le plus aimable sourire, avec des
dents plus blanches que les perles d'Anna Veyre.

Robert voulut s'élancer et la prendre dans ses bras;
Aurélie perdit l'équilibre et tomba à demi couchée
sur la table, où restaient quelques-uns des draps
pliés et blancs qu'elle n'avait pas encore rangés.
Voulut-elle se relever? En tout cas, des bras frémissants l'en empêchèrent; mais elle n'était pas femme
à trahir son ami bon et fidèle au profit de son détestable mari; et si elle feignit tout d'abord de se résigner en silence, du moins tout malheur sérieux fut
évité; car, heurté du pied fort à propos, un guéridon placé près de la table, et chargé de faïences anciennes, tomba avec un grand fracas, jonchant le
parquet de mille débris. Au bruit, tous les valets accoururent, y compris le cocher, le valet de pied, la
femme de chambre en fichu rose, le chef de cuisine
vêtu de blanc, et de très bonne foi, ils crurent
avoir surpris monsieur et madame Élion dans le feu
d'une conversation parfaitement légale, mais qui,

aux yeux de l'impeccable Amour, n'en eût pas moins
été criminelle. Sitôt que ce chœur de vaudeville se
fut dissipé, en étouffant respectueusement ses rires,
Robert, ébloui de se sentir ressuscité, courut à l'or-
gue, et ouvrant les jeux de la flûte, de la trompette
et du tambour, improvisa par avance un chant de
joie et de victoire. Après quoi, mis en goût par sa
première tentative, et déjà savourant la certitude du
triomphe, il retourna vers Aurélie, comme un loup
cherchant sa proie, et la bouche enfarinée. Mais il
fut bien étonné de trouver un visage impassible, sur
lequel se lisait un souverain mépris.

— « Pardon, monsieur, dit madame Elion à son
mari, nous ne nous entendons pas du tout. Avec
l'aide de Dieu, j'ai l'espoir d'être mère dans quelques mois, à la grande satisfaction de mon très cher
ami, et c'est pourquoi j'ai tenu à faire constater votre — flagrant délit par les domestiques. Mais, à présent que vous avez joué votre scène, je n'ai que
faire de vous, et rien ne vous empêche d'aller rejoindre mademoiselle Anna Veyre, qui est encore, au
bout du compte, la plus originale de toutes vos cannes ! »

## LIX

### LE POÈTE

Paris est tout ; si la Chair y triomphe dans un carnaval d'éblouissement et de folie, c'est là aussi que l'Ame ouvre le plus ardemment ses ailes, et là seulement peut-être naît et peut fleurir un amour purement idéal, comme celui dont j'essayerai de raconter l'histoire ; car au milieu de tous les paroxysmes, ce qui est esprit et pensée s'affranchit mieux qu'ailleurs des durs liens de la matière, et plane à des hauteurs où les murmures humains ne peuvent le suivre. En 1875 vint à Paris un jeune homme, nommé Claude Maillars, alors âgé de vingt-un ans, fils d'un garde forestier des Vosges, qui, après avoir fait son volontariat, venait de perdre son père, et, resté seul au monde, accourait sur le terrain de la lutte, poussé par une impérieuse vocation pour la poésie. Son plan était extrêmement simple ; de la succession paternelle, il avait hérité à peu près trois mille francs de rente, de quoi ne pas mourir de faim; il comptait vivre de cette petite fortune, sans chercher d'autres moyens d'existence, et n'avoir pas d'autre occupation, d'autres plaisirs, d'autre but et d'autre espérance que son art.

Logé boulevard Montparnasse, dans une chambrette, il passait presque tout son temps dans les bibliothèques, et, le soir, travaillait encore chez lui, avec des livres achetés sur le quai où, en payant un volume de deux à dix sous, sans jamais dépasser ce maximum, on peut se procurer les outils d'une instruction universelle. En effet, Claude Maillars voulait tout apprendre. Élevé par son père, homme supérieur qui ne l'avait pas mis au collège et qui lui avait donné de bonnes notions de tout, instruit surtout par la forêt où il avait grandi en liberté au milieu de la fortifiante nature, ne sachant rien d'inutile et n'ayant lu que des chefs-d'œuvre, Claude avait l'esprit admirablement disposé pour recevoir des impressions d'art, et les tableaux des coloristes, Véronèse, Murillo, Rubens, Delacroix, lui révélèrent des facultés qu'il ne se connaissait pas, lui montrant avec quelle intensité l'artiste peut exprimer l'harmonie dont il a en lui le sentiment et l'invincible désir.

Il errait aussi dans les rues, se mêlant à la foule, s'apprenant à voir d'un œil rapide et à fixer dans sa mémoire les visages, les physionomies, les toilettes, les détails pittoresques, et à faire concorder les personnages avec le décor, qualité indispensable chez qui veut peindre la vie! Enfin il faisait des vers tous les jours, domptant et possédant sans cesse davantage le métier, dont les difficultés, à mesure qu'on en triomphe, se changent en de délicates et d'inépuisables joies. Au bout d'une année, il se sentit assez fort pour se mesurer avec le public, et eut le bonheur de faire accepter d'emblée à la *Revue des Deux-Mondes* deux séries de petits poèmes, l'une intitulée *Sylves,* où il chantait le mystérieux charme et l'extase de la forêt, l'autre consacrée à des sujets parisiens, observés ou devinés avec un sentiment profond. Le succès de ce début fut très grand; on admira dans ces compositions une âme virile, éner-

gique, absolument pure, que nulle corruption n'a-
vait flétrie, et en même temps, un esprit net, bien
français, ayant horreur de la mollesse et du vague,
concis et clair jusque dans l'effusion lyrique, et cependant s'élevant d'un vol éperdu jusqu'aux sereines
régions du rêve. Claude Maillars se vit tout à coup,
et plus qu'il ne l'eût voulu, arraché à l'obscurité :
on lui demanda des romans, des comédies, des articles de journal ; dès lors, si le cœur lui en eût dit,
il aurait pu se faire homme de lettres et gagner de
l'argent ; mais il refusa tout, voulant rester uniquement poète, et surtout conserver sa chère pauvreté,
à laquelle il avait dû de rester chaste d'inspiration
et humble de cœur. Bien plus, il pensa qu'il avait
peut-être trop caressé involontairement les instincts
de la foule, et il se remit à l'ouvrage avec une énergie nouvelle, développant de plus en plus en lui
l'inspiration idéale et la subtile délicatesse de l'artiste.

Mais quel chanteur peut se passer d'amour? Quel
poète peut vivre sans une créature choisie et préfé-
rée, à qui il rapporte les trésors éclos dans sa pensée toujours en éveil? Ce fut tout à coup et sans
préparation aucune que Claude Maillars vit celle à
qui il ne devait jamais parler sur la terre, et à qui
cependant il devait appartenir tout entier. Un dimanche, à dix heures, comme il passait devant l'église
Saint-Thomas d'Aquin, il entendit une pauvresse dire
à une de ses compagnes : — « Oui, c'est mademoiselle Jeanne, la fille du duc de Thymis, celle qui
est si généreuse ! » Claude leva les yeux et vit, franchissant le seuil de l'église, une jeune fille svelte,
blanche, immatérielle, dont la chair paraissait transparente, et dont les profonds yeux noirs étaient
pleins d'une flamme sereine.

Il ne semblait pas que ce fût un être terrestre,

car ses regards exprimaient l'immuable certitude
et, comme un rayon de lumière, l'invincible joie
brillait sur les pâles roses de ses lèvres. Il était impossible de croire que cette chaste vierge deviendrait
une épouse et une mère ; il était clairement écrit sur
son visage qu'elle devait bientôt mourir, et on le
comprenait mieux encore en voyant l'affectueuse
tristesse du duc son père, qui la soutenait comme
un enfant, avec la plus tendre sollicitude. Cependant mademoiselle Jeanne de Thymis n'était nullement malade, et on ne voyait pas sur ses joues les
cruelles taches roses ; non, c'était une âme exempte
de souillure, qui toute jeune avait mérité déjà d'être
délivrée, et de s'envoler frémissante à travers l'ivresse
bleue des espaces. Il était évident que cette âme
devinait, voyait les choses, pénétrait les obstacles
matériels, et percevait la vérité en dépit de l'espace
et du temps. Claude Maillars ne la vit qu'une seconde,
et cette seconde fut longue comme si elle avait duré
des siècles ; il ne pensa rien, ne se demanda rien,
n'eut pas même l'idée d'entrer dans l'église ; il eut
la sensation, la pleine certitude d'avoir toujours
appartenu à la bien-aimée, et de n'avoir pas en lui
un atome de chair et d'âme qui ne fût à elle.

De ce jour-là, il fut un autre poète, ou, pour mieux
dire, c'est de ce jour-là seulement qu'il fut poète.
Les vols de rythmes, les effets d'harmonie, les
doux échos de rimes, les caresses de sons , les gon-
flements d'ondes sonores, qu'il avait obtenus jusqu'à présent par science et artifice, naissaient spontanément dans   sa pensée : il se sentait inondé
comme d'un rafraîchissant torrent de vie et de lumière, et tout entier identifié avec la faculté créatrice. C'est alors qu'il écrivit ses poèmes du *Chant
de sainte Cécile* et de *Psyché victorieuse*, qui paru-
rent à peu de distance l'un de l'autre, et produisi-

rent une si vive impression. A de longs intervalles,
quand il sentait le besoin absolu de renouveler son
être, il allait le dimanche à Saint-Thomas d'Aquin,
voyait de loin mademoiselle de Thymis qui ne pouvait le voir, et se sentait envahi par les idées qui
directement émanaient d'elle. Mais ils devaient être
donnés l'un à l'autre par un phénomène plus surprenant encore, et en apparence surnaturel. Un
jour, s'étant fait conduire par sa gouvernante chez
la princesse de Nansso à qui elle allait faire visite,
Jeanne, qu'on avait priée d'attendre quelques instants
dans le boudoir, y vit placé sur une table le volume
récemment paru où étaient réunis les deux poèmes
de Claude Maillars, et attirée d'abord par le seul aspect des mots, commença à le lire. Tout de suite
alors, non par une vaine admiration littéraire, mais
avec la clairvoyance qui lui montrait le vrai indépendamment des apparences et des formes, elle
devina l'âme pareille à la sienne, littéralement sœur,
dans un monde où elle n'avait jamais connu que
des étrangers; elle se sentit touchée, foudroyée,
frappée en plein cœur, et de ce moment-là se donna
à Claude aussi complètement que Claude s'était
donné à elle.

C'était un samedi; le lendemain, à l'église, quoique Maillars, comme de coutume, se fût discrètement
placé très loin d'elle, elle chercha et trouva ses yeux,
le reconnaissant tout de suite sans l'avoir jamais vu,
et le premier regard qu'elle jeta sur lui, comme un
flot de clarté, disait expressément les délicieux, les
divins mots : « Je t'aime! » Et pourquoi aurait-elle
menti, même par restriction, cette idéale créature
qui n'avait ni le désir, ni la possibilité, ni la volonté
de vivre, que nulle tache ne pouvait souiller ni flétrir, et dont l'esprit impatient s'agitait déjà, avec la
tranquille ivresse de la prochaine délivrance? Elle

et son ami étaient trop pareils l'un à l'autre pour s'abuser sur ce qu'ils pensaient, et ni elle ni lui n'eussent jamais imaginé que la fille du duc de Thymis pût échanger son nom contre celui de Maillars: aussi n'avaient-ils matériellement aucune parole à se dire; mais que sont ce qu'on nomme l'hymen et la possession auprès d'une fusion de deux âmes, si absolue et parfaite qu'elles n'en forment plus qu'une et se pénétrent dans leurs parties les plus éthérées et les plus subtiles?

Cette intimité charmante dura quatre années, avec d'immenses et incomparables délices. Lorsque Claude avait écrit un nouveau poème, il mettait sous ses pieds la renommée, le succès, la vaine gloriole, mais comme le lyrique Horace loué par Mécène, il eût de son front sublime frappé les astres, quand le regard de l'amante lui disait : « C'est bien! » Et de même elle puisait sa sérénité et sa bravoure dans le regard qui lui disait à son tour : « Tu n'es plus seule! » C'est très rarement qu'ils s'entrevoyaient, soit à l'église, soit au concert Colonne, où le duc de Thymis conduisait sa fille pour lui faire entendre la musique de Mozart et celle de Berlioz; soit dans la rue, lorsque, accompagnée de sa gouvernante, elle allait à pied visiter les pauvres et les malades. Mais bientôt Jeanne perdit son père; après un mois de recueillement et de solitude, elle parut à l'église en grand deuil, et la seule consolation qu'elle pouvait recevoir ici-bas lui fut accordée, puisqu'elle vit sa douleur partagée, revendiquée par Claude avec une âpreté jalouse.

En enveloppant mademoiselle de Thymis dans le rayon de ses yeux, le poète la vit de plus en plus subtilisée, pareille à un corps aérien, déjà blanche de la mort prochaine, mais, chose étrange, il ne put s'affliger en comprenant qu'elle allait s'affranchir de la fange

terrestre, car devant cet être ostensiblement mar-
qué du signe de la Vie, l'évidence glorieuse s'impo-
sait à lui, et il n'était plus tourmenté par aucun de
ces doutes engendrés de la grossièreté de nos sens
infirmes, qui nous cachent la persistance de l'être
et l'avenir céleste. Enfin, restée la dernière de sa
race, sans aucuns parents, comme une visible image
en qui se résumaient la charité et l'héroïsme des
héros ses pères, mademoiselle de Thymis ferma ses
beaux yeux à l'imparfaite lumière de ce monde,
sans avoir le désir de parler à Claude, car elle savait
qu'elle était avec lui, malgré l'apparente absence.
Au moment où elle expira, Claude Maillars ne sentit
pas en lui un déchirement, mais son cœur fut
inondé et comme brûlé d'une chaleur délicieuse, et
il reçut clairement l'inéluctable certitude de sa prochaine et éternelle union avec la chère fiancée souriante, emportée dans le vol harmonieux des étoiles.

Ce n'étaient plus que quelques heures à passer,
comme celles que doit sentir s'écouler minute à minute le voyageur qui s'apprête pour un prochain
départ, et Claude Maillars ne devait plus écrire
qu'un seul poème, son admirable *Triomphe d'Eury-
dice*, où frémit comme un lointain et splendide écho
de la lyre homérique. Appelé chez la princesse de
Nansso, le poète reçut de ses mains une lettre qu'ils
lurent ensemble et brûlèrent ensuite, dans laquelle
se parant en mots divins de son amour, et adressant à son ami un adieu plein d'espoir et de joie,
mademoiselle de Thymis le priait d'accepter sa fortune, car elle n'avait confiance qu'en lui pour consoler et soigner ses pauvres, et pour faire ensuite
le meilleur usage de ces millions qui pouvaient re-
dorer un nom illustre. Claude obéit simplement, et
fut mis en possession de l'héritage de Jeanne, majeure depuis quelques mois au jour de sa mort, en

vertu d'un testament en bonne forme, déposé chez
le notaire Hesselin. Il n'a pas supprimé un seul valet à l'hôtel de Thymis, dont les appartements, fidèlement entretenus, sont tout prêts pour un maître
nouveau, et où il habite une mansarde meublée
d'un lit de fer, d'une table de bois blanc et d'une
chaise de paille. Avec une ardeur éperdue, il sup-
plée sa fiancée auprès des pauvres et des malades,
il soulage leurs misères avec une patience pleine
d'amour, et il panse leurs plaies avec des mains
agiles et douces comme celles d'une femme.

Dernièrement, dans un grenier de la rue Férou,
il a assisté, veillé, entouré des plus tendres soins
un agonisant, et il a appris à la dernière heure que
ce vieillard, mourant dans le plus affreux dénûment,
n'était autre que le duc Ogier de Trévolz, chef d'une
des plus grandes familles de France, illustre déjà
sous saint Louis. Près de ce duc était son petit-fils
Guy, enfant de douze ans, d'une beauté et d'une
vigueur peu communes, élevé à une école des
Frères, qui porte sur le front la fierté de sa race, et
qui déjà, en plein hiver, s'était jeté dans la Seine
presque glacée, et avait arraché à la mort un de ses
camarades.

Claude Maillars a obtenu sans peine que cet enfant lui fût confié; il en fera un soldat, impatient
de donner à la patrie toutes les gouttes de son noble
sang, et lui léguera certainement les millions de
mademoiselle de Thymis. Quant à lui, il sait que
son temps d'épreuve sera terminé bientôt; nulle
souffrance ne lui annonce sa fin prochaine, mais il
en est averti plus positivement par la rassurante
promesse de la bien-aimée, qui doucement le regarde avec une allégresse infinie, et qui, silencieuse,
pose un doigt pâle et transparent sur ses lèvres.

## LX

## LES FEMMES

— « A la bonne heure, dit madame Ève de Dicy,
qui avait bien voulu lire les épreuves du livre, spé-
cialement imprimées pour elle, les unes sur papier
de riz et sur papier japonais, les autres sur satin
crème, afin de varier son ennui; mais enfin, cher
monsieur, où voulez-vous en venir avec ces folles
histoires?

— Madame, dit Théophile, si mes histoires sont
folles, je ne puis que m'en réjouir, car alors elles
auront peut-être la fortune de réveiller les gens avec
leurs cris de joie et avec la furieuse sonnerie de
leurs grelots; mais, quant à moi, que le doux Ariel
me préserve de vouloir en venir n'importe où! Ne
poursuivre aucun but est ma principale occupation,
et je puis dire que je m'y livre sans aucune paresse,
m'efforçant avec application de ne pas mettre dans
mes écrits plus de philosophie qu'il n'y en a dans la
chanson d'une fauvette.

— Trêve d'échappatoires, dit madame Ève; je vais
droit au but, et je ne vous permettrai pas de vous
égarer dans la fantaisie. Donc, pour vous couper
tout de suite la retraite, j'interroge nettement. Que
pensez-vous des femmes?

— Malheur, madame, à qui en pense quelque chose !

Lorsque ruisselle en juin la fête extasiée des roses, est-
ce que cette orgie d'allégresse, de délices et de pourpre vivante peut servir de thème à une opinion quelconque? Y a-t-il une manière particulière d'envisa-
ger le lys triomphal, la gloire du gouffre d'azur infini
et la grâce du cygne caressé par le flot d'argent?
Ai-je besoin de raisonner pour savourer la chaleur
du lacryma-christi ou les sons d'une musique délicieuse, non plus que pour admirer l'être à qui furent données la séduction harmonieuse du rythme
et la splendeur des astres?

— Pas de madrigaux, et venez au fait brutalement. Croyez-vous que les femmes soient vertueu-
ses?

— Non seulement je le crois; mais, pour employer
la belle inversion de Corneille, je pense qu'elles sont
la même vertu; car, de même que l'être bestial et
que l'être divin, comme les fleurs, comme les enfants, comme les tigresses et les colombes, elles sont
fidèles au principe de leur destinée, dont aucune
flatterie, aucune ruse, aucun mensonge social ne peut
les faire dévier jamais. Mettez la Femme où vous
voudrez, sur un trône ou dans un cul de basse fosse,
ou dans le ciel, comme la Béatrix du Dante; toujours,
avec la certitude de l'eau qui retrouve son niveau,
elle reprendra sa fonction de femme, majestueuse,
douce, tendre. caressante, sacrifiée, effrénée, terrible, tout ce que vous voudrez, à condition que vous
ne lui enleviez pas son rôle de femme, ce à quoi
elle ne consent sous aucun prétexte. Les hommes,
qui sont aussi malins que des singes, mais pas plus,
ont inventé leurs théogonies, leurs codes, leurs histoires, leurs conventions, leurs fictions, l'arsenal affreux de leurs lois, dans un seul but...

— Qui est?... demanda madame de Dicy.

— Qui est de persuader aux femmes qu'elles doi-

vent rester auprès du feu de la cuisine, occupées à
surveiller le pot-au-feu et à coudre des boutons aux
grègues, tandis que leurs seigneurs se soûleront au
dehors de l'enivrante liberté, en menant des vies de
Polichinelles ! A part cela, qu'elles ne veulent pas
du tout, je défie que parmi toutes les transformations diverses imposées par l'Homme à son idéal,
on en cite une seule qu'elles n'aient pas réalisée
avec soumission et avec génie.

Quand l'Homme s'est fait guerrier pour les fuir,
elles se sont faites amazones guerrières dans la
Thrace, pour le soumettre et le combattre ; ou chefs
d'armée avec lui, comme Sémiramis, ou vierges
saintes, ou courtisanes et joueuses de flûte, ou poé-
tesses comme Sappho, ou chastes épouses près du
foyer, ou savantes près des Aldes et des Estiennes,
ou princesses en habits de pierreries et de clinquant,
comme Marie Stuart et Marguerite de Navarre, tout
ce qui vous passera par la tête elles le seront, à la
condition d'être aimées et adorées en cette qualité,
et fidèlement choisies pour compagnes. Au Trianon
de Marie-Antoinette, il devint à la mode que les
femmes jouassent de la vielle, et elles en jouèrent,
comme elles avaient joué de la lyre à Cypre et à Mi-
tylène. En 1830, lors de la grande révolution romantique, les hommes voulurent des amantes frêles,
minces, maigres, transparentes, pâles, mourantes,
nourries de rosée et de soupirs : devant cet ultimatum,
les femmes s'avisèrent-elles de raisonner? Pas du
tout ; elles s'y conformèrent ; de même que plus tard,
sous le règne de Paul de Kock, elles furent des demoiselles sentimentales en cols plats, en bandeaux et
en souliers à cothurnes ; de même qu'aujourd'hui, dans
l'éclat de leur forme superbe, elles traînent, comme
des reines, les étoffes vieil or, les robes de peluche vert-
de-gris ou rose sèche et les jupes brodées et peintes.

— Allons, fit madame de Dicy, je vois que vous êtes raisonnable.

— Oui, reprit Théophile, la Femme veut bien être la robuste commère gauloise, la Margot chantée par Villon, et boire le vin écumant; elle veut bien être la Béatrice qui pose ses pieds sur les étoiles; elle veut bien être la douce mère donnant à son enfant aux lèvres roses son lait et son âme; elle veut bien être la sœur de charité veillant près du blessé et du malade, et ne connaissant ni la fatigue ni l'impatience, ni le sommeil; elle veut bien tout, excepté être dédaignée et laissée pour compte; prête à nous suivre partout, dans le sacrifice, dans le devoir, dans la folie, dans la joie effrénée. Elle sera bête si on l'exige, et spirituelle pour peu qu'on le désire; elle comprendra tout, pourra tout, saura tout; elle brodera comme les artistes japonais, parlera le grec et l'hébreu, et domptera les chevaux comme le prince Hector; mais dès que vous voulez l'emprisonner dans l'absurde, elle s'en évadera par un bond de panthère, par un prodigieux saut de puce, et, après vous être mis en frais d'éloquence, il y aura cela de remarquable que vous ne lui aurez rien persuadé du tout. Elle est passionnément amie et dévouée; mais ce qu'elle n'admet pas, c'est que le seigneur quête des baisers chez la chambrière, ou que Molière consulte Laforêt et aille demander des conseils à la cuisine, quand leur bonne femme est là pour leur donner tout ce qu'il leur faut, conseils et baisers, dont elle est toujours approvisionnée en son magasin.

— Vous me persuaderiez presque de votre sincérité, dit madame de Dicy à Théophile, et je dois avouer que vos paroles semblent honnêtes; mais, par malheur, j'ai lu vos précédents écrits, et je me rappelle trop bien que vous portiez contre nous des accusations abominables.

— Lesquelles? demanda Théophile.

— Vous avez prétendu que les femmes n'ont aucun sentiment de l'âme divine qui existe dans le Vin,
qu'elles n'apprécient en aucune manière ce breuvage
de soleil et de joie, ne s'entendent pas plus à distin-
guer un cru d'un autre qu'un buffle à cueillir des
violettes, et que pour elles le Châtcau-Laffitte ou le
Romanée et le vin à quinze sous le litre, c'est absolument la même chose. De plus, vous avez affirmé
que nombre d'entre elles, même dans tout l'éclat de
la richesse et des grandeurs, nourrissent une passion
malsaine pour les chandeliers conservés sous des
globes de verre, ainsi que pour les bouquets de
fruits et de fleurs artificiels également protégés par
des globes ou cylindres, qui ornent les cheminées
des portières, — et que toutes, sans exception, adorent le meuble hideux, révoltant et stupide qui se
nomme : une armoire à glace! Pas d'ambages : l'a-
vez-vous écrit? Répondez par Oui ou Non.

— Oui, madame, dit Théophile, j'ai écrit tout cela,
mais à la glorification, à la louange et à l'éternel
honneur de la Femme! Car, par ces bizarreries, en
apparence absurdes, elle montre d'autant mieux à
quel point son instinct impeccable et sublime ne
saurait être mis en défaut. Je procède par ordre. Si
elle le voulait, ses papilles impressionnables auraient
bientôt pénétré l'essence de tous les nectars, et elle
saurait vous dire à un jour près l'âge d'une bouteille
de Johannisberg ou de vin de Constance ; mais elle
ne connaît pas le Vin et ne veut pas le connaître,
parce que le Vin, c'est l'ennemi. C'est lui qui jette
sous la table, idiot et dédaigneux de l'amour, le noble lord, comme il dévore le gain de l'ouvrier attendu par sa femme et ses enfants pâles de faim.
C'est lui ou ses dérivés qui rendent possibles les cer-
cles, les clubs, les soirées d'hommes, et il a le tort

plus grave encore de donner parfois, même à de grands artistes, la fièvre et la lucidité qu'alors ils ne demandent plus à l'éternelle Inspiratrice! Enfin, Celle qui n'oublie jamais rien se rappelle que le dieu Bakkhos, non content d'avoir pris pour lui la beauté féminine et d'être semblable à une femme, emmenait avec lui une armée de femmes nues, éperdues, ceintes de serpents vifs, oublieuses de la pudeur et de l'amour, hurlant des chants sauvages, laissant le vent des déserts baiser leurs gorges rougies, et heurtant horriblement leurs féroces cymbales! Jugez où en seraient la salutaire coquetterie et l'art divin de la toilette, si ces saintes Orgies avaient continué, et si la femme n'avait accablé Bakkhos de son dédain et de sa mortelle ignorance! Il y a eu un homme qui aimait sa femme; c'est le poète Orphée; les Ménades l'ont mis en pièces et ont jeté les morceaux dans la rivière, avec la lyre par-dessus le marché; après cela, les femmes n'ont-elles pas raison de traiter le Vin en ennemi, et de le boire en faisant la grimace, comme une médecine amère?

— Fort bien. Mais les chandeliers et les bouquets sous les globes? Mais l'armoire à glace?

— M'y voici, madame. Ai-je besoin de vous dire que la Femme ne saurait se tromper ni être trompée? Qu'elle ait droit à un luxe proportionné à sa beauté, c'est ce que constate l'article premier de la *Déclaration* (éternellement inédite) *des Droits de la Femme.* Cette vérité axiomatique la gouverne, la guide, l'investit d'une force invincible, la protège contre les lois hypocrites, les pièges et les raisonnements fallacieux de l'Homme. Eh bien! si elle est née belle comme une déesse ou comme une princesse guerrière, dans un taudis misérable ou dans une loge de concierge, et si cette vérité lui a été révélée pour la première fois par les flambeaux dorés

et les fleurs artificielles, n'a-t-elle pas le droit —
que dis-je? — le devoir de chérir ces objets primitifs, non pour eux-mêmes, bien entendu, mais comme
le signe initial et le naïf symbole de son droit au
luxe! Quant à l'armoire, c'est autre chose. Le meuble, le bibelot, le goût du décor, passion envahis-
sante, s'emparent de l'Homme, le prennent tout entier, et ils ont le tort grave de faire que l'être humain, dans sa forme la plus pure et la plus parfaite,
ne soit plus la parure essentielle de la Maison. C'est
contre cela que la Femme proteste par sa prédilec-
tion pour le plus lourd, le plus bête et le plus in-
commode de tous les meubles, qui a du moins le
mérite de refléter son image et de contenir sa lingerie, blanche, délicate et caressante parure de la Chair!

Mais il y a une autre raison : l'homme essentiellement artiste, sculpteur, ouvrier du ciseau, disciple
d'Héphaistos, s'obstine éternellement à perfectionner, à embellir, à rendre plus importante la bordure
du miroir, d'abord pour s'affirmer comme artiste, et
ensuite pour ne laisser qu'un rôle accessoire au miroir lui-même, et par conséquent à la Femme qu'il
reflète. A quoi la Femme répond en adoptant le miroir nu, imbécile, justifié comme des cheveux sur
de la soupe, la plus grande de toutes les glaces, celle
de l'armoire à glace, longue comme un jour sans
pain et bête comme une oie, mais qui, du moins,
la représente tout entière! Ainsi toujours ferme
dans son dessein, mettant les pieds dans le plat,
prenant le taureau par les cornes et volant droit à
son but comme une flèche, elle montre à quel point
il est impossible de lui faire chercher midi à quatorze
heures et prendre des vessies pour des lanternes...

— Vous l'expliquez fort bien, dit madame de Dicy,
et puisque vos réponses à tout sont si nettes, exac-
tes et inexorablement précises, qu'elles ne répondent

à rien, je vois qu'il faut vous acquitter, sans conviction toutefois, mais faute de preuves suffisantes. Un
mot seulement. Croyez-vous qu'il soit possible de
connaître les femmes?

— C'est, madame, tout ce qu'il y a de plus facile,
mais pour cela il ne faut pas les *étudier*, comme un
inspecteur qui visite les collèges ; il ne faut pas rassembler des documents et prendre des notes! Les
Femmes sont comme les Dieux ; on pénètre leur âme
par la foi et par le sentiment, mais on ne la voit pas ;
il s'agit, non pas de soulever des voiles, mais d'être
humble de cœur, de se mettre en état de grâce, et
surtout de NE PAS FAIRE LE MALIN! Et puis, pour connaître la Femme, il faut avoir été femme, et Balzac
l'a été à certains moments, par la souplesse de son
génie et la force de son amour. En résumé, la Femme
ne demande que ce qui lui est dû.

Elle exige la parure que mérite sa beauté, et au
milieu du luxe auquel elle a droit, elle veut à la fois,
d'une part : être admirée et désirée par tous les hommes sans exception, enviée par toutes les autres
femmes, et, d'autre part : être aimée par un homme
qui soit un mâle, extrêmement bon. spirituel s'il se
peut, brave comme un lion, d'une beauté exprimant
la force physique ou morale, — et fidèle! Si on lui
refuse ce — si peu de chose, elle est comme le torrent qu'on a prétendu barrer avec des cailloux et des
ramilles, et qui emporte tout dans son flot courroucé ;
mais si on le lui accorde, comme c'est justice, elle
est le paisible ruisseau d'argent où les colombes
viennent boire, et où se mirent délicieusement les
Étoiles. »

## BALLADE, POUR FINIR

*Homme, tu ne dois pas me lire,*
*Parce que jamais je ne mens.*
*Dût contre moi s'enflammer l'ire*
*Des marchands d'applaudissements.*
*Devant Ève aux blancs vêtements*
*J'ai dédaigné les épigrammes*
*Et tous les mauvais arguments ;*
*Je n'ai conté que pour les femmes.*

*Puisqu'Amour prit soin de m'élire*
*Pour enseigner ses châtiments,*
*Ses extases et son délire,*
*Ne cherche en mes petits romans*
*Aucun de ces princes Charmants*
*Qui percent de leurs fines lames*
*Les géants et les nécromants ;*
*Je n'ai conté que pour les femmes.*

*Foin des auteurs à tire-lire !*
*J'ai prodigué mes diamants ;*
*Et les Agnès au chaste rire,*
*Les Omphales aux fiers amants,*
*Les Béatrix des firmaments*
*Ont jeté sur mes fines trames*
*Leurs divins éblouissements ;*
*Je n'ai conté que pour les femmes.*

*ENVOI.*

*Prince, je ris de nos tourments,*
*Laissant aux pompeux mélodrames*
*Les pleurs et les gémissements;*
*Je n'ai conté que pour les femmes.*

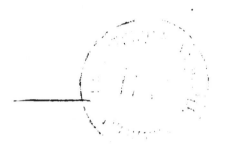

# TABLE

―――――

Paris. — Typ. G. Chamerot, 19, rue des Saints-Pères. — 10304.

Imprimé en France
FROC011457010720
24395FR00012B/184

9 782329 418568